明人詩話要籍彙編

詩評卷 壹

陳廣宏 侯榮川 編校

復旦大學出版社

本册總目

朱奠培◇撰

松石軒詩評

一卷

陳廣宏
侯榮川
◎點校

觀詩録序

詩之先，商、周、魯《頌》，正變、大小《雅》，二《南》、十三《國風》，莫知其多也。仲尼删而存之經者三百五篇，毛傳之，鄭箋之，唐孔穎達、王德韶、齊威疏之，於是六義既融既暢矣。且研究詩人製作之旨趣，辭之樞紐關鍵於篇中，則文字之筋骨氣脉，經絡交會，肯綮約束，若大塊之氣，滄浪之流，升降鼓舞，涵泳會歸，爲雲雷風雨，爲川澤江海者，於是乎秩然可得見而幾無餘藴。爲知言之要，其在兹乎！原夫情發於中，聲之成文者，莫不因乎自然，如此可得而名言者，豈曲爲之説歟？亦莫不本其自然而然之謂而已也。余嘗録爲一小帙，文之作者，雖不必膠執於此，庶達其變者。由是以鎔以化，以規以範。左之右之，予之奪之，開之闔之，箝之抵之；剗削汎彗之，爲丹青以潤澤之。一弛一張，能圓能方，乃抑乃揚；乃或合或離，或步或馳，或險或夷，或正或奇；或兀然而若疑，或沛然而不羈，不違於時，而得乎宜。其常也，確乎毫髮不可移；其變也，若鞭霆躡漢而莫知其所之。則爲騷，爲漢，爲魏晉，爲南北、隋唐。用之邦國，上下鬼神，軍旅賓客，暨詠歌於風烟山水，葳蕤飛動，遊息視聽之間。以至彌綸乎天人性命、綱常仁義、道德誠明之極，則有不止於詩而已者，容不有所取正而後可乎哉？

松石軒懶仙序。時正統丙寅秋仲之朔也。

松石軒詩評

竹林懶仙　撰

敘曰

世異上皇，氣分中古，樸散爲器，淳澆其波。性不能常靜也，必有動而爲情者焉；情不能無聲也，必有言之成文者焉。蓋詩者，所以暢心源之匯美，攄鄞鄂之含章，陶寫性靈，發揮胸次。財成意軸，綜三體於葩機；焕擢詞鋒，鑄七情於藻範；鈞槃魚鳥，徘徊掌握之間；驅駕風烟，鼓舞笙鏞之下。揄揚膏澤，嗟嘆山梁。物象由其否臧，氣序爲之舒慘；榮悴于焉潤色，哀樂以是垂文。著國風之盛衰，鳴人文之藿浩，托聲華於緗素，摽思致於管絃者也。原夫代質以文，遷驪而翰。玄王桓撥，其來后稷。《生民》以下，以《頌》以《南》，以《風》以《雅》，以小以大，以正以變。以之化，以之刺，以之正，以之美，以之閔，以之責，以之勸，以之傷，以之怨，以之誓，以之思，以之戒，以之疾，以之誘，以之憂，以之陳，以之燕，以之遺，以之勞，以之勤，以之報，以之樂，以之警，以之規，以之誨，以之悔，以之祀，以之告，以之祈，以之類，經籍攸載者，茲不更贅可已。

粤自帝華既竭，如天有《卿雲》之辭；廷鳳來儀，大知調《南風》之曲。載拜颺言，賡元首股肱之句；十旬弗返，陳雕墻峻宇之章。白馬來朝，弔遺墟於秀麥；緇帷興詠，嗟大野之賜麐。霸圖已蹶，拔山之感爰形；漢道既登，故鄉之篇聿構。厥後詩人，累代不乏。西京矯矯，猶白雪之希聲；東洛彬彬，殆芳蓀之間茁。一漢分於三國，兩晉以至八朝，則鄴中之唱爲高，江左之風屢變。才華鍾川岳而分，聲教逐風流以遠，矧復晢昧殊資，妍媸異祖。或賞鑒虛明，妙靈襟而絶俗；或見聞膚受，徇耳目以遺心。隨衆浮游，與時上下，洵唯習報乎天，寔亦居移乃氣。如此，則詩之變非可以一道而盡者，灼然矣！若賦秉有融，幾神無礙，集之不餒，養之弗害。室虛生白，宇泰發光，鳴萬竅於一吹，遘玄珠於赤水。不勉而中，從容而得，意在言外，神交象先。循之莫見其端，追之靡窮其迹，變化不測，妙用無方。出類孤騫，揚翹獨振，以至乎魄然無所求，翛然不去而不留，介然獨立而無與之儔，飄飄然將遥興高蹈，超氛埃而天游。匪仙才，詎易及於此？又洎乎申抒縣給，章成斐然，泉湧毫芒，風生咳唾，涵蓄奫淪，首尾通徹，度越常品，語必驚人。又有用志疑神，旬煅月煉，研精刻意，弊景勞生，智殫木鳶，功深玉楮，搜冥探賾，窮幽極遐，而圭角弗露，光澤在中，淹捷雖殊，成功則一也。寔偕佳製，上之次、次之上者歟！其有遜志敏求，洽聞强記，酣芳日富，飫旨年窮，綴腐魚篇，藤刓蟲刻。六經百氏，星羅於肺腑之間；玉彩珠英，雲集乎笑談之地。虞《鈔》、徐《記》，樵獵靡遺；《爾雅》、《埤蒼》，周旋罔暇。名崇武庫，業茂書林。

盈科以進，則沛然莫之禦；求之則得，而左右逢其原。弗尚新奇，率由典則，實勝於華，莊過乎逸，克慎爾話，言無所苟，斯冠冕老成君子之風也。開、天暨後，罕睹斯人。間或抱負羡盈，不拘纖細，墨無加點，筆下如飛。五言七步，惜子建之何遲；斗酒百篇，謳謫仙之奚有。天才藻蔚，自爲雲漢之章；心匠渾成，無待江山之助。追風虎脊，翦拂奚勞；蜚景龍鱗，揩磨可免。遂乃倚蒹葭於琅玕玉樹之間，鳴瓦缶於大吕天球之列，千慮一失，大醇小疵。譬猶狐腋之裘有闕，而補之以黄狗之皮，固可知其弗贍矣；蚌胎之貫未盈，乃間之以枯魚之目，豈不適足爲累焉？允精擇所不取也。又若安肆是程，草率成務，好莠紛出，《雅》、《鄭》並陳，謂瑕不掩瑜，恬莫之忌。苟理不愆，人言奚恤？作色使氣，耀俗驚常，窮蒐唯數字之成，遍覽蔑終篇之可。儌幸萬一，默期神到。雖聲諧累黍，蓋牛鐸之偶然；賞涉殊庭，亦魚舟之誤會爾。甚則識見卑近，膺紳淺薄，贏乾鼠而爲璞，呴涸轍以相濡，饕糟粕以自甘，搶枋榆而競和，胠篋爲富，服臧以騁，誘之掖之，夸之飾之，曷嘗獲彼精英？但是剽其陳腐，困蒙於潢汙涔坎之間，牽俗於步武尋墨之内。至有眼處生心，字中無思，全疏比興，專尚直陳，簡而不文，淡而可厭，方自以爲像杜甫之典刑，襲淵明之氣味，豈異蹄潦較濕於東溟，鄰媼效顰於西子？良可哂也，何足道之！此詩之所以爲詩者，大抵莫不本諸其人之氣質情思也。有氣質而後有情思焉，有情思而後有語句焉，有語句而後有聲響焉，有聲響而後有體裁焉，有體裁而後有風味、有氣骨神采焉。必正焉而不邪，雅焉而不俗，清焉而不濁，夷焉而不險，奇焉而不俚，峻焉而不卑，深焉而不淺，遠焉而不近，健焉而不孱，暢焉而不滯；簡而無狹也，輕而無浮也，壯而無怒也，傷而無怨也，巧而無刻也，和而無媚也，變而無怪也，新而無鑿也，贍而無繁也，華而無靡也；其宏裕焉而無侈也，其雋巍巍焉而無倨也，其逸休休焉而無肆也，其樂熙熙焉、愉愉焉而無蕩也；斯可謂之善矣。然備美者希，而弗純弗全、乍出乍入者，常十不下八九，則諸家製作之尤不易以等級次第之者，乃又若是哉！余逸老世間，養慵林下，弗交塵迹，却掃衡門。猶承不易之蜩，方鑿忘機之井，用拙爲長，歷時已久。初不知大塊何心也，賦此生以樗散不可雕之姿；玄載胡爲也，降余衷以頑鄙不善鳴之性。弱徒强學，耄更荒疏。丹青自淺，而識猶逾乎長康之癡；觴酌非才，乃口殆甚於子剛之吃。所事無堪，而發言深苦。索塗擿埴，莫資炳燭之光；竄句遊心，空費鏤冰之日。小什自嫌於猥瑣，長吟祇益其榛蕪。近體無映帶之功，古調有枯羸之恨。微加剗削，即墮平常；擬設青黄，便成刻繢。以陸平原之言責我，則庸音短韻寔繁；以沈東陽之格觀之，又上尾平頭不少。規模可謂迂闊矣，意思可謂局促矣，音韻可謂委靡弗振矣，神氣又可謂潦倒而未足觀也矣，舉凡無可得而比喻者矣。於是也，銷聲屏迹乎嘯詠泉石之鄉，鐍研韜毫於揮灑烟霞之境。游神物禚，守一規中，意象俱遺，言詮不涉，得失齊指，青白兼冥。混彼此於大同，付精粗於勿辨，佩柱下數窮之訓，鳴昭文不鼓之瑟。孰曰不可乎？雖未之暇，亦豈不知無思無爲，《大易·繫》以稱神；夜氣足存，子輿美其得養。至人以恬愉爲務，道家以虚静爲經。性命，講學之大端；辭章，知言之餘力。苟能絶待含光，解懸釋韄，收視返聽，無使營營，箕踞長松之陰，支頤塊石之上，仰聆幽鳥，俯鏡清池，其爲樂也，不亦多乎？夫何殘編斷簡，習氣難除；蒿目華顛，膏肓愈篤。寄適呻吟之藪，曲肱觚翰之場，傃詞客之流風，誦騷人之剩語，挹名家之薫馥，擷作者之菁華，載詠載歌，爰玩爰味。甄拔表表者爲評一卷，無非撥丹粉以徵姿，謝驪黄而索步，側管而窺文豹，染指以味函牛，雖得意於忘言，亦沿辭而達趣。昔司馬長卿《哀二世賦》，纔百二十餘言，而慧地嘗謂其辭溢；任彦昇《廣絶交論》，亹亹幾二千字，而文中又言其文約。張司空抱杖乎清渠，乃專華綺之稱；韋蘇州斷腸於高髻，而享清澹之譽。《書》别揚州，厥木惟喬；《詩》叙魏風，其民機巧。馬以武獸擅稱，牛以耕畜爲詁，抑且龍騰虎踞、交戟横戈者，蓋分書之勢也。而論師宜官、韓擇木之迹之意者，乃有龍蠖伸盤、雪嶺冰河之相遠。虞永興行楷見重於千載，以其如君子藏器；班彦功者，則有鵾羽翩翩、芳洲萍葉之不同。蠅頭蠆尾、迴鸞舞袖者，非章草之狀乎？而譬皇象、索靖大草不足於當時，則方之醉漢駡街。詳其覼縷，固未必皆然，而絜夫端概，則如斯而已矣。是皆越聲色以相精神，略毛髮而尋骨髓。於噩噩灝灝，見商周訓誥之情；於巍巍洋洋，喻山水絲桐之旨。擬諸形容於希夷恍惚之間，察其媺惡於曲直方圓之外，誠不徒然也。苟非清機朗鑒，達識警悟，而於彼眇視守隅、泥文執一者，烏可語耶？爲之大笑者，宜所不辭也。老圃區區，藝芳之暇，强顔就緒，孟浪成編。無庸質鼻，聊揮斲堊之斤；罔契文心，漫跂雕龍之筆。于以品章丰致，水鑑聲猷，華袞《英靈》，箾旄《間氣》，豈不亦可爲吟邊之一清議、林下之一雅談乎？

漢高祖　漢武帝　蘇武　韋孟　張衡　趙壹　曹子建　劉楨　王粲　阮籍　左思　陶潛　顔延年　謝脁　謝靈運　江淹　鮑照　王融　丘遲　沈約　范雲　陰鏗　何遜　徐陵　庾信　張正見　虞世南　李百藥　陳叔達　楊師道　王勃　楊炯　盧照鄰　駱賓王　陳子昂　王績　沈佺期　蘇頲　張説　蘇融　李乂　徐彦白　李嶠　鄭愔　杜審言　宋之問　東方虬　李太白　杜甫　任華　儲光羲　朞毋潛　賈至　劉昚虛　王維　孟浩然　岑參　高適　崔顥　陶翰　盧象　常建　王昌齡　賀蘭進明　祖詠　崔國輔　劉文房　韓愈　韋應物　柳宗元　李頎　皇甫冉　皇甫曾　錢起　戎昱　盧綸　暢當　李涉　鮑防　鮑溶　項斯　雍陶　姚鵠　章碣　李郢　耿湋　韓翃　戴叔倫　李嘉佑　郎士元　白居易　元稹　孟郊　賈島　盧仝　劉叉　許渾　姚合　温庭筠　李商隱　劉禹錫　顧況　武元衡　李賀　包佶　包何　李益　張祜　嚴維　司空曙　牛殳　李群玉　李端　張籍　王建　司空圖　于鵠　馬戴　喻鳧　張蠙　于武陵　朱慶餘　趙嘏　鄭谷　于濆　譚用之　韓渥　秦韜玉　李咸用　羅鄴　陸龜蒙　劉駕　李遠　劉得仁　林寬　邵謁　陳陶　唐末人　衲僧　羽流　女人　宋人　金

人　元人

其評曰

漢高祖、武帝之作，則星漢回天，苞符出水，自然成章者也。又如上棟下宇，易檜營之制而締構之，蓋取諸大、壯於後世者乎！

蘇武之作，稱爲高古，非清廟之瑟，朱絲疏豁，一唱三和，更無可喻之。

韋孟四言，誹而不亂，《小雅》之流風也。

張衡《四愁》，遥衷耿慕，猶《風》、《騷》之遺韻也。

趙壹《傷彼時》二首，載於史傳，詩家之賈誼乎！

曹子建之作，亦正亦變，駸駸乎《大雅》之製焉。

劉楨之作，朗潤清越，如摐金考石，故宜稱於建安也。

王粲之作，如楩柟杞梓，輪囷離奇，夫豈細材哉？

阮籍之作，如剡溪雪夜，孤楫沿流，乘興而來，興盡而已。

左思之作，如丹厓翠巘，金泉乳壑，晶熒璀璨，光景可挹。

陶潛之作，如清瀾白鳥，長林麇鹿，雖弗嬰籠絡，可與其潔。而隱顯未齊，厭欣猶滯，直適乎此而不能隘乎彼者邪？

顔延年之作，如般般之獸，白質黑章，旼旼穆穆，君子之態。

謝脁之作，如西山清曉，霏藍翕黛之中，時有爽氣。

謝靈運之作，森蔚璀瑋，而鋪叙紛縟處，似《急就篇》。

江淹清婉秀麗，才思有餘。《雜擬》之作，如季札聘魯，四代之樂，並歌于庭，非天下之至聰，其孰能喻？

鮑照之作，如珊瑚琅玕、木難火齊，弗資鏤琢，而自足偉觀。至乃詩家以太白方其俊逸，豈小小哉？

王融之作，《遊仙》云：「獻歲和風起，日出東南隅。鳳旍亂烟道，龍駕溢雲區。結賞自員嶠，移讌乃方壺。金巵浮水翠，玉斝挹泉珠。徒用霜露改，終然天地俱。」又：「命駕瑶池隈，過息嬴女臺。長袖何靡靡，簫管清且哀。璧門凉月舉，珠殿秋風迴。青鳥騖高羽，王母停玉杯。舉手暫爲别，千年將復來。」又：「湘沅有蘭芷，汨吾欲南征。遺珮出長浦，舉袂望增城。朱霞拂綺樹，白雲照金楹。五芝多秀色，八桂常冬榮。弭節且夷與，參差聞鳳笙。」如金莖百尺仙掌銅盤，集沆瀣於中天，倚清寒而獨矯也。

丘遲之作，如琪樹玲瓏，金芝布濩，九霄春露，三島秋雲。

沈約、范雲之作，如閶闔疏鍾，建章清漏，不棘不舒，有節有度。
陰鏗之作，體用兼優，神采融澈，辭精意切，名之弗滔也。
何遜之作，不費氣力，如庖丁解牛，成於騞然。
徐陵之作，如魚油龍罽，列堞明霞，輝燿丰茸，文采溢目。非頓載之室，詎得見此！
庾信之作，如玉臺九成，瓊樓數仞，規模崇麗，氣象清新。《步虚》諸什，並懸絶塵境。
張正見之作，如春旛綵勝，金翠熠燿，聯以珠璣，綽纚纖麗，剪截鋪綴，似非丈夫所爲。
虞世南之作，如高山樏具，蒼佩華纓，廊廟之容也。李百藥、陳叔達、楊師道，實可與分庭抗禮者焉。
王勃之作，如師襄調樂，八音繁會，洋洋盈耳，畢無一句鄭、衛之聲。
楊炯之作，如衛仗駢屬，林林秩秩，咸有由來，非苟爲美觀而已。
盧照鄰之作，如小山叢桂，偃蹇窅窊，散鄂如雨，空香滿風。
駱賓王之作，如武庫蘭錡，五兵林立，交芒翕焰，倩浰陸離，非千鈞百煉，名材擇産，弗置其間。
陳子昂之作，語意圓活，風儀蕭散，超然獨詣，不循前軌。俾製作一變，而爲盛唐，乃與盧照鄰並驅之，而不知孰先孰後也。

王績之作，如鴻蒙踦驔，雀躍而遊，解心釋神，付之自然，不物於物而適乎無適者也。

沈佺期、蘇頲之作，如文輈華轂，如輕如軒，簟茀繁纓，鏤膺鋈軜，鸞聲鏘鏘，六轡如濡，掉鞅交衢，綽有餘暇。張説、蘇融、李乂、徐彦伯、李嶠、鄭愔，皆爲可與折尺揚鑣者焉。

杜審言之作，如黼純越席，雕弧象弭，質焉而有容，飾焉而弗侈者也。

宋之問之作，興物攄情，藻思清健。第充詘隕穫之貌，未克忘言，亦可鄙哉！

東方虬《龍門》之作，如魯門海鳥，非不知無歸昌鳴世之音，而鍾鼓饗之，亦唯誇耀而已。

李太白之作，如仙鄉洞府，瑶壇碧宇，秀林高竹，清泉白石，疏花密草，素雲丹氣，爽籟晴光，絶無塵俗紛淆之翳。望之毛骨泠然，心目俱瑩，有褰裳拂袖、梯虹御氣、拔埃滓、挾扶摇、冥升蜚遁、憑淩六幕、俯睇八埏之意。賀老言其謫仙，廷禮品爲正宗，豈徒爾哉！千古詩家，一人而已。

杜甫之作，如滄溟際空，汪洋浩瀚，鯨奔鰲抃，蜃山蜃屋，天吴吉良，倭檣蜒艣，文犀珠蚌，無所不在，偉觀巨麗，莫與之京。至若鳬鷖鷗鷺，蝦鰻魴鮪，亦往往而出没乎其間。然時亦有可怪者，而不善擇者，乃兼收并拾，鼉鮫贏黨、青綸墨袋，類以爲盛飾奇羞焉。廷禮《唐詩品彙》及楊仲弘《唐音》，咸稱之爲大家云。

任華之作，如疾雷轥空，長風蹴浪，飛電沓影，重雲滿盈，倏開旋闔，一朗一晦，凛耳叠目，吁可怪也。又如鸞驂虯駟，軌迹不凡，上下周流，無勞銜策。其《懷素歌》云：「吾常好奇，古來草聖無不知，豈不知右軍與獻之？雖有壯麗之骨，恨無狂逸之姿。中間張長史，獨放蕩而不羈。以顛爲名，傾動於當時。張老顛，殊不顛於懷素顛。懷素顛，乃是顛。人謂爾從江南來，我謂爾從天上來。負顛狂之墨妙，有顛狂之逸才。誰不造素屏，誰不塗粉壁？粉壁摇晴光，素屏凝曉霜。待君揮灑兮不可彌忘。駿馬迎來坐中堂，金盆盛酒竹葉香。十杯五杯不解起，百杯已後纔顛狂。一顛一狂多意氣，大叫一聲起攘臂。揮毫倏忽千萬字，有時一字兩字長丈二。翕若長鯨潑刺動海島，欻若長蛇戍律透深草。回環繚繞相拘連，千變萬化在眼前。飄風驟雨相擊射，速禄颯拉動檐隙。擲華岳巨石以爲點，掣衡山陣雲以爲畫。更有何處最可憐？裊裊枯藤萬枝懸，拂秋水兮映秋天。或如絲，或如髮，風吹欲絶又不絶。鋒芒利如歐冶劍，勁直渾是并州鐵。時復枯燥何襹褷，忽覺陰山突兀横翠微。中有古松錯落一萬丈，倒掛絶壁蹙枯枝。千魑魅兮萬魍魎，欲出不可何閃尸。又如瀚海日暮愁陰濃，忽晴躍出千黑龍。夭矯偃蹇，亂入乎蒼穹。飛砂走石滿窮塞，萬里颼颼西北風。狂僧有絶藝，非數仞高墻不足以逞其筆勢。或逢花箋與絹素，凝神執筆守恒度。别有筋骨多情趣，霏霏微微點春露。三秋月照丹鳳樓，二月花開上林樹。」又《寄李白歌》云：「有時白日忽欲睡，覺之不覺起攘臂。任生知有君，君還知有任生未？」蓋《雪車》、《冰柱》之祖鞭也。

儲光羲之作，如康衢老叟，厖眉黄髮，梨顔鮐背，飲鑿食耕，自足懷抱。

朞毋潛之作，如春溪流碧，落英泛香，澄澈涵泳，縈紆自遠。

賈至之作，如青楓千里，汀洲半寒，杜若江蘺，芳菲可擥。

劉昚虚之作，如春烟乍斂，風景蒼然，澹日微雲，猶有雨意。

王維之作，如上林春曉，芳樹微烟，百囀新鶯，宫商如奏，黄山紫塞，漢館秦宫，芊綿偉麗，於氤氲杳渺之間，真所謂有聲畫也。非妙於丹青者，其孰能之？矧乃辭情閑暢，音調雅絒，至今人師之誦之，爲楷式焉。

孟浩然之作，如秋高氣清，天宇澄碧，明月半上，輕雲自流，登江樓以肆懷，撫胡床而一嘯，興不淺矣。

岑參之作，如魯靈光殿，峥嶸突兀，規模軒豁。而紆欝窈窕，轇轕藻縟，金扉璇室，西廂東序，飛梁虹指，浮柱星懸，虬螭菡萏，玄熊朱鳥，不可一覽而盡。

高適之作，如禰衡《漁陽操》，逸氣駿發，四座傾聽，雖可偉矣，而乏絲竹之音。且卓犖倜儻，激揚過正，時或跌蕩於檢括之外。上陳希烈詩，以夔龍爲比，疵於千載，可不慎歟！

崔顥之作，如條風膏雨，生意油然。追魏晉雖不及，而跨陳隋乃過之，往往出陰、何、沈、范之間。七言律，初唐之可畏，盛唐之先達也。《黄鶴樓》詩，爲太白所推許。觀其他篇，猶當讓太白二三步。蓋顥詩好處在意中，人之所能模範；太白高處乃在意外，莫得窺其涯涘也。是又不饜重爲之懸衡云。

陶翰之作，如冰溪疏竹，氣色凛然，不繁不雜，亦可與其潔也。

盧象之作，如喬松百尺，響落晴空。

常建之作，如春庭清晝，寒梅數花，幽姿潔韻，光風華日間曒如也。

王昌齡之作，如邵陵之師，攻車佶牡，長戟大旆，涉風馬牛不及之地，蓋將跨江漢以無敵，吞雲夢於胸中，而曾不芥蒂者歟！當時力足與争盟迭長而無讓者，未見其人也。

賀蘭進明之作，其峻拔清映，如孤峰千仞，重湖一望；其鏗鏘發越，又如曲沃懸匏，泗濱浮磬。

祖詠之作，如疏柳鳴蟬，青田野鶴，白露清飆，亶其高乎！

崔國輔之作，如巖畔麗人，揚輕袿，翳修袖，采玄芝於湍瀨，曳霞綃於蘅薄，倏凌波以微步，迅飄然而若神也。

劉文房之作，如湘川日夕，風烟渺然，碧草寒波，極望天際，可以浩歌而長太息矣。辭微而婉，聲渾以淳，其哀而不傷，其怨而不亂，其屈平、宋玉之流歟！

韓愈之作，如嫖姚北伐，横行直入，莫沮其鋒。要其大端，皆文積乎中，氣充神王，不餒不梏，波瀾源委，全是文筆。宋人多學之，實派詩之遠祖也。

韋應物之作，如暮春山陰之蘭亭，茂林修竹，清流映帶，天朗氣清，惠風和暢，仰觀宇宙，俯察品類，雖無管絃之盛，一觴一詠，亦足以暢叙幽情矣。又如竹院秋燈，花池夜雨，聲色之外，意不盡言。

柳宗元之作，如霜天寒日，竹籬蔬圃，倪青旄白，聯蹊接畛，欣欣然自足佳味。彼朵頤羹鼎、快嚼屠門者，奚可以語是哉？韓詩雄暢，優於其文。柳詩雖稱平淡，實不及其文之藻贍焉。

李頎之作，如泛樓船而濟汾河，簫鼓鳴而發棹歌，横中流而揚素波者也。

二皇甫之作，難兄難弟。冉渾而涵，曾條以暢，如伯氏吹塤，仲氏吹篪。

錢起之作，如有漪其蘭，榮於幽谷，徐風東來，習習而芳，挹焉彌章，悠然自遠，夫豈十步之内所可得而易到者耶？

戎昱之作，如珠貫纍纍，亦可把而玩之。

盧綸之作，如束帶鳴玉，規行矩步，動中《武》、《象》，趨中《韶》、《夏》，足爲軌度。暢當、李涉、鮑防、鮑溶、項斯，則聯行比迹者也。雍陶、姚鵠、章碣、李郢，去之雖遠，亦跂其踵武焉。

耿湋之作，如空山無人，日色清曉，疏林佇景，纖蘿含吹。

韓翃之作，如盧絢過勤政樓，垂鞭緩轡，不馳不騁，不矯不矜，委蛇其間，丰儀清粹，天子簡之，非苟幸也。

戴叔倫之作，如曉日微薰，幽篁新緑，石闌苔院，意致清妍。

李嘉佑之作，驅駕飄忽，如八駿西馳，造父攬轡，左之右之，不泥乎軌轍。

朗士元之作，如千門柳色，萬户砧聲。

白居易之作，含蓄悠遠，形容精切，不尚巉譎，率歸平實。大抵言出其心，所以無蹈襲陳腐之弊，與元稹「諷諫」各篇，良有異乎！主文譎諫之風，大雅明哲之道。速尤貽慼，雖工亦奚以爲！

元稹之作，如葉公畫龍，邊鸞花鳥，梁倚怵奠，鱗爪鬐鬣，毛澤雄雌，浮翔鼓息，紅紫靚渥，葳蕤披離，工極情狀，唯欠飛躍耳。

孟郊之作，如秋深遥夜，庭草既寒，白露如水，蟲聲不已；又如吴坂之駕，行復一鳴。是可哀也，亦徒耳也。造化無心，芻狗萬物，時哉弗與，傷如之何？達者不務知之所無可奈何，於是而翛然自足，得喪兼忘，汙杯鍾鼎，方丈簞瓢，胡爲乎慼慼如此？東野以詩鳴其未達，無入而不自得者，豈止一間哉？

賈島之作，寓旨精潔，措辭簡淡，故有枯木寒泉氣象者也。其「三月正當三十日，風光别我苦吟身。共君今夜不須睡，未到曉鐘猶是春」一絶，又何其戀著，未能頓捨，乃如此耶？真是還俗和尚也。

盧仝之作，如夏雲百變，蝵果葳蕤，抑揚宛轉，無滯形迹，愈出愈奇。

劉叉之作，如古樂府，殆不似詩，又自成一家者也。其《冰柱》、《雪車》等篇，如老木槎牙，鱗皴擁腫，不爲容媚，殆匠石所弗顧，而徑庭於和氏荆山之璞矣。

許渾之作，如百煉之鏐，狐腋之裘，弗鏤弗繪，乃精乃純，猶千里不蹶之良駿也。雖懸金國門，以募易其一字，孰得而輕議其是非哉！

姚合之作，如白圭、猗頓之資，文犀蔞錦，南金東箭，盈溢顧盼，唯意所欲，易如拾芥，非積有之富，其能然乎？雖連城照乘，鱗膠火布，未之見也，方諸窮鈎苦索以徼一得者，蓓蓰矣。

温庭筠之作，如朝陽鸑鷟，羽儀便蕃，文采蔞蒨，葱髯彯景，喬竿掞霞，鼓翮高梧，鳴中律吕，含絲越竹，喈喈噰噰，不可每得而見，不可頻得而聞者焉。

李商隱之作，如群玉蓬萊，蘭臺竹殿，蝌漆烏鉛，韋編石榻，巾緹坻積，籤牙雨垂，瑶軸緗潢，焕其盈目，呻獵無措。

劉禹錫之作，如秦開蜀道，工夫氣力，所費不少，誠亦非易，而見見斧鑿痕。

顧况之作，如北苑春芽，洪崖寒瀨。

武元衡之作，如晴霞散綺，光采流麗，明滅照映，層見叠出，歷歷可羡。

李賀之作，如寶聖寺壁畫，華容梵像，火首黄頭，山王龍鬼，香雨寶燈，天衣雲蓋，腹行共命，層臺複網，金繩珠樹，殊情詭肖，嬰嫕嵬瑣，極工似之能事。

包佶之作，如一絃琴，雖乏蘊藉而不俗。

包何之作，辭窘意卑，如在塘鳴雁，于欄華鴨，無烟霄泉壑閑曠之姿，僅依栖俛仰於睥睨之間而已，且復未能不有意於稻粱也。

李益之作，如騠騮之馬，鶩曼振鬣，而不羈之氣可見也。

張祜之作，如楚細腰人，鏘瑶襲綺，既閑且都，而有餒色。

嚴維之作，彪炳流麗，悠揚縹緲，如遠浦明霞，晴空飛絮。

司空曙之作，如南澗之蘋，行潦之藻，筐筥盛之，錡釜湘之，欲速成者也，何難致之有哉！

牛殳之作，如《琵琶》長篇云：「何人斲得一片木，三尺春冰五音足。一彈決破真珠囊，迸落金盤聲斷續。飄飄飒飒寒丁丁，蟲豸出蟄神鬼驚。秋鴻叫侶代雲黑，猩猩夜啼蠻月明。潏潏(泪)[汩](泪)[汩]聲不定，胡雛學漢語未正。苦似長安月蝕時，滿城敲動青鸞鏡。花亂上林鶯燕新，沙場殷鼓聲磷磷。青山飛起不厭物，野水流來欲濕人。傷心憶得陳後主，春殿半酣細腰舞。黄鶯百舌正相呼，玉樹後庭花帶雨。」又賦《方響》云：「鏗鏗鐺鐺寒重重，盤渦蹙派鳴蛟龍。高樓漏滴金壺水，碎雹打著山寺鐘。又似公卿入朝去，佩環鳴玉長街路。忽然碎打入破聲，石崇推倒珊瑚樹。」可謂得形容之妙者也。

李群玉之作，如孟賁扛鼎，裴旻舞劍，觀者爲之屏營，雖有矜色，亦可偉也。

李端之作，如四虺周觚，雷紋商鼎，款識古雅，鎔鑄精純，而非雕刻之比，宜終日玩而無時斁也。

張籍之作，如香杆檀槽，輕攏緩撥，移（商）［商］泛徵，含欷鳴悦，聲備要妙，思深委曲，擊節是宜，直不古耳。

王建之作，如蘭烝鬱鬯，淳熬擣珍，自不庸菲，且是古味，蓋佳製也。

司空圖律詩，窘狹淺淡，已有宋頭巾氣味，如豚肩不揜豆，儉而逼下者也。絶句理趣沖邈，神清超邁，又如一狐裘三十年，有衣錦尚褧、不願文繡之意，又豈蜉蝣之羽可得跂而望之哉！

于鵠之作，孤遊超絶，如張騫乘槎，窮河之源，企及亦難矣。

馬戴，會昌進士，其爲唐也晚矣，乃能奮躍於三二百年之下，辭境悠峻，如良驥伏櫪，無賈闉扼之勇，函神佇思，固非止跬步之間而已焉。

喻鳧之作，工夫深而趣益淺，字語巧而句更拙，不及戴作甚遠，晚唐之弊也。

張蠙之作，匠辭警拔，寓旨優逸，晚唐之善鳴也，而名不大播於世，何哉？

于武陵之作，如清曉蓮花，微薰荷葉，氣韻超塵，豐情自妙。

朱慶餘之作，圓瑩活動，如走盤珠，不礱不鑿，出乎自然。

趙嘏之作，如霞綃雲綺，鸞翻鶴矯，意思活動，機杼精絶，非青紅黄白，而自然不可模擬。

鄭谷之作，如湖市犀瓜，間有佳味，而不皆是也，太生過熟者，無翅十八九焉。一言之玷，不可爲矣，而況多乎哉？

于濆之作，如丹砂曾青，沉檀藥桂，真珠犀麝，咸中於病，匪徒奇瑰氣味而已。

譚用之之作，如朱紘鏤簋，山楶藻棁，麗矣侈矣。

韓偓之作，情思淪洽，而氣骨優柔。其《香奩集》似非端人介士所爲，豈值時多難，盍將是自涴耶？不然，何乃若是哉？至岐下不草，韋貽範制，乃非委瑣齷齪者所能擬。下而事爲莫幾其千一，徒效其嘲詠，則未見其可也。

秦韜玉詩三卷，自名《投知小録》，無恥之甚也。詩也者而有斯集也，亦不幸也。

李咸用之作，如雞吐綬，文采炳發，而風神闕如。

羅鄴之作，如韝鷹竦翮，雋氣不群。

陸龜蒙之作，如壘石假山，谽谺駊騀，壇曼傾仄，歷歷成趣，而氣脉不聯屬。

劉駕之作，如枯桐七絃，發聲便含古意，不可與纂箏坎侯同日語也。

李遠之作，如水沉木蘭，金顏蘇合，氣味醲醇，殊非草草。

劉得仁之作，如剩水殘山，孤烟片石。

林寬之作，如林塘春暮，緑陰既成，鶯聲蝶影中，疏花細草，更足幽意。

邵謁之作，過乎激切，季世之音也。而止乎禮義，亦可以觀者歟！

陳陶之作，如長卿所賦中州大人，隘世遠舉。其轇轕衝蓯也，綷雲蓋而樹華旗；其卉歙衍曼也，後裔皇而前長離；其骩骫也，騰青虯而驂赤螭；其慘也，誅風伯而刑雨師；其豫也，使靈媧鼓瑟而舞馮夷；其泛覽遥集也，息葱極而經三危；其呼吸精英練要以自潔也，則餐朝霞而咀璚芝。是亦可謂盡乎變矣。

杜牧之、荀鶴、韋莊、崔塗輩之作，如蟬清黄葉，蟲響寒莎，雖並有聲於欲罷，而無足驚人者，豈時然乎？

吴筠、韋渠牟輩之作，非如晞髮天山，振衣雲嶠，軼銀漢以濯纓，撫裔雲以舒嘯，乘罡風、凌倒景於空冥碧落之上而何耶？

清晝、靈徹輩之作，如深澗鳴泉，空林清籟，根境脱灑，家風夐别。

李季蘭之流，如吴蠶之繭，纏綿菀積，引而伸之，濡而淳之，葱之艾之，殷之黝之，以絺以繡，亦天降之殊也。

宋初有寇準之遒雅，蓋崑山之尺璧也；晏殊之潤逸，寔珠樹之一華也。既而楊億之流，其嬌情切景，鏤章組句，如暖風遲日，繁華細柳，歌鶯舞燕，和氣藹然。時傷乎巧而弗害其工，過於温柔而侵於弛緩。及熙、豐之後，忌工巧而滅裂其形矣，反柔緩而鹵莽其聲矣。太白、子美絶和之唱，師萬古而無徒。猶右軍之書，雖學者莫不漸其滋液，窺其藩籬，而游其瀾、升其堂者，其人則遠也，矧源奥之容傣哉！若歐陽脩，克循韓愈之軌轍，兼欲追其步驟；王安石僅得韓愈之形似，莫能及其神采；蘇軾欲效韓愈之馳騁，而無其制度。厥後其能傑出，終以自成一家者，黄庭堅、陳師道之作，如長江大河，浩然之氣，可得而見矣。黄則滂濞而馳騖，陳乃汪洋而瀲灧，爲派詩之宗，皆韓之流也。别有張耒、秦觀之作，如平湖雨散，微波粼粼，紅橋畫舫，横斜摇曳於天光雲影之間也。郭祥正之作，如峭壁倚空，飛泉百尺，淙巖漱壑，盤渦激浪，匯而爲淵，奔而爲川也。陸游、范成大、戴復古之作，則如曲沼方塘，鵁鶄鸂鶒，徊翔出没，亦足賞者。而邵棠、趙師秀、周端臣輩所作，乃如平楚荒洲，寒沙衰草，白蘋紅蓼，斜照西風，雖稍復清曠，而衰颯又及之矣。梅堯臣、劉克莊，前後相去百餘載，而所作皆如陂澤水潦之方至，泛衍紆潏，而枯燥旋繼之，其爲容也淺矣，孰謂非淵源之不足耶？其他作者，如寒家譙集，一觚一斝，稍足一顧者，輒張於硎篚之間，而其他具弗稱也。矧無玷缺者，又百無三四焉。總而言之，五季而下，漸靡於汴京，大壞於南渡建炎之後。東南人士，膚淺於文而深於啓劄，工於樂府而拙於詩。習趨苟簡，粗且成風，流宕忘返，頽靡弗振，易於齋課，忽甚童謡矣。加以累字蕪辭，重聲假韻，無似者滔滔皆是也。夫豈日夕遽變而然哉？後之奮迅鎔汰，不蹈弊習，獨追往前者，艾性夫一人焉。其形容嗟嘆，發揚感慨，春容窈窕，備造乎妙，或奇或正，如瞿塘三峽、武夷九曲，餘未之多見也。無乃光響堙翳，莫可得而知耶？不然，何其寂漠寥落之乃若是乎？

趙子昂之作，端詳閑雅，風流清邁，如其字。

白玉蟾之作，如天風孤鶴，鐵笛横秋。

金人之作，罔得睹其全本。好問所選，載於《中州集》者，蔡松年《晚夏驛騎再之凉涇》長篇前四句云：「兜羅葱鬱浮空青，曉日馬頭雙眼明。名山不作世俗態，千里傾蓋來相迎。」《還（都）［祁］》古風起云：「洪河注天南，兵氣横高穹。我從兵前來，歸心疾驚鴻。」高士談《道中》絶句云：「鳴鳩逐婦婦欲去，燕子引雛雛不來。樹底樹頭千點雨，山前山後一聲雷。」《雪》後二句云：「江山一色三千里，酒力消時正倚樓。」《楊花》云：「我比楊花更飄蕩，楊花只是一春忙。」邊元鼎《客思》起云：「客裏逢春易感傷，不堪殘淚愛家鄉。」結云：「官街坐（到）［對］黄昏月，半屋青燈滿地霜。」奇雋無前矣。又《和韻》後聯云：「浮世夢中無限事，紅顔花上霎時春。」《新香》近體結云：「簾影漸分風又起，一塘秋水落夫容。」党懷英《漁村》絶句云：「江村清境皆畫本，畫裏更傳詩句工。漁父自醒還自醉，不知身在畫圖中。」《書北軒》録前四句云：「生涯自分老林泉，欲止還行信有緣。未許綸竿歸醉手，且隨烟水入吟鞭。」《送崔深道東歸》七言前六句云：「君從鬱葱幾時來，鬱葱山色空崔嵬。白雲已自動歸意，蠨蛸蛜蝛况可懷。薰風濁酒非莓苔，那知空齋響蚊雷。」又《題畫》長篇前五句云：「樂天歸卧湖山邊，閑買池塘娱暮年。小蠻已老樊素去，心地玲瓏如白蓮。室中誰遣散花天。」王庭筠《書西齋》云：「世事雲千變，浮生夢一場。偶然携拄杖，來此據胡床。有雨夜更静，無風花自香。出門多道路，何處覓亡羊？」《過泥河》絶句云：「家在孤雲落照間，行人已過雁門關。憑誰爲報平安信，才是雲中第一山。」趙秉文《寄陳正叔》後四句云：「廣武山川迷故壘，成皋草木閟空城。憑高一掬英雄淚，寄與窮途阮步兵。」《靈感寺》結句云：「欲盡休公揮麈樂，鬢紗羞對落花風。」《代州》云：「繫馬朱欄重回首，烟波誰在釣魚舟。」《華山》絶句後云：「未到上方先滿意，倚天青壁看雲生。」李純甫《偶得》一律云：「包裹青衫已十年，聰明更覺不如前。簿書叢裏先抽手，風月場中少息肩。瓶底剩儲元亮粟，杖頭高掛老坡錢。會須著我屏山下，了盡平生不問天。」李獻能《登滎陽古城》前四句云：「突兀高臺上古城，登臨人境兩峥嶸。關河落日歲云暮，草木臨風氣未平。」《梅》一聯云：「光生淇樹風霜古，影占銀潢月露凉。物外根株本仙種，世間紅紫避嚴妝。」王渥《遊丹霞》後四句云：「野色自隨人意遠，夕陽應爲鳥聲留。仙源回首旌旗隔，一笛臨風唤客愁。」劉勳《題崧陽歸隱圖》云：「百錢便掛青藜杖，不看先生紙上山。」《元夜》律結云：「空庭不見梅花月，寂寂春陰最惱人。」馬天來《山中》絶句云：「青林寂寂鳥關關，畫出風烟落照間。脱却草鞋臨水坐，野雲分我一邊閑。」往往其作如攢峰列嶂，含霏吐景，雖未足儷峻極於嵩、恒，競神奥於輿、嶠，其峭峙聳拔，信亦有可觀者也。若劉迎、周昂、劉仲尹、楊雲翼、雷淵之流，則並如雨後之雄虹，樓中之曙角，霜庭之佳菊，黄葉之流鶯，然皆宋人所不之及者也。

元入中國九十餘年之間，劉因蔚爲首稱，氣宇崖岸，發於音，形於言，如擊水三千、摶風九萬者，其自抱如此，寔一代之奇士耶！

袁桷、陳孚、馬祖常、王惲、吴師道之流，咸若邊城沙草，朔吹黄雲，疊鼓凝笳，驕鷹肥馬，鳴鞭飛鞚，何其壯哉！

張憲儁發，射雕手也。

薩都剌、成廷珪、黄清老、仇近[仁]數家，則若輕裘緩帶，雅歌投壺，又有儒雅之聲容焉。貫雲石之作，如平川渺渺，扁舟一葉，相羊容裔於荷香露氣之間，其絶俗也遠矣。

馮海粟、本中峰之作，乃如象渡河，如師子吼，入正定而無畏者也。

虞集、楊仲弘、揭曼碩、范梈，骨格皆自派詩中來，且是學韓、杜而畫虎不成也。然奮末粗厲，當世以老卒目之，亦氣運有移，非才之過也。猶方響在懸，求其金玉之聲，誠未之有聞焉，亦鐵中之錚錚者歟！

王冕自題所畫《墨梅懸厓》云：「看他春到清高處，不再平常地上生。」又一絶云：「我家洗硯池邊樹，朵朵花開淡墨痕。不要人誇好顔色，只留清氣滿乾坤。」此老丰韻，傑步千載者乎！

詩評後叙

詩之有評也，鍾嶸三《品》之前，蓋未之聞焉。後之評詩，可嗣其美者，張芸叟而已。其他若敖陶孫輩，中無獨見者，則黨於流俗，苟循好惡，下注脚而已。言無先入者，則模稜首鼠，依違附會，打之繞而已。且評詩者，出處得失，皆所弗暇論於此者，亦所謂不以人廢言之道乎？余也僻，加之以區瞀之秋，隨流揚波之謂，雖所不爲，而求夫過人之見，亦所無也。其唯多可，則有之焉。時成化甲午一之日朔也。

徐禎卿◇撰

談藝録

一卷

龔宗傑◎點校

談藝録

吴郡　徐禎卿

詩理宏淵，談何容易。究其妙用，可略而言。《卿雲》、「江水」，開《雅》、《頌》之源；《烝民》、《麥秀》，建《國風》之始。覽其事迹，興廢如存；占彼民情，困舒在目。則知詩者，所以宣玄鬱之思，光神妙之化者也。先王協之於宫徵，被之於簧絃，奏之於郊社，頌之於宗廟，歌之於燕會，諷之於房中。蓋以之可以格天地、感鬼神、暢風教、通庶情，此古詩之大約也。漢祚鴻朗，文章作新，《安世》楚聲，温純厚雅；孝武樂府，壯麗宏奇。縉紳先生，咸從附作。雖規迹古風，各懷剞劂，美哉歌詠，漢德雍揚，可爲《雅》、《頌》之嗣也。及夫興懷觸感，民各有情。賢人逸士，呻吟於下里；棄妻思婦，嘆詠於中閨。鼓吹奏乎軍曲，童謡發於閭巷，亦十五《國風》之次也。東京繼軌，大演五言，而歌詩之聲微矣。至於含氣布詞，質而不采，七情雜遣，並自悠圓。或間有微疵，終難毁玉。兩京詩法，譬之伯仲塤篪，所以相成其音調也。魏氏文學，獨專其盛，然國運風移，古朴易解。曹、王數子，才氣慷慨，不詭風人，而持立之功，卒亦未至，故時與之闇化矣。嗚呼！世代推移，理有必爾，風斯偃矣，何足論才？故特標極界，以俟君子取焉。

夫任用無方，故情文異尚。譬如錢體爲圓，鈎形爲曲；箸則尚直，屏則成方。大匠之家，器飾雜出，要其格度，不過總心機之妙應，假刀鋸以成功耳。至於衆工小技，擅巧分門，亦自力限有涯，不可强也。姑陳其目，第而爲言：郊廟之詞莊以嚴，戎兵之詞壯以肅，朝會之詞大以雍，公讌之詞樂而則，夫其大義固如斯已。深瑕重纍，可得而言：崇功盛德，易夸而乏雅；華疏彩會，易淫而去質；干戈車革，易勇而亡警；靈節韶光，易采而成靡。蓋觀於大者，神越而心游，中無植幹，鮮不眩移，此宏詞之極軌也。若夫款款贈言，盡平生之篤好；執手送遠，慰此戀戀之情。勗勵規箴，婉而不直；臨喪挽死，痛旨深長。雜懷因感以詠言，覽古隨方而結論。行旅超遥，苦辛各異；遨遊晤賞，哀樂難常。孤孽怨思，達人齊物；忠臣幽憤，貧士鬱伊。此詩家之錯變，而規格之縱横也。然思或朽腐而未精，情或零落而未備，詞或罅缺而未博，氣或柔獷而未調，格或莠亂而未叶，咸爲病焉。故知驅縱靡常，城門一軌，揮斤污鼻，能者得之。若乃訪之於遠，不下帶衽；索之以近，則在千里。此詩之所以未易言也。

情者，心之精也。情無定位，觸感而興，既動于中，必形於聲。故喜則爲笑啞，憂則爲吁歔，怒則爲叱咤。然引而成音，氣實爲佐；引音成詞，文實與功。蓋因情以發氣，因氣以成聲，因聲而繪詞，因詞而定韻。此詩之源也。然情實眑渺，必因思以窮其奥；氣有粗弱，必因力以奪其偏；詞難妥帖，必因才以致其極；才易飄揚，必因質以禦其侈。此詩之流也。繇是而觀，則知詩者乃精神之浮英、造化之秘思也。若夫妙騁心機，隨方合節，或約旨以植義，或宏文以叙心，或緩發如朱絃，或急張如躍栝，或始迅以中留，或既優而後促，或慷慨以任壯，或悲悽以引泣，或因拙以得工，或發奇而似易。此輪匠之超悟，不可得而詳也。《易》曰：「書不盡言，言不盡意。」若乃因言求意，其亦庶乎有得與？

魏詩，門户也；漢詩，堂奥也。入户升堂，固其機也。而晋氏之風，本之魏焉。然而判迹於魏者，何也？故知門户非定程也。陸生之論文曰：「非知之難，行之難也。」夫既知行之難，又安得云知之非難哉？又曰：「詩緣情而綺靡。」則陸生之所知，固魏詩之查穢耳。嗟夫！文勝質衰，本同末異，此聖哲所以感嘆，翟、朱所以興哀者也。夫欲拯質，必務削文，欲反本，必資去末。是固曰然，然非通論也。玉韞於石，豈曰無文？淵珠露采，亦匪無質。由質開文，古詩所以擅巧；由文求質，晋格所以爲衰。若乃文質雜興，本末並用，此魏之失也。故繩漢之武，其流也猶至於魏；宗晋之體，其敝也不可以悉矣。

夫情能動物，故詩足以感人。荆軻變徵，壯士瞋目；延年婉歌，漢武慕嘆。凡厥含生，情本一貫，所以同憂相瘁，同樂相傾者也。故詩者風也，風之所至，草必偃焉。聖人定經，列國爲風，固有以也。若乃歔欷無涕，行路必不爲之興哀；訴難不膚，聞者必不爲之變色。故夫直戇之詞，譬之無音之絃耳，何所取聞於人哉？至於陳采以眩目，裁虚以蕩心，抑又末矣。

詩家名號，區别種種，原其大義，固自同歸。歌聲雜而無方，行體疏而不滯。吟以呻其鬱，曲以導其微，引以抽其臆，詩以言其情，故名因昭象。合是而觀，則情之體備矣。夫情既異其形，故辭當因其勢。譬如寫物繪色，情眄各以其狀；隨規逐矩，圓方巧獲其則。此乃因情立格，持守圜環之大略也。若夫神工哲匠，顛倒經樞，思若連絲，應之杼軸，文如鑄冶，逐手而遷，從衡參互，恒度自若。此心之伏機，不可强能也。

朦朧萌拆，情之來也；汪洋漫衍，情之沛也；連翩絡屬，情之一也；馳軼步驟，氣之達也；簡練揣摩，思之約也；頡頏纍貫，韻之齊也；混純貞粹，質之檢也；明雋清圓，詞之藻也。高才閒擬，濡筆求工，發旨立意，雖旁出多門，未有不由斯户者也。至於《垓下》之歌，出自流離；「煮豆」之詩，成於草卒。命辭慷慨，並自奇工，此則深情素氣，激而成言，詩之權例也。傳曰：「疾行無善迹。」乃藝家之恒論也。昔桓譚學賦於揚雄，雄令讀千首賦，蓋所以廣其資，亦得以參其變也。詩賦粗精，譬之絺綌，而不深探研之力，宏識誦之功，何能益也？故古詩三百，可以博其源；遺篇十九，可以約其趣；樂府雄高，可以厲其氣；《離騷》深永，可以裨其思。然後法經而植旨，繩古以崇辭，雖或未盡臻其奥，吾亦罕見其失也。嗚呼！雕績滿目，並已稱工；芙蓉始發，尤能擅麗。後世之惑，宜益滋焉。夫未睹《鈞天》之美，則《北里》爲工；不詠《關雎》之亂，則《桑中》爲雋。故匪師涓，難爲語也。

夫詞士輕偷，詩人忠厚。下訪漢魏，古意猶存。蘇子之戒愛景光，少卿之厲崇明德，規善之辭也。魏武之悲東山，王粲之感鳴鸛，子恤之辭也。甄后致頌於延年，劉妻取譬於唾井，繾綣之辭也。子建言恩，何必衾枕；文君怨嫁，願得白頭，勸諷之辭也。究其微旨，何殊經術？作者蹈古轍之嘉粹，刊佻靡之非經，豈直精詩，亦可以養德也。《鹿鳴》、《頍弁》之宴好，《黍離》、《有萑》之哀傷，《氓蚩》、《晨風》之悔嘆，《蟋蟀》、《山樞》之感慨，《柏舟》、《終風》之憤懣，《杕杜》、《葛藟》之憫恤，《葛屨》、《祈父》之譏訕，《黄鳥》、《二子》之痛悼，《小弁》、《何人斯》之怨誹，《小宛》、《雞鳴》之戒惕，《大東》、《何草不黄》之困疵，《巷伯》、《鶉奔》之惡惡，《綢繆》、《車舝》之歡慶，《木瓜》、《采葛》之情念，《雄雉》、《伯兮》之思懷，《北山》、《陟岵》之行役，《伐檀》、《七月》之勤敏，《常棣》、《蓼莪》之大義，皆曲盡情思，婉孌氣詞。哲匠縱横，畢由斯閾也。

詩之辭氣，雖由政教，然支分條布，略有徑庭。良由人士品殊，藝隨遷易。故宗工鉅匠，辭淳氣平；豪賢碩俠，辭雄氣武；遷臣孽子，辭厲氣促；逸民遺老，辭玄氣沈；賢良文學，辭雅氣俊；輔臣弼士，辭尊氣嚴；閹僮壼女，辭弱氣柔；媚夫倖士，辭靡氣蕩；荒才嬌麗，辭淫氣傷。

七言沿起，咸曰「柏梁」。然寧戚扣牛，已肇《南山》之篇矣。其爲則也，聲長字縱，易以成文，故藴氣琱辭，與五言略異。要而論之，《滄浪》擅其奇，《柏梁》弘其質，《四愁》墜其雋，《燕歌》開其靡。他或雜見於樂篇，或援格於賦系，妍醜之間，可以類推矣。

詩貴先合度而後工拙，縱横格軌，各具風雅。繁欽《定情》，本之《鄭》、《衛》；「生年不滿百」，出自《唐風》；王粲《從軍》，得之二《雅》；張衡《同聲》，亦合《關雎》。諸詩固自有工醜，然而並驅者，托之軌度也。

夫哲匠鴻才，固繇内穎；中人承學，必自迹求。大抵詩之妙軌，情若重淵，奥不可測；辭如繁露，貫而不雜；氣如良駟，馳而不軼。由是而求，可以冥會矣。

樂府往往叙事，故與詩殊。蓋叙事辭緩，則冗不精。「翩翩堂前燕」，叠字極促乃佳。阮瑀「駕出北郭門」，視《孤兒行》大緩弱，不逮矣。

詩不能受瑕。工拙之間，相去無幾，頓自絶殊。如《塘上行》云：「莫以豪賢故，棄捐素所愛。莫以魚肉賤，棄捐葱與薤。莫以麻枲賤，棄捐菅與蒯。」《浮萍篇》則曰：「茱萸自有芳，不若桂與蘭。新人雖可愛，無若故所歡。」本自倫語，然佳不如《塘上行》。

古詩句格自質，然大入工。《唐風・山有樞》云「何不日鼓瑟」，《鐃歌》辭曰「臨高臺以軒」，可以當之。又「江有香草目以蘭，黄鵠高飛離哉翻」，絶工美，可爲七言宗也。

氣本尚壯，亦忌鋭逸。魏祖云：「老驥伏櫪，志在千里。烈士暮年，壯心不已。」猶暧暧也。思王《野田黄雀行》，譬如錐出囊中，大索露矣。

樂府中有「妃呼稀」、「伊何那」諸語，本自亡義，但補樂中之音。亦有叠本語，如曰「賤妾與君共餔糜，共餔糜」之類也。

「生年不滿百」四語，《西門行》亦掇之，古人不諱重襲，若相援耳。覽《西門》終篇，固咸自鑠古詩，然首尾語精美，可二也。

温裕純雅，古詩得之。遒深勁絶，不若漢鐃歌樂府詞。樂府《烏生八九子》、《東門行》等篇，如淮南小山之賦，氣韻絶峻，下可與孟德道之。王、劉文學曹，當内手耳。

韋、仲、班、傅輩四言詩，偖縛不蕩。曹公《短歌行》、子建「來日大難」，工堪爲則矣。白狼槃木詩三章亦佳，緣不受《雅》、《頌》困耳。

漢魏之交，文人特茂，然衰世叔運，終鮮粹才。孔融懿名，高列諸子，視《臨終》詩，大類銘箴語耳。應瑒巧思逶迤，失之靡靡。休璉《百一》，微能自振，然傷媚焉。仲宣流客，慷慨有懷，「西京」之餘，鮮可誦者。陳琳意氣鏗鏗，非風人度也。阮生優緩有餘，劉楨錐角重峭，割曳綴懸，並可稱也。曹丕資近美媛，遠不逮植。然植之才，不堪整栗，亦有憾焉。若夫重熙鴻化，蒸育叢材，金玉其相，綽哉有斐，求之斯病，殆寡已夫。

古詩降魏，辭人所遺。雖蕭統簡輯，過冗而不精；劉勰緒論，亦略而未備。况夫人懷敝帚，自過千金，法言懿則，遂見委廢。至於篇句，零落雖深，猶幸有存者，可足徵也。故著此篇，以標準的。粗方大義，誠不越兹，後之君子，庶可以考已。

客論曰：《傳》云「王者之迹熄而詩亡」，蓋傷之也。降自桓、靈廢而禮樂崩，晉、宋王而新聲作，古風沈滯，蓋已甚焉。述者上緣聖則，下摘儒玄，廣教化之源，崇文雅之致，削浮華之風，敦古樸之習，誠可尚已。恐學士狃耳目之翫，譏銷尾之文，故序而系之，俾知所究。

附録

談藝録序

《談藝録》，亡友徐昌穀所著。吾三復其言，未嘗不歎其才也。嗟夫！詩之爲道遠矣。自《三百篇》以還，上下數千載，名能斯道者可指而數，豈其體裁情理之致，有難會識其衷者耶？陸士衡云：「非知之難，唯行之難。」善乎，吾昌穀曰：「既云行之難，安得云知之非難乎？」古之人叙述斯道，有陸士衡《文賦》、劉勰《文心雕龍》；叙作者之等，有鍾嶸《詩品》、嚴滄浪《吟卷》。均謂精鑒博識，深詣閫奥矣。若昌穀兹編，超融群義，發所獨得，約而言之，窮括其理，又豈非知行兼能，與古作配者歟？初，昌穀弱冠時，會予於吴下，見其所作《交誡》、《感暮賦》，遂爲莫逆交。殆今十五年，而昌穀名滿海内，爲詞林來者之望。不幸今夭。餘姚王伯安與予書云：「昌穀臨終不戚，驗其有養。」濟南邊廷實過汴，予告其事，相向大泣，因出是編，委予刻之。昌穀之不朽者，不在於是，是亦可以知其概也。

正德壬申五月，開封知府姑蘇顧璘序。

也。

別也。

黄省曾曰：余讀徐君《談藝録》，至論建安七子與陳思，謂皆非粹才，未嘗不怪其談之過也。於學無所遺，於辭無所假，後世及七子、陳思者亦鮮矣。及論情文辭氣，又何其分明區別也。

（以上二文録自《夷門廣牘》本）

沈周◇撰

吟窗小會

一卷

湯志波◎點校

吟窗小會前卷

長洲　沈周

「空屋孤螢入燕巢」、「水螢穿竹不停飛」、「螢入定僧衣」、「一點孤螢照寂寥」，皆唐人工語，皆觸目見索而得景與像融會，出自然之妙，如不涉思惟者。今人便用心穿鑿求奇，何曾詠到如此田地，所以見唐人之高也。

國朝詩僧泐季潭詠落葉云：「一片復一片，西風與北風。但看階下滿，不覺樹頭空。」後尚有四語，便贅了。何似止前四語，意足詞是。正如柳子厚《漁翁》詩多後兩句。

劉静修詠金臺云：「黄金果何物〔一〕，能爲賢重輕。」自燕昭築臺後，皆知以金招賢爲是。至先生始發其作，與百世後之爲士者，興起多少節概，誠名言也。（劉）〔韓〕致光《贈隱者》云：「築金誘得非名士，况是無人解築金。」後又剗泥帶水，便不如前斬截了，其識尚不到。

唐人周繇《甘露寺》云：「山從平地有，水到遠天無。」語似易而難詠，豈尚斲句者知此

〔一〕「物」，原本無，合肥學院本作「□」，據《四部叢刊》景元本《静修先生文集》卷一《黄金臺》補。

妙哉？

潘閬《宿西禪寺》云：「夜凉疑有雨，院静似無僧。」想隨眼見而隨口道，妙出自然也。

僧保暹《寄宇昭》云：「詩成禪外妙，愁入静中平。」自是有詣，非思能到也。

僧善珍《春寒》云：「艱難知世味，貧賤厭年華。」從性情并有歷而能言，非景物易工〔一〕。

賈浪仙《送無少》云：「獨行潭底影，數息樹邊身。」儼見一苦修幽處之人，雖丹青亦不能狀其情致也。

常建《題破山寺》云：「山光悦鳥性，潭影空人心。」句渾成而思精巧。讀去殊未覺，味之則有餘。

僧皎然《懷舊》云：「不因尋長者，無事到人間。」儼然二人相晤，觸口而言耳，雅而不華。只是今人道不出。

僧保暹《又寄宇昭》云：「深院無人語，長松滴雨聲。」一邊自静，一邊自動，中有互相生處。於深山静院中景象，掇拾在目前，可愛。

僧遵式《酬伉人》云：「山光晴後見，瀑響夜深聞。」此物色經耳目中方道得出來。

〔一〕「易」，合肥學院本作「是」。

楊元素《送淳用長老》云：「燈籠不滅心中火[二]，香印空殘死後灰。」如李商隱「春蠶到老絲方盡，蠟燭成灰淚始乾」同一機軸，巧如此，則所寓不同耳。

羅隱《遊禪智寺》云「花開花謝常如此，人去人來自不同」，與「鳥去鳥來山色裏，人歌人笑水聲中」一般句法。

劉賓客《贈王山人》云：「愛名之世忘名客，多事之時無事身。」句中宛轉，兩意似一意。一抑一揚，亦是一種句法。

陳後山《哭曾南豐》云：「丘原無起日，江漢有東流。」得少陵之妙。又《過廢宅》云：「落花不語空辭樹，流水無情自入池。」只於落花流水上便見廢宅，何必苦苦言頹垣敗壁也。

崔塗《屈原廟》云：「本圖安楚國，不是怨懷王。」此誠怨而不怒也。

唐彦謙《長陵》云：「耳聞英主提三尺，眼見愚民盜一抔。千載豎儒騎瘦馬，渭城斜日重回頭。」高祖有「布衣提三尺劍取天下」之語，彦謙追憶當時，故云「耳聞」。張釋之諫文帝將誅盜玉杯者曰：「假如愚民盜長陵一抔土，陛下置之何法？」彦謙生於百世之後，故云「眼見」。高祖善罵士，嘗罵酈食其曰「豎儒」，彦謙謂豎儒之嘆，千載尚存，不能回頭顧向之陵寢於荒丘斜日之

[二]「滅」，原本作「減」，據合肥學院本改。

次，其宛轉感慨於言表，可見唐人妙意。

郎士元《長安逢故人》云：「馬上相逢久，人中欲認難。」自馬上暫一見之後已久，後於衆人中却難認矣，何等意思！

韓翃《秋夜即事》云：「星河秋一雁，砧杵夜千家。」句健而警，如此詠景者難得。

顧況《洛陽早春》云：「一家千里外，百舌五更頭。」客心觸物，其愁可知。

劉方平《泛舟》云：「萬影皆因月，千聲各爲秋。」此固自然之理，只是人詠不到。

李端《逢司空曙》云：「新春兩行淚，故國一封書。」新春而泣，可見家書久曠；卒至而喜，追而反成悲哭。

張司業《薊北旅思》云：「常因送人處，憶得別家時〔二〕。」豈因送人，而思別家人亦如此相送。

鄧謹思《夜行遇風雨》云：「問津厖吠處〔三〕，覓路電光中。」人雖歷此，不能摹寫得出，可謂極羈旅畏途之狀。

賀方回《江口待風》云：「朝風占酒旆，夜爨乞漁燈。」極新奇可愛。

〔二〕「時」，原本缺，據合肥學院本補。
〔三〕「厖」，原本作「龎」，據合肥學院本改。

趙師秀《簡同行翁靈舒舟楫先後相失》云：「終日不相見，與君如各程。」語直而意婉。唐人《長安春望》云：「家在夢中何日到，春來江上幾人還。」杜荀鶴《宿臨江驛》云：「舉世盡從愁裏老，無人肯向死前閒。」熟知世故而有達致，方吟到此。

張宛丘《即事》云：「啼鳥似逢人勸酒，好山如爲我開眉。」能鍛煉平易之意爲奇秀。又《宿張柴城》云[一]：「起倒不供聊應俗，高低莫可只隨緣。」此老熟諳世味。

駱賓王《軍中贈先還知己》云：「風塵催白首，歲月損紅顏。」

劉長卿《獻節度李相公》云：「家散萬金酬士死，身持一劍答君恩。」漁陽老將多迴席，魯國諸生半在門。」前聯恩下忠上，如見其肺肝；後聯言其武功能使前輩謙避，文德能致諸儒之來歸。詞意從容宛盡，此唐人之高妙。

杜荀鶴《春宫怨》云：「承恩不在貌，教妾若爲容。」二「容」字對「貌」字，本合掌。但虛實兩義不同，假借之妙如此。又云：「風暖鳥聲碎，日高花影重。」言君恩之深，如日之高、風之暖，使小人得意悦暢，稠疊如此。

[一] 按，此詩見宋刻本《後山居士文集》卷六，題《宿紫城》。

皇甫冉《婕妤怨》云：「事與時偕往，恩無日再中。」其寓感嘆之意，而略不涉怨。日不中則不復正矣，然下一「無」字與「再」字，猶有期望存焉。

羅隱《遣興》云：「何堪離亂後，又入是非中。」

吕居仁《丁未二月》云「民心空有望，天道本無知」、「泣血瞻行殿，傷心望虜營」，《兵後》云「後死番爲累，偷生未有期」、「未能知死所，詎敢問生涯」、「汝爲誤國賊，我作破家人」、「水水但争渡，城城各點兵」、「牛亡春奪種，馬死夜徒行」，句蒼詞激，得子美之法，而感慨亦同。

汪彦章《己酉亂後寄姪》云：「航遷郡廟主，矢及近臣衣。」宋室危迫，兩語可見。

韓致光《春日經野堂》云：「船衝水鳥飛還住，袖拂楊花去又來。」雖眼前景物，詞直而意圓，可愛。

陳簡齋《感懷》云：「五年天地無窮事，萬里江湖見在身[一]。」又《傷春》云：「孤臣霜髮三千丈[二]，每歲烟花一萬重。」當南渡時，憂國之心，感時之嘆，言有盡而意無窮。

杜荀鶴《遊茅山》詩云：「漁樵不到處，麋鹿自成群。」

[一]「見」，原本作「現」，據合肥學院本改。
[二]「臣」，原本缺，據元刻本《增廣箋注簡齋詩集》卷二十六補。

岑参《晚渡五溪》云：「江村片雨外，野寺夕陽邊。」天設此景，十字掇拾無遺，真奪造化語也。

梅聖俞《東谿》云：「野鳬眠岸有閒意，老樹著花無醜枝。」新意蒼語。

何異《小閣》云：「最喜坐中先得月，不妨坐處也看山。」甚描寫得閣中人情景物出。又《東園》云「人藏密樹尋聲見」，警語也。又《小亭》云：「閒貓戲捉穿花蝶，小雀偷銜卷葉蟲。」巧思可愛。

白樂天《感興》云：「名爲公器無多取，利是身災合少求。」理趣固足，辭傷近而少宛雅。又《放言》云：「北邙未許留閒地，東海何曾有定波。」參達世諦，名言也。又云：「周公恐懼流言日，王莽謙恭下士時。」一真一僞，似是而非，歲月後方見，一時鮮有之者也。

趙師秀《寄友》云：「春到山疑長，江空雨似無。」意外之趣也。

楊仲猷《寒食寄鄭侍郎》云：「水隔淡烟疏竹寺〔一〕，路經疏雨落花村。」妙景也。

僧棫堂《山居》云：「夜火晴收楓島葉，午茶寒煮石池冰」、「黄金百鎰有時盡，白髮一莖無藥醫」、「數有廢興秦失鹿，物無得喪楚亡弓」、「甜到盡時忘蜜味，酸從回處見梅心」。方外靜

〔一〕「疏」，原本缺，據宋刻本《錦繡萬花谷别集》卷四補。

居，參觀物理，發此妙言也。

嘗聞人誦《鑷白髮》詩云：「白髮新添四五莖，一邊鑷去一邊生。從今白也從他白，那得功夫與老争。」似俗而雅，可愛。不知誰所作也。

楊蟠公濟，與東坡同官。《獨遊南園》云[二]：「天净鳥飛遠，路幽花自香。」余嘗見馬遠作小景寫其意，高宗題此二句於上，其本朝已自崇重其幽雅超妙。又云：「事去青山在，人閒白日長。」尤覺沈著。

劉知過與幾[三]，宋人，嘗詠梅云：「鏡中素面溪頭影，林下仙風竹外枝。春在歲頭開歲尾，人言花早却花遲。」古今詠梅者多以林逋「疏影」、「暗香」爲警句，此二聯雖未及其渾成，頗涉雕鎪。其意新思巧，超人常識之外，今之喃喃者未可到。

章聞禮《會真清秀》云：「百歲乾坤皆過客，幾時江海更逢君。」意妙，對語又切。

葉棲麓《自壽》云：「文章久誤成芻狗，富貴何曾潤髑髏。」自達而意超。

潘士驥《鄉友宿别》云：「問年俱老大，記舊半存亡。」此眼前事信口言也，妙而雅。

〔二〕「園」，原本作「國」，據合肥學院本改。

〔三〕「知」下原本衍「幾」，據合肥學院本删。

柯茂謙《江行早發》云：「冰開數江樹，月落失人家。」眼前意思，人徒費思慮遠求而反涉近，此近意而人亦吟不到。

楊凝式嘗書云：「雲駛月(暈)[運]，舟行岸移。」自然之妙。

杜工部云：「仰面貪看鳥，回頭錯認人。」朱子取以喻操存舍亡之旨，其意味之妙，溢於言外。

任叔實《次吾子行新年》云：「有道貧方樂，無營坐亦深。」理到辭達。

李元亮云：「人閒知日永，花落見春深。」誠爲警語。

任叔實《岳飛廟》云：「忠魂比明月，可死不可滅。」奇語也。

羅狀元綸云：「禪房花木塵中蝶，浄土池塘劫外魚。」

桑悦民懌《過禰衡墓》云：「能言鼓禍真鸚鵡[一]，覽德冥飛愧鳳凰。」

向豐之，宋向后之族人也，早有才調。嘗有警語云：「人情甚似吴江冷，世路真如蜀道難。」對以程語，切而有致。

今之王散云：「被雨病花如中酒，得風飛絮似成仙。」

[一]「鼓」，合肥學院本改作「致」，弘治本《思玄集》卷十四《弔禰正平》作「賈」。

中峰和尚云：「鑿池非待月，池成月自來。」

弘治間，真州人殷叙用能醫能詩，有曠達之致。年五十餘，即製壽木，號爲「蓬島歸舟」，自題云：「天地逍遥有此舟，人間不著返瀛洲。清風明月吾三友，野草閒花土一丘。夢短夢長俱是夢，憂生憂死亦空憂。身前打算到身後，萬事悠悠萬古愁。」脱然有佛氏之理。

楊君謙《與友小酌》云：「杯盤草草免空去，飲酒不多閒話長〔一〕。」絶有放翁思致。

東坡云：「雞號黑暗通蠻(化)〔貨〕，蜂鬧黄連采蜜花。」波斯人謂犀角爲黑暗，象牙爲白暗，蜀蜜味苦，爲黄連樹花也，偶對如此切當。

東坡《送千乘千能兩姪還鄉》云：「治生不求富，讀書不求官。譬如飲不醉，陶然有餘歡。」何其善譬而切情，只四語已見二姪爲人矣。

東坡《送蘇伯固》詩云：「酒罷月隨人，淚濕花如霧。」

歐陽公《送王平甫下第》云：「朝廷失士有司恥，貧賤不憂君子安。」

魏鶴山《送袁尊固監丞别》云：「出如有益殷三聘，用不能行魯兩生。」

山谷《賦雨絲》云：「風光錯縱天經緯，草木文章地杼機。」

〔一〕「不」，合肥學院本作「無」。

劉夢得《秋日寄樂天》云：「歲稔貧心泰，天涼病體安。」

杜牧之《早秋》云：「大暑去酷吏，清風來故人。」又《秋思》云：「微雨池塘見，好風襟袖知。」

陳後山《春懷》云：「斷墻著雨蝸成字[一]，老屋無（繒）［僧］燕作家。」

張（思）［司］業《秋居》云：「尚儉經營少，居閒意思長。」

朱慶餘《秋園》云：「蟲絲交影細，藤子墜聲幽。」

章（孝）［存］標《立秋日》云：「花酣蓮報謝，葉在柳呈疏。」

僧無可《寄賈島》云：「聽雨寒更盡，開門落葉深。」

僧齊己《新秋雨後》云：「涼聲新蟋蟀，草影老蜻蜓[二]。」

潘逍遥《落葉》云：「幾番經夜雨，一半是秋風。」

梅聖俞《秋日家居》云：「懸蟲低復上，鬥雀墮還飛。相趁入寒竹，自收當晚圍。」後聯即前聯，「懸蟲」、「鬥雀」前後自相應，此格覺奇。

[一]「蝸成字」，原本作「成蝸字」，據合肥學院本改。

[二]「影」，原本作「際」，據合肥學院本改。

繆王號苔石〔二〕，《詠韓信》云：「已能歸漢識真主，何必下齊求假王。」

陳簡齋云：「開門知有雨，老樹半身濕。」

東坡《題延生觀小堂》云：「澗草巖花自無主，晚來蝴蝶入疏簾。」

今時于介翁《金舉人》云：「滿地落花春結局，一聲啼鳥客憑欄。」

張季鷹《雜詩》云：「榮與壯俱去，賤與老相尋。」

嵇康《贈秀才入軍》云：「目送歸鴻，手揮五絃。」

張華《勵志》云：「山不讓塵，川不辭盈。高以下基，洪從纖起。」

何劭《贈張華》云：「既貴不忘儉，處有能存無。」

傅玄《雜詩》云：「志士惜日短，愁人知夜長。」

左思《詠史》云：「振衣千仞崗，濯足萬里流。」

陶淵明《歸田園》云：「曖曖遠人村，依依墟里烟。犬吠深巷中，雞鳴桑樹顛。」物情如畫。

淵明《贈（楊）〔羊〕長史》云：「得知千載處，尚賴古人書。」

〔二〕「王」，合肥學院本下有小注「疑作生」。

淵明《始作鎮軍參軍經曲阿》云〔一〕：「望雲慚高鳥〔二〕，臨水愧游魚。」淵明《飲酒》云：「不覺知有我，安知物爲貴。」又《擬古》云：「未飲心先醉，不在接杯酒。」又《雜詩》云：「欲言無人和，揮杯勸孤影。」

狄天章《湘江夜泊》云：「沙明水碧皆宜月〔三〕，葉落蟲鳴各爲秋。」

國初祭「酒」宋訥《食糟蟹》云：「劈螯白雪堆盤重，塞殼黄金上筯輕。」

日本僧《登金山送客》云：「山上俯樓樓俯波，遠人送客此中過。西風揚子江邊柳，亂葉不如離思多。」

僧道潛云：「隔林仿佛聞機杼，知有人家在薜蘿。」

淵明云：「雖無紀曆誌〔四〕，四時自成歲。」

樂天云：「沈船側畔千帆過，枯木邊頭萬樹春。」〔五〕

〔一〕「阿」，原本作「河」，據合肥學院本改。
〔二〕「望」下原本有「高」字，據宋刻遞修本《陶淵明集》卷三删。
〔三〕「月」，合肥學院本作「目」。
〔四〕「紀」，原本作「統」，據合肥學院本及宋刻遞修本《陶淵明集》卷六改。
〔五〕按，本詩見《四部叢刊》景宋本《劉夢得文集》外集卷一《酬樂天揚州初逢席上見贈》。

王荆公云：「青山捫虱坐，黄鳥挾書眠。」雖平生自謂警句，亦不能全篇。「細數落花因坐久，緩尋芳草得歸遲」，皆渾成絶妙。

歐陽文忠公《和杜正獻公》云：「貌先年老因憂國，事與心違始乞身。」

杜工部云：「杜曲花光濃似酒，灞陵春色老於人。」

鄭谷云：「春陰妨柳絮，月黑見梨花。」

錢塘僧清順《題僧舍》云：「竹暗不通日，泉聲落如雨。春風自有期，桃李亂深塢。」「百囀已休鶯哺子，三眠初罷柳飛花」，宋時錢塘業屨葛道人之警句。

徐致中《山居》云：「開門驚燕子，汲水得魚兒。」又《初夏》云：「清陰花落後，長日鳥聲中。」

吴學禮《泊館頭》云：「寒烟兩岸客炊曉，殘月小橋人待潮。」

趙師秀《瓜廬》云：「惟應種瓜事，猶被讀書分。野水多於地，春山半是雲。」又《桃花寺》云：「石幽秋鷺立，灘遠夜僧聞〔一〕。汲水連黄葉，登臺散白雲。」

趙汝回字幾道，《詠橘花》云：「春風過後雪初白，夜雨晴時水亦香。」又《水仙》云：「屈原

〔一〕「聞」，原本缺，據汲古閣景宋鈔本《清苑齋集》補。

一點沈湘恨，李白三生捉月身。」

陳後山《謝傅監》云：「今年賀公歸，乃復過我廬。當使有近行，應門有長傒。小家不耐事，雞飛犬升閒。莫歸自有恨[一]，親顔一何娱。汝家吾無憂，能致賢大夫。」其詩中意謂傅公曾謁，後山有「去年辱公先，懷刺留寓居」，後山已出。今傅公再至，後山又出。觀其寓一段情致，儼如杜子美。

後山《答秦少章》云：「學詩如學仙，時至骨自换。」《九月十三日出善利門》云：「一飢非死所，萬里有生還。」《絶句》云：「身將白鳥同歸月，夢到黄（糧）[粱]未熟時。」《寄晁以道》云：「兩官俱爲鄰，常若千里遠。經年不通書，子孰知我懶。」又云：「快意會有違，急行寧小緩[二]。」《尋澗水源》云：「拖笻探清淺[三]，垂手弄潺湲。」《湖上晚歸》云：「霜葉深於染，秋花晚自春。」《答顔長道》云：「白髮羞明鏡，青燈怯素書。」《答關彦良》云：「論人較賢知，富貴不在數。功名如附贅，得失何用顧。」《贈大素輌律師》云：「自嘆世間千計錯，羡他湖上十年人。定知城市無窮事，盡在山人冷眼中。」《秋懷》云：「風雨聽朝雞，歲月老松菊。」《雜題》云：「生涯鞍馬上，歲月短長亭。」《（春）[奉]酬應物》云：「生世如風花，高下亦偶然。」

[一]「自」，原本作「目」，合肥學院本作「日」，據宋刻本《後山先生集》卷一改。
[二]「小」，原本作「須」，據合肥學院本改。
[三]「拖」，原本作「施」，據合肥學院本改。

《東坡謁告》云：「静中有業官成集，醉裏無何老是鄉。」《蘇公獨酌》云：「雲月酒下明，風露衣上落」，「功名無前期，山林有成約」。《送叔弼》云：「舌端懸日月，筆下懸江漢。」《贈山谷》云：「名下今有人，胸中本無事。」《醴泉避暑》云：「清泉照眼自生凉，修竹回陰欲遇廊。」《簡李伯益》云：「時情憐我門前雀，人好看君屋上烏。」《秋晚》云：「葉落迎風脱，孤雲帶月歸。」

林用番《詠申包胥》云：「楚人一縷垂亡命，盡向秦人哭得回。」《詠魯仲連》云：「六國既亡秦一統，如何却道帝秦非。」《詠馮道》云：「那知老子癡頑福，曾見官家歷五朝。」《詠顧愷之》云：「可憐幾幅通神畫，只入桓玄夾道中。」

長洲縣，十八都邑之至低處也。而石田先生世居於此，詩禮相承，文雅不絶。累世不以科第爲業，而以詩文自雄。其所以遇人者，不特繪事也。平生著述最多，旋復棄去，此特其一也。率以手鈔，然分散零落，多不完者，不以先生手鈔爲高，而各矜其所得也。其取精弘而明辨者，如判玄白而分曲直，信哉其精詣也。明庵見示，師道外祖贅沈氏，與先生有葭莩之親，因述其事，固知明庵之見愛也。嘉靖乙丑十月二十四日，後學陸師道謹跋。

石田先生《吟窗小會》前卷，皆古今人小詩警句，心賞手鈔者。今爲遵王所收，後卷向在絳雲樓，爲六丁取去久矣。少陵云「不薄今人愛古人」，前輩讀書學詩，眼明心細，虛懷求益，於此卷可以想見。今之妄人，中風狂走，厥梅聖俞不知比興，薄韓退之《南山》詩爲不佳，又云張承吉《金山》詩是學究對聯，公然批判，不復知世上復有兩眼。雖其愚而可愍，亦良可爲世道懼也。壬寅正月四日，牧翁漫筆。

前明沈石田先生，書法酷似黄涪翁，世特以繪事掩其字名。吾邑儲藏家有先生晚年手録《吟窗小會》前卷，珍惜殊甚。余弟芷齋宛轉借得之，批閲之下，覺筆意超絶，兼有一種亂頭麄服之致。昔涪翁嘗云：「書字須超絶，年高手硬，心意閒淡，乃能入微。」斯語不啻爲是卷設也。前後有陸尚寶、錢宗伯兩跋，亦古香可愛。惜後卷已付絳雲一炬中，彩雲易散，破鏡難完，與芷齋嘆息久之。其所論唐宋人詩，語甚雋永。芷齋匆匆録出，就余讎勘。適體中微不佳，篝燈一過，間有脱訛處，握管凝思，竊注數字，籍以忘疲。唯恐較畢，無以消遣病懷。余年來百念俱灰，祇此嗜古之癖，至老不能衰。因漫書數語於卷末，觀者幸勿哂其癡興復發也。乾隆己丑孟夏下浣，蜕軒手跋。

己丑初夏，陳雲巖表姪過余齋中，譚及所藏石田翁手書《吟窗小會》一册，意頗珍重。遲日余招之小飲，袖以見示。展閱之下，愛玩不忍釋手。亟命鶴兒篝燈仿録，晨起校勘數葉。適以俗冗入城，未暇閱畢，因浼家思巖兄讎勘一過，卷中脱誤處悉仍其舊，旁注於下。石田翁前後圖記及陸尚寶、錢宗伯兩跋後圖印一并模寫。間有朱筆數處，雖不可解，亦悉遵之。數百年秘册流傳，當有神物護持，俾後之得見原本者，有所考焉。至石田翁筆精墨妙，已詳思巖兄跋語中，余不復贅云。寄林居士張載(筆)[華]跋。

是編除原稿外，世間只有此本，覽者勿漫視也。

徐獻忠◇撰

唐詩品

一卷

鄭妙苗◎點校

唐詩品序

九靈山長華亭徐獻忠

序曰：詩之來尚矣。然生人所含，風氣不齊，而感遇之情異，向其聲詩之變，亦何能已耶？故秦楚析壤，異其商角之奏；國風流思，殊於《雅》、《頌》之旨。諷其聲調，多不相及。參觀《三百篇》之内，此義不免，而況于後世耶？要之四聲異文，必諧于歌唱，乃爲入調；五音異詠，必備之絃管，乃爲合律。故律也者，與二儀俱生，萬有同形者也，以和人聲、感鬼神，其義浩乎遠矣。然律生于心，係乎治亂得失之感，而發于歡暢悲思之會，諧協雖異，而感遇之適不可誣已。參約其變，雖百代殊風，五方異氣，亦安能無定論耶？唐興，承六代之後，詞華大備，風軌尚微，太宗以鴻哲之才、剛明之氣，采摭餘藻，濟以格力，當時英賢，遭遇共諧景會，意主渾融，音節舒緩，不傷宫徵之致，其爲當代之祖何疑焉。開元以還，綺文之士習氣尚餘，而暴亂之後，神理乏缺，雖鮮錯之盛未殊，而感思之情不能無作。故其舒緩之節，漸流爲深密之致，而摸寫之言始盛矣。夫太始之音尚微，故黄鍾之宫謂之含少。夫少者已微，復尚含晦，此義何也？豈非宫音始於喉嚀，而遠於唇舌之意乎？故大音玄酒，與初陽比節，而物榮則衰，氣盛則反，天地自然之變，亦何有改焉！説者旨趣盛唐之論，而忘研窮之過，殊亦昧乎此矣。元和而下，調變音殊，意浮文散。其上者，格氣猶存，詞旨漓薄；其下者，調卑詞促，心靈流蕩。究觀其時，元氣日削，國體傷變，而藝人風格要亦與之俱下，蓋至于開成極矣。夫流調不節，則律體靡陳；格力不持，則浮誇日勝。藝雖精到，亦無取焉。而況林壑棄人、倔奇怪士，意象疏略，音旨直致，無尚於風人之軌者耶？大抵人各有聲，聲韻爲音，未有外五音而成聲者也。然律家有變宮變徵之調，側商轉側之弄，皆感遇之變節也。唐初作者，覽物臨游，類多散調，不勝《雅》、《頌》之義。然究其音節，莊嚴渾厚，調之口吻，清濁流通，亦庶乎律吕之諧矣。而元和以後，固皆所謂變聲也。然《國風》之旨，裁於風教，發於性情，唱於人倫，合於典義，雖不盡屬絃歌之品要，皆有君子之道。持是而觀，雖晚唐諸子，或能登兹採録，亦可存其變焉。

唐詩品

大明徐獻忠著

太宗皇帝

文皇生，更隋代。早事藝文，習氣既閑，神標復秀，故綺發天葩，輝揚内藻，聲音之本不徒然矣。及乎大業成就，神氣充揚，延攬英賢，流徽四座。其游幸諸作，宫徵鏗然。六朝浮靡之習一變而唐。雖綺麗鮮錯，而雅道立矣。其爲一代之祖，又何疑焉？然宫體之作，世南導之雅正；而積翠池之賦，魏徵約君以禮。因詞立意，又多格心之業，其爲風化之端，諒不誣矣。

玄宗皇帝

或曰：唐自神龍以還，品格漸高，頗通遠調。夫上有好者，下必甚焉，其於詩義亦同然爾。玄宗内智明朗，睿心疏暢，既新國步，遂拾詞華。開元之際，君臣悦豫，餞别臨游，動紓文藻，而感舊矚芳，探奇校獵，情欣所屬，輒有命賦。一時賡歌之盛，上武虞皇，下收葑藻，詞人兢進，六藝争長，固已陵誇建安之迹，而泳貞觀之餘波矣。然貞觀之初，浮靡雖去，而綺麗猶揚。殆乎垂拱之後，法章陳具，吏事深刻，人懷密志，無復疏節，先時風軌爲之一變。故感愓之言易流于激，悲憤之調不吐其華，骨氣頓高，風神遂委，而藻思麗情漸異往時矣。天寶之後，治人凋謝而亂梗外集，飄零奔潰，無復治朝之風。求之風人閑雅之意，蓋亦微矣。三變之端，殆有出於此乎？

永興文懿公虞世南

虞監師資野王，嗜慕徐、庾。髫丱之年，婉縟已著；琨璵之美，綺藻並豐。雖隋皇忌人之主，貞觀睿聖之朝，然而善始之愛，身存亂國，準倫之譽，竟列名臣，駢美二陸，不信知言矣乎？其詩，在隋則洗濯浮誇，興寄已遠；在唐則藻思縈紆，不乏雅道。殆所謂圓融整麗，四德俱存，治世之音，先人而興者也。至如「横空一鳥度，照水百花燃」、「竹開霜後翠，梅動雪前香」，天然秀穎，不煩痕削。又《長春宫應令》云「民瘼諒斯求」，《江都應詔》云「順動悦來蘇」，其視宫體之規，同歸雅正。石渠、東觀之思，自非聖主，何能揚休於後世哉。

著作郎特進許敬宗

許君仕道卑卑，心無讜正，如《安德山池宴集》云「宴遊窮至樂，談笑畢良辰」，如《春日望海》云「驚濤含蜃闕，駭浪掩晨光」，命意蕪淺，詞亦波蕩，並非頌聲。乃其偉才挺出，髫年馳譽，詞林雄長，並列其左，遭遇文皇之好，遂掌絲綸，今所傳録，總非門户。至如「鵲度林光起，鳧没水文圓」，又「波擁群鳧至，秋飄朔雁歸」，並存風格，可稱作者。

朝散郎署沛王府修撰王勃

子安早握玄珠，天然艷發，登高而賦，鍾石畢陳。蓋其上薄雲天之氣，下纏幽寂之忿，蓄以疏才，發以盛藻，直舉胸臆。俯瞰前古，宜其無可爲節也。《聖泉》、《泥溪》諸篇，披襟散度，委露流霞。自予束髮之年已多慕之，每一誦過，若采芳藻。及觀其平生，則緯文相詭，不能商確前秀。《鬥雞》之作，殊乏治安之志，上干人主之怒，下謝家門之福，海若爲侶，孰不悽然。

瀛州令分直習藝館楊炯

楊生神明内潁，卓起少年，詞華秀朗，爲時令慕，與子安之徒並稱傑子。芝含三秀，鳳耀四靈，豈不蔚然觀美哉！其詩三十卷，不盡傳，今傳二卷，五言律體長於他作。炯嘗自言：「吾愧在盧前，恥居王後。」子安詞賦翩翩，波翻雲寫，楊生好欺人，故有此語。文士信己，豈非珍其敝箒自謂千金者哉！

典籤盧照鄰

昇之河朔英生，盛年振藻，典籤之日即擅相如之譽，可謂彬彬學士矣。然神情流蕩，早傷痾困，廢居太白山中，殆欲採掇若華，曜靈駐節，竟以不堪，自沉潁水。悲夫！壯士激志而横骨朔野，忿妻感淚而魂逐飄蓬，若生之死，謂之何哉！生感時尚法，作《五悲》文，掎摭其志，作《幽憂子》三卷，皆出詞賦之上。

臨海令駱賓王

世傳賓王以文藝被誅，傷哉其言之也。夫含宫嚼徵，文士之長；擊節書空，恒人所略。夫以賓王才美之士，逍遥苑柳之下，豈不暢詠其神情哉！乃數上書言事武后，既乃爲徐敬業傳檄天下。悲夫！循性而動，不顧忌諱，雖古之狂狷，又何以加之。或曰：「樓觀滄海日，門對淛江潮。」賓王尚作老僧語，殆非誅死也。

右司郎中喬知之

右司以風騷自命，藻思横陳，寄情宛委，摛琢俊麗。如《定情篇》，在漢魏諸子亦當推其閑雅。《緑珠》、《羸駿》之作，梁陳雖往，徑榭更新。然《緑珠》恨情如海，竟召鉛華之禍，詞雖合節，志實流盪。風人令軌，曷有於此？至若「豫游龍駕轉，大樂鳳簫聞」，太平景象，宛在言前；「空餘歌舞地，猶是爲君王」，感人之淚，聞者傾脱。可謂宫商並奏、風雅綜出，藝家門户，鴻朗鬱紆者也。

右拾遺陳子昂

唐初律體，聲華並隆，音節兼美。屬梁陳之艷藻，鏟末路之靡薄，可謂盛矣，而古詩之流尚阻蹊徑。拾遺洗濯浮華，斫新琱樸，《感遇》諸作，挺然自樹，雖頗峭逕，而興寄遠矣。自餘七言諸體乃非所長，《春臺》之作，純用楚聲，此意寥寥，幾乎尺有所短，竟使沈、宋揚波，宗稱百代，慷慨瑰奇之氣，尚詭於風人之度耶？

修文館直學士杜審言

學士高才命世，凌轢同等，律調琅然，極其華茂。然其心靈流暢，不煩構結，而自出雅致。曠代高之，以爲家祖少陵，雄生後代，威鳳之丸，不離苞素者也。《守歲》篇云：「宫闕星河低拂樹，殿庭燈燭上薰天。」氣色高華，罕得其比。

太子詹事沈佺期

雲卿詩，其命意周委，如雪舞叢林，隨形宛轉，無象不得；其摛詞麗則，如春在瑤池，氣色照映，自含華態，可謂意象縱横、詞鋒姿媚者也；其拙語，如田家而殊深俊朗；其形器，如木石而更被華要。仰承貞觀，彌見周留；俯待開元，先咀意旨。曠代高之，無以爲過，置之往哲之中，豈但叔源失步、明遠變色者耶！

直習藝館宋之問

延清天挺瑶華，端然秀潁，身游宇内，而神薄太清。其詩意匠縱出，種種合度，神情所契，在在成聲，雖遠離顛倒之中，悉諧韻節之妙，唐之上士，舍子其誰？大抵世之言詩者，五音諧於歌唱而文或不工，四聲彌其綺麗而調或不協，安能暢風教而通庶情也？今延清含粹美之氣，而按鴻朗之節，極苦辛之變，而不離《雅》、《頌》之義，又誰得而尚之？後世李太白以天才見稱，其歸命元根，實出宋九。存百代變衰之論，而昧衡樞之旨，豈不上愧師涓、下慚紀室哉！

别駕李嶠

唐初諸子，詞心共艷，律調俱揚，不可尚已。而擅古作者，宋、李二君之宗尤爲炳著。延清之七言，裁茂鬱之幽思，按鴻朗之疏節，品第梁陳，固已含跨其上。而巨山之五言，詞華英浄，節奏鏗諧，置之晉宋之間，則潘岳之流調、惠連之靡富，微波尚傳，不當擅美。若復湔其淫雜，騁其長駕，則七子之流，未知上下其論。

許國文憲公蘇頲

許公天命英標，夙年妙悟，遭時豐豫，大啓菁華，凡宴賞覽游，靡不應制。雖君臣道合，儕輩同聲，足以成其令節。而祥麟威鳳，世所罕睹，盛時氣候，亦可想見之爾。或曰：「綺麗大勝，音節太緩，許公安得而辭焉？」予解之曰：詩有六義，頌聲獨揚。非渾厚不足以莊其體，非藻麗不足以華其節，視之鬱積感思之言，其尚異矣。識者謂許公有宫調，其殆此乎？

中書令燕國文貞公張説

燕公精藻逼人，敷華當世，文堪作棟，調亦含宫，於綺麗鮮錯之中，有神悰獨運之美。故時體稍變，適其旨趣。自岳州而後，聲𢈔益隆，華要並存，清輝四遠，時稱「燕許手筆」，何慚何惑。惟古風凋委，差謝前流，綜理遺篇，僅有《雜興》一首，可窺曹、謝，珪璋未合，良有餘恨。

中書侍郎同平章事張九齡

曲江藻思翩翩，體裁疏秀，深綜古意，通於遠調。上追漢魏，而下開盛唐，雖風神稍劣，而詞旨冲融，其源蓋出於古之平調曲也。自餘諸子馳志高雅，則峭逕挺出；游泳時波，則靡蕪莫剪，安能少望其風哉？近體諸作，綺密閑澹，復持格力，可謂備其衆美，雖與初唐作者駢肩而出，更後諸名家亦皆丈人行也。而况節義相先，稱古之遺直者耶。

尚書右丞王維

右丞詩發秀自天，感言成韻，詞華新朗，意象幽閑。上登清廟，則情近珪璋；幽徹丘林，則理同泉石。言其風骨，固盡掃微波；採其流調，亦高跨來代。於《三百篇》求之，蓋《小雅》之流也。而《頌》聲之微，夫亦風氣所臨，不能洗濯而高視也。

司勳員外郎崔顥

顥詩氣格奇俊，聲調倩美，其説塞垣景象，可與明遠抗庭。然性本靡薄，慕尚閨幃，集中此類殊復不少，竟以少婦之作取棄高賢，疏亮之士直取爲心流之戒可爾。李白極推《黄鶴樓》之作，然顥多大篇，實曠世高手，《黄鶴》雖佳，未足上列。

新鄉尉李頎

頎詩意主渾成，遂無斲練，然情思清澹，每發羽調。七言古詩，善寫邊朔氣象，其于玄理間出奇秀。七言律體如《送魏萬》、《盧司勳》、《濬公山池》等作，可謂翛然遠意者也。

駕部員外郎祖詠

殷璠評祖詩「剪刻省静，用思尤苦」，此當未知祖詩者也。唐自天寶以後，極工鎖尾而略於發端，務諧聲偶而劣於遞送，祖詩殊脱此病。若謂苦思得之，則聲響結滯，安得音調諧協乃爾？祖病乃在古風，觀《古意》一篇，叠韻偏側，命意蕪淺，殊少風雲之氣，其在開元之間，品望雌矣。

鹿門山人孟浩然

襄陽氣象清遠，心悰孤寂，故其出語洒落，洗脱凡近，讀之渾然省净，而采秀内映，雖悲感謝絶，而興致有餘。藻思不及李翰林，秀調不及王右丞，而閑澹疏豁，翛翛自得之趣，亦非二公之長也。世代下流，崇慕冠紱，孟君淪落江海，遂阻聲華，傳之後世，悠然隱意更高。孟君之節，夫亦久而後定者耶。

左散騎常侍高適

常侍朔氣縱横，壯心落落，抱瑜握瑾，浮沉閭巷之間，殆俠徒也。故其爲詩，直舉胸臆，摸畫景象，氣骨琅然。而詞峰華潤，感賞之情，殆出常表。視諸蘇卿之悲憤、陸平原之惆悵，辭節雖離而音調不促，無以過之矣。夫詩本人情，囿風氣河洛之間，其氣渾然遠矣，其殆庶乎？

嘉州刺史岑參

嘉州詩一以風骨爲主，故體裁峻整，語亦造奇，持意方嚴，竟鮮落韻。五言古詩，從子建以上方足聯肩。古人渾厚，嘉州稍多瘦語，此其所不迨，亦一間耳，其他乃不盡人意。要之孤峰插天，凌拔霄漢，而華潤近人之態終然一短。

龍標尉王昌齡

少伯天才流麗，音唱疏越。七言小詩，幾與太白比肩，當時樂府採録，無出其右。五言古作，與儲光義不相下，而稍逸致可採。高才玩世，流蕩不持，卒取閭丘之禍。輕華之致，不並珪璋，豈亦定見耶？

盱眙尉常建

建詩頗事雅道，不善近體。殷璠評其詩：「似初發通莊，却尋野徑。百里之外，方歸大道。」夫魏晉作者，直趨音調而飾以藻節，亦本末之致也。建詩頗亦擅此，而間出近語，此其所短。若《夢游太白西峰》、《閑齋卧疾》、《鄂渚仙谷》等作，亦可公幹、彦伯之流矣。

監察御史儲光義

儲公詩格調高遠，興寄超絶，亦風雅之餘波也。盛唐作者太尚格氣，而盡黜文藻，六代浮誇，鏟削殆盡。而儲公與王昌齡、常建皆其流也。儲詩更多直致，而鎖尾感嘆，氣象卑促。珪璋本宗廟器，而山人用之，亦瓦缶同驅爾。

蘇州刺史韋應物

蘇州詩氣象清華，詞端閑雅，其源出於靖節，而深沉頓鬱，又曹、謝之變也。唐人作古調，雖各有門户，要之律體方精，彌多附寄，而專業之流鮮矣。蘇州獨騁長轡，大窺囊代，而又去其拘攣補衲之病，蓋一大家也。當時詞流穠鬱，感蕩成波，其視蘇州淡泊無文，未淹高聽，而大羹玄味，足配元英。雖不足以嬉春弄物，要之心靈跨俗，自致上列，不與濁世爭長矣。

尚書右丞魯郡公顔真卿

魯公情欣所遇，悉綜古調，頗尚格氣，不事彌文。雖有一二近體，不過游戲之作，非所以繫幽悰也。今集中所載不及百篇，大都守吴興時與皎僧、陸處士之流結思巖林，相忘外道者也。然曠世之情，優入三昧，殊非守平原時色相。

右拾遺昂州刺史郎士元

員外詩天然秀穎，復諧音節，大率以興致爲先，而濟以流美。雖篇章錯雜，酬應層出，而語多閑雅，不落俗韻，其取重時流，不徒然爾。惜無大作以齊曩代高手，將非尺寸短長之恨耶？

兵曹參軍左補闕皇甫冉

皇大詩意在遣情，時出奇瑰，酬應彌多，而興寄閒暇。高仲武極取《巫山》篇。至于排體所長，乃遺採拾，如《奉和獨孤中丞》、《法華寺》，全篇綺密，形神兼茂。而《擬騷》諸篇，亦皆楚人之致。天寶以後，作者雖多，而翩翩然有盛時之風。茂政兄弟，皆能使人失步，豈非蘭玉森然之會耶？

侍御史皇甫曾

景陽華净，遂掩哲昆；平原英贍，竟難家弟。是以世乏聯苞之鳳，情欣並蒂之華，物猶如此，况復人士耶？皇甫兄弟仕道既同，才名亦配，渤海高生，猶持不足之嘆，豈憐才之本意乎？侍御律調澄泓，聲文華潔，俯視當世，殆已飄然木末矣。雖紫霞碧落，未堪凌駕，亦何可少。

虞部郎中司空曙

文明詩氣候清華，感賞至到，中唐作者，前有繼躅，後罕聯肩，誦之口吻調利，情意觸發，可謂風人之度矣。如「雲白當山雨，風清滿峽波〔一〕」、「澹日非雲映，清風似雨餘」，景象依然，摸寫切至；如「酒杯同寄世，客棹任銷年」、「他鄉生白髮，舊國見青山」，情寄宛轉，綽有餘思；如「連雁下時秋水在，行人過盡暮烟生」，景物蕭然，含思凄惋。雖桓大司馬漢南之嘆，無是過矣。

劍南節度使嚴武

季膺最善少陵，篤於推信，故附離聲詩，若有合轍。然有收入杜集者，如「莫倚善題鸚鵡賦，何須不著鵔鸃冠」，又「江頭楓葉紅愁客，籬外黄花菊對誰」，又「郡邑地卑饒霧雨，江河天闊足風濤」，茲皆善於擬近，謂優孟爲真叔敖可爾。

司馬李端

李生養望未隆，含聲亟發，詞華既艶，節調亦諧。今觀《鄭都尉》二首，迴駕時髦，綽有風人之致。始疑終信無怪人，然其在大曆諸子置列最微，數分亦薄，而聲望遽華，幾與允言相並，雖坎壈江外，亦復慕於中朝矣。

〔一〕「雲」，原本作「雨」，據明刻本《文苑英華》卷二百七十五改。

左拾遺耿湋

湋詩不深琢削，而格調自勝；不加繪飾，而詞旨自華。古詩數篇，頗近魏晉，要之生有高性，而寡夙學者也。然當世學子，雖復精思遠詣，固當心靈相下。

校書郎嚴維

維詩錯綜亦密，時出俊語，澄除涇渭，亦可遠致。如「柳塘春水慢，花塢夕陽遲」，又「野燒明山郭，寒更出縣樓」，又「夜静溪聲近，庭寒月色深」，皆有自然之態，神情疏暢，自不可少。

雲門寺律師靈一

一公詩雖復剪刻，獮精律調，要之泓泛微波，未勝皎然，而净密之致，終當獨步。如「月影沉秋水，風聲落暮山」，又「水容愁暮急，花影動春遲」，又「孤烟生暮景，遠岫帶春輝」，皆有雅思可採。林居静僻，游心象外，固宜有爾。然超悟會心，尚在烟花山水之間，未能了入真境。

吴興杼山寺師皎然

皎師卧深山壑，思繞滄洲，游從既勝，興致復遠。其詩深窺色相，騁其才力，在諸衲間，一公之外，卓非等等。然禪悟未徹，機鋒猶近。

中書舍人韓翃

君平意氣清華，才情俱秀，故發調警拔，節奏琅然。每一篇出輒相傳布，亦雅道之中興也。七言古作，性情奔會，詞采蔥鬱，雖格稍不振，而風調彌遠，諷其華要，亦足解於煩襟矣。

秘書監丹陽郡公包佶詩 包何附

秘書心悰深鬱，姿態深宏，五言排律，可謂中唐作者，其他小詩，未見融悟。至如風雨樂章，開闔感變，亦諧陰呂。少與兄何齊名，自予觀之，衛有武公，魯人不復稱哲昆矣。

著作郎華陽真逸顧况

况詩天才不足，而問辯有餘，雖有骨氣，殊乏風采。其《補亡》諸詩，頗有流調可諷，然詞旨不圓，終違機悟。晚居華山，自號「華陽真逸」。今觀其詩，類非裁謝風塵，超脱凡徑，此豈感貺於山靈者耶？

刺史戎昱

戎使君詩鋭情古作，力洗時波。當時作者類以質木自勝，君獨遠揚風力，近鬱天藻，詞既流美，復協聲調。《苦哉行》、《涇州出師》等作，鏗然金石之奏，雖越石感亂、明遠戍邊，何以過之。後之論者，多採列新聲而忽古意，混稱於建中以後作者，不幾聽樂而卧諸鴻蒙者乎？

太子賓客遷禮部尚書李益

君虞生習世紛，中遭頓抑，邊朔之氣，身所經聞。故從軍出塞之作，盡其情理，而慕散投林，更深遐思。古詩鬱紆盤薄，姿態變出，自非中唐之致。其七言小詩《與張水部作》等，亦《國風》之次也。

諸府從事于鵠

鵠隱漢陽，多高人之意，故其詩能有景象。《山中訪道》諸大篇，遂與松檜同幽，雲霞混迹，不疑世外人作也。

幕府主運戴叔倫

幼公未致羽儀之節，早收蘭玉之譽。修辭合節，精研太始，亦可謂難士矣。夫太始之音，詞以情勝，音以調諧。幼公情旨餘曠，而調頗促急，要之含氣未融，心無流潤，故雖工於斫練，而寡於華要矣。

同平章事文公權德輿

權公幼有令度，神情超越，遂專詞藝，爲時所慕。貞元以後，近體既繁，古聲漸杳，公乃獨專其美，取隆高代。五言近體，亦先氣格而後詞藻，然氣候既至，藻亦自豐，其在開元名手，亦堂奥之間者也。

門下侍郎平章事武元衡

伯蒼詞鋒艷發，如青萍出匣，所向輒利，意度鮮華，如芳蘭獨秀，采思綿綿。五言長調，當時竟稱絶藝。其在元和諸子，自權相而下，豐美孤高，此當獨步。

監察御史楊士諤

士諤詩氣格昂然，不落單調，然（例）［列］之能品，亦蕭然微爾。予謂諤詩如素障子，雖無爛目之華，欲摘其瑕，亦無處下手。

處士知南海張祐

處士詩長於摸寫，不離本色，故覽物品游，往往超絶，可謂五言之匠也。其宮體小詩，聲唱流美，頗諧音調。中唐以後詩人如處士者，裁思精利，安可多得？但龜蒙《序》略謂之「稍窺建安風格」，則泯乎未之有見。

龍陽尉馬戴

元和以還，格調頓變，而清苦對切之病，俱乏渾成，然意氣格力，尚多可採。會昌作者，虞臣有稱，然五言之長自不可掩，而他皆不稱。偏師雖捷，未足長驅，才難之嘆，要之信然。

徵士秦系

隱君夙慕林丘，早懷曠度，但氣過其文，遂乏華秀。外無清廟明堂之奏，内無逍遥御風之景，寥寥自得，亦可謂跨俗之致而已。至如「流水閑過院，春風與閉門」，又「門前山色能深淺，壁上河光自動摇」，山人景象，模榻殆盡。

柳州刺史柳宗元

柳州古詩得於謝靈運，而自得之趣，鮮可儔匹，此其所短，然在當時作者，凌出其上多矣。《平淮雅》詩足稱高等，《鐃歌》、《鼓吹曲》，其在唐人，鮮可追躅，而詞節促急，不稱雅樂，七德九功之象，殆可如此。

道州刺史吕温

衡州早擅宏詞，富於摛藻。《由鹿》諸賦，命意修遠，雖拘於時制，稍落近語，要亦升堂之客也。五言律亦多綺拔，惜其内有乏思，外有遺象，不能自振其餘波耳。

水部員外郎國子司業張籍

水部長於樂府古辭，能以冷語發其含意，一唱三嘆，使人不忍釋手。張舍人序其能繼李、杜之美，予謂李、杜渾雄過之，而水部悽惋最勝。雖多出瘦語，而俊拔獨擅，貞元以後，一人而已。公及元微之、白樂天、孟東野歌詞爲天下宗匠，謂之「元和體」。其近律專事平浄，固亦樂天之流也。

協律郎李賀

長吉陳詩藻繢，根本六代，而流調宛轉，蓋出於古樂府，亦中唐之變聲也。蓋其天才奇曠，不受束縛，馳思高玄，莫可駕御，故往往超出畦徑，不能俯仰上下。然以中聲求之，則其浮薄太清之氣揚而過高，附離《騷》《雅》之波潛而近幻，雖協雲韶之管，而非感格之音，亦可知矣。向使幽蘭未萎，竟其大業，自鏟靡蕪，歸於大雅。則其高虚之氣，沉以平夷；暢朗之才，濟以流美。雖太白之天藻，亦何擅其芳譽哉！

郢州刺史許渾

元和以後，專事聲偶，文藻疏薄，而神氣委靡，無足取者。許渾之在當時，獨以精密俊麗見稱。今觀其集，旨趣物理，研窮意象，天然秀出，不可變動。如「湘潭雲盡暮山出，巴蜀雪消春水來」，如「石燕拂雲晴亦雨，江豚吹浪夜還風」，如「溪雲初起日沉閣，山雨欲來風滿樓」，爲世傳誦，不但披沙見寶而已。後來時作，往往祖尚。郢州雖未登于珪璋之列，而烟雲風鳥之思，形容揉弄，殆已盡其華態，亦何可少耶！

中書舍人杜牧

牧之，鄠杜遺風，名家遠紹。其詩含思悲凄，流情感慨，下語精切，含聲圓整，而抑揚頓挫之節尤其所長。然以時風委靡，獨持拗峭，雖云矯其流弊，而持情亦巧。或者比之許渾，兩人之作，南北異調，了了可辨，豈風氣囿諸情性，不能自達于中聲者乎？初唐先輩，西北居多，而含宫調徵，各諧其節，未有如牧之者。

龍門令劉滄

劉滄一卷，止七言律，音節促促，無遠大語。唐至大中間，國體傷變，氣候改色，人多商聲，亦愁思之感也。

玉川子盧仝

老仝山林怪士，誕放不經，意紆詞曲，盤薄難解。此可備一家，要非宗匠也。夫鍾鼎之器，登於太上，要之目可別識，不至駭心。至于蛟螭罔象，出没寄詭，其取疑招讄，情理亦定。仝之垂老，一宿權家，遽沾甘露之禍，豈其氣候足以自致耶？

袁州刺史李嘉祐

嘉祐詩一卷，名《臺閣集》〔一〕。聲偶暢達，悉諧平調，雖乏綺密之致，而刻削之風殊能自遠。其在大曆諸子品望雖微，而故家氣味猶有存者。如「江花鋪淺水，山木暗殘春」，又「風摇近水

〔一〕「臺」，原本作「晏」，據《武英殿聚珍版叢書》本《直齋書録解題》卷十九改。

葉，雲護欲晴天」，又「暮色催人別，秋風待雨寒」，又「朝霞晴作雨，濕氣晚生寒」，情理俱融，景象切至，可以爲詩矣。

進士朱慶餘詩

朱生文有精思，詞有調發，意匠所遣，從横得意。親承張水部意旨，遂擅名場，不能更揚其志。上窺《大雅》，豈非抱玉握珠，而更有彬彬之嘆者耶？

周賀

賀少爲僧，號「清塞」。姚合愛其詩，加以冠幘。今選中有「清塞」，即賀也。賀詩沉鬱有格力，寫象痛切，意旨融變，多可採録。如「帝業空城在，民田壞塚多」，又「檣烟離浦色，蘆雨入船聲」，又「孤鳥背林色，遠帆開浦烟」，又「石水生茶味，松風減扇聲」，又「折花林影動，移石洞雲迴」，皆有深致，讀之灑灑。

烏城令喻鳧

坦之夙尚幽探，身多野寄，故其詩意清遠，興象疏越。雖在開成間，而音調頗閑。惜非大家，故寥寥短律，不足騁其長步。

丹徒尉項斯

子遷鋭情格律，頗宗雅道。寶曆、開成之間，聲價籍籍，其清利便美，在時調中可謂心流潤澤者也。受知水部諸公，亦聲實之華不可掩翳者耶。

洋州刺史曹鄴

鄴之詩得於樂府古辭，其《四怨三愁五情》之作，蓋亦平子之流。綜詞雖拙，使人忘其鄙近，其受知韋慤，殆不爲過。世晚類孤，游從缺喪，遂使幽蘭叢委，不能自異于蘼蕪間耳。

都官郎中鄭谷

谷自叙其詩曰：「谷勤苦於風雅者，自騎竹之年，則有賦詠。雖屬對聲律未暢，而不無旨諷。」谷殆已自盡，予尚何言？開成已後，已無格氣可論，而其爲病。苦思者傷於巧，避巧者苦於直，致其於風人之軌蕩然無尋矣。都官乃少此病，而纖穠華媚，無遠大氣而已。其所尊事，如馬博士戴、薛許昌能、李建州頻諸公之詩，讀之殊齪齪，而谷事之謂丈人行，又能遠紹先輩，拔起流俗耶。

諸王孫李洞

李洞，字才江，諸王孫也。詩慕賈島，意彌僻澁，當時多不貴之。洞益自信，不能取榮時路，竟以客死。

咸通進士尚書郎李昌符

開成以後作者，内無含意，外無宗聲，當時元氣既漓，人才削薄，其致使然耳。昌符既仕中朝，殆欲矯迹詞林，以圖拙構，而才非宗匠，意靡所騁，傳之後世，衹見狼疾。

河朔從事李山甫

山甫詩多事刻削，殊乏神氣。人微運仄，而取堙當代，不亦然哉。其《訪隱》有云：「好鳥共人語，異花迎客香。」安得歷歷如此。

光啓進士崔塗

崔塗律詩，音節雖促，而興致頗多。身遭亂梗，意殊悽悵，雖喜用古事，而不見拘束，今人格體類多似之。殆亦矯翮于林越間，而翛然欲舉者也。

大順進士張喬

喬之七言小詩，出於文昌律調，稍不作瘦語，時風方扇，亦與諸君聯翩，求出世耳。尋源遠韶，安從發此致耶？

膳部員外郎張蠙

蠙詩稍通格調，力去補衲之弊，遂不復用事。然天才本少，英旨未奇，至於寫物象情，乃多肖似。

進士邵謁

邵君數奇分淺，發忿苦吟，作古調詩。今傳三十餘篇，即廷筠所搒，以振公道者也。其《寒女》、《别離》，直似漢人語，雖質木盈餘，而繢藻乏缺，要之泗石未雕，終非俗品。

國子博士劉駕

司南矯時新體，多作古詩。其《贈先達》云：「昔蒙大雅匠，勉我工五言。業成時不重，辛苦只自憐。」今觀所録，雖乏華致，亦頗渾雄。若生晉魏間，獲與陳思、公幹之徒比，近亦可白馬之流也。

李咸用

咸用詩名《披沙集》，謝益壽評潘黄門詩云：「披沙簡金，往往見寶。」今觀咸用之詩，如楊公所簡，似可採拾。然五言古詩，頗有合調者，乃復委棄。其七言古體，慕長吉之風，而天才不振，音節猥瑣。湯休謂吴邁遠云：「吾詩可爲汝詩父。」若長吉視李，更復奴隸爾，不但可父也。

劉叉詩

劉叉朔氣縱横，俠心不死，觀其淩駕退之，亦一奇士。《冰柱》、《雪車》，似盧仝詩，其餘似孟東野，氣類相從，皆狂狷之流也。

蘇拯

拯詩蓋得於漢魏之流。漢魏流爲六代，既靡而不返，唐末諸子返六代爲漢魏，則又木而無文。其流之弊，亦勢使然爾。夫風氣開朗，則宣文振藻以揚盛麗，固風人之宗也。不然，則明堂徒設而土階由崇，朱絃欲鳴而瓦缶可亂。雖有人文，將復奈何？

進士章孝標 子碣附

孝標，錢塘人，與朱慶餘同時。其詩喜用渾成字，遂傷俗拙。《長安春夜》一首，田家情景頗似中唐人語。其子名碣，舉進士，詩語類俳，故不著。

咸通進士于濆

子漪憫時輕格，力窺古調，然市游而被章甫，終駭俗目，泯泯無聞，幾至沉晦。今觀其詩，雖有結構，而音節不朗，終愧曩之作者。豈風氣囿諸情性，欲發而未揚耶？

南唐相李建勳

晚唐諸子，不選格調，專事情景，詩中覓畫之説，蓋出於此，遂使渾厚鴻明之氣蕭然謝絶。建勳詩每聯必設景象，蓋工寫之極，流而爲俳，亦不自知也。

女冠魚玄機

玄機形氣幽柔，心悰流散，其於子安，情寄已甚，而《感懷》、《期友》及《迎李近仁員外》諸作，持思翩翩，尚有餘恨，雖桑間濮上，何復自殊。其詩婉蒨悲悽，有風人之調。女郎間求之，則蘭英綺密，左芬充腴，生與同時，亦非廊廡間客也。

羅虬

羅虬《比紅詩》百篇，其事雜出載記，語其淫夸，極於感蕩。《國風》好色，固如此耶？直著以爲風人之戒，無論其詞之拙也。

唐百家詩後語

先大人馳心唐藝，篤論詞華，乃雜取宋刻，裒爲百家。初以晚唐諸子格詞卑下，欲加删易，林丘薄慕，含情玄澹，不事文言，遂成遺志。予小子湔薄無似，未敢輕議。友人徐君伯臣作《唐詩品》一卷，其論三變之源委，探諸子之悰意，各深其義，如抵諸掌，雖古之善言者，曷以加焉！遂乃徇其所尚，差爲品目，于舊本之外，補入一十二家，而以徐君所撰，冠諸其端。夫鍾石畢陳，則宫商莫辨；藍朱錯出，則采緣靡光，斯固理之常然也。今觀徐君之品，則孅好之形不惑於貞觀，體裁之軌各司於定見。要之纖雅之論無移，而玄黄之辨已著，有目者固宜共睹，又誰得而泯焉。

嘉靖庚子之秋，華亭朱警識。

徐泰◇撰

詩談

一卷

熊嘯◎點校

詩談

海鹽豐厓徐泰子元

昔梁鍾嶸有《詩品》，元劉會孟有《詩評》。我明不詩取士，作者不下盛唐。閒居，輒于知者人筆一二語，非敢肆評品也，用寫吾嚮慕耳。既成編，名《詩談》云。

青田劉伯温，鈞天廣樂，聲容不凡，開國宗工，不在兹乎？獨元季之作，詞多感慨。

姑蘇高啓，岱峰雄秀，瀚海渾涵，海内詩宗〔一〕，豈惟吴下？楊基天機雲錦，自然美麗，獨時出纖巧，不及高之冲雅。潯陽張羽、吴興徐賁，亞矣，四傑敘稱，以其才乎？

姑蘇張仲簡，翠釜駝峰，瑶觴法醖。時可對壘者，杜彦正、金德儒乎？國初之詩，莫盛吴下，但未盡脱元格。至王行、王汝玉輩，漸入清雅，然不及高、楊耳。

古田張以寧，高雅俊逸，超絶畦畛，翠屏千仞，可望不可躋。

〔一〕「宗」，《學海類編》本作「人」。

廬陵張昱雄俊，去元未遠，照乘之珠，見者目眩。句容孫炎，詞氣豪邁，類其爲人，渥洼神駒，一蹴千里。金谿危素，入我國朝老矣，蓋元季之虎也。臨江梁寅、盱江黄肅，俱一時老將，嗣後有徐霖。金華胡翰雄壯、蘇伯衡豐腴，大牢之味，與藜藿自别。宋景濂、王子充，詩亦純雅，以文名。吉安劉崧詩工，自奔竄巖谷中來，冬嶺之松，老而愈秀。時同省劉姓者數人，如彦昞、承直輩〔二〕，雄俊相似。長沙劉三吾，詩不多見，天閑老驥，骨相自别。臨川甘瑾工于律，矛戟森然，望之可畏。臨川揭孟同、上饒張孟循、金陵夏允中、德興程邦民，格調相似。新安詹同，赤色精金，與鍮鉐自别。東山趙汸，根于筆削，尤稱雅則。山陰錢宰，霜曉鯨音，自然洪亮。後馬貫、王誼、王懌、毛鉉、張燦，嗣後高廩，俱清健。山陰唐肅、謝肅，驊騮驌驦，並馳藝苑。唐有子之淳，克繼其躅。會稽劉涣，涣子績，績子師邵，金章紫綬，祖孫相傳，三世名家。

〔二〕「丞」，《學海類編》本作「承」。

嘉禾鮑恂，大雅君子；貝瓊，豪邁之士。陳秀民、陳緝、周致堯、貝翱，俱吾鄉先哲，不及二子，亦稱名家。

吴興王蒙，詩畫兩絶，不忝文敏外孫。沈夢麟亦清雅。錫山張籌，剛勁之氣，未能全融，而金石鏘然，足洗俗樂之耳。時周子羽，錢子正、子義，浦長源，嗣是王達善、王孟端、楊叔璣、秦廷韶、秦景美，近則邵國賢、浦文玉，籌時武進謝應芳，江陰王逢、孫大雅，俱名家。大雅後，卞榮亦秀逸。

維揚汪廣洋，瑶臺月明，鳳笙獨奏。京口滕毅、巢縣郭奎、全椒樂韶，俱清雅。後京口楊一清、海陵儲巏。

雲間袁凱師法少陵，格調高雅，奚止《白燕》。九峰、三泖之秀，二陸卓矣，嘘其燼者，其海叟乎？時吴子愚、陳文東俱雅健，惟顧謹中醇雅。後則夏正夫、曹泰惟、張弼清俊弼。明珠數顆，舉世寶之。

嶺南孫仲衍、王彦舉、黄庸之、趙伯貞、李仲修，時稱五傑。惟仲衍清圓流麗，明珠走盤，不能自定。彦舉雄俊豐麗，殆敵手也。德慶李文彬亦時勍敵〔二〕。後瓊山丘濬詞雖豐腴，警秀則

〔二〕「勍」，《學海類編》本作「勁」。

少矣。

濟南張紳，時有吴漳，不知何許人，各僅得其一二，詞格清健，管見一斑，知其爲豹矣。閩南林鴻，師法盛唐，唐臨晉帖，殆逼真矣，惜惟得其貌耳。時若危德華名亞子羽，格調秀俊。唐泰、高棅、周玄、王恭，俱清雅。又任道，不知何許人，亦秀俊。

海昌胡虚白豪邁，一鶚横秋，百鳥戢翼。

錢塘錢惟善，鍾湖山之秀而發于詩，故多秀句。瞿宗吉組織工麗，其温飛卿之流乎？但新聲與雅樂，恐難並奏也。後王希範清雅，惜氣不足耳。嗣後吴吉甫醇雅，姚綬亦清逸。

黄巖許廷慎，天台雁蕩，雄據東南，小杜之稱，豈容多讓？寧海方希直文章大家，詩亦豪壯，非所長也。若黄巖方行、寧海許繼，皆鐵中錚錚者。前天台王澤，天厨之珍，自然適口；後謝鐸剛毅英華，焉用藻飾？

吉水解縉，獨駕青鸞，翱翔八極，使謫仙遇之，當懸榻以待。金川練子寧，玉屑無多，爲世所寶。

廬陵楊士奇，格律清純，實開西涯之派，文則弱矣。

閩南王偁，凌駕漢唐，見推解子，東南天柱，焉用洪、達？吉安曾棨，天馬行空，不可控御，同郡作者，莫之與敵。四明張楷和《唐音》，所謂服堯之服，斯堯已矣。惜其自作，殊不快意。餘姚楊時秀亦和《唐音》，煞有風致〔一〕。國初有桂彥良清雅，後張琦高古。

臨川聶大年俊逸，九轉丹成，毛骨盡蛻。

姑蘇劉溥及劉欽謨、沈愚、張淮，嘉禾周鼎，及李孟昭、姚綸、陳昌、陳顥、李孟璿、季衡，吳興丘吉，及唐庠、唐廣、張子静，海昌蘇平、蘇正，皆一時名家也。吳下詩自正統、天順以來，調極清和。獨劉草窗之豪邁、周桐村之雅健、丘大祐之雄俊，思致深遠，視諸家爲優。桐村後，吕常雅有思致。本朝作者，莫盛東南，姑蘇爲最，雲間、晉陵、嘉湖其次。雖曰地靈，亦氣運使然乎？

海鹽張靖之寧，高雅清俊，得唐調。番陽童軒清雅，溧縣岳正雄俊，皆出其下。

姑蘇沈周出入宋、元，成一機軸，孫登獨嘯，和者稀矣。吳寬穠郁，史鑑清淳。

長沙李東陽，大韶一奏，俗樂俱廢，中興宗匠，邈焉寡儔。獨《擬古樂府》乃楊鐵崖之史斷，此體出而古樂府之意微矣。

太倉張泰，孫、吳之兵，奇正疊出，人莫攖其鋒。陸釴九霄之禽，翩然高舉，莫測其意向。

海南陳獻章，根據理學，格調高古，當別具一目觀之。江浦莊昶同調，海南、江北，雙峰並秀。

〔一〕「煞」，《學海類編》本作「然」。

莆田林俊，雄健之詞，困而不撓，剛大之氣，至老不衰。關中李夢陽，崧高之秀，上薄青冥；龍門之派，一瀉千里。獨其論黄、陳「不香色」，而時不免自犯其言。

信陽何景明，上追漢魏，下薄初唐；大匠揮斤，群工斂手。惜其立論甚高，亦未能超出蹊徑。時惟姑蘇徐禎卿婑美，若王廷相、許宗魯、石寶之古，邊貢、鄭善夫、孟洋之醇，孫一元之逸，林釴之奇，王寵之充蔚，皆一時之選。獨惜鄭師杜，宛然一生愁也，殊乏歡悰耳。若薛蕙、馬驥、楊慎之俊麗，晉康樂、唐四傑殆不是過云。我朝詩莫盛國初，莫衰宣、正間。至弘治，西涯倡之，空同、大復繼之，自是作者森起。雖格調不同，于今爲烈。

姑蘇黄省曾，詩宗六朝，空江月明，獨鶴夜警。

海昌朱静庵學博，周汝航妻也，雅有思致。

龍虎山盧大雅，老氏之傑也。自勾曲後，獨俊朗。

釋來復、宗泐、守仁、梵琦四子，雄深雅健，殊不類僧家之作。我國初詩僧盛矣，要皆以避世故，寄迹空門。而玉蘊山輝，自不可掩。

右談者，人俱往矣。未及知、知未悉者，弗談也。方今作者，蛟騰鳳起，彬彬乎盛矣。予耄，未及也。

藝苑卮言 八卷

附録 四卷

王世貞◇撰

魏宏遠◎點校

藝苑巵言卷一

余讀徐昌穀《談藝録》，嘗高其持論矣。獨怪不及近體，伏習者之無門也。楊用修搜遺響，鉤匿迹，以備覽核，如二酉之藏耳。其於雌黄曩哲，橐鑰後進，均之乎未暇也。手宋人之陳編，輒自引寐，獨嚴氏一書，差不悖旨。然往往近似而未覈，余固少所可。既承乏，東晤于鱗濟上，思有所揚扢，成一家言。屬有軍事，未果。會偕使者按東牟，牘殊簡，以暑謝吏杜門，無齎書足讀。乃取掌大薄蹏，有得輒筆之，投篋箱中。浹月，篋箱幾滿。已，淮海飛羽至，棄之，晝夜奔命，卒卒忘所記。又明年，復之東牟，篋箱者宛然塵土間。出之，稍爲之次而録之，合六卷。凡論詩者十之七，文十之三。余所以欲爲一家言者，以補三氏之未備者而已。既成，乃不能當也。其辭旨固不甚謬盭於本，特其漶漫散雜，亡足采者，非以解頤，足鼓掌耳。管公明曰：「善《易》者不論《易》。」吾甚愧其言。戊午六月叙〔一〕。

〔一〕「戊午」，嘉靖本、隆慶本、武林本作「嘉靖戊午」。

余始有所評騭於文章家曰《藝苑卮言》者〔二〕，成自戊午耳。然自戊午而歲稍益之，以至乙丑而始脱稿。里中子不善秘，梓而行之。後得于鱗所與殿卿書云：「姑蘇梁生出《卮言》以示，大較俊語辨博，未敢大盡。英雄欺人，所評當代諸家，語如鼓吹，堪以捧腹矣。」彼豈遂以董狐之筆過責余，而謂有所阿隱耶？余所名者「卮言」耳，不必白簡也。而友人之賢者，書來見規，曰：「以足下資在孔門，當備顔、閔科。奈何不作盛德事，而方人若端木哉？」余愧不能答。已而游往中二三君子，以余稱許之不至也，恚而私訾之。未已，則請絶問訊〔三〕，削名籍。余又愧不能答。嗟夫！即其人幸而及余之不明而以拙收，不幸而亦及余之不明而以美遺，余不明時時有之，然烏可以恚訾力迫而奪也？夫以余之不長譽僅爾，而尚無當於于鱗。令余而遂當于鱗，其見恚寧止二三君子哉！屈到嗜芰，點嗜羊棗，叔夜嗜鍛，玄德嗜結毦，性之所好，習固不能强也，毋若余之益甚嗜歟！蓋又八年而前後所增益又二卷，黜其論詞曲者，附它録爲别卷，聊以備諸集中。壬申夏日記。

泛瀾藝海，含咀詞腴，口爲雌黄，筆代衮鉞。雖世不乏人，人不乏語，隋珠崑玉，故未易多，

〔二〕「評」，原本作「抨」，據累仁堂本、《四庫》本改。
〔三〕「問」，原本作「訙」，據《四庫》本改。

聊摘數家，以供濯祓。

語關係，則有魏文帝曰：「文章，經國之大業，不朽之盛事。年壽有時而盡，榮樂止於其身。二者必至之常期，未若文章之無窮。」

鍾嶸曰：「氣之動物，物之感人，摇蕩性情，形諸舞詠。照燭三才，暉麗萬有，靈祇待之以致饗，幽微藉之以昭告，動天地，感鬼神，莫近於詩。」

沈約曰：「姬文之德盛，《周南》勤而不怨；太王之化淳，《邠風》樂而不淫。幽、厲昏而《板》、《蕩》怒，平王微而《黍離》哀。故知歌謡文理，與世推移，風動於上，波震於下。」

李攀龍曰：「詩可以怨，一有嗟嘆，即有永歌。言危則性情峻潔，語深則意氣激烈。能使人有孤臣孽子擯棄而不容之感，遁世絶俗之悲，泥而不滓，蟬蜕汙濁之外者，詩也。」

語賦，則司馬相如曰：「合綦組以成文，列錦繡而爲質。一經一緯，一宫一商，此賦之迹也。賦家之心，包括宇宙，總覽人物，致乃得之於内，不可得而傳。」

揚子雲曰：「詩人之賦典以則，詞人之賦麗以淫。」

語詩，則摯虞曰：「假象過大，則與類相遠；造辭過壯，則與事相違；辨言過理，則與義相失；靡麗過美，則與情相悖。」

范曄曰：「情志所托，故當以意爲主，以文傳意。以意爲主，則其旨必見；以情傳意，則其辭不流，然後抽其芬芳，振其金石。」

鍾嶸曰：「陳思爲建安之傑，公幹、仲宣爲輔。陸機爲太康之英，安仁、景陽爲輔。謝客爲元嘉之雄，顔延年爲輔。」又曰：「詩有三義。酌而用之，幹之以風力，潤之以丹彩，使味之者無極，聞之者動心，是詩之至也。若專用比興，則患在意深，意深則詞躓；專用賦體，則患在意浮，意浮則詞散。」又云：「『思君如流水』，既是即目；『高臺多悲風』，亦唯所見；『清晨登隴首』，羌無故實〔一〕；『明月照積雪』，詎出經〔史〕。觀古今勝語，多非補假，皆由直尋。」

劉勰曰：「詩有恒裁，體無定位，隨性適分，鮮能通圓。若妙識所難，其易也將至；忽之爲易，其難也方來。」又曰：「情者，文之經；辭者，理之緯。經正而後緯成，理定而後辭暢。」又曰：「文之英蕤，有秀有隱。隱也者，文外之重旨；秀也者，篇中之獨拔。」又曰：「意授於思，言授於意，密則無際，疏則千里。或理在方寸，而求之域表；或議在咫尺，而思隔山河。」又曰：「詩人篇什，爲情而造文；辭人賦頌，爲文而造情。爲情者要約而守真，爲文者淫麗而煩潤。」又曰：「四序紛迴，而入興貴閑；物色雖煩，而拆辭尚簡。使味飄飄而輕舉，情曄曄而更新。」

江淹曰：「楚謠漢風，既非一骨；魏製晉造，固亦二體。譬猶藍朱成彩，錯雜之變無窮；宮

〔一〕「羌」，原本作「差」，據《四庫》本改。

商爲音，靡曼之態不極。」

沈約曰：「天機啓則六情自調，六情滯則音韻頓舛。」又曰：「五色相宣，八音協暢，由乎玄黄律吕，各適物宜。欲使宫羽相變，低昂舛節，若前有浮聲，則後須切響。一篇之内，音韻盡殊；異句之中，輕重悉異。妙達此旨，始可言文。」又云：「情者，文之經；辭者，理之緯。」又曰：「自漢至魏，詞人才子，文體三變。一則啓心閑繹，托辭華曠，雖存工綺，終致迂迴，宜登公宴，然典正可採，酷不入情。此體之源，出靈運而成也。次則緝事比類，非對不發，博物可嘉，職成拘制，或全借古語，用申今情，崎嶇牽引，直爲偶説，惟睹事例，頓失精采。此則傅咸五經，應璩指事，雖不全似，可以類從。次則發唱驚挺，操調險急，雕藻淫艷，傾炫心魂，猶五色之有紅紫，八音之有鄭、衛。斯鮑照之遺烈也。」

庾信曰：「屈平、宋玉，始於哀怨之深；蘇武、李陵，生於别離之代。自魏建安之末、晉太康以來，彫虫篆刻，其體三變。人人自謂握靈蛇之珠，抱荆山之玉矣。」

李仲蒙曰：「叙物以言情謂之賦，情物盡也；索物以托情謂之比，情附物也；觸物以起情謂之興，物動情也。」又曰：「麗辭之體，凡有四對：言對爲易，事對爲難，反對爲優，正對爲劣。」

獨孤及曰：「漢魏之間，雖已朴散爲器，作者猶質有餘而文不足。以今揆昔，則有朱絃疏越，大羹遺味之嘆。沈詹事、宋考功始裁成六律，彰施五彩，使言之而中倫，歌之而成聲，緣情綺靡之功，至是始備。雖去雅寖遠，其利有過於古，亦猶路鞀出於土鼓，篆籀生於鳥迹。」

劉禹錫曰：「片言可以明百意，坐馳可以役萬景，工於詩者能之。《風》、《雅》體變而興同，古今調殊而理一，達於詩者能之。」

李德裕曰：「古人辭高者，蓋以言妙而工，適情不取於音韻；意盡而止，成篇不拘於隻耦。故篇無足曲，詞寡累句。」又曰：「譬如日月，終古常見，而光景常新。」

皮日休曰：「百煉成字，千煉成句。」

釋皎然曰：「詩有四深、二廢、四離。四深謂氣象氛氳，深於體勢；意度盤薄，深於作用；用律不滯，深於聲對；用事不直，深於義類。二廢謂雖欲廢巧尚直，而神思不得直；雖欲廢言尚意，而典麗不得遺。四離謂欲道情而離深僻，欲經史而離書生，欲高逸而離（間）〔閒〕遠，欲飛動而離輕浮。」

梅聖俞曰：「思之工者，寫難狀之景，如在目前；含不盡之意，見於言外。」

嚴儀曰：「詩有別才，非關書也；詩有別趣，非關理也。然非多讀書，多窮理，則不能極其至。」又曰：「盛唐諸公，惟在興趣，羚羊挂角，無迹可求。故其妙處透徹玲瓏，不可輳泊。如空中之音，相中之色，水中之月，鏡中之象，言有盡而意無窮。」

唐庚云：「律傷嚴，近寡恩。大凡立意之初，必有難易二途，學者不能强所劣，往往舍難而取易。文章罕工，每坐此也。」

葉夢得云：「古今談詩者多矣，吾獨愛湯惠休『初日芙蓉』、沈約『彈丸脱手』兩語，最當人意。『初日芙蓉』非人力所能爲，精彩華妙之意，自然見於造化之外。『彈丸脱手』雖是輸寫便利，然其精圓之妙，發之於手。作詩審到此地，豈復更有餘事？」又有引禪宗論三種曰：「其一『隨波逐浪』，謂隨物應機，不主故常；其二『截斷衆流』，謂超出言外，非情識所到；其三『函蓋乾坤』，謂泯然皆契，無間可俟。」

陳繹曾曰：「情真景真，意真事真。澄至清，發至情。」

李夢陽曰：「古人之作，其法雖多端，大抵前疏者後必密，半闊者半必細，一實者一必虚，疊景者意必二。」又云：「『前有浮聲，則後須切響。一簡之内，音韻盡殊；兩句之中，輕重悉異。』即如人身以魂載魄，生有此體，即有此法也。」

何景明曰：「意象應曰合，意象乖曰離。」

徐禎卿曰：「因情以發氣，因氣以成聲，因聲而繪詞，因詞而定韻，此詩之源也。然情寔眑渺，必因思以窮其奥；氣有粗弱，必因力以奪其偏；詞難妥貼，必因才以致其極；才易飄揚，必因質以定其侈，此詩之流也。若夫妙騁心機，隨方合節，或鈞旨以植義，或宏文以盡心，或緩發如朱絃，或急張如躍栝，或始迅以中留，或既優而後促，或慷慨以任壯，或悲悽而引泣，或因拙以得工，或發奇而似易，此輪扁之超悟，不可得而詳也。」又曰：「朦朧萌拆〔一〕，情之來也；汪洋曼衍，情之沛也；連翩絡屬，情之一也。馳軼步驟，氣之達也；簡練揣摩，思之約也；頡頏纍貫，韻之齊也；混純貞粹，質之檢也；明雋清圓，詞之藻也。」又云：「古《詩》三百，可以博其源；遺篇《十九》，可以約其趣；樂府雄高，可以厲其氣；《離騷》深永，可以裨其思。」

李東陽曰：「詩必有具眼，亦必有具耳。眼主格，耳主聲。」又曰：「法度既定，溢而爲波，變而爲奇，乃有自然之妙。」

王維禎曰：「蜩螗不與蟋蟀齊鳴，絺綌不與貂裘並服。戚悰殊愫，泣笑别音，詩之理也。乃若局方切理，蒐事配景，以是求真，又失之隘。」

黄省曾曰：「詩歌之道，天動神解，本於情流，弗由人造。古人構唱，真寫厥衷，如春蕙秋華，生色堪把，意態各暢，無事雕模。末世風頽，矜蟲鬥鶴，遞相述師，如圖繢剪錦，飾畫雖嚴，割强先露。」

謝榛曰：「近體，誦之行雲流水，聽之金聲玉振，觀之明霞散綺，講之獨繭抽絲。」「詩有造物，一句不工，則一篇不純，是造物不完也。」又曰：「七言絶句，盛唐諸公用韻最嚴。盛唐突然

〔一〕「拆」，原本作「折」，據《四庫》本改。

而起，以韻爲主，意到辭工，不暇雕飾。或命意得句，以韻發端，混成無迹。宋人專重轉合，刻意精鍊，或難於起句，借用旁韻，牽强成章。」又曰：「作詩繁簡，各有其宜，譬諸衆星麗天，孤霞捧日，無不可觀。」

皇甫汸曰：「或謂詩不應苦思，苦思則喪其天真，殆不然。方其收視反聽，研精殫思，寸心幾嘔，脩髯盡枯，深湛守默，鬼神將通之。」又曰：「語欲妥貼，故字必推敲。一字之瑕，足以爲玷；片語之纇，并棄其餘。」

何良俊云：「六義者，既無意象可尋，復非言筌可得。索之於近，則寄在冥漠；求之於遠，則不下帶衽。」

語文，則顏之推曰：「文章者，原出《五經》。詔命策檄，生於《書》者也；序述論議，生於《易》者也；歌詠賦頌，生於《詩》者也；祭祀哀誄，生於《禮》者也；書奏箴銘，生於《春秋》者也。」

韓愈曰：「養其根而俟其實，加其膏而希其光。根之茂者其實遂，膏之沃者其光曄。」又曰：「和平之聲淡薄，愁思之聲要妙，歡愉之辭難工，窮苦之言易好。」

柳宗元曰：「本之《書》以求其質，本之《詩》以求其情，本之《禮》以求其宜，本之《春秋》以求其斷，本之《易》以求其動，參之《穀梁氏》以厲其氣，參之《孟》、《荀》以暢其支，參之《老》、

《莊》以肆其端，參之《國語》以博其趣，參之《離騷》以致其幽，參之《太史》以著其潔。」

蘇軾曰：「吾文如萬斛之珠，取之不竭，惟行於所當行，止於所不得不止耳。」

陳師道曰：「善爲文者，因事以出奇。江河之行，順下而已。至其觸山赴谷，風搏物激，然後盡天下之變。子雲惟好奇，故不能奇也。」

李塗云：「莊子善用虚，以其虚虚天下之實；太史公善用實，以其實實天下之虚。」又曰：「《莊子》者，《易》之變；《離騷》者，《詩》之變；《史記》者，《春秋》之變。」

李攀龍曰：「不朽者文，不晦者心。」

總論，則魏文帝曰：「文以氣爲主，氣之清濁有體，不可力强而致。」

張茂先曰：「讀之者盡而有餘，久而更新。」

陸士衡曰：「其始也，收視反聽，耽思旁迅，精騖八極，心游萬仞。其致也，精曈曨而彌宣，物昭晰而互進，傾群言之瀝液，嗽六藝之芳潤，浮天淵以安流，濯下泉而潛進。」又曰：「離之則雙美，合之則兩傷。」又曰：「石韞玉而山暉，水懷珠而川媚。」

殷璠曰：「文有神來、氣來、情來。有雅體，有野體，鄙體、俗體。能審鑒諸體，委詳所來，方可定其優劣。」

柳冕曰：「善爲文者，發而爲聲，鼓而爲氣。直與氣雄，精則氣生，使五采並用，而氣行於其中。」

姜夔云：「雕刻傷氣，敷演傷骨。若鄙而不精，不雕刻之過也；拙而無委曲，不敷演之過也。」又云：「人所易言，我寡言之；人所難言，我易言之。」

何景明曰：「文靡於隋，韓力振之，然古文之法亡於韓；詩溺於陶，謝力振之，然古詩之法亦亡於謝。」

已上諸家語，雖深淺不同，或志在揚扢，或寄切誨誘，擷而觀之，其於藝文思過半矣。

四言詩須本《風》、《雅》，間及韋、曹，然勿相雜也。世有白首鉛槧〔二〕，以訓故求之，不解作詩壇赤幟。亦有專習潘、陸，忘其鼻祖。要之，皆日用不知者。

擬古樂府，如《郊祀》、《房中》，須極古雅，發以峭峻。《鐃歌》諸曲，勿便可解，勿遂不可解，須斟酌淺深質文之間。漢魏之辭，務尋古色，《相和》、《瑟曲》諸小調，係北朝者，勿使勝質；齊、梁以後，勿使勝文。近事毋俗，近情毋纖。拙不露態，巧不露痕。寧近無遠，寧樸無虛。有分格，有來委，有實境。一涉議論，便是鬼道。

古樂府，王僧虔云：「古曰章，今曰解，解有多少。當是先詩而後聲，詩叙事，聲成文。必使

〔二〕「槧」，原本作「塹」，據《四庫》本改。

志盡於詩，音盡於曲。是以作詩有豐約，制解有多少。」又：「諸曲調解有辭有聲，而大曲又有艷、有趨、有亂。辭者，其歌詩也。聲者，若『羊』、『吾』、『韋』、『伊』、『那』、『何』之類也。艷在曲之前〔二〕，趨與亂在曲之後，亦猶《吴聲》前有和，後有送也。」其語樂府體甚詳，聊志之。

世人《選》體，往往談西京、建安，便薄陶、謝，此似曉不曉者。毋論彼時諸公，即齊梁纖調，李、杜變風，亦自可采。貞元而後，方足覆瓿。大抵詩以專詣爲境，以饒美爲材。師匠宜高，捃拾宜博。

西京、建安，似非琢磨可到。要在專習凝領之久，神與境會，忽然而來，渾然而就。無岐級可尋，無色聲可指。三謝固自琢磨而得，然琢磨之極，妙亦自然。

七言歌行，靡非樂府，然至唐始暢。其發也，如千鈞之弩，一舉透革。縱之則文漪落霞，舒卷絢爛。一入促節，則凄風急雨，窈冥變幻。轉折頓挫，如天驥下坂，明珠走盤。收之則如（槖）〔橐〕聲一擊，萬騎忽歛，寂然無聲。

歌行有三難：起調一也，轉節二也，收結三也。惟收爲尤難。如作平調，舒徐綿麗者，結須爲雅詞，勿使不足，令有一唱三嘆意。奔騰洶涌，驅突而來者，須一截便住，勿留有餘。中作奇

〔二〕「前」，原本脱，據《四庫》本補。

語，峻奪人魄者，須令上下脉相顧，一起一伏，一頓一挫，有力無迹，方成篇法。此是秘密大藏印可之妙。

五言律差易得雄渾，加以二字，便覺費力。雖曼聲可聽，而古色漸稀。七字爲句，字皆調美；八句爲篇，句皆穩暢。雖復盛唐，代不數人，人不數首。古惟子美，今或于鱗。驟似駭耳，久當論定。

七言律，不難中二聯，難在發端及結句耳。發端，盛唐人無不佳者，結頗有之。然亦無轉入他調及收頓不住之病。篇法有起、有束，有放、有斂，有唤、有應。大抵一開則一闔，一揚則一抑，一象則一意，無偏用者。句法有直下者，有倒插者。倒插最難，非老杜不能也。字法有虚有實，有沈有響。虚響易工，沈實難至。五十六字，如魏明帝凌雲臺，材木銖兩悉配乃可耳。篇法之妙，有不見句法者；句法之妙，有不見字法者。此是法極無迹，人能之至，境與天會，未易求也。有俱屬象而妙者，有俱屬意而妙者，有俱作高調而妙者，有直下不偶對而妙者，皆興與境詣，神合氣完使之。然五言可耳，七言恐未易能也。勿和韻，勿拈險韻，勿傍用韻，起句亦然。勿偏枯，勿求理，勿搜僻，勿用六朝强造語，勿用大曆以後事。此詩家魔障，慎之慎之。

絶句固自難，五言尤甚。離首即尾，離尾即首，而要腹亦自不可少。妙在愈小而大，愈促而緩。吾嘗讀《維摩經》得此法：「一丈室中，置恒河沙諸天寶座，丈室不增，諸天不減。」又：「一剎那定作六十小劫。」須如是乃得。

和韻聯句，皆易爲詩害，而無大益，偶一爲之可也。然和韻在於押字渾成，聯句在於才力均敵。聲華情實中，不露本等面目，乃爲貴耳。

騷賦雖有韻之言，其於詩文，自是竹之與草木，魚之與鳥獸，别爲一類，不可偏屬。《騷》辭所以總雜重複、興寄不一者，大抵忠臣怨夫惻怛深至，不暇致詮，亦故亂其叙，使同聲者自尋，修郤者難摘耳。今若明白條易，便乖厥體。

作賦之法，已盡長卿數語。大抵須包蓄千古之材，牢籠宇宙之態。其變幻之極，如滄溟開晦，絢爛之至，如霞錦照灼，然後徐而約之，使指有所在。若汗漫縱横，無首無尾，了不知結束之妙。又或瑰偉宏富，而神氣不流動，如大海乍涸，萬寶雜厠，皆是瑕璧，有損連城。然此易耳。惟寒儉率易，十室之邑，借理自文，乃爲害也。賦家不患無意，患在無蓄；不患無蓄，患在無以運之。

擬騷賦，勿令不讀書人便竟。騷覽之須令人裴回循咀，且感且疑；再反之，沈吟歔欷；又三復之，涕淚俱下，情事欲絶。賦覽之，初如張樂洞庭，褰帷錦官，耳目摇眩；已徐閲之，如文錦千尺，絲理秩然；歌亂甫畢，肅然斂容；掩卷之餘，徬徨追賞。

「物相雜，故曰文。」文須五色錯綜，乃成華采。須經緯就緒，乃成條理。

天地間無非史而已。三皇之世，若泯若没；五帝之世，若存若亡。噫！史其可以已耶？六經，史之言理者也；曰編年，曰本紀，曰志，曰表，曰書，曰世家，曰列傳，史之正文也；曰叙，曰記，曰碑，曰碣，曰銘，曰述，史之變文也；曰訓，曰誥，曰命，曰册，曰詔，曰令，曰教，曰劄，曰上書，曰封事，曰疏，曰表，曰啓，曰牋，曰彈事，曰奏記，曰檄，曰露布，曰移，曰駁，曰喻，曰尺牘，史之用也；曰論，曰辨，曰説，曰解，曰難，曰議，史之實也；曰贊，曰頌，曰箴，曰哀，曰誄，曰悲，史之華也。雖然，《頌》即四詩之一，贊、箴、銘、哀、誄，皆其餘音也。附之於文，吾有所未安，惟其沿也，姑從衆。

吾嘗論孟、荀以前作者，理苞塞不喻，假而達之辭；後之爲文者，辭不勝，跳而匿諸理。六經也，四子也，理而辭者也；兩漢也，事而辭者也，錯以理而已；六朝也，辭而辭者也，錯以事而已。

首尾開闔，繁簡奇正，各極其度，篇法也。抑揚頓挫，長短節奏，各極其致，句法也。點綴關鍵〔二〕，金石綺綵，各極其造，字法也。篇有百尺之錦，句有千鈞之弩，字有百鍊之金。文之與詩，固異象同則。孔門一唯，曹溪汗下後，信手拈來，無非妙境。

古樂府、《選》體、歌行，有可入律者，有不可入律者，句法字法皆然。惟近體必不可入古耳。

才生思，思生調，調生格。思即才之用，調即思之境，格即調之界。

李獻吉勸人勿讀唐以後文，吾始甚狹之，今乃信其然耳。記問既雜，下筆之際，自然於筆端

〔二〕「點綴」原本作「點掇」，據《四庫》本改。

攬擾，驅斥爲難。若模擬一篇，則易於驅斥，又覺局促，痕迹宛露，非斲輪手。自今而後，擬以純灰三斛，細滌其腸，日取《六經》、《周禮》、《孟子》、《老》、《莊》、《列》、《荀》、《國語》、《左傳》、《戰國策》、《韓非子》、《離騷》、《吕氏春秋》、《淮南子》、《史記》、班氏《漢書》，西京以還至六朝及韓、柳，便須銓擇佳者，熟讀涵泳之，令其漸漬汪洋。遇有操觚，一師心匠，氣從意暢，神與境合，分途策馭，默受指揮，臺閣山林，絶迹大漠，豈不快哉！世亦有知是古非今者，然使招之而後來，麾之而後却，已落第二義矣。

詩有常體，工自體中；文無定規，巧運規外。樂、《選》、律、絶，句字夐殊，聲韻各協。下迨填詞小技，尤爲謹嚴。《過秦論》也，叙事若傳；《夷平傳》也，指辨若論。至於序、記、志、述、章、令、書、移，眉目小别，大致固同。然四《詩》擬之則佳，《書》、《易》放之則醜。故法合者，必窮力而自運；法離者，必凝神而並歸。合而離，離而合，有悟存焉。

《風》、《雅》三百、《古詩十九》，人謂無句法，非也。極自有法，無階級可尋耳。

《三百篇》删自聖手，然旨别淺深，詞有至未。今人正如目滄海，便謂無底，不知湛珊瑚者何處。

詩不能無疵，雖《三百篇》亦有之，人自不敢摘耳。其句法有太拙者，「載獫歇驕」；三名皆田犬也。有太直者，「昔也每食四簋，今也每食不飽」；有太促者，「抑罄控忌」、「既亟且只」；有太累者，「不稼不嗇，胡取禾三百廛」；有太庸者，「乃如之人也，懷昏姻也，大無信也，不知命也」。

其用意有太鄙者，如前「每食四簋」之類也；有太迫者，「宛其死矣，他人入室」；有太粗者，「人而無儀，不死何爲」之類也。

《三百篇》經聖删，然而吾斷不敢以爲法而擬之者，所摘前句是也。《尚書》稱聖經，然而吾斷不敢以爲法而擬之者，《盤庚》諸篇是也。

孔子曰：「辭達而已矣。」又曰：「修辭立其誠。」蓋辭無所不修，而意則主於達。今《易·繫》、《禮》經、《家語》、《魯論》、《春秋》之篇存者，抑何嘗不工也。揚雄氏避其達而故晦之，作《法言》；太史避其晦，故譯而達之，作帝王《本紀》，俱非聖人意也。

聖人之文〔二〕，亦寧無差等乎哉！《禹貢》千古叙事之祖，如《盤庚》，吾未之敢言也。周公之爲詩也，其猶在《周書》上乎？吾夫子文而不詩，凡傳者或非其真者也。

「《易》奇而法，《詩》正而葩」，韓子之言固然。然《詩》中有《書》，《書》中有《詩》也。「明良喜起」、《五子之歌》，不待言矣。《易》亦自有詩也，姑舉數條以例之。《詩》語如「齊侯之子，平王之孫」、「威儀棣棣，不可選也」、「父母之言，亦可畏也」、「天實爲之，謂之何哉」、「中冓之言，不可道也」、「送我乎淇之上矣」、「大夫夙退，毋使君勞」、「反是不思，亦已焉哉」、「匪報也，

〔二〕「聖」，原本脱，據累仁堂本補。

永以爲好也」、「知我者謂我心憂，不知我者謂我何求」、「心之憂矣，其誰知之」、「他山之石，可以攻玉」、「皇父卿士，家伯冢宰。仲允膳夫，聚子內史」、「發言盈庭，誰敢執其咎？如匪行邁謀，是用不得於道」、「心之憂矣，云如之何」、「或出入諷議，或靡事不爲」、「成王之孚，下土之式」、「文王曰咨，咨女殷商，而秉義類」、「白圭之玷，尚可磨也。斯言之玷，不可爲也」、「於乎不顯，文王之德之純」、「學有緝熙于光明」、「至于文武，纘太王之緒」，以入《書》，誰能辨也。《書》語如「日中星鳥，以殷仲春」、「蕩蕩懷山襄陵，浩浩滔天」、「明試以功，車服以庸」、「無怠無荒，四夷來王」、「任賢勿貳，去邪勿疑，疑謀勿成，百志惟熙」、「四海困窮，天禄永終」、「朕志先定，詢謀僉同。鬼神其依，龜筮協從」、「百僚師師，百工惟時」、「臣哉鄰哉，鄰哉臣哉」、「罔晝夜頟頟，罔水行舟」、「下管鞀鼓，合止柷敔」、「《簫韶》九成，鳳凰來儀」、「萊夷作牧，厥篚檿絲」、「厥草惟夭，厥木惟喬」、「火炎崑岡，玉石俱焚」、「佑賢輔德，顯忠遂良。兼弱攻昧，取亂侮亡。推亡固存，邦乃其昌」、「聖謨洋洋，嘉言孔彰。惟上帝不常，作善降之百祥，作不善降之百殃〔二〕」、「惟天無親，克敬惟親。民罔常懷，懷於有仁」、「一人元良，萬邦以貞」、「厥德靡常，九有以亡」、「若作和羹，爾惟鹽梅」、「罔俾阿衡，專（羹）［美］有商」、「我武惟揚，侵于之疆，取

〔二〕「百殃」，原本作「不祥」，據陝圖本、武林樵雲書舍本改。

彼凶殘，我伐用張，于湯有光」、「如虎如貔，如熊如羆〔二〕」、「月之從星，則以風雨」、「式敬爾由獄，以長我王國」。又「無偏無陂」以至「歸其有極」總爲一章。《易》語如「見龍在田，天下文明。終日乾乾，與時偕行」、「西南得朋，乃與類行。東北喪朋，乃終有慶」、「密雲不雨，自我西郊」、「其亡其亡，繫于苞桑」、「伏戎于莽，升其高陵，三歲不興」、「賁如皤如，白馬翰如」、「君子得輿，小人剥廬」、「見輿曳，其牛掣，其人天且劓」、「見豕負涂，載鬼一車〔三〕，先張之弧，後脱之弧」、「困于石，據于蒺藜，入于其宫，不見其妻」、「震來虩虩，笑言啞啞」、「旅人先笑後號咷」、「乾剛坤柔，比樂師憂，臨觀之義，或與或求」，以入《詩》，誰能辨也？抑不特此，凡《易》卦、爻、辭、彖、小象、叶韻者十之八，故《易》亦《詩》也。

秦以前爲子家，人一體也。語有方言，而字多假借，是故雜而易晦也。左、馬而至西京，洗之矣。相如，騷家流也；子雲，子家流也，故不盡然也。六朝而前材不能高，而厭其常，故易字。易字，是以贅也；材不能高，故其格下也。五季而後，學不能博，而苦其變，故去字。去字，是以率也；學不能博，故其直賤也。

〔二〕「熊」，原本作「羆」，據《四庫》本、累仁堂本改。
〔三〕「豕負涂，載」原本脱，據阮刻《十三經注疏》本《周易正義》卷四補。

藝苑巵言卷二

「關關雎鳩，在河之洲。窈窕淑女，君子好逑。」「采采卷耳，不盈頃筐。嗟我懷人，寘彼周行。」「我姑酌彼金罍。」「未見君子，惄如調饑。」「厭浥行露，豈不夙夜。謂行多露。」「嘒彼小星，三五在東。肅肅宵征，夙夜在公。寔命不同。」「日居月諸。」「静言思之，不能奮飛。」「燕燕于飛，差池其羽。」「先君之思，以勖寡人。」「擊鼓其鏜，踊躍用兵。」「土國城漕。」「雝雝鳴雁，旭日始旦。」「習習谷風，以陰以雨。」「采葑采菲，無以下體。」「誰謂荼苦，其甘如薺。」「我躬不閲，遑恤我後。」「碩人俣俣，公庭萬舞。有力如虎，執轡如組。」「云誰之思，西方美人。彼美人兮，西方之人兮。」「北風其凉，雨雪其雱。惠而好我，攜手同行。」「愛而不見，搔首踟蹰。」「玉之瑱也，象之揥也，揚且之晰也。胡然而天也，胡然而帝也。」「良馬五之。」「手如柔荑，膚如凝脂，領如蝤蠐，齒如瓠犀，螓首蛾眉。巧笑倩兮，美目盼兮。」「自我徂爾，三歲食貧。」「誰謂河廣，一葦杭之。」「伯也執殳，爲王前驅。」「自伯之東，首如飛蓬。豈無膏沐，誰適爲容。」「其雨其雨，杲杲出日。」「適子之館兮，還予授子之粲兮。」「巷無居人，豈無居人。不如叔也，洵美且仁。」「將叔無狃，戒其傷汝。」「兩服上襄，兩驂雁行。」「清人在彭，駟介旁旁。二矛重英，河上乎翱翔。」「左旋右抽。」「女曰雞鳴，士曰昧旦。子興視夜，明星有爛。」「雞既鳴矣，朝既盈矣。匪雞則鳴，蒼蠅之聲。」「蟋蟀在堂，歲聿其莫。今我不樂，日月其除。無已太康，職思其居。」「綢繆束薪，三星在天。今夕何夕？見此良人。」「悠悠蒼天，曷其有極。」「予美亡此，誰與獨旦。」「駟驖孔阜，六轡在手。公之媚子，從公于狩。」「游環脅驅。」「陰靷鋈續，文茵暢轂。」「言念君子，温其如玉。」「蒹葭蒼蒼，白露爲霜。所謂伊人，在水一方。遡洄從之，道阻且長。遡游從之，宛在水中央。」「交交黄鳥，止于棘，誰從穆公？子車奄息。維此奄息，百夫之特。臨其穴，惴惴其慄。彼蒼者天，殲我良人。如可贖兮，人百其身。」「憂心如醉。」「豈曰無衣，與子同袍。」「衡門之下，可以棲遲。泌之洋洋，可以樂饑。」「豈其食魚，必河之魴。」「蜉蝣之羽，衣裳楚楚。」「我來自東，零雨其濛。」「皇駁其馬。」「其新孔嘉，其舊如之何？」「鴻飛遵渚，公歸無所。於女信處。」「四牡騑騑，周道倭遲。豈不懷歸？王事靡盬，我心傷悲。」「伐木丁丁，鳥鳴嚶嚶。」「昔我往矣，楊柳依依。今我來思，雨雪霏霏。」「豈不懷歸，畏此簡書。」「和鸞雝雝，萬福攸同。」「我有嘉賓，中心貺之。」「織文鳥章，白旆央央。元戎十乘，以先啓行。」「文武吉甫，萬邦惟憲。」「四騏翼翼，路車有奭。簟笰魚服，鉤膺鞗革。」「方叔涖止，其車三千。旂旐央央，方叔率止。約軝錯衡，八鸞瑲瑲。服其命服，朱芾斯皇，有瑲葱珩。」「蠢爾蠻荆〔二〕，大邦爲讎。方叔元老，克壯其猶。」「蕭蕭馬鳴，悠悠旆旌。徒御不驚，大庖不盈。」「吉日惟戊。」「夜如何？其夜未央，庭燎之光。君子至此，鸞聲將將。」「鶴鳴于九皋，聲聞于天。」「他山之石，可以攻玉。」「其人如玉。」「毋金玉爾音，而有遐心。」「爰居爰處，爰笑爰語。」「載寢之床，載衣之裳，載弄之璋。」「節彼南山，維石巖巖。赫赫師尹，民具爾瞻。」「正月繁霜。」「父母生我，胡俾我瘉。不自我先，不自我後。」「彼月而微，此日而微。」「高岸爲谷，深谷爲陵。」「發言盈庭，誰敢執其咎。」「明發不寐，有懷二人。」「踧踧周道，鞠爲茂草。我以憂傷，惄焉如擣。」「維憂用老。」「君子無易由言，耳屬于垣。」「我躬不閲，遑恤我後。」「他人有心，予忖度之。」「職爲亂階。」「缾之罄矣，維罍之恥。」「周道如砥，其直如矢。君子所履，小人所視。」「小東大東，杼柚其空。糾糾葛屨，可以履霜。」「跂彼織女，終日七襄。雖則七襄，不成報章〔三〕。睆彼牽牛，不以服箱。」「東有啓明，西有長庚。」「維南有箕，不可以簸揚。維北有斗，不可以挹酒漿。」「明明上天，照臨下土。」「自貽伊戚。」「我疆我理，南東其畝。」「上天同雲，雨雪雰雰，益之以霢霂。

〔二〕「蠻荆」，原本作「荆蠻」，據《四庫》本改。
〔三〕「不成報章」，原本作「不成服章」，據《四庫》本改。

既優既渥，既霑既足，生我百穀。」「祀事孔明，先祖是皇。」「有渰萋萋，興雨祁祁。雨我公田，遂及我私。」「六轡沃若。」「蔦與女蘿，施于松柏。」「有頍者弁。」「君子來朝，何錫予之。雖無予之，路車乘馬。」「鸞聲嘒嘒。」「雨雪瀌瀌，見晛曰消。」「卷髮如蠆。」「終朝采綠，不盈一匊。予髮曲局，薄言歸沐。」「中心藏之，何日忘之。」「牂羊墳首，三星在罶。」「何不日鼓瑟？」「民亦勞止，汔可小康。惠此中國，以綏四方。」「式遏寇虐，憯不畏明。」「王欲玉女。」「天之方難，無然憲憲。天之方蹶，無然泄泄。」「天之牖民，如壎如篪，如璋如圭，如取如攜。」「价人維藩，大師維垣，大邦維屏，大宗維翰，懷德維寧，宗子維城。」「女炰烋于中國。」「天不湎爾以酒。」「雖無老成人，尚有典刑。」「訏謨定命，遠猶辰告。」「無言不讎〔二〕，無德不報。」「神之格思，不可度思，矧可射思。」「匪面命之，言提其耳。」「誰生厲階，至今爲梗。」「誰能執熱，逝不以濯。其何能淑，載胥及溺。」「進退維谷。」「聽言則對，誦言如醉。」「倬彼雲漢，昭回于天。」「靡神不舉，靡愛斯牲。」「旱魃爲虐〔三〕，如惔如焚。」「瞻卬昊天，有嘒其星。」「維嶽降神，生甫及申。維申及甫，維周之翰。」「士民其瘵。」

〔二〕「讎」，原本作「酬」，據《四庫》本改。

〔三〕「旱魃」原本作「早魃」，據累仁堂本、《四庫》本改。

「哲夫成城，哲婦傾城。」「婦有長舌，維厲之階。」「人之云亡，邦國殄瘁。」「十千維耦。」「萬億及秭。」「設業設虡，崇牙樹羽。應田縣鼓，鞉磬柷圉。既備乃奏，簫管備舉。」「喤喤厥聲，肅雝和鳴。」「有來雝雝，至止肅肅。相維辟公，天子穆穆。」「龍旂陽陽，和鈴央央。鞗革有鶬。」「無曰高高在上，陟降厥士，日監在茲。」「載芟載柞，其耕澤澤。千耦其耘，徂隰徂畛。」「厭厭其苗，緜緜其麃。」「其崇如墉，其比如櫛。以開百室。」「旨酒思柔。」「於鑠王師，遵養時晦。」「駉駉牡馬，在坰之野。薄言駉者，有驈有皇，有驪有黄，以車彭彭。」「振振鷺，鷺于下。鼓咽咽，醉言舞。」「無小無大，從公于邁。」「永錫難老。」「食我桑葚，懷我好音。」「白牡騂剛，犧尊將將。毛炰胾羹，籩豆大房。萬舞洋洋，孝孫有慶。」「不虧不崩，不震不騰。三壽作朋，如岡如陵。」「公車千乘，朱英緑縢。二矛重弓，公徒三萬。貝冑朱綅，烝徒增增。」「黄髪兒齒。」「鞉鼓淵淵，嘒嘒管聲。既和且平，依我磬聲。」「天命玄鳥，降而生商。宅殷土芒芒。」「相土烈烈，海外有截。」「不競不絿，不剛不柔。敷政優優，百禄是遒。」「苞有三蘖，莫遂莫達。九有一截，韋顧既伐，昆吾夏桀。」「撻彼殷武，奮伐荆楚。罙入其阻。」「赫赫厥聲，濯濯厥靈。壽考且寧，以保我後生。」

詩旨有極含蓄者，隱惻者，緊切者；法有極婉曲者，清暢者，峻潔者，奇詭者，玄妙者。騷、賦、古《選》、樂府、歌行，千變萬化，不能出其境界。吾故摘其章語，以見法之所自。其《鹿鳴》、

《甫田》、《七月》、《大明》、《綿》、《棫樸》、《旱麓》、《思齊》、《皇矣》、《靈臺》、《下武》、《文王》、《生民》、《既醉》、《鳧鷖》、《假樂》、《公劉》、《卷阿》、《烝民》、《韓奕》、《江漢》、《常武》、《清廟》、《維天》、《烈文》、《昊天》、《我將》、《時邁》、《執競》、《思文》，無一字不可法，當全讀之，不復載。

古逸詩、箴、銘、謳謠之類，其語可入《三百篇》者：「翹翹車乘，招我以弓。豈不欲往，畏我友朋。」「君子有酒，小人鼓缶。」「雖有絲麻，無棄菅蒯〔二〕。雖有姬姜，無棄蕉萃。」「祈招之愔愔，式昭德音。思我王度，式如玉，式如金。」「俟河之清，人壽幾何。」「馬之剛矣，轡之柔矣。馬亦不剛，轡亦不柔。志氣麃麃，取予不疑。」「棠棣之華，翩其反而。豈不爾思，室是遠而。」「魚在在藻，厥志在餌。」「九變復貫，知言之選。」「皎皎練絲，在所染之。」

右逸詩

「立我烝民，莫匪爾極。不識不知，順帝之則。」《康衢》「黃之池，其馬歕沙。皇人威儀。黃之澤，其馬歕玉。皇人受穀。」《黃澤》「白雲在天，山陵自出。」《白雲》

〔二〕「菅」，原本作「管」，據《四庫》本改。

右謡

「卿雲爛兮，糺縵縵兮。日月光華，旦復旦兮。」《卿雲》「南山有烏，北山張羅。烏自高飛，羅當柰何。」《烏鵲》「日月昭昭兮寖已馳，與子期兮蘆之漪。」《漁父》

右歌

「習習谷風，以陰以雨。之子于歸，遠送于野。」《猗蘭》「隴頭流水，流離四下。念我行役，飄然曠野。」《隴頭》

右操

「皇皇惟敬口，口生垢，口戕口。」《口》「與其溺於人也，寧溺於淵。溺於淵，猶可游也；溺於人，不可救也。」《盥盤》「毋曰胡傷，其禍將長。」《楹》「一命而僂，再命而傴，三命而俯，循墻而走，亦莫敢余侮。饘於是，粥於是，以糊余口。」《鼎》

右銘

「荷此長耜，耕彼南畞。四海俱有。」舜祠田　「皇皇上天，照臨下土。集地之靈，降甘風雨。庶物群生，各得其所。」用祭天

右辭

「鳳凰于飛，和鳴鏘鏘。有嬀之後，將育於姜。」懿氏

右繇

「涓涓不塞，將爲江河。」黄帝語　「吾王不游，吾何以休？吾王不豫，吾何以助？一游一豫，爲諸侯度。」「畏首畏尾，身其餘幾。」

右諺

漢、魏人詩語，有極得《三百篇》遺意者，謾記於後。「非惟雨之，又潤澤之。非惟徧之，我氾布濩之。」「般般之獸，樂我君囿。」「總齊群邦，以翼大商。迭彼大彭，勛績惟光。」「誰謂

華高，企其齊而。誰謂德難，厲其庶而。」「金支秀華，庶旄翠旌。」「王侯秉德，其鄰翼翼，顯明昭式。」「惟德之臧，建侯之常。」「如山如岳，嵩如不傾。如江如河，澹如不盈。」「大海蕩蕩，水所歸；高賢愉愉，民所懷。」「陽春布德澤，萬物生光輝。」此二《雅》、《周頌》和平之流韻也。「犖犖紫芝，可以療饑。」「月出皎兮，君子之光。君有禮樂，我有衣裳。」「胡馬依北風，越鳥巢南枝。」「衣帶日以緩。」「清商隨風發，中曲正徘徊。」「秋蟬鳴樹間，玄鳥逝安適。」「棄我如遺迹。」「盈盈一水間，脉脉不得語。」「絃急知柱促。」「去者日以疏，來者日以親。」「愁多知夜長。」「著以長相思，緣以結不解。」「出户獨徬徨，憂思當告誰？」「明明如月，何時可掇？憂從中來，不可斷絶。」「不惜年往，憂世不治。」「山不厭高，海不厭深。」「海水知天寒。」「入門各自媚。」「豈伊不虔？思于天衢。豈伊不懷？歸于枌榆。天命不慆，疇敢以渝。」「自惜袖短，内手知寒。」「憂來無方，人莫之知。」「徬徨忽已久，白露沾我裳。」「民之多僻，政不由己。」「泳彼長川，言息其滸。陟彼高岡，言刈其楚。」此《國風》清婉之微旨也。「靈之來，神哉沛。先以雨，般裔裔。」「志俶儻，精權奇。籋浮雲，晻上馳。」「今安匹，龍爲友。」「臨高臺以軒。」「江有香草目以蘭。」「昌樂肉飛。」「采虹垂天。」「水何澹澹，山島竦峙。」「日月之行，若出其中。」「孤獸走索群，銜草不遑食。」「世無萱草，令我哀嘆。」此秦、齊變《風》奇峭之遺烈也。

秦始皇時，李斯所撰《嶧山碑》，三句始下一韻，是《采芑》第二章法；《瑯邪臺銘》一句一韻，三句一換，是《老子》「明道若昧」章法。

《太公陰謀》有《筆銘》云：「毫毛茂茂，叶房月切。陷水可脱，陷文不活。」于鱗取之。余謂其言精而辭甚美，然是鄧析以後語也，「毫毛茂茂」是蒙恬以後事也，必非太公作。

屈氏之《騷》，《騷》之聖也；長卿之賦，賦之聖也。一以風，一以頌，造體極玄，故自作者，毋輕優劣。

《天問》雖屬《離騷》，自是四《詩》之韻。但詞旨散漫，事迹惝怳，不可存也。

延壽《易林》、伯陽《參同》，雖以數術爲書，要之皆四言之懿，《三百》遺法耳。

楊用修言《招魂》遠勝《大招》，足破宋人眼耳。宋玉深至不如屈，宏麗不如司馬，而兼撮二家之勝。

《大風》三言，氣籠宇宙，張千古帝王赤幟，高帝哉？漢武故是詞人，《秋風》一章，幾於《九歌》矣。《思李夫人賦》，長卿下，子雲上，「是耶非耶」三言精絶。《落葉哀蟬》疑是贋作，「幽蘭秀簟」，的爲傳語。

「《大風》安不忘危，其霸心之存乎？《秋風》樂極悲來，其悔心之萌乎？」文中子贊二帝語，去孔子不遠。

《垓下歌》正不必以「虞兮」爲嫌，悲壯烏咽，與《大風》各自描寫帝王興衰氣象。千載而下，惟曹公「山不厭高」、「老驥伏櫪」，司馬仲達「天地開闢，日月重光」語，差可嗣響。

《柏梁》爲七言歌行創體，要以拙勝。「日月星辰」一句，和者不及。「宗室廣大日益滋」，爲宗正劉安國。「外家公主不可治」，爲京兆尹。按當作内史。「三輔盜賊天下危」，爲左馮翊減宣〔一〕。「盜起南山爲民災」，爲右扶風李成信。其語可謂强諫矣，而不聞逆耳。郭舍人「齧妃女脣甘如飴」，淫褻無人臣禮，而亦不聞罰治，何也？若「枇杷橘栗桃李梅」，雖極可笑，而法亦有所自，蓋宋玉《招魂》篇内句也。

漢時衛、霍營平，糾糾虎臣。然《柏梁》詩「郡國士馬羽林材」、「和撫四夷不易哉」語，無愧七言風雅。《封建三王表》及屯田諸疏，兩漢文章皆莫能及。然《三王表》或幕客所爲。《柏梁》歌詠，咸依位序，獨驃騎在丞相前，大將軍在丞相後。昔人云「去病日貴」，此亦一徵。按《古文苑》注，稱臺成於元鼎二年，登臺賦詩乃元封三年。而霍去病以元狩六年卒，是時青蓋兼二職也。然則「郡國士馬」之詠，亦出青口耶？

韋孟、玄成《雅》、《頌》之後，不失前規，繁而能整，故未易及。昌穀少之，私所不解。

〔一〕「減」，原作「咸」，據十六卷本改。

鍾嶸言《行行重行行》十四首，「文温以麗，意悲而遠，驚心動魄，幾乎一字千金」。後併《去者日以疏》五首爲十九首，爲枚乘作。或以「洛中何鬱鬱」、「游戲宛與洛」爲詠東京；「盈盈樓上女」爲犯惠帝諱。按臨文不諱，如「總齊群邦」，故犯高諱，無妨。宛洛爲故周都會，但「王侯多第宅」，周世王侯，不言第宅，「兩宫」、「雙闕」，亦似東京語。意者中（聞）［間］雜有枚生或張衡、蔡邕作，未可知。談理不如《三百篇》，而微詞婉旨，遂足並駕，是千古五言之祖。

「相去日以遠，衣帶日以緩」，「緩」字妙極。又古歌云「離家日趨遠，衣帶日趨緩」，豈古人亦相蹈襲耶？抑偶合也？「以」字雅，「趨」字峭，俱大有味。

「東風摇百草」，「摇」字稍露崢嶸，便是句法，爲人所窺。「朱華冒緑池」，「冒」字更捩眼耳。「青袍似春草」，復是後世巧端。

李少卿三章，清和調適，怨而不怒。子卿稍似錯雜，第其旨法，亦魯、衛也。

「上山採蘼蕪」、「四坐且莫喧」、「悲與親友别」、「穆穆清風至」、「橘柚垂華實」、「十五從軍征」、「青青園中葵」、「雞鳴高樹顛」、「日出東南隅」、「相逢狹路間」、「昭昭素明月」、「昔有霍家奴」、「洛陽城東路」、「飛來雙白鵠」、「翩翩堂前燕」、「青青河邊草」、《悲歌》、《緩聲》、《八變》、《艷歌》、《紈扇篇》、《白頭吟》，是兩漢五言神境，可與《十九首》、蘇、李並驅。

《詩譜》稱《漢郊廟》十九章「煅意刻酷，煉字神奇」，信哉！然失之太峻，有《秦風·小戎》

之遺，非《頌》詩比也。《唐山夫人》、《雅》歌之流，調短弱未舒耳。《(饒)[鐃]歌》十八中有難解及迫詰屈曲者：「如孫如魚乎[二]？悲矣」、「堯羊蜚從王孫行」之類，或謂有缺文斷簡；「妃呼狶」、「收中吾」之類，或謂曲調之遺聲；或謂兼正辭填調，大小混録，至有直以爲不足觀者。「巫山高」、「芝爲車」，非三言之始乎？「臨高臺以軒」、「桂樹」、「雙珠」、「青絲」、「玳瑁」，非五言之神足乎？「駕六飛龍四時和」、「江有香草目以蘭，黄鵠高飛離哉翻」，非七言之妙境乎？其誤處既不能曉，佳處又不能識，以爲不足觀，宜也。

《鐸舞》、《巾舞》，歌俳歌政，如今之《琴譜》及樂聲車公車之類，絶無意誼，不足存也。

録蘇、李雜詩十二首，雖總雜寡緒，而渾朴可詠，固不必二君手筆，要亦非晉人所能辨也。如「人生一世間，貴與願同俱」、「紅塵蔽天地，白日何冥冥」、「招摇西北指，天漢東南傾」、「短褐中無緒，帶斷續以繩。瀉水置缾中，焉辨淄與澠」、「仰視雲間星，忽若割長帷」，彷彿河梁間語。

楊用修録古詩逸句及書語可入詩者，不能精，亦有遺漏。余擇而録之：「紅塵蔽天地，白日何冥冥。」「安知鳳皇德，貴其來見稀。」皆李陵 「泛泛江漢萍，飄蕩永無根。」「青青陵中

〔二〕「孫」，原本作「絲」，據嘉靖本改。

草，傾葉晞朝日。」作「希」乃妙。　「天霜木葉下，鴻雁當南飛。」　「人遠精神近，寤寐見容光。」　「初秋北風至，吹我章華臺。浮雲多暮色，似從崦嵫來。」　「石上生菖蒲，一寸八九節。仙人勸我餐，令我好顏色。」　「去婦不顧門，萎韭不入園。」諸葛孔明　「探懷授所歡，願醉不顧身。」王仲宣　「皎月垂素光，玄雲爲髣髴。」劉公幹　「金荆持作枕，紫荆持作床。」　「黄鳥鳴相追，咬咬弄好音。」　「翕如翔雲會，忽若驚風散。」棗腆　「迅飆翼華蓋，飄飄若鴻飛。」石崇　「争先非吾事，静照在忘求。」右軍　「遥看野樹短。」虞騫　「浴景出東渟。」仙詩　已上皆古詩。「生無一日歡，死有萬世名。」《列子》　「片玉可以琦，奚必待盈尺。」　「駿馬養外廐，美人充下陳。」《戰國策》　「薰以香自燒，膏以明自煎。」《龔勝傳》　「孔子辭廩丘，終不盗帶鈎。許由讓天下，終不利封侯。」　「日回而月周，終不與時游。」　「南游罔㝗野，北息沈墨鄉。」俱《淮南子》「跣跗被商舄，重譯吟詩書。」王充　「新霽清暘升，天光入隙中。」佛經　「隴坂縈九曲，不知高幾里。」《三秦記》　「喬木知舊都。」《吕覽》　「新林無長木。」同　「素湍如委練。」羅含記　「揮袖起風塵。」劉邵　「蘭葩豈虚鮮。」郭璞　「文禽蔽緑水。」應璩　「兩雄不並栖。」《三國志》　已上雜書語。

《孔雀東南飛》，質而不俚，亂而能整，叙事如畫，叙情若訴，長篇之聖也。人不易曉，至以《木蘭》並稱。《木蘭》不必用「可汗」爲疑，「朔氣」、「寒光」致貶，要其本色，自是梁、陳及唐人手段。《胡笳十八拍》軼語似出閨襜，而中雜唐調，非文姬筆也，與《木蘭》頗類。

余讀《琴操》所稱記舜、禹、孔子詩，咸淺易不足道。《拘幽》，文王在繫也，而曰：「殷道圂圂，侵濁煩。朱紫相合，不別分。迷亂聲色，信讒言。」即無論其詞已，內文明，外柔順，蒙難者固如是乎？「瞻天案圖，殷將亡。」豈三分服事至德人語？「望來羊」固因「眼如望羊」傳也。他如《獻玉退怨歌》謂楚懷王子平王。大平王，靈王弟也，歷數百年而始至懷王。至乃謂玉人爲樂正子，何其俚也！《窮劫曲》言楚王乖劣，任用無忌，誅夷白氏，三戰破郢，王出奔。用無忌者，平王也。奔者，昭王也。太子建已死，有子勝，後封白公，非白氏也。其辭曰：「留兵縱騎虜京闕。」時未有騎戰也。《河梁歌》：「舉兵所伐攻秦王。」勾踐時秦未稱王也，勾踐又無攻秦。夫僞爲古而傳者，未有不通於古者也。不通古而傳，是豈僞者之罪哉？

詞賦非一時可就。《西京雜記》言相如爲《子虛》、《上林》，游神蕩思，百餘日乃就，故也。梁王兔園諸公，無一佳者，可知矣。坐有相如，寧當罰酒，不免腐毫。

「入不言兮出不辭，乘回風兮載雲旗。」雖爾恍忽，何言之壯也！「悲莫悲兮生別離，樂莫樂兮新相知。」是千古情語之祖。

《卜居》、《漁父》，便是《赤壁》。諸公作俑，作法於涼，令人永慨。

長卿《子虛》諸賦，本從《高唐》物色諸體，而辭勝之。《長門》從《騷》來，毋論勝屈，故高於宋也。長卿以賦爲文，故《難蜀》、《封禪》緜麗而少骨；賈傳以文爲賦，故《弔屈》、《鵩鳥》率直而少致。

太史公千秋軼才，而不曉作賦。其載《子虚》、《上林》，亦以文辭宏麗，爲世所珍而已，非真能賞詠之也，觀其推重賈生諸賦可知。賈暢達用世之才耳，所爲賦自是一家。太史公亦自有《士不遇賦》，絶不成文理。荀卿《成相》諸篇，便是千古惡道。

雜而不亂，複而不厭，其所以爲屈乎？麗而不徘，放而有制，其所以爲長卿乎？以整次求二子則寡矣。子雲雖有剽模，尚少谿逕，班、張而後，愈博、愈晦、愈下。

子雲服膺長卿，嘗曰："「長卿賦不是從人間來，其神化所至耶？」研摩白首，竟不能逮，乃謗言欺人云："「雕蟲之技，壯夫不爲。」遂開千古藏拙端，爲宋人門户。

「《國風》好色而不淫，《小雅》怨誹而不亂。」《長門》一章，幾於並美。阿嬌復幸，不見紀傳，此君深於愛才，優於風調，容或有之，史失載耳。凡出長卿手，靡不穠麗工至，獨《琴心》二歌淺稚，或是一時匆卒，或後人傅益。子瞻乃謂李陵三章亦僞作，此兒童之見。夫工出意表，意寓法外，令曹氏父子猶尚難之，況他人乎？

《子虚》、《上林》材極富，辭極麗，而運筆極古雅，精神極流動，意極高，所以不可及也。長沙有其意而無其材，班、張、潘有其材而無其筆，子雲有其筆而不得其精神流動處。

《長門》「邪氣壯而攻中」語，亦似太拙。至「揄長袂以自翳，數昔日之諐殃」以後，如有神助。漢家雄主，例爲色殢，或再幸再棄，不可知也。

孟堅《兩都》，似不如張平子。平子雖有衍辭，而多佳境壯語。

「頩薄怒以自持，曾不可乎犯干」、「目略微眇，精彩相授，志態横出，不可勝記」，此玉之賦神女也。「意密體疏，俯仰異觀。含喜微笑，竊視流眄」，此玉之賦登徒也。「神光離合，乍陰乍陽」、「進止難期，若往若還。轉眄流精，光潤玉顔。含辭未吐，氣若幽蘭」，此子建之賦神女也。其妙處在意而不在象。然本之屈氏「滿堂兮美人，忽與余兮目成」、「既含睇兮又宜笑，子慕余兮善窈窕」，變法而爲之者也。

宋玉《諷賦》與《登徒子好色》一章，詞旨不甚相遠，故昭明遺之。《大言》、《小言》，枚皋滑稽之流耳。《小言》「無内之中」本驕辭耳，而若薄有所悟。

班姬《擣素》，如「閱絞練之初成，擇玄黄之自出。准華裁於昔時，疑形異於今日」，又「書既封而重題，笥已緘而更結」，皆六朝鮑、謝之所自出也。昭明知選彼而遺此，未審其故。

子雲《逐貧賦》，固爲退之《送窮文》梯階。然大單薄，少變化。内貧答主人「茅茨土階」、「瑶臺瓊榭」之比，乃以儉答奢，非貧答主人也。退之横出意變，而辭亦雄贍，末語「燒車與船，延之上坐」，亦自勝凡。子雲之爲《賦》、爲《玄》、爲《法言》，其旁搜酷擬，沈想曲换，亦自性近之耳，非必材高也。

傅武仲有《舞賦》，皆托宋玉爲襄王問對。及閱《古文苑》，宋玉《舞賦》，所少十分之七。而中間精語，如「華袿飛髾，而雜纖羅」，大是麗語。至於形容舞態，如「羅衣從風，長袖交橫。駱驛飛散，颯沓合並。綽約閑靡，機迅體輕〔二〕」，又「迴身還入，迫于急節。紆形赴遠，漼以摧折。纖縠蛾飛，繽猋若絶」，此外亦不多得也。豈武仲衍玉賦以爲己作耶？抑後人節約武仲之賦，因序語而誤以爲玉作也？

枚乘《菟園賦》，記者以爲王薨後，子皋所爲。據結尾婦人先歌，而後無和者，亦似不完之篇。

「悽唳辛酸，嚶嚶關關，若離鴻之鳴子也；含啁嘽諧，雍雍喈喈，若群雛之從母也。」其《笙賦》之巧詣乎？「鳴」作「命」。「器和故響逸，張急故聲清。間遼故音痺，絃長故微鳴」，其《琴賦》之實用乎？「揚和顔〔三〕，攘皓腕」，以至「變態無窮」數百語，稍極形容，蓋叔夜善於琴故也。子淵《洞簫》，季長《長笛》，才不勝學，善鋪叙而少發揮。《洞簫》「孝子慈母」之喻，不若安仁之切而雅也。

〔二〕「輕」，原本作「體」，據《四庫》本改。

〔三〕「揚」，原本作「楊」，據《四庫》本改。

楊用修所載七仄，如宋玉「吐舌萬里唾四海」，《緯書》「七變入臼米出甲」，佛偈「一切水月一切攝」，七平如《文選》「離袿飛綃垂纖羅」，俱不如老杜「梨花梅花參差開」、「有客有客字子美」和美易讀，而楊不之及。按傅武仲《舞賦》，家有《古文苑》、《文選》，皆云「華袿飛綃雜纖羅」，不言「垂纖羅」也。

東方曼倩、管公明、郭景純，俱以奇才挾神術，而宦俱不達。景純以舌爲筆者也，公明以筆爲舌者也，曼倩筆舌互用者也。若其超物之哲，曼倩爲最，公明次之，景純下矣。

藝苑卮言卷三

《檀弓》、《考工記》、《孟子》、左氏、《戰國策》、司馬遷，聖於文者乎！其叙事則化工之肖物。班氏，賢於文者乎！人巧極，天工錯。莊生、《列子》、《楞嚴》、《維摩詰》，鬼神於文者乎！其達見，峽决而河潰也，窈冥變幻而莫知其端倪也。

諸文外，《山海經》、《穆天子傳》亦自古健有法。

太史公之文，有數端焉：《帝王紀》，以己釋《尚書》者也，又多引圖緯子家言，其文衍而虚；春秋諸《世家》，以己損益諸史者也，其文暢而雜；儀、秦、鞅、睢諸《傳》，以己損益《戰國策》者也，其文雄而肆；劉、項《紀》，信、越諸《傳》，志所聞也，其文宏而壯；《河渠》、《平準》諸書，志所見也，其文核而詳，婉而多風；《刺客》、《游俠》、《貨殖》諸傳，發所寄也，其文精嚴而工篤，磊落而多感慨。

西京之文實，東京之文弱，猶未離實也；六朝之文浮，離實矣；唐之文庸，猶未離浮也；宋之文陋，離浮矣，愈下矣；元無文。

韓、柳氏，振唐者也，其文實；歐、蘇氏，振宋者也，其文虚。臨川氏法而狹，南豐氏飫而衍。

老氏談理則傳，其文則經；佛氏談理則經，其文則傳。《圓覺》之深妙，《楞嚴》之宏博，《維摩》之奇肆，駸駸乎《鬼谷》、《淮南》上矣！枚生《七發》，其原、玉之變乎？措意垂竭，忽發觀潮，遂成滑稽，且辭氣跌蕩，怪麗不恒。子建而後，模擬牽率，往往可厭，然其法存也。至後人爲之而加陋，其法廢矣。《檀弓》簡，《考工記》煩，《檀弓》明，《考工記》奥，各極其妙。雖非聖筆，未是漢武以後人語。

孟軻氏，理之辨而經者；莊周氏，理之辨而不經者；公孫僑，事之辨而經者；蘇秦，事之辨而不經者。然材皆不可及。

吾嘗怪庾子嵩不好讀《莊子》，開卷至數行，即掩曰「了不異人」，以爲此本無所曉，而漫爲大言者。使曉人得之，便當沈湎濡首。

《吕氏春秋》文，有絶佳者，有絶不佳者，以非出一手故耳。《淮南鴻烈》雖似錯雜，而氣法如一，當由劉安手裁。揚子雲稱其一出一入，字直百金。《韓非子》文甚奇，如《亢倉》、《鶡冠》之流，皆僞書。

賈太傅有經國之才，言言蓍龜也。其辭覈而開，健而飫。

西京之流而東也，其王褒爲之導乎？由學者靡而短於思，由才者俳而淺於法。劉中壘宏而肆，其根雜；楊中散法而奥，其根晦。《法言》所云「故眼之」，是何語？

東京之衰也，其始自敬通乎？蔡中郎之文弱，力不副見，差去浮耳。王充，野人也，其識瑣而鄙，其辭散而冗，其旨乖而稚。中郎愛而欲掩之，亦可推矣。

嗚呼！子長不絶也，其書絶矣！千古而有子長也，亦不能成《史記》，何也？西京以還，封建、宫殿、官師、郡邑，其名不雅馴，不稱書矣，一也；其詔令、辭命、奏書、賦頌，鮮古文，不稱書矣，二也；其人有籍、信、荆、聶、原、嘗、無忌之流足模寫者乎？三也；其詩有《尚書》、《毛詩》、左氏、《戰國策》、韓非、吕不韋之書，足薈蕞者乎？四也；嗚呼！豈惟子長，即尼父亦然，六經無可著手矣。

孟堅叙事，如霍氏、上官之郤，廢昌邑王奏事，趙、韓吏迹，京房術數〔二〕，雖不得如化工肖物，猶是顧凱之、陸探微寫生。東京以還，重可得乎？陳壽簡質，差勝范曄，然宛縟詳至，大不及也。

曹公莽莽，古直悲凉。子桓小藻，自是樂府本色。子建天才流麗，雖譽冠千古，而實遜父兄。何以故？材太高，辭太華。

魏武帝樂府：「東臨碣石，以觀滄海。水何澹澹，山島竦峙。」「秋風蕭瑟，洪濤涌起。日月

〔二〕「數」，原本作「敗」，據《四庫》本改。

之行，若出其中；星漢燦爛，若出其裏。」其辭亦有本。相如《上林》云：「視之無端，察之無涯。日出東沼，月生西陂。」馬融《廣成》云〔二〕：「天地虹洞，因無端涯。大明出東，月生西陂。」揚雄《校獵》云〔三〕：「出入日月，天與地沓。」然覺揚語奇，武帝語壯。又「月生西陂」，語有何致？而馬融復襲之。

子建「謁帝承明廬」、「明月照高樓」，子桓「西北有浮雲」、「秋風蕭瑟」，非鄴中諸子可及。仲宣、公幹遠在下風。吾每至「謁帝」一章，便數十過不可了，悲婉宏壯，情事理境，無所不有。《洛神賦》王右軍、大令各書數十本，當是晉人極推之耳。清徹圓麗，《神女》之流。陳王諸賦，皆《小言》無及者。然此賦始名《感甄》，又以《蒲生》當其《塘上》，際此忌兄，而不自匿諱，何也？《蒲生》實不如《塘上》，令洛神見之，未免笑子建傖父耳。

《塘上》之作，朴茂真至，可與《紈扇》、《白頭》姨姒，甄既摧折，而芳譽不稱，良爲雅嘆。「莫以豪賢故，棄捐素所愛。莫以魚肉賤，棄捐葱與薤。莫以麻枲賤，棄捐菅與蒯。」其語意妙絶，千古稱之。然《左傳》逸詩已先道矣，云：「雖有絲麻，無棄菅蒯。雖有姬姜，無棄蕉萃。」

〔二〕「廣成」，原本作「廣城」，據《四庫》本改。
〔三〕「揚雄」，原本作「楊融」，據《四庫》本改。

陳思王《贈白馬王彪》詩，全法《大雅·文王之什》體，以故首二章不相承耳。後人不知，有欲合而爲一者，良可笑也。

楊德祖《答臨淄侯書》中有「猥受顧錫，教使刊定。《春秋》之成，莫能損益。《呂氏》、《淮南》，字直千金。弟子拑口，市人拱手。」及覽《臨淄侯書》，稱「往僕少小所著辭賦一通」，不言刊定。唯所云「丁敬禮嘗作小文，使僕潤飾之。僕自以才不過若人，辭不爲也。敬禮謂僕：『卿何所疑難？文之佳惡，吾自得之。後世誰相知定吾文者？』」此植相托意耶？當時孔文舉爲先達，其於文特高雄，德祖次之。孔璋書檄饒爽，元瑜次之，而詩皆不稱也。劉楨、王粲，詩勝於文。兼至者獨臨淄耳。正平、子建，直可稱建安才子，其次文舉，又其次爲公幹、仲宣。

讀子桓「客子常畏人」，及《答吳朝歌鍾大理書》，似少年美資負才性，而好貨好色，且當不得恒享者。桓靈寶技藝差相埒，而氣尚過之。子桓乃得十年天子，都所不解。

孔文舉好酒及客，恒曰：「坐上客長滿，樽中酒不空，吾無憂矣。」桓靈寶爲義興太守，不得志，嘆曰：「父爲九州伯，兒爲五湖長。」遂棄官歸。孔語便是唐律，桓句亦是唐選，而桓尤爽俊。其人不作逆，一才子也。

子桓之《雜詩》二首，子建之《雜詩》六首，可入《十九首》不能辨也。若仲宣、公幹，便覺自遠。

古樂府「悲歌可以當泣，遠望可以當歸」，二語妙絶。老杜「玉珮仍當歌」，「當」字出此。然不甚合作，可與知者道也。用修引孟德「對酒當歌」云：「子美一闡明之，不然，讀者以爲該當之當矣。」大瞶瞶可笑。孟德正謂遇酒即當歌也，下云「人生幾何」可見矣。若以「對酒當歌」作去聲，有何趣味？

阮公《詠懷》，遠近之間，遇境即際，興窮即止，坐不著論宗佳耳。人乃謂陳子昂勝之，何必子昂，寧無感興乎哉！

嵇叔夜土木形骸，不事雕飾，想於文亦耳，如《養生論》、《絶交書》，類信筆成者，或遂重犯，或不相續，然獨造之語，自是奇麗超逸，覽之躍然而醒。詩少涉矜持，更不如嗣宗。吾每想其人，兩腋習習風舉。

平子《四愁》，千古絶唱。傅玄擬之，致不足言，大是笑資耳。玄又有《日出東南隅》一篇，汰去精英，竊其常語。尤有可厭者，本詞「使君自有婦，羅敷自有夫」，於意已足，綽有餘味。今復益以「天地正位」之語，正如低措大記舊文不全時，以己意續貂，罰飲墨水一斗可也。

陸士衡翩翩藻秀，頗見才致，無奈俳弱何？安仁氣力勝之，趣旨不足。太冲莽蒼，《詠史》、《招隱》，綽有兼人之語，但太不雕琢。

子卿第二章「絃歌」、「商曲」，錯叠數語。《十九首》「齊心同所願，含意俱未申」，亦大重犯，然不害爲古。「奚必絲與竹，山水有清音。何事待嘯歌，灌木自悲吟」，乃害古也。然使各用之，山水清音，極是妙詠，灌木悲吟，不失佳語。故曰：「離則雙美，合則兩傷。」

李令伯《陳情》一表，天下稱孝，後起拜漢中，自以失分懷怨。應制賦詩云：「人亦有言，有因有緣。仕無中人，不如歸田。明明在上，斯語豈然。」謝公東山捉鼻，恒恐富貴逼人。既處台鼎，嫌隙小構，見桓子野彈琴撫《怨詩》一曲，至捋鬚流涕。殷深源卧不起，及後敗廢時云：「會稽王將人上樓，著去梯。」譬如始作養劉不出山時觀〔一〕，有何不可？乃知嚮者都非真境。

王武子讀孫子荆詩，而云「未知文生於情，情生於文」，此語極有致。文生於情，世所恒曉；情生於文，則未易論，蓋有出之者偶然，而覽之者實際也。吾平生時遇此境，亦見同調中有此。又庾子嵩作《意賦》成，爲文康所難，而云「正在有意無意之間」，此是遯辭，料子嵩文必不能佳。然有意無意之間，却是文章妙用。

「以彼徑寸莖，蔭此百尺條」，是涉世語；「貴者雖自貴，棄之若埃塵」，是輕世語；「振衣千仞岡，濯足萬里流」，是出世語。每諷太冲詩，便飄飄欲仙。

石衛尉縱横一代，領袖諸豪，豈獨以財雄之，政才氣勝耳。《思歸引》、《明君辭》，情質未離，

〔一〕「譬」，原本作「匹」，據《四庫》本改。

不在潘、陸下，劉司空亦其儔也。《答盧中郎》五言，磊塊一時，涕淚千古。

沈休文云：「子建函京之作，仲宣灞岸之篇，子荆零雨之章，正長朔風之句，並直舉胸情，非傍詩史，正以音律取高前式。」然則少陵以前，人固有「詩史」之稱矣。

實境詩於實境讀之，哀樂便自百倍。東陽既廢，夷然而已。送甥至江口，誦曹顔遠「富貴他人合，貧賤親戚離」，泣數行下。余每覽劉司空「豈意百鍊剛，化爲繞指柔」，未嘗不掩卷酸鼻也。嗚呼！越石已矣，千載而下，猶有生氣。彼石勒、段磾，今竟何在？

王處仲每酒間歌「老驥伏櫪，志在千里。烈士暮年，壯心不已」，其人不足言，其志乃大可憫矣。余自庚申以後，每讀劉司空二語，未嘗不欷歔罷酒。至少陵「千秋萬死名，寂寞身後事」，輒黯然低回久之。

王處仲賞詠「老驥伏櫪」之語，至以如意擊唾壺爲節，唾壺盡缺，即玄德悲髀肉生意也。桓元子恒言：「不能流芳百世，亦當貽臭萬年。」至今爲書生罵端，然直是大英雄語。庾道季云：「廉頗、藺相如，雖千載上死人，懔懔恒如有生氣；曹蜍、李志雖見在，厭厭如泉下人。」雖不相蒙，意實有會。

偶閲士龍與兄書，前後所評騭者云：「《二祖頌》甚爲高偉。」「《述思賦》深情至言，實爲清妙，恐故未得爲兄賦之最。《文賦》甚有辭，綺語頗多，文適多體，便欲不清。老杜賦睹云：「陸機二十作《文賦》。」當已過二十也。《詠德頌》甚復盡美。《漏賦》可謂精工。」又云：「張公父子亦語雲『兄文過子安』。雲謂兄作《二京》，必傳無疑。」又云：「張公賦誄，自過五言詩耳。《玄泰誄》自不及《士祚誄》，兄《丞相箴》小多，不如《女史箴》耳。」又云：「《登樓》名高，恐未可越。《祖德頌》無乃諫語耳，然靡靡清工，用辭緯澤，亦未易。恐兄未熟視之耳。」又云：「蔡氏所長，唯銘頌耳。銘之善者，亦復數篇，其餘平平。兄詩賦，自與絶域，不當稍與比較。」按張爲司空，蔡則中郎也。又云：「嘗聞湯仲嘆《九歌》：『昔讀《楚辭》，意不大愛之。頃日視之，實自清絶滔滔。』故自是識者。古今來爲如此文，此爲宗矣。真元盛稱《九辨》，意甚不愛。」其兄弟間議論如此，大自可采。

孫興公云：「潘文淺而净，陸文深而蕪。」又云：「潘文爛若披錦，無處不善；陸文若排沙揀金，往往見寶。」又茂先嘗謂士衡曰：「人患才少，子患才多。」然則陸之文病在多而蕪也。余不以爲然。陸病不在多而在模擬，寡自然之致。

《晉史》不載夏侯孝若《東方朔贊》而載其《訓弟文》，真無識者也。

晉《拂舞歌》、《白鳩》、《獨漉》，得孟德父子遺韻。《白紵舞歌》，已開齊梁妙境，有子桓《燕歌》之風。

「奄忽隨物化，榮名以爲寶」，不得已而托之名也；「千秋萬歲後，榮名安所之」，名亦無歸矣，又不得已而歸之酒，曰「使我有身後名，不如且飲一杯酒」、「服食求神仙，多爲藥所誤」；亦不得已而歸之酒，曰「不如飲美酒，被服紈與素」。至於「被服紈素」，其趣愈卑，而其情益可憫矣。

「倚馬」事，乃桓温征慕容時，唤袁虎倚馬前作露布，文不輟筆。今人罕知其事，至有自謙爲「倚牛」者，可笑也。

陸士衡之「來日苦短，去日苦長」，傅休奕之「志士惜日短，愁人知夜長」，張季鷹之「榮與壯俱去，賤與老相尋」，曹顔遠之「富貴它人合，貧賤親戚離」，語若卑淺，而亦實境所就，故不忍多讀。

渡江以還，作者無幾，非惟戎馬爲阻，當由清談間之耳。景純《游仙》，曄曄佳麗，第少玄旨。《江賦》亦工，似在木玄虚下。玄虚《海賦》，人謂未有首尾，尾誠不可了，首則如是矣。或作九河乃可用此首，今却不免孤負大海。

「噏波則洪連蹶蹜，吹澇則百川倒流」，此玄虚之雄也；「翬翰則宇宙生風，抗鱗則四瀆起濤」，此興公之雄也；「湍轉則日月似驚，浪動則星河如覆」，此思光之雄也。三《海賦》措語無大懸絶，讀之令人轉憶揚、馬耳。

融之此賦，本傳載之甚明。又有「增」、「𪊨」二韻，出於應手，以爲佳話。而用修云「恨不見全文」，何也？用修無史學，如張浚、張俊，三尺小兒能曉，以爲秘聞，何况其它？

淵明托旨沖澹，其造語有極工者，乃大入思來，琢之使無痕迹耳。後人苦一切深沈，取其形似，謂爲自然，謬以千里。

「問君何爲爾，心遠地自偏」、「此還有真意，欲辨已忘言」，清悠澹永，有自然之味。然坐此不得入漢、魏果中，是未妝嚴佛階級語。

謝靈運天質奇麗，運思精鑿，雖格體創變，是潘、陸之餘法也。其雅縟乃過之，「清暉能娱人，游子澹忘歸」，寧在「池塘春草」下耶？「挂席拾海月」，事俚而語雅；「天雞弄和風」，景近而趣遥。

延之創撰整嚴，而斧鑿時露，其才大不勝學，豈惟惠休之評，視靈運殆更霄壤。如《應詔曲水讌》，而起語云：「道隱未形，治彰既亂。帝迹懸衡，皇流共貫。惟王創物，永錫洪算。」與題有毫髮干涉耶？至於《東宫釋奠》之篇，起句「國尚師位，家崇儒門」，老生板對，唐律賦之不若矣。

古詩四言之有冒頭，蓋不始延年也，二陸諸君爲之俑也。如《皇太子宴宣猷堂應令》，而士衡起句曰：「三正迭紹，洪聖啓運。自昔哲王，先天而順。」凡十六韻而始及太子。《大將軍宴會》，而士衡起句曰：「皇皇帝祐，誕隆駿命。四祖正家，天禄安定。」凡八韻而始入晉亂，齊王罔始平之。又士衡《贈斥丘令》而曰：「於皇聖世，時文惟晉。受命自天，奄有黎獻。」《答賈常侍》而曰：「伊昔有皇，肇濟黎蒸。先天創物，景命是膺。」潘安仁《爲賈答》而曰：「肇自初創，二儀絪煴。爰有生民，伏羲始君。」《晉武華林園宴集》，而應吉甫起句云：「悠悠太上，民之厥初。皇極肇建，彝倫攸敷。」若爾則不必多費此等語，但成一冒頭，百凡宴會酬贈，可舉以貫之矣。若韋孟之《諷諫》，思王之《責躬》、《應詔》，靖節之《贈族》，叔夜之《幽憤》，仲宣之《贈蔡睦》、《文潁》，越石之《贈盧諶》，寧有是耶？其他仲宣之《思親》云：「穆穆顯妣，德音徽止。」閭丘冲之《三月宴》云：「暮春之月，春服既成。」裴季彦之《大蜡》曰：「日躔星紀，大吕司辰。」開口見咽，豈不快哉！而《選》都未之及，何也？

延年《五君》，忽自秀於它作，如「沈醉似埋照，寓辭類托諷」、「鸞翮有時鎩，龍性誰能馴」，以比己之骯髒也；「韜精日沈飲，誰知非荒宴」，以解己之任誕也；「屢薦不入官，一麾乃出守」，以感己之濡滯也。語意既雋永，亦易吟諷。

「明月照積雪」，是佳境，非佳語；「池塘生春草」，是佳語，非佳境。此語不必過求，亦不必深賞。若權文公所論「池塘」、「園柳」二語，托諷深重，爲廣州之禍張本。王介甫取以爲美談，吾不敢信也。按權云：「池塘者，泉水瀦溉之池；今曰『生春草』，是王澤竭也。《豳》詩所配，一蟲鳴則一候，今曰『變鳴禽』者，候將變也。」

玄暉不唯工發端，撰造精麗，風華映人，一時之傑。青蓮目無往古，獨三四稱服，形之詞詠。登九華山云：「恨不携謝朓驚人詩來。」特不如靈運者，匪直材力小弱，靈運語俳而氣古，玄暉調俳而氣今。

謝山人謂玄暉「澄江净如練」，「澄」、「净」二字意重，欲改爲「秋江净如練」，余不敢以爲然，蓋江澄乃净耳。

宋高祖每欲除異己〔二〕，必令壯士丁盱拉殺，盱即樂府所謂丁都護者也。時人爲之語曰：「莫跋扈，付丁盱。」蕭齊主道成亦然，其所任者桓康也。時人亦語曰：「莫輈張，付桓康。」二字既同而字亦對，又皆協韻，甚奇。《晉史》載謝安石語亦有韻，曰：「天子有道，守在四鄰。明公何須屋後著人。」正可破此二主。

自昔倚馬占檄，横槊賦詩，曹孟德、李少卿、桓靈寶、楊處道之外，能復有幾？自非本色，故足貽姍。敖曹《行路難》，猶堪放浪；崇文《酵兒》，有愧祖武。至於權龍褒輩，祇供盧胡而已。獨《南史》所載，梁曹景宗目不知書，好以意作字。及當上讌朝賢，以曹兜鍪不煩倡和，曹固請不已，許之。僅餘「競」、「病」二韻，即賦云：「去時兒女悲，歸來笳鼓競。借問行路人，何如霍

〔二〕「祖」，原本作「宗」，據《四庫》本改。

去病？」一座賞服。宋沈慶之目不知書，每將署事，輒恨眼不識字。上嘗歡飲群臣，逼令作詩。慶之請顔師古執筆，口授之曰：「微生遇多幸，得逢時運昌。朽老筋力盡，徒步還南岡。辭榮此聖世，何異張子房。」上悦，衆坐稱美。北齊斛律金不解書，有人教押名曰：「但五屋四面平正即得。」至作《敕勒歌》曰：「敕勒川，陰山下，天似穹廬蓋四野。天蒼蒼，野茫茫，風吹草低見牛羊。」爲一時樂府之冠。宋野史載韓蘄王世忠目不知書，晚年忽若有悟，能作字及小詞，皆有宗趣。一日，蘇仲虎尚書方宴客香林園，韓乘小騾逕造，劇歡而散。次日，餉尚書一羊羔，仍手書《臨江仙》、《南鄉子》二詞遺之，瀟灑超脱，詞多不載。此四事頗相類。又蜀將王平，識不過十字，後周將梁臺，識不過百字，而口授書令，辭旨俱可觀。噫！豈釋氏所謂宿習餘因耶？

梁氏帝王，武帝、簡文爲勝，湘東次之。武帝之《莫愁》、簡文之《烏棲》，大有可諷。餘篇未免割裂，且佻浮淺卞，建業、江陵之難，故不虚也。昭明鑒裁有餘，自運不足。

王籍「鳥鳴山更幽」，雖遜古質，亦是雋語，第合上句「蟬噪林逾静」讀之，遂不成章耳。又有可笑者，「鳥鳴山更幽」，本是反「不鳴山幽」之意，王介甫何緣復取其本意而反之？且「一鳥不鳴山更幽」，有何趣味？宋人可笑，大概如此。

何水部、柳吴興，篇法不足，時時造佳致。何氣清而傷促，柳調短而傷凡。吴均起語頗多五言律法，餘章綿麗，不堪大雅。

吴興「庭皋木葉下，隴首秋雲飛」，又「太液滄波起，長楊高樹秋」，置之齊梁月露間，矯矯有氣，上可以當康樂而不足，下可以淩子安而有餘。

范詹事《獄中》一篇，雖太自標榜，其持論亦有可觀。

范、沈篇章，雖有多寡，要其裁造，亦昆季耳。沈以四聲定韻，多可議者。唐人用之，遂足千古。然以沈韻作唐律可耳，以己韻押古《選》，沈故自失之。

楊用修謂七始即今切韻，宫、商、角、徵、羽之外，又有半商、半徵。蓋牙、齒、舌、喉、唇之外，有深淺二音故也。沈約以平、上、去、入爲四聲，自以爲得天地秘傳之妙，然辨音雖當，辨字多訛，蓋偏方之舌，終難取裁耳。即無論沈約，今四詩、騷賦之韻，有不出於五方田畯婦女之所就乎？而可據以爲準乎？古韻時自天淵，沈韻亦多矛盾〔一〕。至於叶音，真同鴂舌。要之，爲此格不能捨此韻耳。天地中和之氣，似不在此。

沈休文所載「八病」，如平頭、上尾、蜂腰、鶴膝、大韻、小韻、旁紐、正紐，以上尾、鶴膝爲最忌。休文之拘滯，正與古體相反，唯近律差有關耳。然亦不免商君之酷。今按「平頭」，謂第一字不得與第六字同平聲，律詩如「風勁角弓鳴，將軍獵渭城」，「風」之與「將」，何損其美？「上

〔一〕「矛」，原本作「予」，據累仁堂本、《四庫》本改。

尾」謂第五字不得與第十字同聲，如古詩「西北有高樓，上與浮雲齊」，雖隔韻，何害？律固無是矣，使同韻如前詩「鳴」之與「城」，又何妨也？「蜂腰」謂第二字與第四字同上去入韻，如老杜「望盡似猶見」、江淹「遠與君别者」之類，近體宜少避之，亦無妨。「鶴膝」第五字不得與第十五字同，如老杜「水色含群動，朝光接太虚，年侵頻悵望」之類。八句俱如是，則不宜，一字犯亦無妨。五「大韻」，謂重疊相犯，如「胡姬年十五，春日獨當罏」，又「端坐苦愁思，攬衣起西游」，「胡」與「（罏）〔壚〕」，「愁」與「遊」犯。六「小韻〔二〕」，十字中自有韻，如「薄帷鑒明月，清風吹我襟」，「明」與「清」犯。七「傍紐」，十字中已有「田」字，不得著「宣」、「延」字。八「正紐」，十字中已有「壬」字，不得著「衽」、「任」。後四病尤無謂，不足道也。

《白狼槃木》，夷詩也。夷語有長短，何以五言？蓋益部太守代爲之也。諸佛經偈，梵語也。梵語有長短，何以五言？鳩摩羅什、玄奘輩增損而就漢也。諸仙詩在漢則漢，在晉則晉，在唐則唐，不應天上變格乃爾，皆其時人僞爲之也。道經又有命張良注《度人經》敕表，其文辭絶類宋人之下俚者，至官秩亦然，可發一笑。

庾開府事實嚴重，而寡深致。所賦《枯樹》、《哀江南》，僅如郗方回奴，小有意耳，不知何以

〔二〕「韻」，原本作「除」，據前改。

貴重若是？江總、徐陵淫麗之辭，取給杯酒，責花鳥課，只後主君臣唱和，自是景陽宮井中物。

張正見詩律法已嚴於四傑，特作一二拗語爲六朝耳。士衡、康樂已於古調中出俳偶，總持、孝穆不能於俳偶中出古思，所謂「今之諸侯，又五霸之罪人」也。

陶淵明《止酒》用二十「止」字，梁元帝《春日》用二十三「春」字，鮑泉和至用二十九「新」字，僧□□□用十七「化」字。一時游戲之語，不足多尚。

梁元帝詩有「落星依遠戍，斜月半平林」，陳後主有「故鄉一水隔，風烟兩岸通」，又「日月光天德，山河壯帝居」。在沈、宋集中，當爲絶唱。隋煬帝「寒鴉千萬點，流水繞孤村」，是中唐佳境。

古樂府如「護惜加窮袴，防閑托守宫」、「朔氣傳金柝，寒光透鐵衣」、「殺氣朝朝衝塞門，胡風夜夜吹邊月」，全是唐律。

北朝戎馬縱横，未暇篇什。孝文始一倡之，屯而未暢。温子昇「寒山一片石」足語，及爲當塗藏拙，雖江左輕薄之談，亦不大過。薛道衡足號才子，未是名家。唯楊處道奕奕有風骨。

王簡棲《頭陀寺碑》，以北統之筆鋒，發南宗之心印，雖極俳偶，而絶無牽率之病。温子昇之《寒陵》，尚自退舍；江總持之《攝山》，能不隔塵？昭明取舍，良不誣也。

吾於文雖不好六朝人語，雖然，六朝人亦那可言？皇甫子循謂：「藻艷之中，有抑揚頓挫。

語雖合璧，意若貫珠，非書窮五車，筆含萬化，未足云也。」此固爲六朝人張價。然如潘、左諸賦，及王文考之《靈光》、王簡棲之《頭陀》，令韓、柳授觚，必至奪色。然柳州《晉問》、昌黎《南海神碑》、《毛穎傳》，歐、蘇亦不能作，非直時代爲累，抑亦天受有限。

《晉書》、《南北史》、《舊唐書》，稗官小説也；《新唐書》，贋古書也；《五代史》，學究史論也，《宋》、《元史》，爛朝報也。與其爲《新唐書》之簡，不若爲《南北史》之繁；與其爲《宋史》之繁，不若爲《遼史》之簡。

正史之外，有以偏方爲紀者，如劉知幾所稱，地理當以常璩《華陽國志》、盛弘之《荆州記》第一。有以一言一事爲記者，如劉知幾所稱，瑣言當以劉義慶《世説新語》第一。散文小傳，如伶玄《飛燕》雖近褻，《虬髯客》雖近誣，《毛穎》雖近戲，亦是其行中第一。它如王粲《漢末英雄》、崔鴻《十六國春秋》、葛洪《西京雜記》、(周)[圈]稱《陳留耆舊》、周楚之《汝南先賢》、陳壽《益部耆舊》、虞預《會稽典録》、辛氏《三秦》、羅含《湘中》、朱贛《九州》、闞駰《四國》、《三輔黄圖》、《西陽雜俎》之類，皆流亞也。《水經注》非注，自是大地史。

自古博學之士，兼長文筆者，如子産之別臺駘，卜氏之辨三豕，子政之記貳負，終軍之識鼮鼠，方朔之名藻廉，文通之識科斗，茂先、景純種種該浹，固無待言。自此以外，雖鑿壁恒勤，而操觚多繆，以至陸澄書厨，李邕書簏，傅昭學府，房暉經庫，往往來藝苑之譏，乃至使儒林別傳，其故何也？毋乃天授有限，考索偏工，徒務誇多，不能割愛，心以目移，辭爲事使耶？孫搴謂邢邵「我精騎三千，足敵君羸卒數萬[二]」，則又非也。韓信用兵，多多益辦。此是化工造物之妙，與文同用。

吾覽鍾記室《詩品》，折衷情文，裁量事代，可謂允矣，詞亦奕奕發之。第所推源出於何者，恐未盡然。邁、凱、昉、約濫居中品，至魏文不列乎上，曹公屈第乎下，尤爲不公，少損連城之價。吾獨愛其評子建「骨氣奇高，詞彩華茂。情兼雅怨，體被文質」，嗣宗「言在耳目之内，情寄八荒之表」，靈運「名章迥句，處處間起。麗典新聲，絡驛奔會」，越石「善爲悽悷之詞，自有清拔之氣」，明遠「得景陽之詭諔，含茂先之靡嫚。骨節强於謝混，駈邁疾於顔延。總四家而並美，跨兩代而孤出」，玄暉「奇章秀句，往往警遒。足使叔源失步，明遠變色」，文通「詩體總雜，善於摹擬。筋力於王微，成就於謝朓」。此數評者，贊許既實，措撰尤工。

〔二〕「羸」，原本作「嬴」，據《四庫》本改。

藝苑卮言卷四

唐文皇手定中原，籠蓋一世，而詩語殊無丈夫氣，習使之也。「雪恥酬百王，除兇報千古」、「昔乘匹馬去，今驅萬乘來」，差强人意，然是有意之作。《帝京篇》可耳，餘者不免花草點綴，可謂遠遜漢武，近輸曹公。

中宗宴群臣「柏梁體」，帝首云「潤色鴻業寄賢才」，又「大明御宇臨萬方」，和者皆莫及，然是上官昭容筆耳。内薛稷云：「宗伯秩禮天地開。」長寧公主云：「鸞鳴鳳舞向平陽。」太平公主云：「無心爲子輒求郎。」閻朝隱云：「著作不休出中腸。」差無愧古。

明皇藻艷不過文皇，而骨氣勝之。語象則「春來津樹合，月落戍樓空」，語境則「馬色分朝景，雞聲逐曉風」，語氣則「翠屏千仞合，丹嶂五丁開」，語致則「豈不惜賢達，其如高尚心」，雖使燕、許草創，沈、宋潤色，亦不過此。

盧、駱、王、楊號稱「四傑」，詞旨華靡，固沿陳、隋之遺。骨氣翩翩，意象老境，超然勝之，五言遂爲律家正始。内子安稍近樂府，楊、盧尚宗漢魏，賓王長歌雖極浮靡，亦有微瑕，而綴錦貫珠，滔滔洪遠，故是千秋絶藝。《蕩子從軍》，獻吉改爲歌行，遂成雅什。子安諸賦，皆歌行也，爲歌行則佳，爲賦則醜。

五言至沈、宋，始可稱律。律爲音律、法律，天下無嚴於是者。知虛實平仄，不得任情而度明矣。二君正是敵手，排律用韻穩妥，事不傍引，情無牽合，當爲最勝。摩詰似之，而才小不逮；少陵强力宏蓄，開闔排蕩，然不無利鈍。餘子紛紛，未易悉數也。

兩謝《戲馬》之什，瞻冠群英；沈、宋《昆明》之章，問收睿賞。雖才俱匹敵，而境有神至，未足遂概平生也。時小許公有一聯云：「二石分河寫，雙珠代月移。」一聯亦自工麗，惜全篇不稱耳。沈、宋中間警聯，無一字不敵，特佺期結語是累句中累句，之問結語是佳句中佳句耳，亦不難辨也。

沈詹事七言律，高華勝於宋員外。宋雖微少，亦見一斑，歌行覺自陟健。

裴行儉弗取四傑，懸斷終始，然亦臆中耳。彼所重王勮、王勔、蘇味道者，一以鈎黨取族，一以模棱貶竄。區區相位，何益人毛髮事？千古肉食不識丁人，舉爲談柄，良可笑也。

杜審言華藻整栗，小讓沈、宋，而氣度高逸，神情圓暢，自是中興之祖。宜其矜率乃爾。

「梅花落處疑殘雪」一句，便是初唐。「柳葉開時任好風」，非再玩之，未有不以爲中、晚者。若萬楚《五日觀伎》詩：「眉黛奪將萱草色，紅裙妒殺石榴花。」真婉麗有梁、陳韻。至結語「聞道五絲能續命，却令今日死君家」，宋人所不能作，然亦不肯作。于鱗極嚴刻，却收此，吾所不解。又起句「西施漫道浣春紗」，既與五日無干，「碧玉今時鬥麗華」，又不相比。

陳正字陶洗六朝，鉛華都盡，托寄大阮，微加斷裁，而天韻不及。律體時時入古，亦是矯枉之過。開元彩筆，無過燕、許，制册碑頌，春容大章。然比之六朝，明易差勝，而淵藻遠却，敷文則衍，徵事則狹。許之應制七言，宏麗有色，而他篇不及李嶠。燕之岳陽以後，感慨多工，而實際不如始興。

李于鱗評詩，少見筆札，獨《選唐詩序》云：「唐無五言古詩，陳子昂以其古詩爲古詩，弗取也。七言古詩唯杜子美不失初唐氣格，而縱横有之。太白縱横，往往强弩之末，間雜長語，英雄欺人耳。」此段褒貶有至意，又云：「太白五、七言絶句，實唐三百年一人。蓋以不用意得之，即太白亦不自知其所至，而工者顧失焉。五言律、排律諸家概多佳句。七言律體諸家所難，王維、李頎頗臻其妙，即子美篇什雖衆，隤焉自放矣。」余謂七言絶句，王江陵與太白争勝毫釐，俱是神品，而于鱗不及之。王維、李頎雖極風雅之致，而調不甚響。子美固不無利鈍，終是上國武庫，此公地位乃爾。獻吉當於何處生活，其微意所鍾，余蓋知之，不欲盡言也。

李、杜光焰千古，人人知之。滄浪並極推尊，而不能致辨。元微之獨重子美，宋人以爲談柄。近時楊用修爲李左袒，輕俊之士，往往傅耳。要其所得，俱影響之間。五言古、《選》體及七言歌行，太白以氣爲主，以自然爲宗，以俊逸高暢爲貴；子美以意爲主，以獨造爲宗，以奇拔沈雄爲貴。其歌行之妙，詠之使人飄揚欲仙者，太白也；使人慷慨激烈，歔欷欲絶者，子美也。《選》體太白多露語、率語，子美多稚語、累語，置之陶、謝間，便覺傖父面目，乃欲使之奪曹氏父子位耶？五言律、七言歌行，子美神矣，七言律聖矣。五、七言絶，太白神矣，七言歌行聖矣，五言次之。太白之七言律，子美之七言絶，皆變體，間爲之可耳，不足多法也。

太白古樂府，窈冥惝怳，縱横變幻，極才人之致，然自是太白樂府。十首以前，少陵較難入；百首以後，青蓮較易厭。揚之則高華，抑之則沈實，有色有聲，有氣有骨，有味有態，濃淡深淺，奇正開闔，各極其則，吾不能不伏膺少陵。

高、岑一時，不易上下。岑氣骨不如達夫遒上，而婉縟過之。《選》體時時入古，岑尤陟健。歌行磊落奇俊，高一起一伏，取是而已，尤爲正宗。

五言近體，高、岑俱不能佳；七言，岑稍濃厚。

摩詰才勝孟襄陽，由工入微，不犯痕迹，所以爲佳。間有失點檢者，如五言律中，「青門」「白社」、「青菰」「白鳥」一首互用；七言律中，「暮雲空磧時驅馬」、「玉靶角弓珠勒馬」，兩「馬」字覆壓；「獨坐悲雙鬢」，又云「白髮終難變」。他詩往往有之，雖不妨白璧，能無少損連城？觀者須略玄黄，取其神檢。孟造思極苦，既成，乃得超然之致。皮生擷其佳句，真足配古人。第其句不能出五字外，篇不能出四十字外，此其所短也。

「居庸城外獵天驕」一首，佳甚，非兩「馬」字犯，當足壓卷。然兩字俱貴難易，或稍可改者，「暮雲」句「馬」字耳。

李頎「花宮仙梵」、「物在人亡」二章，高適「黄鳥翩翩」、「嗟君此别」二詠，張謂「星軺計日」之句，孟浩「縣城南面」之篇，不作奇事麗語，以平調行之，却足一倡三嘆。

于鱗選老杜七言律，似未識杜者。恨曩不爲極言之，似非忠告。

青蓮擬古樂府，以己意、己才發之，尚沿六朝舊習，不如少陵以時事創新題也。少陵自是卓識，惜不盡得本來面目耳。

謝氏，俳之始也；陳及初唐，俳之盛也；盛唐，俳之極也。六朝不盡俳，乃不自然；盛唐俳，殊自然。未可以時代優劣也。

七言絶句，盛唐主氣，氣完而意不盡工；中、晚唐主意，意工而氣不甚完。然各有至者，未可以時代優劣也。

「遠公遁迹廬山岑」，刻本下皆云「開山幽居」，不惟聲調不諧，抑意義無取。吾弟懋定以爲「開士」，甚妙。蓋言昔日遠公遁迹之岑，今爲開士幽居之地。「開士」見佛書。

盛唐七言律，老杜外，王維、李頎、岑參耳。李有風調而不甚麗，岑才甚麗而情不足，王差備美。

六朝之末，衰颯甚矣。然其偶儷頗切，音響稍諧，一變而雄，遂爲唐始。再加整栗，便成沈、宋。人知沈、宋律家正宗，不知其權輿于三謝，槖鑰于陳、隋也。詩至大曆，高、岑、王、李之徒，號爲已盛，然才情所發，偶與境會，了不自知其墮者。如「到來函谷愁中月，歸去磻溪夢裏山」、「鴻雁不堪愁裏聽，雲山况是客中過」、「草色全經細雨濕，花枝欲動春風寒」，非不佳致，隱隱逗漏錢、劉出來。至「百年强半仕三已，五畝就荒天一涯」，便是長慶以後手段。吾故曰：「衰中有盛，盛中有衰，各含機藏隙。盛者得衰而變之，功在創始；衰者自盛而沿之，弊繇趨下。」又曰：「勝國之敗材，乃興邦之隆幹；熙朝之佚事，即衰世之危端。此雖人力，自是天地間陰陽剥復之妙。」

何仲默取沈雲卿《獨不見》，嚴滄浪取崔司勛《黄鶴樓》，爲七言律壓卷。二詩固甚勝，百尺無枝，亭亭獨上。在厥體中，要不得爲第一也。沈末句是齊梁樂府語，崔起法是盛唐歌行語。如織官錦間一尺繡，錦則錦矣，如全幅何？老杜集中，吾甚愛「風急天高」一章，結亦微弱；「玉露凋傷」、「老去悲秋」，首尾匀稱，而斤兩不足；「昆明池水」，穠麗沈切，惜多平調，金石之聲微乖耳。然竟當於四章求之。

李于鱗言唐人絶句，當以「秦時明月漢時關」壓卷。余始不信，以少伯集中有極工妙者。既而思之，若落意解，當别有所取；若以有意無意、可解不可解間求之，不免此詩第一耳。

有一貴人時名者，嘗謂予：「少陵傖語，不得勝摩詰。所喜摩詰也。」予答言：「恐足下不喜摩詰耳。喜摩詰，又焉能失少陵也？少陵集中，不啻有數摩詰，能洗眼静坐三年讀之乎？」其人意不懌去。

「峨眉山月半輪秋，影入平羌江水流。夜發清溪向三峽，思君不見下渝州。」此是太白佳境。然二十八字中，有峨眉山、平羌江、清溪、三峽、渝州，使後人爲之，不勝痕迹矣，益見此老爐錘之妙。

摩詰七言律，自《應制》、《早朝》諸篇外，往往不拘常調。至「酌酒與君」一篇，四聯皆用仄法，此是初、盛唐所無，尤不可學。凡爲摩詰體者，必以意興發端，神情傅合，渾融疏秀，不見穿鑿之迹；頓挫抑揚，自出宫商之表可耳。雖老杜以歌行入律，亦是變風，不宜多作，作則傷境。

孟襄陽「欲尋芳草去，惜與故人違」、「林花掃更落，徑草踏還生」，韋左司「身多疾病思田里，邑有流亡愧俸錢」，雖格調非正，而語意亦佳，于鱗乃深惡之，未敢從也。

太白《鸚鵡洲》一篇，效顰《黄鶴》，可厭；「吴宫」、「晉代」二句，亦非作手。律無全盛者，惟得兩結耳：「總爲浮雲能蔽日，長安不見使人愁。」「借問欲棲珠樹鶴，何年却向帝城飛。」

太白不成語者少，老杜不成語者多，如「無食無兒」、「舉家聞若欬」之類。凡看二公詩，不必病其累句，不必曲爲之護，正使瑕瑜不掩，亦是大家。

七言排律創自老杜，然亦不得佳。蓋七字爲句，束以聲偶，氣力已盡矣。又欲衍之使長，調高則難續而傷篇，調卑則易冗而傷句，合璧猶可，貫珠益艱。

楊用修駁宋人「詩史」之説，而譏少陵云：「詩刺淫亂，則曰『雝雝鳴雁，旭日始旦』，不必曰『慎莫近前丞相嗔』也；憫流民，則曰『鴻雁于飛，哀鳴嗷嗷』，不必曰『千家今有百家存』也；傷暴斂，則曰『維南有箕，載翕其舌』，不必曰『哀哀寡婦誅求盡』也；敘饑荒，則曰『牂羊墳首，三星在罶』，不必曰『但有牙齒存，所堪骨髓乾』也。」其言甚辯而覈，然不知嚮所稱皆興比耳。詩固有賦，以述情切事爲快，不盡含蓄也。語荒而曰「周餘黎民，靡有孑遺」，勸樂而曰「宛其死矣，它人入室[一]」，譏失儀而曰「人而無禮，胡不遄死」，怨讒而曰「豺虎不受，投畀有北[二]」。若使出少陵口，不知用修何如貶剝也？且「慎莫近前丞相嗔」，樂府雅語，用修烏足知之！

劉隨州五言長城，如「幽州白日寒」語，不可多得。惜十章以還，便自雷同不耐檢。錢、劉並稱故耳，錢似不及劉。錢意揚，劉意沈；錢調輕，劉調重。如「輕寒不入宮中樹，佳

〔一〕「入」，原本作「之」，據累仁堂本、《四庫》本改。
〔二〕「投畀有北」，原本作「投之有畀」，據《四庫》本改。

氣常浮仗外峰」，是錢最得意句，然上句秀而過巧，下句寬而不稱。劉結語「匹馬翩翩春草緑，邵陵西去獵平原」，何等風調！「家散萬金酬士死，身留一劍答君恩」，自是壯語。而于鱗不録，又所未解。

李長吉師心，故爾作怪，亦有出人意表者。然奇過則凡，老過則稚，此君所謂不可無一，不可有二。

韋左司平淡和雅，爲元和之冠。至於擬古，如「無事此離别，不知今生死」語〔二〕，使枚、李諸公見之，不作嘔耶？此不敢與文通同日，宋人乃欲令之配陶陵謝，豈知詩者！柳州刻削雖工，去之稍遠。近體卑凡，尤不足道。

韋左司「今朝郡齋冷」，是唐選佳境。

韓退之於詩本無所解，宋人呼爲大家，直是勢利他語。子厚於《風》、《雅》、騷、賦，似得一斑。

退之《海神廟碑》，猶有相如之意；《毛穎傳》，尚規子長之法。子厚《晉問》，頗得枚叔之情；《段太尉逸事》，差存孟堅之造，下此益遠矣。

〔二〕「知」，原本作「如」，據《四庫》本改。

子厚諸記，尚未是西京，是東京之潔峻有味者。《梓人傳》，柳之懿乎？然大有可言。相職居簡握要，收功用賢，在於形容梓人處已妙，只一語結束，有萬鈞之力，可也，乃更喋喋不已。夫使引者發而無味，發者冗而易厭，奚其文？奚其文？

張爲稱白樂天廣大教化主。用語流便，使事平妥，固其所長，極有冗易可厭者。少年與元稹角靡逞博，意在警策痛快；晚更作知足語，千篇一律。詩道未成，慎勿輕看，最能易人心手。《連昌宫辭》似勝《長恨》，非謂議論也，《連昌》有風骨耳。玉川《月蝕》是病熱人囈語，前則任華，後者盧仝、馬異，皆乞兒唱長短急口歌博酒食者。

唐人有佳句而不成篇者，如孟浩然「微雲澹河漢，疏雨滴梧桐」，楊汝士「昔日蘭亭無艷質，此時金谷有高人」，尉遲斥「夜夜月爲青冢鏡，年年雪作黑山花」，每恨不見入集中。楊用修嘗爲「青冢」、「黑山」補一首，終不能稱。近顧氏編《國雅》，乃稱爲用修得意語，可笑。

白香山初與元相齊名，時稱「元白」。元卒，與劉賓客俱分司洛中，遂稱「劉白」。白極重劉「雪裏高山頭早白，海中仙果子生遲」、「沈舟側畔千帆過，病樹前頭萬木春」，以爲有神助。此不過學究之小有致者。白又時時頌李頎「渭水自清涇至濁，周公大聖接輿狂」，欲模擬之而不可得。徐凝「千古長如白練飛，一條界破青山色」，極是惡境界，白亦喜之，何也？風雅不復論矣。張打油、胡打釘，此老便是作俑。

劉禹錫作詩，欲入「錫」字，而以六經無之，乃已。不知宋之問已用押韻矣，云「馬上逢寒食，春來不見錫」。劉用字謹嚴乃爾，然其答樂天，而有「筆底心猶毒，杯前膽不豩」。豩，呼關反，此何謂也？

「款頭詩」、「目連變」、「破船」、「衛子」、「如厠」、「失猫」、「白日見鬼」，固是謔語，然亦詩之病。

「元輕白俗，郊寒島瘦」，此是定論。島詩「獨行潭底影，數息樹邊身」，有何佳境？而三年始得，一吟淚流。如《并州》及《三月三十日》二絶乃可耳。又「秋風吹渭水，明月滿長安」，置之盛唐，不復可別。

昔人有言：元和以後文士，學奇於韓愈，學澀於樊宗師；歌行則學放於張籍，詩句則學矯激於孟郊，學淺易於白居易，學淫靡於元稹，俱謂之「元和體」。

絶句，李益爲勝，韓翃次之。權德輿、武元衡、馬戴、劉滄五言，皆鐵中錚錚者。「猿啼洞庭樹，人在木蘭舟」，真不減柳吴興「迴樂峰」一章，何必王龍標、李供奉？

「可憐無定河邊骨，猶是深閨夢裏人」，用意工妙至此，可謂絶唱矣。惜爲前二句所累，筋骨畢露，令人厭憎。「葡萄美酒」一絶，便是無瑕之璧。盛唐地位不凡乃爾。

劉駕「馬上續殘夢」，境頗佳，下云「馬嘶而復驚」，遂不成語矣。蘇子瞻用其語，下云「不知朝日昇」，亦未是。至復改爲「瘦馬兀殘夢」，愈墜惡道。

杜詩善本勝者，如「把君詩過目」作「把君詩過日」，「愁對寒雲雪滿山」作「愁對寒雲白滿山」，「關山同一照」作「關山同一點」，「娟娟戲蝶過閑幔」作「娟娟戲蝶過開幔」，「曾閃朱旗北斗閑」作「曾閃朱旗北斗殷」，「衹緣貧病人須棄」作「不知貧病關何事」，「握節漢臣回」作「秃節漢臣迴」，「新炊間黄粱」作「新炊聞黄粱」，又《麗人行》「珠壓腰衱穩稱身」下有「足下何所著？紅渠羅襪穿鐙銀」，皆泓渟有妙趣。

「天闕象緯逼」，當如舊字，作「天闚」、「[天]閲」，咸失之穿鑿。

王勃「河橋不相送，江樹遠含情」、杜荀鶴「承恩不在貌，教妾若爲容」，皆五言律也，然去後四句作絶，乃妙。天寶妓女唱高達夫「開篋淚沾臆」，本長篇也，删作絶唱。白居易「曾與情人橋上别」一首，乃六句詩也，亦删作絶，俱妙。獨蘇氏欲去柳宗元「遥看天際」，朱氏欲去謝玄暉「廣平聽方籍」二語，吾所未解耳。

王摩詰：「酌酒與君君自寬，人情翻覆似波瀾。白首相知猶按劍，朱門先達笑彈冠。草色全經細雨濕，花枝欲動春風寒。世事浮雲何足問，不如高卧且加餐。」岑嘉州：「嬌歌急管雜青絲，銀燭金尊映翠眉。使君地主能相送，河尹天明坐莫辭。春城月出人皆醉，野戍花深馬去遲。寄聲報爾山翁道，今日河南異昔時。」蘇子瞻：「我行日夜見江海，楓葉蘆花秋興長。平淮忽迷天遠近，青山久與船低昂。壽州已見白石塔，短棹又轉黄茅岡。波平風軟望不到，故人久立天蒼茫。」八句皆拗體也，然自有唐宋之辯，讀者當自得之。

岑參、李益詩語不多，而結法撰意雷同者幾半。始信少陵如韓淮陰，多多益辦耳。

謝茂秦謂許渾「荆樹有花兄弟樂」勝陸士衡「三荆歡同株」，此語大瞶大瞶。陸是《選》體中常人語，許是近體中小兒語，豈可同日。

宋延清集中《靈隱寺》一律，見《駱賓王集》；《落花》一歌，見《劉希夷集》。所載老僧及害劉事，余已有辨矣。若究其詞氣格調，則《靈隱》自當屬宋，《落花》故應歸劉。

盧照鄰語如「衰鬢似秋天」，駱賓王語如「候月恒持滿，尋源屢鑿空」，絶似老杜。

僧皎然著《詩式》，跌宕格二品，一曰越俗，一曰駭俗。内駭俗引王梵志詩：「天公强生我，生我復何爲？還你天公我，還我未生時。」此俗語所不肯道者，何以駭爲？

杜紫微掊擊元、白，不減霜臺之筆。至賦《杜秋詩》，乃全法其遺響，何也？其詠物，如「仙掌月明孤影過，長門燈暗數聲來」，亦可觀。

唐自貞元以後，藩鎮富强，兼所辟召，能致通顯。一時游客詞人，往往挾其所能，或行卷贄通，或上章陳頌，大者以希拔用，小者以冀濡沫。而干旄之吏，多不能分别黑白，隨意支應。故剽竊雲擾，謟諛泉涌，取辦俄頃以爲捷，使事餖飣以爲工。至於貢舉，本號詞場，而牽壓俗格，阿趨時好。上第巍峨，多是將相私人，座主密舊。甚乃津私禁臠，自比優伶，關節倖瑺，身爲軍吏。下第之後，尚爾乞憐主司，冀其復進。是以性情之真境，爲名利之鈎途，詩道日卑，寧非其故？

人謂唐以詩取士，故詩獨工，非也。凡省試詩，類鮮佳者。如錢起《湘靈》之詩，億不得一；李肱《霓裳》之製，萬不得一。律賦尤爲可厭，白樂天所載《玄珠》、《斬蛇》，并韓、柳集中存者，不啻村學究語。杜牧《阿房》，雖乖大雅，就厥體中，要自峥嶸擅場。惜哉其亂數語，議論益工，面目益遠。

樂府之所貴者，事與情而已。張籍善言情，王建善徵事，而境皆不佳。「還君明珠雙淚垂，恨不相逢未嫁時」，可謂能怨矣，宋人乃以繫雙羅襦少之。若爾，則所謂「舒而脱脱兮，毋使（龐）［尨］也吠」，可稱難犯之節乎哉？

義山浪子，薄有才藻，遂工儷對。宋人慕之，號爲西崑。楊、劉輩竭力馳騁，僅爾窺藩。許渾、鄭谷，厭厭有就泉下意。渾差有思句，故勝之。

今人以賦作有韻之文，爲《阿房》、《赤壁》累，固耳。然長卿《子虚》已極曼衍，《卜居》、《漁父》，實開其端。又以俳偶之罪歸之三謝，識者謂起自陸平原。然《毛詩》已有之曰：「覯閔既

多，受侮不少。」〔二〕

七言歌行長篇，須讓盧、駱。怪俗極於《月蝕》，卑冗極於《津陽》，俱不足法也。

薛徐州詩差勝蔡邕州，其佻矜相類。蔡之譏四皓曰：「如何鬢髪霜相似，更出深山定是非？」薛之譏孔明曰：「當時諸葛成何事，只合終身作卧龍。」二子功名不終，亦略相等，當是口業報。

晚唐詩押二「樓」字，如「山雨欲來風滿樓」、「長笛一聲人倚樓」，皆佳。又「湘潭雲盡暮烟出，時本皆作「山」。巴蜀雪消春水來」，大是妙境。然讀之便知非長慶以前語。

李義山《錦瑟》，中二聯是麗語，作適怨清和解，甚通。然不解則涉無謂，既解則意味都盡。以此知詩之難也。

謝茂秦論詩，五言絶以少陵「日出籬東水」作詩法，又宋人以「遲日江山麗」爲法，此皆學究教小兒號嗄者。若「打起黄鶯兒，莫教枝上啼。啼時驚妾夢，不得到遼西」，與「山中何所有，嶺上多白雲。只可自怡悦，不堪持贈君」一法，不惟語意之高妙而已。其篇法圓緊，中間增一字不得，著一意不得。起結極斬絶，然中自紆緩，無餘法而有餘味。

〔二〕「覯閔既多，受侮不少」，原本作「受侮孔多，覯閔不少」，據《四庫》本及《詩經·柏舟》改。

王少伯「吴姬緩舞留君醉，隨意青楓白露寒」，「緩」字與「隨意」照應，是句眼，甚佳。王子安「九月九日望鄉臺，他席他鄉送客杯」，與于鱗「黄鳥一聲酒一杯」皆一法，而各自有風致。崔敏童「一年又過一年春，百歲曾無百歲人」〔一〕，亦此法也，調稍卑，情稍濃。敏童「能向花前幾回醉，十千沽酒莫辭貧」，與王翰「醉卧沙場君莫笑，古來征戰幾人迴」，同一可憐意也。翰語爽，敏童語緩，其唤法亦兩反。

賈島「三月正當三十日」，與顧況「野人自愛山中宿」同一法，以拙起唤出巧意，結語俱堪諷詠。

靈武回天，功推李、郭；椒香犯蹕，禍始田、崔，是則然矣。不知僖、昭困蜀，鳳時，温、李、許、鄭輩，得少陵、太白一語否？有治世音，有亂世音，有亡國音，故曰：「聲音之道，與政通也。」大力者爲之，故足挽迴頽運；沈幾者知之，亦堪高蹈遠引。

宋詩如林和靖《梅花詩》，一時傳誦。「暗香」、「疏影」，景態雖佳，已落異境，是許渾至語，非開元、大曆人語。至「霜禽」、「粉蝶」，直五尺童耳。老杜云：「幸不折來傷歲暮，若爲看去亂鄉愁。」風骨蒼然。其次則李群玉云：「玉鱗寂寂飛斜月，素手亭亭對夕陽。」大有神采，足爲梅

〔一〕「崔敏童」，原本作「崔敏重」，據羅本改，下文「敏童」，同改。

花吐氣。

詩格變自蘇、黄，固也。黄意不滿蘇，直欲凌其上，然故不如蘇也。何者？愈巧愈拙，愈新愈陳，愈近愈遠。

歐陽公自言《廬山高》、《明妃曲》，李、杜所不能作。余謂此非公言也，果爾，公是一夜郎王耳。《廬山高》僅玉川之淺近者，無論其他，只「半壁見海日，空中聞天雞」，太白率爾語，公能道否耶？二歌警句如「紅顔勝人多薄命，莫怨春風强自嗟」，尋常閨閤，不足形容明妃也；「耳目所及尚如此，萬里安能制夷狄」，論學繩尺，公從何處削去「之乎」拾來？

永叔不識佛理，强闢佛；不識書，强評書；不識詩，自標譽能詩。子瞻雖復墮落，就彼趣中，亦自一時雄快。

魯直不足小乘，直是外道耳，已墮傍生趣中。南渡以後，陸務觀頗近蘇氏而粗，楊萬里、劉改之俱弗如也。謝皋羽微見翹楚，《鴻門行》諸篇，大有唐人之致。

讀子瞻文，見才矣，然似不讀書者；讀子瞻詩，見學矣，然似絶無才者。

懶倦欲睡時，誦子瞻小文及小詞，亦覺神王。

剽竊模擬，詩之大病。亦有神與境觸，師心獨造，偶合古語者。如「客從遠方來」、「白楊多悲風」、「春水船如天上坐」，不妨俱美，定非竊也。其次裒覽既富，機鋒亦圓，古語口吻間，若不自覺。如鮑明遠「客行有苦樂，但問客何行」之於王仲宣「從軍有苦樂，但問所從誰」；陶淵明「雞鳴桑樹顛，狗吠深巷中」之於古樂府「雞鳴高樹顛，狗吠深宫中」；王摩詰「白鷺」、「黄鸝」，近世獻吉、用修亦時失之，然尚可言。又有全取古文，小加裁剪，如黄魯直《宜州》用白樂天諸絶句；王半山「山中十日雨，雨晴門始開。坐看蒼苔色，欲上人衣來」，後二語全用輞川，已是下乘。然猶彼我趣合，未致足厭。乃至割綴古語，用文已陋[一]，痕迹宛然，如「河分岡勢」、「春入燒痕」之類，斯醜方極。模擬之妙者，分岐逞力，窮勢盡態，不唯敵手，兼之無迹，方爲得耳。若陸機《辨亡》、傅玄《秋胡》，近日獻吉「打鼓鳴鑼何處船」語，令人一見匿笑，再見嘔噦，皆不免爲盜跖、優孟所訾。

唐人詩云：「海色晴看雨，鍾聲夜聽潮。」至周以言則云：「海色晴看近，鍾聲夜聽長。」唐僧詩云：「經來白馬寺，僧到赤烏年。」至皇甫子循則云：「地是赤烏分教後，僧同白馬賜經時。」雖以剽語得名，然猶未見大決撒。獨李太白有「人烟寒橘柚，秋色老梧桐」句，而黄魯直更之曰：「人家圍橘柚，秋色老梧桐。」晁無咎極稱之，何也？余謂中只改兩字，而醜態畢具，真點金作鐵手耳。

[一] 「陋」，原本作「漏」，據《四庫》本改。

又有點金成鐵者，少陵有句云：「昨夜月同行。」陳無己則云：「勤勤有月與同歸。」少陵云：「暗飛螢自照。」陳則曰：「飛螢元失照。」少陵云：「文章千古事。」陳則云：「文章平日事。」少陵云：「乾坤一腐儒。」陳則云：「乾坤著腐儒。」少陵云：「寒花只暫香。」陳則云：「寒花只自香。」一覽可見。

宋詩亦有單句不成詩者，如王介甫「青山捫蝨坐，黄鳥挾書眠」，又黄魯直「人得交游是風月，天開圖畫即江山」，潘邠老「滿城風雨近重陽」，雖境涉小佳，大有可議，覽者當自得之。

昔人謂崔塗「漸與骨肉遠，轉於僮僕親」，遠不及王維「孤客親僮僕」，固然。然王語雖極簡切，入《選》尚未，崔語雖覺支離，近體差可，要在自得之。

談理而文，質而不厭者匡衡；談事而文，俳而不厭者陸贄。子瞻蓋慕贄而識未逮者。文至於隋、唐而靡極矣，韓、柳振之，曰歛華而實也。至於五代而冗極矣，歐、蘇振之，曰化腐而新也。然歐、蘇則有間焉，其流也使人畏難而好易。

楊、劉之文靡而俗，元之之文旨而弱，永叔之文雅而則，明允之文渾而勁，子瞻之文爽而俊，子固之文腴而滿，介甫之文峭而潔，子由之文暢而平。于鱗云「憚于修辭，理勝相掩」，誠然哉。談理亦有優劣焉。茂叔之簡俊，子厚之沈深，二程之明當，紫陽其稍冗矣，訓詁則無加焉。

或謂紫陽《齋居》大勝拾遺《感遇》。善乎用修言之也，曰：「青裙白髮之節婦，乃與靚妝袪服之冶女角色澤哉？」

詩自正宗之外，如昔人所稱「廣大教化主」者，於長慶得一人，曰白樂天；於元豐得一人焉，曰蘇子瞻；於南渡後得一人，曰陸務觀，爲其情事景物之悉備也。然蘇之與白，塵矣；陸之與蘇，亦劫也。

「所以嵇中散，至死薄殷周」，易安此語雖涉議論，是佳境，出宋人表。用修故峻其掊擊，不無矯枉之過。

子瞻多用事實，從老杜五言古、排律中來。魯直用生拗句法，或拙或巧，從老杜歌行中來。介甫用生重字力於七言絶句及頷聯内，亦從老杜律中來。但所謂差之毫釐，謬以千里耳。骨格既定，宋詩亦不妨看。

嚴滄浪論詩，至欲如那吒太子拆骨還父，析肉還母。及其自運，僅具聲響，全乏才情，何也？七言律得一聯云：「晴江木落時疑雨，暗浦風多欲上潮。」然是許渾境界。又「晴」、「暗」二字太巧稚，不如别本作「空江」、「别浦」差穩。

嚴又云：「詩不必太切。」予初疑此言，及讀子瞻詩，如「詩人老去」、「孟嘉醉酒」各二聯，方知嚴語之當。又近一老儒嘗詠道士號一鶴者云：「赤壁横江過，青城被箭歸。」使事非不極親切，而味之殆如嚼蠟耳。

元裕之好問有《中州集》，皆金人詩也。如宇文太學虛中、蔡丞相松年、蔡太常珪、党承旨懷英、周常山昂、趙尚書秉文、王内翰庭筠，其大旨不出蘇、黄之外。要之，直於宋而傷淺，質於元而少情。

元詩人，元右丞好問、趙承旨孟頫、姚學士燧、劉學士因、馬中丞祖常、范應奉德機、楊員外仲弘、虞學士集、揭應奉傒斯、張句曲雨、楊提舉廉夫而已。趙稍清麗而傷於淺；虞頗健利；劉多傖語而涉議論，爲時所歸；廉夫本師長吉，而才不稱，以斷案雜之，遂成千里。

元文人自數子外，則有姚承旨樞、許祭酒衡、吴學士澄、黄侍講溍、柳國史貫、吴山長萊、危學士素，然要而言之，曰無文可也。

藝苑卮言卷五

高皇帝神武天授，生目不知書，既下集慶，始厭馬上。長歌短篇，操筆輒韻，有魏武樂府風。制詞質古，一洗駢偶之習。

仁宗皇帝在東宮時，獨好歐陽氏之文，以故楊文貞寵契非淺。又喜王贊善汝玉詩，聖學最爲淵博。

宣宗天縱神敏，長歌短章，下筆即就。每遇南宮試，輒自草程式文，曰：「我不當會元及第耶？」而一時館閣諸公，無兩司馬之才，衡、向之學，不能將順黼黻，良可嘆也。

勝國之季，業詩者，道園以典麗爲貴，廉夫以奇崛見推。迨於明興，虞氏多助，大約立赤幟者二家而已：才情之美，無過季迪；聲氣之雄，次及伯温。當是時，孟載、景文、子高輩，實爲之羽翼。而談者尚以元習短之，謂辭孅於宋，所乏老蒼；格不及唐，僅窺季晚。然是二三君子，工力深重，風調諧美，不得中行，猶稱殆庶，翩翩乎一時之選也。樂代熙朝，風不在下，斥沈思於宇外，摭流景於目前，志逞則滔滔大篇，尚裁則寂寂數語，武陵人之不知有晉，夜郎王之漢孰與大，非虛語也。其後成、弘之際，頗有俊民，稍見一斑，號爲巨擘。然趣不及古，中道便止；搜不入深，遇境隨就。即事分題，一唯拙速；和章累押，無患才多。北地矯之，信陽嗣起，昌穀上翼，庭實下毗。敦古昉自建安，掞華止於三謝，長歌取裁李、杜，近體定軌開元，一掃叔季之風，遂窺正始之途。天地再闢，日月爲朗，詎不熾哉！然而正變雲擾，剽擬雷同。信陽之舍筏，不免良箴；北地之效顰，寧無私議？以故嘉靖之季，尚辭者醞風雲而成月露，存理者扶《感遇》而放《詠懷》，喜華者敷藻於景龍，畏深者信情於元和，亦自斐然，不妨名世。第《感遇》無文，月露無質，景龍之境既狹，元和之蹊太廣，浸淫諸派，溷爲下流。中興之功，則濟南爲大矣。今天下人握夜光，途遵上乘，然不免邯鄲之步，無復合浦之還，則以深造之力微，自得之趣寡。《詩》云：「有物有則。」又曰：「無聲無臭。」昔人有步趨華相國者，以爲形迹之外學之，去之彌遠。又人學書，日臨《蘭亭》一帖，有規之者云：「此從門而入，必不成書道。」然則情景妙合，風格自上。不爲古役，不墮蹊逕者，最也；隨質成分，隨分成詣，門户既立，聲實可觀者，次也。或名爲閏繼，實則盜魁，外堪皮相，中乃膚立，以此言家，久必敗矣。

文章之最達者，則無過宋文憲濂、楊文貞士奇、李文正東陽、王文成守仁。宋庀材甚博，持議頗當，第以敷腴朗暢爲主，而乏裁剪之功，體流沿而不返，詞枝蔓而不修，此其短也。若乃機軸，則自出耳。楊尚法，源出歐陽氏，以簡澹和易爲主，而乏充拓之功，至今貴之曰「臺閣體」。李源出虞道園，穠於楊而法不如，簡於宋而學不足，豈非天才固優，憚於結撰故耶？王資本超逸，雖不能湛思，而緣筆起趣，殊自斐然，晚立門户，辭達爲宗，遂無可取，其源實出蘇氏耳。烏傷王禕、金華胡翰，雜用歐、曾、蘇、黄家語，空於文憲而力勝之。劉誠意用諸子。蘇伯衡、方希古皆出眉山父子，方才似高，然少波瀾耳。解大紳文實勝詩，頗自足發，不知所裁。胡光大、楊勉仁、金幼孜、黄宗豫、曾子啓、王行儉諸公，皆廬陵之羽翼也。劉文安充而近，丘文莊裁而俗，楊文懿該而凡，彭文思達而易。復有程克勤、吴原博、王濟之、謝鳴治諸君，亦李流輩也。王稍知慕昌黎，有體要，惜才短耳。南城羅景鳴欲振之，其源亦出昌黎，務抉奇奥，窮變態，意不能似也。吴中祝允明始倣諸子，習六朝，材更僻澀不稱，皆似是而非者。然古文有機矣，何、李之外始有康德涵，康源出秦漢，然粗率而弗工，有質木者可取耳。王子衡出諸子，然拘碎而弗暢。崔子鍾出左氏、《檀弓》、柳氏，才力綿淺，而能以法勝之，精簡有次。陸浚明出班、《史》、韓、柳氏，閑雅有法，小窘變態。黄勉之出潘、陸、任、庾，整麗而不圓。王允寧出《史》、《漢》，善叙事，工句而不曉篇法，神采不流動。高子業、陳約之出東京雜史，筆雅潔可喜，氣乃不長。江以達、屠文升、袁永之亦是流派，江豪而雜，屠法而冗，袁雅而弱。鄭繼之出西京，頗蒼老而短。晉江出曾氏而太繁，毗陵出蘇氏而微濃，皆一時射雕手也。晉江開闔既古，步驟多贅，能大而不能小，所以遜曾氏也。毗陵從偏處起論，從小處起法，是以墮彼雲霧中。

余嘗序《文評》曰：「國初之業，潛溪爲冠，烏傷稱輔。臺閣之體，東里闢源，長沙道流。先秦之則，北地反正，歷下極深，新安見裁。汪伯玉也。理學之逃，陽明造基。晉江、毗陵，藻棁六朝之華，昌穀示委，勉之泛瀾。」大要盡之矣。

七言律至何、李始暢，然曩時亦有一二佳者。如高季迪《送沈左司》：「函關月落聽雞度，華嶽雲開立馬看。」《京師秋興》：「伎同北郭知應濫，俸比東方愧已多。」梁寺鐘來殘月落，漢宫砧斷早鴻過。」《送鄭都司》：「賜履已分無棣遠，舞戈還見有苗來。」《送行邊》：「兵馳空壁三千幟，客宴高堂十萬錢。」《西塢》：「松風吹壁鶴翎墮，梅雨過溪魚子生。」《謝送酒》：「欲沽百錢不易得，忽送一壺殊可憐。梳頭好鳥語窗下，洗盞流水到門前。」《梅花》：「雪滿山中高士卧，月明林下美人來。」「簾外鐘來初月上，燈前角斷忽霜飛。」「不共人言惟獨笑，忽疑君到正相思。」《清明》：「白下有山皆繞郭，清明無客不思家。」郭子章：「家在淮南青桂老，門臨湖水白蘋深。」王忠文《憶蕭山》：「夕陽玄度飛輪塔，曉雨文通夢筆橋。」劉誠意《侍宴》：「萬里玉關傳露布，九霄金闕絢雲旗。」又：「夜永星河低半樹，天清猿鶴響空山。」宋潛溪《送張翰林歸娶》：「紅錦裁雲朝奠雁，紫蕭吹月夜乘鸞。」袁海叟《白燕》：「月明漢水初無影，雪滿梁園尚未歸。」楊按察《春草》：「六朝舊恨斜陽外，南浦新愁細雨中。」孫左司《遊仙》：「天與數書皆鳥迹，家傳一劍是龍精。」董良史《海屋》：「過橋雲磬天台寺，泊岸風帆日本船。」楊訓文《采石》：「千山落日送樵笛，萬里長風吹客衣。」又《江上》：「小孤殘照收江左，大別寒烟鎖漢陽。」郭舟屋《登太華寺》：「湖勢欲浮雙塔去，山形如湧五華來。」徐璲：「郢中白雪無人知，湖上青山有夢歸。」唐愚士：「葡萄引蔓青緣屋，苜蓿垂花紫滿畦。」顧觀《送人》：「重經白下橋邊路，頗憶玄都觀裏花。」又《吴江》：「鴻雁一聲天接水，蒹葭八月露爲霜。」張士行《湖中觀月》：「地與樓臺相上下，天隨星斗共沉浮。」又《送人之安慶》：「年豐米穀上街賤，日落魚鰕入市鮮。」浦長源《送人》：「雲邊路繞巴山色，樹裏河流漢水聲。」又：「衣上暮寒吴苑雨，馬頭秋色晉陵山。」謝元功《韓信城》：「天日可明歸漢志，風雲猶似下齊兵。」方行《登秦住山》：「採窮江海無靈藥，歸到驪山有劫灰。」瞿佑《書事》：「射虎何年隨李廣，聞雞中夜舞劉琨。」吴子愚《遣興》：「摩娑藥籠三年艾，濩落人寰五石瓠。」陳汝言《秋夜》：「佳人擣練秋如水，壯士吹笳月滿城。」顧文昱《白雁》：「錦瑟夜調冰作柱，玉關晨度雪沾衣。」解大紳《挽筠澗先生》：「山河百二歸真主，泉石東南隱少微。　黄菊花時高士醉，青門瓜熟故侯歸。」胡虚白《送人之甘州》：「馬援橐中無薏苡，張騫槎上有葡萄。」高棅：「旌旗半捲天河落，閶闔平分曙色來。」王文安《贈李將軍》：「夜斬單于冰上渡，曉驅番馬雪中騎。」謝復古：「鶯聲盡入新豐樹，柳色遥分太液波。」貝瓊：「白雪作花人面落，青山如鳳馬頭看。」劉崧：「林花落處頻中酒，海燕飛時獨倚樓。」陶瑾《山居》：「江燕定巢來自熟，岩花落子結還稀。」甘瑾：「東風門巷桃花落，流水池塘燕子飛。」又《錢唐懷古》：「秦關壁使星馳夕，漢苑銅仙露泣秋。」王悦《關山月》：「漠北征人齊倚劍，城南思婦獨登樓。」曾棨《維揚懷古》：「玉樹聽殘猶有曲，錦帆歸去已無家。」吴志淳：「燕來已覺社日近，寒退始知春意深。」林子羽：「樓當太乙星辰近，樹拂勾陳雨露香。」又：「堤柳欲眠鶯唤起，宫花乍落鳥銜來。」劉欽謨：「一春空自聞啼鳥，半夜誰來問守宫。」陳思賢：「山雲映水摇秋色，浦樹含風送晚凉。」王希範《輓客》：「歸去天涯雙白髮，夢回江上一青山。」朱琉《舟曉》：「幾椽茅屋生春色，無數桃花燒野村。」牟倫《别友》：「天上故人青眼在，蜀中諸弟素書稀。」任原《送舒從事還海南》：「珠崖日落天低海，銅柱雲寒雨過城。」陳景祺《憶蕭山友》：「石巖晝暖花偏好，江樹春晴酒自香。」許彬《送人陜西》：「黄河九曲天邊落，華嶽三峰馬上來。」郭登《送岳正》：「青海四年羈旅客，白頭雙淚倚門親。」谷宏《經華陰》：「遠道雁聲寒雨外，離宫草色暮烟中。」又《登岳陽》：「中流雨散君山出，故國風多夢澤寒。」鎦績《寄人》：「歌鐘暗度新豐柳，游騎晴驕上苑花。」僧來復《寄洞庭人》：「丹壑泉春雲碓藥，橘林風掃石床花。」張光啓《送人入蜀》：「雲深蜀魄呼名語，月冷猿聲傍客啼。」姚廣孝《寄僧》：「林封蘿屋長疑雨，泉響松巖半是風。」晏振之《登樓》：「青山遠戍寒烟積，芳草平洲夕照多。」史明古《贈别》：「華髮鏡中看漸短，故人天際信全稀。　黄梅雨少河流澀，緑樹陰多日景微。」時用章《吴中》：「野店唤呼雙骰酒，漁舟争買四腮鱸。」劉文安《英宗挽詩》：「天傾玉蓋旋從北，日昃金輪却復中。」沈啓南《從軍》：「匈奴久自忘甥舅，僕射今誰托弟兄。　雲外旌旗娑勒渡，月中刁斗受降城。」馬東田《有感》：「衰信已憑雙鬢寄，世緣聊作一秤看。」童軒《九日》：「黄菊酒香人病後，白蘋風冷雁來時。」劉忠宣《游西山》：「幾處白雲前代事，數村流水野人家。」吳文定《遊東園》：「繁花落盡留紅蘂，新筍叢生帶緑苔。」文太僕：「相思人在青山外，盡日舟行細雨中。」趙寬《偶成》：「槁木嗒然聊隱几，飛蓬搔盡不勝簪。」秦廷韶《和人》：「羅雀已空廷尉宅，沐猴誰製楚人冠。」石熊峰《早朝》：「烟靄著衣如過雨，御溝摇月欲生潮。」單句如張南安「六朝遺恨曉山青」，邵工部「半江帆影落樽前」，此等語入弘、正間，不復可辨，參之貞元、長慶，亦無愧色。

五言律，清雅如「浮雲看富貴，流水澹鬚眉」，「已歸仍似客，投老漸如僧」，「老來諸事廢，歸去此身全」，「往事愁人問，虛名畏客稱」，「雨花知佛境，流水識禪心」，「凉風動疏竹，明月在高樓」，「聖代身全老，秋天景易悲」，「霜林收橘柚，風磴坐莓苔」，「分符來五馬，如練照雙旌」，「一燈今夜雨，千里故人心」，「樹從京口斷，山到海門稀」，「野蚕成繭盡，江燕引雛回」，「亂山黄葉寺，孤棹白蘋洲」，「啼鳥醒人夢，流泉净客心」，「身世雙蓬鬢，功名一釣竿」，「古路無行客，閒門有白雲」，「聽雨愁如海，懷人夜似年」，「已知如意事，不逐苦吟人」，「卧雲歌《酒德》，對雨著《茶經》」，「野岸隨流曲，山門隱樹深」，「雲烟謝家墅，松柏禹陵祠」，「避難疏狂客，長貧少定居」，「酒盡尋僧舍，書來問客船」，「泉聲溪碓急，山色野墻低」，「鳥青呼作使，鶴白養成群」，「看人兒女大，爲客歲年長」，「月從今夜滿，人在異鄉看」，「功成百戰後，老去一身輕」，「鄉淚看花落，愁腸縱酒寬」，「落日在高樹，涼風生客衣」，「夜月柯亭市，涼風鏡水波」，「雲氣千峰暝，秋聲一院涼」，「旅況頻看月，鄉心獨聽潮」，「獨醒愁對雨，多病怕逢春」，「風塵仍作客，寒暑易成翁」，「雁宿蘆中月，人歸草際烟」，「種黍都爲酒，誅茅小作庵」，「海闊疑天近，山空得月多」，「斷雲京口樹，殘月廣陵鐘」，「白日羲皇世，青山綺皓心」[一]，「夕鳥銜船過，寒波背郭流」[二]，「草芳經雨歇，蟲響入秋多」。壯麗如「水吞三楚白，山接九疑青」，「故國秋雲合，大江春水深」，「風旗春獵野，雪帳夜收兵」，「王者應無敵，胡塵不敢飛」，「舊射雙雕落，新乘五馬行」，「中郎長戟衛，丞相小車來」，「千山懸落日，一騎出孤城」，「新成賜將第，更築候神臺」，「河山千古在，登眺幾人同」，「馬嘶秋草闊，雕没暮雲平」，「地登南極盡，波撼北溟迴」，「山色元來蜀，江聲直到吴」，「千林喧客杵，一嶂起茶烟」，「入雲蒼隼健，坐浪白鷗閒」，「山雨蟲蛇出，江天螮蝀懸」，「天地兵聲合，關河秋色來」，「建鳳黄金榜，疏龍白玉除」。

起句，五言如「春色醉巴陵，闌干落洞庭」，「江東風日晴，把酒送君行」，「全家離故鄉，萬里謫窮荒」，「別路繞珠林，秋來落葉深」，「落日敞朱樓，江雲暝不流」，「烟靄散春晴，亂鴉深處

[一] 此句下，原本衍「風塵重作客，寒暑易成翁」，據前删。
[二] 此句下，原本衍「一燈今夜雨，千里故人心」，據前删。

鳴」，「斜日在松杉，千崖暝色酣」，「長嘯拂吴鈎，南圖惜壯游」，「聖恩寬逐客，不遣過輪臺」，「不寐月當户，起行風滿天」，「今夕爲何夕，他鄉説故鄉」，「長樂鍾聲動，平津樹色開」，「别離知不遠，情至亦潸然」，「凉風起江海，萬樹盡秋聲」，「青山行不盡，深樹見僧房」，「東源山色好，聞説似終南」，「我住湖西寺，君歸湖上山」，「别淚不可忍，杯行到手空」。七言如「故人已乘赤龍去，君獨羊裘釣月明」，「八月十五夜何其，鵝湖漾舟人未歸」，「今年南國天氣暖，十月赤城桃有花」，「日暮山風吹女蘿，故人舟楫定如何」，「督亢陂荒蔓草生，廣陽宫廢故城平」，「牛渚磯頭烟水生，蛾眉亭下大江横」。

七言結句，如「沅湘一帶皆秋草，欲采芙蓉奈晚何」，「見説蘭亭依舊在，祇今王謝少風流」，「天邊楊柳雖無數，短葉長條非故園」，「趙家姊妹多相忌，莫向昭陽殿裏飛」，「前朝冠蓋皆黄土，翁仲凄凉石馬嘶」，「知爾西行定回首，如今江左是長安」，「近來聞説有奇事，買藥修琴曾到城」，「祭罷鱸魚歸去晚，刺桐花外月如鈎」，「瑣窗獨對東風樹，歲歲花開它自春」，俱有意味。

吾所以録此者，謂溪毛澗芷，亦可飣餖客席耳。非若二李輩之爲三躛八葅也。又其全章亦未盡稱，故聊摘之耳。

楊孟載有一起一聯，甚足情致而不及之者。「判醉望愁醒，愁因醉轉增」，是詞中《菩薩蠻》調語；「尚短柳如新折後，已殘花似未開時」，是《浣溪沙》調語故也。

湯惠休、謝琨、沈約、鍾嶸、張説、劉次莊、張芸叟、鄭厚、敖陶孫、松雪齋，於詩人俱有評擬，大約因袁昂評書之論而模倣之耳。其宋人自相標榜，不足準則。吾獨愛湯惠休所云「初日芙蕖」，沈約云「彈丸脱手」，鍾嶸云「宛轉清便，如流風白雪；點綴映媚，如落花在草」。其次則張芸叟云「春服乍成，醱醅初熟，登山臨水，竟日忘歸」，鄭厚云「秋蛩草根，春鶯柳陰」。不必盡當，而語頗造微。松雪齋不知爲何人，大似不知詩者。

敖陶孫評：「魏武帝如幽燕老將，氣韻沈雄。曹子建如三河少年，風流自賞。鮑明遠如饑鷹獨出，奇矯無前。謝康樂如東海揚帆，風日流麗。陶彭澤如絳雲在霄，舒卷自如。王右丞如秋水芙蓉，倚風自笑。韋蘇州如園客獨繭，暗合音徽。孟浩然如洞庭始波，木葉微落。杜牧之如銅丸走坂，駿馬注波。白樂天如山東父老課農桑，事事言言皆著實。元微之如龜年説天寶遺事，貌悴而神不傷。劉夢得如鏤冰琱瓊，流光自照。李太白如劉安雞犬，遺響白雲，覈其歸存，恍無定處。韓退之如囊沙背水，惟韓信獨能。李長吉如武帝食露盤，無補多欲。孟東野如埋泉斷劍，卧壑寒松。張籍如優工行鄉飲，醻獻秩如，時有詼氣。柳子厚如高秋獨眺，霽晚孤吹。李義山如百寶流蘇，千絲鐵網，綺密瓌妍，要非適用。宋朝蘇東坡如屈注天潢，倒連滄海，變眩百怪，終歸雄渾。歐公如四瑚八璉，正可施之宗廟。荆公如鄧艾縋兵入蜀，要以險絶爲功。山谷如陶弘景入官，析理談玄，而松風之夢故在。梅聖俞如關河放溜，瞬息無聲。秦少游如時女步春，終傷婉弱。陳後山如九臯獨唳〔二〕，深林孤芳，冲寂自妍，不求識賞。韓子蒼如梨園按樂〔三〕，排比得倫。吕居仁如散聖安禪，自能奇逸。其他作者，未易殫陳。獨唐杜工部如周公制作，後世莫能擬議。」語覺爽儁，而評似穩妥，唯少爲宋人曲筆耳，故全録之。

余於國朝前輩名家，亦偶窺一斑，聊附於此，以當鼓腹。

詩

高季迪如射雕胡兒，伉健急利，往往命中；又如燕姬靚妝，巧笑便辟。劉伯温如劉宋好武諸王，事力既稱，服藝華整，見王、謝衣冠子弟，不免低眉。袁可潛如師手鳴琴，流利有情，高山尚遠。劉子高如雨中素馨，雖復嫣然，不作寒梅老樹風骨。楊孟載如西湖柳枝，綽約近人，情至之語，風雅掃地。汪朝宗如胡琴羌管，雖非太常樂，琅琅有致。徐幼文、張來儀如鄉士女，有質有情，而乏體度。孫伯融如新就銜馬，步驟未熟，時見輕快。孫仲衍如豪富兒入少年場，輕脱自好。浦長源、林子羽如小乘法中作論師，生天則可，成佛甚遥。解大紳如河朔大俠，鬚髯戟張，與之周旋，酒肉傖父。楊東里如流水平橋，粗成小致。曾子啓如封節度募兵東征，鮮華雜沓，精

〔二〕「唳」，原本作「淚」，據《四庫》本改。
〔三〕「梨」，原本作「黎」，據《四庫》本改。

騎殊少。湯公讓、劉原濟如淮陰少年斗健，作噉人狀。劉欽謨如村女簪花，穠艷羞澀，正得各半。夏正夫如鄉嗇夫衣繡見達官，雖復整飭，時露本態。李西涯如陂塘秋潦，汪洋淡沱而易見底裏。謝方石如鄉里社塾師，日作小兒號嗄。吴匏庵如學究出身人，雖復閒雅，不脱酸習。沈啓南如老農老圃，無非實際，但多俚辭。陳公甫如學禪家，偶得一自然語，謂爲游戲三昧。莊孔陽佳處不必言，惡處如村巫降神、里老罵坐。陸鼎儀如吃人作雅語，多在咽喉間。張亨父如作勞人唱歌，滔滔中俗子耳。張静之如小棹急流，一瞬而過，無復雅觀。楊文襄如老弋陽伎，發喉甚便，而多鼻音，不復見調。桑民懌如洛陽博徒，家無擔石，一擲百萬。林待用如太湖中頑石，非不具微致，無乃痴重何。喬希大如漢官出臨遠郡，亦自粗具威儀。祝希哲如盲賈人張肆，頗有珍玩，位置總雜不堪。蔡九逵如灌莽中薔薇，汀際小鳥，時復娟然，一覽而已。王敬夫如漢武求仙，欲根正染，時復遇之，終非實境。石少保如披沙揀金，時時見寶。文徵仲如仕女淡妝，維摩坐語，又如小閣疏窗，位置都雅，而眼境易窮。康德涵如靖康中宰相，非不處貴，恇擾粗率，無大處分。蔣子雲如白蠟糖，看似甘美，不堪咀嚼。王欽佩如小女兒帶花，學作軟麗。唐虞佐如苦行頭陀，終少玄解。王子衡如外國人投唐，武將坐禪，威儀解悟中，不免露抗浪本色。熊士選如寒蟬乍鳴，疏林早秋，非不清楚，恨乏他致。張琦如夜蛙鳴露，自極聲致，然不脱淤泥中。唐伯虎如乞兒唱《蓮花樂》，其少時亦復玉樓金埒。邊庭實如洛陽名園，處處綺卉，不必盡稱姚、魏；又如五陵裘馬，千金少年。顧華玉如春原盡花，蕪蘼不少。劉元瑞如閩人强作齊語，多不辨。朱升之如桓宣武似劉司空，無所不恨。殷近夫如越兵縱横江淮間，終不成霸。王新建如長爪梵志，彼法中錚錚動人。陸子淵如入貲官作文語雅步，雖自有餘，未脱本來面目。鄭繼之如冰凌石骨，質勁不華；又如天寶父老談喪亂，事皆實際，時時感慨。孟望之如貧措大置酒，寒酸澹泊，然不至腥羶。黄勉之如假山池，雖爾華整，大費人力。高子業如高山鼓琴，沈思忽往，木葉盡脱，石氣自青；又如衛洗馬言愁，憔悴婉篤，令人心折。薛君采如宋人葉玉，幾奪天巧；又如倩女臨池，疏花獨笑。胡孝思如驕兒郎愛吴音，興到即謳，不必合板。馬仲房如程衛尉屯西宫，斥堠精嚴，甲仗雄整，而士乏樂用之氣。豐道生如沙苑馬，駑駿相半，恣情馳騁，中多敗蹶。王舜夫如敗鐵網取珊瑚，用力堅深，得寶自少。孫太初如雪夜偏師，間道入蔡；又如鳴蜩伏蚓，聲振月露，體滯泥壤。施子羽如寒鴉數點，流水孤村，惜其景物蕭條，迫晚意盡。王履吉如鄉少年久游都會，風流詳雅，而不盡脱本來面目；又似揚州大宴，雖鮭珍水陸，而時有宿味。常明卿如沙苑兒駒，驕嘶自賞，未諧步驟。張文隱如藥鑄鼎，燦爛驚人，終乏古雅。王稚欽如良馬走坂，美女舞竿，五言尤自長城。陳約之如青樓小女，月下箜篌，初取閑適，終成凄楚；又如過雨殘荷，雖爾衰落，嫣然有態。楊用修如暴富兒郎，銅山金埒，不曉喫飯著衣。李子中如刁家奴，煇赫車馬，施散金帛，原非己物。廖鳴吾如新决渠，浮楚濁泥，一瞬皆下。皇甫子安如玉盤露屑，清雅絶人，惜輕縑短幅，不堪裁剪。袁永之如王謝門中貴子弟，動止可觀。黄才伯如紫瑛石，大似靺鞨，晚年不無可恨。周以言如中智芘芻，雖乏根具，不至出小乘語。施平叔如小邑民築室，器物俱完。張以言如甘州石斗，色澤似玉，膚理粗漫。胡承之如病措大習白猿公術，操舞如度，擊刺未堪。華子潛如盤石疏林，清溪短棹，雖在秋冬之際，不廢楓橘。張孟獨如駡陣兵，嗔目揎袖〔二〕，果勢壯往。張愈光如拙匠琢山骨，斧鑿宛然；又如束銅錮腹，滿中外道。湯子重如鄉三老入城，威儀舉舉，終少華治態〔三〕。傅汝舟如言法華作風話，凡多聖少。喬景叔如清泉放溜，新月挂樹，然此景殊少，不耐縱觀。蔡子木如驕女織流黄，不知絲理，强自斐然。王道思如驚弋宿鳥，撲刺遒迅，殊愧幽閒之狀。許伯誠如賈胡子作狎游，隨事揮散，無論中節。陳羽伯如東市倡慕青樓價，微傅粉澤，强工顰笑。王允寧如馬服子陳師，自作奇正，不得兵法；又如項王嘔嘔未了，忽發喑嗚。徐昌穀如白雲自流，山泉冷然，殘雪在地，掩映新月；又如飛天仙人，偶游下界，不染塵俗。何仲默如朝霞點水，芙蕖試風，又如西施、毛嬙，毋論才藝，却扇一顧，粉黛無色。李獻吉如金鳷擘天，神龍戲海；又如韓信用兵，衆寡如意，排蕩莫測。李于鱗如峨眉

〔二〕「揎」，原本作「喧」，據嘉靖本、隆慶本、武林本改。

〔三〕「終少華治態」，六卷本、十六卷本作「村態自露」。

積雪，閬風蒸霞，高華氣色，罕見其比；又如大商舶，明珠異寶，貴堪敵國，下者亦是木難、火齊。宗子相如渥洼神駒，日可千里，未免嚙决之累；又如華山道士，語語烟霞，非人間事。梁公實如緑野山池，繁雅匀適；又如漢司隸衣冠，令人驚美，但非全盛儀物。吴峻伯如子陽在蜀，亦具威儀；又如初地人見聲聞則入，大乘則遠。馮汝行如幽州馬行客，雖見伉俍，殊乏都雅。馮汝言如晉人評會稽王，有遠體而無遠神。張茂參如荒傖度江，揖讓簡略，故是中原門第。盧少楩如翩翩濁世佳公子，輕俊自肆。朱子价如高坐道人，衩衣躡屐，忽發胡語。陳鳴野如子玉兵，過三百乘則敗。彭孔嘉如光禄宴使臣，飣餖詳整，而中多宿物。徐汝思如初調鷹見擊鶩，故難獲鮮。黄淳父如北里名姬作酒糺，才色既自可觀，時出俊語，爲客所賞。謝茂秦如太官舊庖，爲小邑設宴，雖事饌非奇，而飣餖不苟。魏順甫如黄梅坐人談上乘，縱未透汗，不失門宗。

文

宋景濂如酒池肉林，直是豐饒，而寡芍藥之和。王子充、胡仲申二公如官厨内醖，差有風法，而不堪清絶。劉伯温如叢臺少年入説社，便辟流利，小見口才。高季迪如拍張檐幢，急迅眩眼。蘇伯衡如十室之邑，粗有街市，而乏委曲。方希直如奔流滔滔，一瀉千里，而瀠洄滉瀁之狀頗少。解大紳如遞夾快馬，急速而少步驟。楊士奇如措大作官人，雅步徐言，詳和中時露寒儉；又如新廷尉牘，有法而簡。丘仲深如太倉粟，陳陳相因，不甚可食。李賓之如開講法師上堂，敷腴可聽，而實寡精義。陸鼎儀如何敬容好整潔，夏月熨衣焦背。程克勤如借面弔喪，緩步嚴服，動止舉舉，而乏至情。吴原博如茅舍竹籬，粗堪坐起，别無偉麗之觀。王濟之如長武城五千兵，閑整堪戰，而傷於寡。羅景鳴如藥鑄鼎，雖古色驚人，原非三代之器。桑民懌如社劇夷歌，亦自滿眼充耳。楊君謙如夜郎王，小具君臣，不知漢大。羅彝正如姜斌道士升講壇，語不離法，而玄趣自少。陳公甫如坐禪僧聖諦一語，東塗西抹，亦自動人。祝希哲如吃人氣迫，期期艾艾；又如拙工製錦，絲理多恨〔二〕。王伯安如食哀家梨，吻咽快爽不可言；又如飛瀑布岩，一瀉千尺，無淵渟沈冥之致。崔子鍾如古法錦，文理黯然，雅色可愛，惜窘邊幅。湛源明如乞食道人，記經唄數語，沿門唱誦。李獻吉如樽彝錦綺，天下瓌寶，而不無追蝕絲理之病。何仲默如雉翬五彩，飛不百步，而能鑠人目睛。徐昌穀如風流少年，顧景自愛。鄭繼之如孔北海言事，志大才短。王子衡如絲管旄牛，珍貴能負，而不曉步驟。康德涵如嘶聲人唱《霓裳》散序，格高音卑。王敬夫如狐禪鹿仙，亦自縱横。高子業如玉盤露屑，故是清貴，如寒淡何？夏文愍如登小丘，展足見平野，然是疏議耳。王稚欽書牘如麗人訴情，他文則改鼠爲璞，呼驢作衛。江景昭如入鴻

〔二〕「恨」，《四庫》本作「痕」。

臚館，鳥語侏儷，一字不曉。廖鳴吾如屠沽小肆，强作富人紛紜，殊增厭賤。郭价夫如鄉老叙事，粗見亹亹。豐道生如骨董肆，真贋雜陳，時亦見寶，而不堪僞詐。李舜臣如盆池中金魚，政使足翫，江湖空闊，便自渺然。陳約之如小徑落花，衰悴之中，微有委艷。黄德兆如山猺强作漢語，不免鴃舌。黄勉之如新安大商，錢帛、米穀、金銀俱足，獨法書名畫不真。陸浚明如捉麈尾人，從容對談，名理不乏。江于順如試風雛鷹，矯健自肆。袁永之如王武子擇有才兵家兒，命相不厚。吕仲木如夢中囈語不休，偶然而止。馬伯循如河朔餐羊酪漢，羶肥逆鼻。顔惟喬如暴顯措大，不堪造作。楊用修如繒綵作花，無種種生氣。屠文升如小家子充烏衣諸郎，終不甚似。王允寧如下邑工琢玉器，非不奇貴，痕迹宛然；又如王子師學華相國，在形迹間，所以愈遠。羅達夫如講師參禪，兩處著脚，俱不堪高坐。王道思如金市中甲第，堂構華焕，巷空宛轉，第匠師手不讀木經，中多可憾。許伯誠如通津郵，資用本少，供億不虚。薛君采如嚼白蠟，杖青蘆，不勝淡弱。朱子价如小兒吹蘆笙，得一二聲似，欲隸太常。喬景叔如江東秀才，文弱都雅，而氣不壯。吴峻伯如佛門中講師，雖多而不識本面目。歸熙甫如秋潦在地，有時汪洋，不則一瀉而已。盧少楩如春水横流，滔蕩縱逸，而少歸宿。梁公實如貧士好古器，非不得一二醒眼者，政苦難繼耳。宗子相如駿馬多蹶；又如妙音聲人，止解唱《渭城》一曲，日日在耳。李于鱗如商彝周鼎，海外瓌寶，身非三代人與波斯胡，可重不可議。

藝苑卮言卷六

高帝嘗謂宋濂：「浙東人才，惟卿與王褘耳。才思之雄，卿不如褘；學問之博，褘不如卿。」又嘗與劉誠意論文，誠意謂：「宋濂第一，其次臣不敢多讓，又其次張孟兼。」孟兼性剛愎，好出人上。爲按察副使，上冢歸，邑令謁之，不爲禮。帝聞之，弗善也。又與布政使吴印争，帝大怒，摘捶之幾絶，乃賜死。

當是時，詩名家者，無過劉誠意伯温、高太史季迪、袁侍御可師。劉雖以籌策佐命，然爲讒邪所間，主恩幾不終，又中胡惟庸之毒以死。高太史辭遷命歸，教授諸生，以草魏守觀《上梁文》腰斬。袁可師爲御史，以解懿文太子忤旨，僞爲風癲，備極艱苦，數年而後得老死。文名家者，無過宋學士景濂、王待制子充。景濂致仕後，以孫慎詿誤，一子一孫大辟，流竄蜀道而死。子充出使雲南，爲元孽所殺，歸骨無地。嗚呼，士生于斯，亦不幸哉！

劉誠意伯温與夏煜、孫炎輩，皆以豪詩酒得名。一日游西湖，望建業五色雲起，諸君謂爲慶雲，擬賦詩。劉獨引太白慷慨曰：「此王氣也，後十年有英主出，吾當輔之。」衆皆掩耳。尋高皇帝下金陵，劉建帷幄之勛，爲上佐，開茅土，其言若契。

吾崑山顧瑛、無錫倪元鎮，俱以猗卓之資，更挾才藻，風流豪賞，爲東南之冠。而楊廉夫實主斯盟，倪繪事尤稱絶倫。高皇帝徵廉夫修《元史》，欲官之，廉夫作《老客婦謡》示不屈，乃放之歸。時危素太樸爲弘文館學士，方貴重。上一日聞履聲，問爲誰。太樸率然曰：「老臣危素。」上不懌曰：「吾以爲文天祥耶！」謫佃臨濠死。人以定楊、危之優劣。倪、顧各散家貲，顧仍畫其像，題曰：「儒衣僧帽道人鞋，天下青山骨可埋。若説少年豪俠處，五陵鞍馬洛陽街。」至今人傳之。夫以顧、倪之富與廉夫之豪縱而若此，其於陶靖節，可謂異軌同操。

當勝國時，法網寬，人不必仕宦。浙中每歲有詩社，聘一二名宿，如廉夫輩主之，刻其尤者爲式。饒介之仕僞吴，求諸彦作《醉樵歌》，以張仲簡第一，季迪次之。贈仲簡黄金十兩，季迪白金三斤。後承平久，張洪修撰每爲人作一文，僅得五百錢。

解大紳十八舉鄉試第一，以進士爲中書庶吉士。上試詩，稱旨，賜鞍馬箋札，而縉率易無所讓。嘗入兵部索皂人，不得，即之尚書所嫚駡。尚書以聞，上弗責也，曰：「縉逸當爾耶！苦以御史。」即除御史。久之，事文皇帝入内閣，詞筆敏捷，爲一時冠。而意氣闊疏，又性剛多忤，上聞之，亦弗善也。出參議廣西，日與王檢討偁探奇山水自適，上書請鑿章江水，便來往。上大怒，徵下獄。三載，命獄吏沃以燒酒，埋雪中死。

曾學士子啓，上嘗召試《天馬歌》，援筆立就，佳之，賜寶帶。又因醉遺火延燒民居，上弗罪也。後病卒。且氣絶，呼酒飲至醉，題曰：「宫詹非小，六十非夭。我以爲多，人以爲少。易簀蓋棺，此外何求？白雲青山，樂哉斯丘。」

景泰中，稱詩豪者「十才子」，而劉溥、湯胤績爲之首。劉太醫吏目，湯參將也。湯尤縱誕，每稱杜陵無好句。然與劉論詩，伏不出一語。劉欽謨載其事及溥《白鵲》詩甚詳。成化中，郎署有詩名者，無過於劉昌欽謨、夏寅正夫。欽謨《無題》與正夫《虔州懷古》詩，《懷麓堂詩話》亦載之，然俱平平耳，他作愈不稱。

桑民懌家貧，亡所蓄書，從肆中鬻得，讀過輒焚棄之。敢爲大言，不自量，時銓次古人，以孟軻自況，原、遷而下，弗論也。而更非薄韓愈氏，曰：「此小兒號嗄，何傳？」問翰林文今爲誰，曰：「虚無人，舉天下亦唯悦，其次祝允明，又次羅玘。」悦髫椎而補博士弟子，部使者按水利下邑，悦前謁之，書刺：「江南才人桑悦。」博士弟子業不當刺，又厚自譽，使者大駭。已問，知悦素，迺延之校書，而預刊落以試。悦校至不屬，即索筆請書，亡誤。使者大悦服，折節交悦矣。十九舉鄉試，再試，禮部奇其文。至閲《道統論》，則曰：「夫子傳之我。」縮舌曰：「得非江南桑生耶？大狂士。」斥不取。時丘濬爲尚書，慕悦名，召令具賓主。已，出己文令觀，紿曰：「某先輩譔。」悦心知之，曰：「公謂悦爲逐穢也耶？奈何得若文而令悦觀。」濬曰：「生試更爲之。」歸譔以奏，濬稱善。已令進他文，濬未嘗不稱善也。悦名在乙榜，請謝不爲官，俟後試。而時竟以悦狂，抑弗許，調邑博士。悦爲博士逾歲，而按察視學者别丘濬，濬曰：「吾故人桑悦，幸無以屬吏視也。」按察既行部抵邑，不見悦，顧問長吏：「悦今安在，豈有恙乎？」長吏素恨悦，皆曰：「無恙，自負不肯迎耳。」乃使吏往召之。悦曰：「連宵旦雨淫，傳舍圮，守妻子亡暇，何候若！」按察久不待，更兩吏促之。悦益怒曰：「若真無耳者！即按察力能屈博士，可屈桑先生乎！爲若期三日先生來，不三日不來矣。」按察欲遂收悦，緣濬不果。三日，悦詣按察，長揖立，不跪。按察厲聲曰：「博士分不當得跪耶！」悦前曰：「漢汲長孺長揖大將軍，明公貴豈逾大將軍？而長孺固亡賢於悦，奈何以面皮相恐，寥廓天下士哉？悦今去，天下自謂明公不容悦，曷解耳？」因脱帽徑出。按察度亡已，乃下留之。他日當還兩博士自隨，悦在選。故事，博士侍左右立竟日，悦請曰：「犬馬齒長，不能以筋力爲禮，亦不能久任立，願假借，且使得坐。」即移所便坐。御史聞悦名，數召問，謂曰：「匡説詩，解人頤，子有是乎？」曰：「悦所談玄妙，何匡鼎敢望！即鼎在，亦解頤。公幸賜清燕，畢頃刻之長。」御史壯之，令坐講。少休，悦除襪，跣而爬足垢。御史不能禁，令出。尋復薦之，遷長沙倅，再調柳州。悦實惡州荒落，不欲往。人問之，輒曰：「宗元小生，擅此州名久。吾一旦往，掩奪其上，不安耳。」爲柳州歲餘，父喪歸。服除，遂不起。居家益任誕，褐衣楚製，往來郡邑間。

楊君謙爲儀部主事，與郎中不相得，因謝病歸。久之，病良已，起復除原官。循吉多病而好讀書，最不喜人間酬應。嘗開卷至得意，因起踔掉不休，人遂相目呼「顛主事」云。復官彌月，再乞病告。吏部以格不可，曰：「郎病已，復病耶，安得告？而可爲者致仕耳。」循吉恚曰：「吾難致仕何！」即自劾罷，時僅三十餘。既以歸，益亡復問外事，而踪迹益詭怪寡合，出敝冠服羸輿馬，故以起人易而更侮之，又好緣文章語中傷人。正德末，循吉老且貧，嘗識伶臧賢，爲上所幸愛。上一日問：「誰爲善詞者？與偕來。」賢頓首曰：「故主事楊循吉，吴人也，善詞。」上輒爲詔起循吉。郡邑守令心知故，强前爲循吉治裝，見循吉冠武人冠，韎韐戎錦，已怪之。又乘勢語多侵守令。已見上畢，上每有所幸燕，令循吉應制爲新聲，咸稱旨受賞，然賞亡異伶伍。又不授循吉官與秩，間謂曰：「若嫺樂，能爲伶長乎？」循吉愧悔，汗洽背，謀於賢，乃以他語懇上放歸。歸益不自憚，諸後進少年非薄之，亡禮問者。而其文亦漸落，不復進。卒窮老以死。所著《奚囊雜纂》，未成書。

祝希哲生而右手指枝，因自號枝指生。爲人好酒色六博，不修行檢。嘗傅粉黛，從優伶酒間度新聲。俠少年好慕之，多齎金游允明甚洽。舉鄉薦，從春官試下第。是時海内漸熟允明名，索其文及書者接踵。或輦金幣至門，允明輒以疾辭不見。然允明多醉伎館中，掩之雖累紙可得，而家故給，以不問僮奴作業，又捐業蓄古法書名籍，售者或故昂直欺之，弗算。至或留客，計無所出酒，窘甚，以所蓄易置，得初直什一二耳。當其窘時，黠者持少錢米乞文及手書輒與。

已小饒，更自貴也。嘗遺黑貂裘甚美，欲市之。或曰：「青女至矣，何故市之？」允明曰：「昨蒼頭言始識，不市而忘，敝之篋，何益？」後拜廣中邑令，歸，所請受橐中裝可千金。歸日張酒，呼故狎游宴，歌呼爲壽，不兩年都盡矣。允明好負逋責，出則群萃而訶誶者至接踵，竟弗顧去。

唐伯虎與里中生張夢晉善。張才大不及唐，而放誕過之。恒曰：「日休小豎子耳，尚能稱醉士，我獨不耶！」一日游虎丘，會數賈飲山上亭，且詠。靈曰：「此養物技，不過弄杯酒間具，何當論詩？我且戲之。」事更衣爲丐者，上丐賈。食已，前請曰：「謬勞諸君食，無以報。雖不能句，而以狗尾續，奈何？」賈大笑，漫舉詠中事試之，如響。賈不測，始令賡。張復丐酒，連舉大白十數，揮毫頃而成百首，不謝竟去，易維蘿陰下。賈陰使人司之，無見也，大駭，以爲神仙云。張度賈遠，則上亭，朱衣金目，作胡人舞，形狀殊絶。伯虎舉鄉試第一，坐事免。家以好酒益落，有妒婦，斥去之，以故愈自棄不得。嘗作《答文徵明書》及《桃花庵歌》，見者靡不酸鼻也。

文徵仲太史有戒不爲人作詩文書畫者三：一諸王國，一中貴人，一外夷。生平不近女色，不干謁公府，不通宰執書，誠吾吴傑出者也。吾少年時不經事，意輕其詩文，雖與酬酢，而甚鹵莽。年來從其次孫請，爲作傳，亦足稱懺悔文耳。

長沙公少爲詩有聲，既得大位，愈自喜，携拔少年輕俊者，一時争慕歸之。雖模楷不足，而鼓舞攸賴。長沙之於何、李也，其陳涉之啓漢高乎？

獻吉才氣高雄，風骨遒利，天授既奇，師法復古，手闢草昧，爲一代詞人之冠。要其所詣，亦可略陳。騷、賦上擬屈、宋，下及六朝，根委有餘，精思未極。擬樂府自魏而後有逼真者，然不如自運，滔滔莽莽。《選》體、建安以至李、杜，無所不有，第於謝監未是「初日芙蓉」，僅作顔光禄耳。七言歌行縱横如意，開闔有法，最爲合作。五言律及五七言絶，時詣妙境。七言雄渾豪麗，深於少陵抵掌捧心，不能厭服衆志。文酷放左氏、司馬，叙事則奇，持論則短，間出應酬，頗傷率易。

仲默才秀於李氏，而不能如其大。又義取師心，功期舍筏，以故有弱調而無累句。詩體翩翩，俱在雁行。顧華玉稱其「咳唾珠璣，人倫之雋」。騷、賦、啓、發擬六朝者頗佳，他文促薄，似未稱是。

昌穀少即擒詞，文匠齊梁，詩沿晚季，迨舉進士，見獻吉，始大悔改。其樂府、《選》體、歌行、絶句，咀六朝之精旨，採唐初之妙則，天才高朗，英英獨照。律體微乖整栗，亦是浩然、太白之遺也。騷、誄、頌、劄，宛爾潘、陸，惜微短耳。今中原豪傑，師尊獻吉；後俊開敏，服膺何生。三吴輕雋，復爲昌穀左袒，摘瑕攻纇，以模剽病李。不知李才大，固苞何孕徐，不掩瑜也。李所不足者，删之則精；二子所不足者，加我數年，亦未至矣。

徐昌穀有六朝之才而無其學，楊用修有六朝之學而非其才。薛君采才不如徐，學不如楊，而小撮其短，又事事不如何、李。樂府、五言古，可得伯仲耳。昌穀之於詩也，黄鵠之於鳥，瓊瑶之於石，松桂之於木也。高叔嗣空谷之幽蘭，崇庭之鼎彝也。高季迪之流暢，邊庭實之開麗，鄭繼之之雄健，王子衡之宏大，孫太初之奇拔，顧華玉之和適，李賓之之通爽，馬仲房之華整，皆其次也，可謂兼能而不足。薛君采、俞仲蔚之於五言古，王稚欽、吴明卿之於五言律，又明卿、子與之於七言律，高子業之於五言古、近體，各極妙境，可謂專至而有餘。

李文正爲古樂府，一史斷耳，十不能得一。黄才伯辭不稱法，顧華玉、邊庭實、劉伯温，法不勝辭，此四人者，十不能得三。王子衡差自質勝，十不能得四。徐昌穀雖不得叩源推委，而風調高秀，十不能得五。何、李乃饒本色，然時時己調雜之，十不能得七。于鱗字字合矣，然可謂十不失一，亦不能得八。

何仲默與李獻吉交誼良厚。李爲逆瑾所惡，仲默上書李長沙相救之，又晝策令康修撰居間，乃免。以後論文相掊擊，遂致小間。蓋何晚出，名遽抗李，李漸不能平耳。何病革屬後事，謂墓文必出李手。時張以言、孟望之在側[二]，私曰：「何君没，恐不能得李文。李文恐不得何

[二] 原本「之」下衍一「之」字，據《四庫》本删。

意，吾曹與戴仲鶡、樊少南共成之可也。」今望之銘，亦寥落不甚稱。

李獻吉爲户部郎，以上書極論壽寧侯事下獄，賴上恩得免。一夕醉遇侯於大市街，罵其生事害人，以鞭稍擊墮其齒。侯恚極，欲陳其事，爲前疏未久，隱忍而止。獻吉後有詩云「半醉唾罵文成侯」，蓋指此事也。

李獻吉既以直節忤時，起憲江西，名重天下。俞中丞諫督兵平寇，用二廣例，抑諸司長跪，李獨植立。俞怪，問：「足下何官耶？」李徐答：「公奉天子詔督諸軍，吾奉天子詔督諸生。」竟出。後與御史有隙，即率諸生手鋃鐺，欲鎖御史，御史杜門不敢應。坐構免，名益重。方岳部使過汴，必謁李，年位既不甚高，見則據正坐，使客侍坐，往往不堪。乃起寧藩之獄，陷李幾死。林尚書待用力救得免，自是不復振。

何仲默謂獻吉振大雅，超百世，書薄子雲，賦追屈原。王子衡云：「執符於雅謨，游精於漢魏，以雄渾爲堂奥，以藴藉爲神樞，思入玄而調寡和。如鳳矯龍變，人罔不知其爲祥，亦罔不駭其異。」黄勉之云：「興起學士，挽回古文，五色錯以彪章，八音和而協美。如玄造包乎品物，海渤匯夫波流。」又云：「江西以後，愈妙而化，如玄造範物，鴻鈞播氣，種種殊别，新新無已。」其推尊之可謂至矣。然王敬夫、薛君采各有《漫興》詩，王詠何云：「若使老夫須下拜，便教獻吉也低頭。」薛云：「俊逸終憐何大復，粗豪不解李空同。」則似有不盡然者。及觀何之駁李詩，有云：

「詩意象應曰合，意象乖曰離。空同丙寅間詩爲合，江西以後詩爲離。試取丙寅作，叩其音，尚中金石，而江西以後之作，辭艱者意反近，意苦者辭反常，色黯淡而中理披慢，讀之若摇鞞鐸耳。」李之駁何則曰：「如摶沙弄泥，散而不瑩，闊大者鮮把持，文又無針線。」又云：「如仲默『神女賦』『帝京篇』『南游日』『北上年』，四句接用，古有此法乎？蓋彼知神情會處，下筆成章爲高，而不知高而不法，其勢如摶巨蛇，駕風螭，步驟雖奇，不足訓也。君詩結語太咄易，七言律與絶句等更不成篇，亦寡音節。『百年』、『萬里』，何其層見疊出也。七言若剪得上二字，言何必七也。」二子之言，雖中若戈矛，而功等藥石。特何謂李江西以後爲離，與勉之言背馳，此未識李耳。李自有二病，曰模倣多則牽合而傷迹，結構易則粗縱而弗工。

獻吉之於文，復古功大矣，所以不能厭服衆志者，何居？一曰操撰易，一曰下語雜。易則沈思者病之，雜則顓古者卑之。

獻吉文，如譜傳于肅愍、康長公碑，封事數章佳耳，其他多涉套，而送行序尤率意可厭。殷少保正甫爲于鱗誌銘云：「能不爲獻吉也者，乃能爲獻吉者乎？」唯于鱗自云亦然。

歌行之有獻吉也，其猶龍乎？仲默、于鱗，其麟鳳乎？夫鳳質而龍變，吾聞其語矣，未見其人也。

賦至何、李，差足吐氣，然亦未是當家。近見盧次楩繁麗濃至，是伊門第一手也。惜應酬爲累，未盡陶洗之力耳。余與李于鱗言：「盧是一富賈胡，群寶悉聚，所乏陶朱公通融出入之妙。」李大笑以爲知言。然李材高，不肯作賦，不知何也。俞仲蔚小，乃時得佳者，其爲誄贊，辭殊古。

余嘗於同年袁生處，見獻吉與其父永之僉憲書，極言其内弟左國璣猜忌之狀。末有云：「此人尚爾，何況邊、李耶？」邊蓋尚書庭實，與獻吉素稱國士交者。又獻吉晚爲其甥曹嘉所厄良苦，豈文士結習，例不免中人忌耶？

仲默別集亦不能佳。惟《空同集》是獻吉自選，然亦多駁雜可删者。余見李嵩憲長稱其「黄河水繞漢宫墻，河上秋風雁幾行。客子過壕追野馬，將軍韜箭射天狼。黄塵古渡迷飛輓，白月横空冷戰場。聞道朔方多勇略，只今誰是郭汾陽」一首。李開先少卿誦其逸詩凡十餘首，極有雄渾流麗，勝其集中存者。爾時不見選，何也？余往被酒跌宕，不能請録之，深以爲恨。

昌穀自選《迪功集》，咸自精美，無復可憾。近皇甫氏爲刻《外集》，袁氏爲刻《五集》。《五集》即少年時所稱「文章江左家家玉，烟月揚州樹樹花」者是已。餘多稚俗之語，不堪覆瓿。世人猥以重名，遂概收梓，不知舞陽、絳、灌既貴後，爲人稱其屠狗吹簫，以爲佳事，寧不泚顙？

五七言律，至仲默而暢，至獻吉而大，至于鱗而高。絶句俱有大力，要之有化境在。

獻吉有《限韻贈黄子》一律云：「禁烟春日紫烟重，子昔爲雲我作龍。有酒每邀東省月，退朝曾對掖門松。十年放逐同梁苑，中夜悲歌泣孝宗。老體幸强黄犢健，柳吟花醉莫辭從。」昌穀有《寄獻吉》一律云：「汝放金雞别帝鄉，何如李白在潯陽。日暮經過燕市曲，解裘同醉酒鑪傍。徘徊桂樹涼風發，仰視明河秋夜長。此去梁園逢雨雪，知予遥度赤城梁。」李雖自少陵，徐自青蓮，而李得青蓮長篇法，徐得崔、沈琢句法，當爲本朝七言律翹楚，而諸家選俱未及，于鱗亦遺之，皆所未解也。

國朝習杜者凡數家：華容孫宜得杜肉，東郡謝榛得杜貌，華州王維楨得杜筋〔二〕，閩州鄭善夫得杜骨。然就其所得，亦近似耳，唯夢陽具體而微。

李少卿《報蘇屬國書》，不必論其文及中有逗脱者，其傅合史傳，纖毫畢備，贋作無疑。第其辭感慨悲壯，宛篤有致，故是六朝高手。明唐伯虎《報文徵明》、王稚欽《答余懋昭》二書，差堪叔季。伯虎他作俱不稱，稚欽於文割裂，比擬亡當者，獨尺牘差工耳。

講學者動以詞藻爲雕搜之技，工文者則舉拙語爲談笑之資，若枘鑿不相入，無論也。七言最不易工，吾姑舉諸公數聯，如「翼軫衆星朝北極，岷嶓諸嶺導南條。天連巫峽常多雨，江過潯陽始上潮」，此薛文清句也；「溪聲夢醒偏隨枕，山色樓高不礙墻」、「狂搔短髮孤鴻外，病卧高樓細雨中」、「千家小聚村村暝，萬里河流處處同」、「殘書漢楚燈前壘，小閣江山霧裏詩」、「化石未

〔二〕「筋」，原本作「一支」，據嘉靖本、隆慶本、武林本改。

成猶有淚，舞鸞雖在不驚塵」，此莊孔暘句也；「竹林背水題將遍，石筍穿沙坐欲平」、「出墻老竹青千個，泛浦春鷗白一雙」、「時時竹几眠看客，處處桃符寫似人」、「竹徑傍通沽酒寺，桃花亂點釣魚船」，此陳公甫句也；「萬里滄江生白髮，幾人燈火坐黄昏」、「半空虚閣有雲住，六月深松無暑來」、「春山日暮成孤坐，游子天涯正憶歸」、「沙邊宿鷺寒無影，洞口流雲夜有聲」、「春巖過雨林芳淡，暗水穿花石溜分」、「且留南國春山興，共聽西堂夜雨聲」、「天迴樓臺含氣象，月明星斗避光輝」、「幽人月出每孤往，棲鳥山空時一鳴」、「山色古今餘王氣，江流天地變秋聲」、「棋聲竹裏消閒晝，藥裏窗前對病僧」、「月繞旌旗千嶂暗，風傳鈴柝九溪寒」，此王文成句也。何嘗不極其致。

公甫少不甚攻詩，伯安少攻詩而未就，故公甫出之若無意者，伯安出之不免有意也；公甫微近自然，伯安時有警策。

顧華玉才華在朱、鄭之上，特以其調少下耳。如「君王自信圖中貌，静女虚迎夢裏車」，又「古寺頻來僧盡老，重陽欲近蟹争肥」，無論體裁，俱雋婉有味。至「御前却輦言無忌，衆裏當熊死不辭」，尤覺矯矯壯麗。朱句如「寒菊抱花餘舊摘，慈鴉將子試新飛」，亦自楚楚。華玉填楚，詔修《承天誌》，以王庭陳、顔木應。後不稱旨，一時人亦以爲非宜。自今思之，自不可及。華玉能識今江陵公於未冠時，足稱具眼。

王敬夫七言律，有「出門二月已三月，騎馬陳州來亳州」一首，風調佳甚，而選者俱不之知，何也？

邊庭實《聞己卯南征事》云：「不信土人傳接駕，似聞天語詔班師。」此欲爲古人惻怛忠厚之語，而未免紐造也。至結語「東海細臣瞻臣斗，北樞終夜幾曾移」，愈有理趣而愈不佳。「東海」、「北樞」，猶爲彼善，「細臣」、「巨斗」，二字何出？吾最愛其「庭際何所有，有萱復有芋。自聞秋雨聲，不種芭蕉樹」，于鱗《詩刪》亦收之。然芭蕉豈可言樹，芋豈庭中佳物，且獨無雨聲乎？俱屬未妥。若作「自憐秋雨滴，不復種芭蕉」，或云「自聞秋雨聲，不愛芭蕉色」，則上韻亦自可押，而意尤深婉。如《題文山祠》「花外子規燕市月，柳邊精衛浙江潮」，却甚精麗。

邊庭實以按察移疾還，每醉，則使兩伎肩臂，扶路唱樂，觀者如堵，了不爲怪。關中許宗魯、何棟，西蜀楊名，無夕不縱倡，漸以成俗。有規楊用修者，答書云：「文有仗境生情，詩或托物起興。如崔延伯，每臨陣則召田僧超爲壯士歌；宋子京修史，使麗豎燃椽燭；吴元中起草，令遠山磨隃麋。是或一道也，走豈能執鞭古人！聊以耗壯心，遣餘年，所謂老顛欲裂風景者，良亦有以。不知我者不可聞此言，知我者不可不聞此言。」

康德涵六十，要名伎百人，爲百歲會。既會畢，了無一錢，第持牋命詩送王邸處置。時鄠杜王敬夫名位差亞，而才情勝之，倡和章詞，流布人間，遂爲關西風流領袖，浸淫汴、洛間，遂以成俗。

崔子鍾好劇飲，嘗至五鼓，踏月長安街，席地坐。李文正時以元相朝天，偶過早，遥望之曰：「非子鍾耶？」崔便趨至輿傍拱曰：「老師得少住乎？」李曰：「佳。」便脱衣行觴，火城漸繁，始分手别。崔每一舉百餘觥船不醉，醉輒呼：「劉伶小子，恨不見我！」

楊用修自滇中戍暫歸瀘，已七十餘，而滇士有讒之撫臣昺者。昺俗戾人也，使四指揮以鋃鐺鎖來。用修不得已至滇，則昺已墨敗。然用修遂不能歸，病寓禪寺以没。

明興，稱博學饒著述者，蓋無如用修。其所撰有《升庵詩集》、《升庵文集》、《升庵玉堂集》、《南中集》、《南中續集》、《七十行戍稿》、《升庵長短句》、《陶情樂府》、《續陶情樂府》、《洞天玄記》、《滇載記》、《轉注古音略》、《古音叢目》、《古音獵要》、《古音複字》、《古音駢字》、《古音附録》、《巽魚圖贊》、《丹鉛餘録》、《丹鉛續録》、《丹鉛摘録》、《丹鉛閏録》、《丹鉛别録》、《丹鉛總録》、《墨池瑣録》、《書品》、《詞品》、《升庵詩話》、《詩話補遺》、《箜篌新詠》、《月節詞》、《檀弓叢訓》、《墐户録》、《瀑布泉行須候記》、《夏小正録》、《升庵經説》、《楊子巵言》、《巵言閏集》、《敝帚病榻手吹》、《晞籛瓻》、《六書索隱》、《六書練證》、《經書指要》，其所編纂有《詞林萬選》、《禪藻集》、《風雅逸編》、《藝林伐山》、《五言律祖》、《蜀藝文志》、《唐絶精選》、《唐音百絶》、《皇明詩抄》、《赤牘清裁》、《赤牘拾遺》、《經義模範》、《古文韻語叙》、《管子録》、《引書晶釸》、《選詩外編》、《交游詩録》、《絶句辨體》、《蘇黄詩體》、《宛陵六一詩選》、《五言三韻詩選》、《五言别選》、《李詩選》、《杜詩選》、《宋詩選》、《元詩選》、《群書麗句》、《名奏菁英》、《群公四六節文》、《古今風謡》、《古韻詩略》、《説文先訓》、《文海釣鰲》、《禪林鈎玄》、《填詞選格》、《百琲明珠》、《古今詞英》、《填詞玉屑》、《韻藻》、《古諺》、《古雋》、《寰中秀句》、《六書索隱》、《六書練證》、《逸古編》、《經書指要》、《詩林振秀》。

楊工於證經而疏於解經，博於禆史而忽於正史，詳於詩事而不得詩旨，精於字學而拙於字法，求之宇宙之外而失之耳目之前。凡有援據，不妨墨守，稍涉評擊，未盡輸攻。

用修謫滇中，有東山之癖。諸夷酋欲得其詩翰，不可，乃以精白綾作裓，遺諸伎服之，使酒間乞書。楊欣然命筆，醉墨淋漓裙袖。酋重賞伎女，購歸裝潢成卷。楊後亦知之，便以爲快。

用修在瀘州，嘗醉，胡粉傅面，作雙丫髻插花，門生舁之，諸伎捧觴，游行城市，了不爲怍。人謂此君故自汙，非也。一措大裹赭衣，何所可忌？特是壯心不堪牢落，故耗磨之耳。

予少時嘗見傳楊用修《春興》，末聯云：「虚擬短衣隨李廣，漢家無事勒燕然。」甚美其意，爲之擊節。又讀陸子淵《聞警》一聯云：「大將能揮白羽扇，君王不愛紫貂裘。」紫貂事雖稍涉宋，然不甚露。其使事之工，駢整含蓄，殊不易匹。後得全什讀之，俱不稱也，因記於此。

常明卿多力善射，雖爲文法吏，時鞅韋跗注兩韃騎而馳於郊。諸徹侯子弟從俠少年飲，常前突據上坐，起角射，咸不及。問，稍知爲常評事，敬之，奉大白爲壽。常引滿沾醉，竟馳去弗顧。又時過倡家宿，至日高春徐起，或參會不及，長吏訶之，敖然曰：「故賤時過從胡姬飲，不欲居薄耳。」竟用考調判陳州，庭詈御史，以法罷歸，益縱酒自放。居恒從歌伎酒間度新聲，悲壯艷麗，稱其爲人。又好彭老御内術，自謂得之，神仙可立致。一日省墓，從外舅滕洗馬飲，大醉，衣紅，腰雙刀，馳馬塵絶，從者不及前。渡水，馬顧見水中影，驚蹶墮水，刃出於腹，潰腸死，年僅三十四。平陽守王溱其故人，爲收葬之。常有詩弔韓信曰：「漢代稱靈武，將軍第一人。禍奇緣躡足，功大不謀身。帶礪山河在，丹青祠廟新。長陵一抔土，寂寞亦三秦。」至今爲中原豪俠之冠。

豐坊者，初字存禮，舉進士高第，爲禮部主事，以無行黜歸家。坐法竄吴中，改名道生，字人翁，年老篤病死。坊高材博學，精書法，其於《十三經》，自爲訓詁，多所發明，稍誕而僻者，則托名古注疏，或創稱外國本。於構詩文，下筆數千言立就，則多刻它名士大夫印章。僞撰字稍怪拙，則假曰：「此某碑某碑體也。」又爲人撰定法書，以真易贋，不可窮詰。又用蓄毒蛇藥殺人，强淫子女，奪攘財産，事露，人畏而恥之。吾友沈嘉則云：「蓄毒蛇以下事無之，第狂僻縱口，若含沙之蟲，且類得心疾者。」因舉其一端云：「嘗要嘉則具盛饌，結忘年交。居一歲，而人或惡之曰：『是嘗笑公文者。』即大怒，設醮詛之上帝。凡三等，云在世者宜速捕之，死者下無間獄，勿令得人身。一等皆公卿大夫與有睚眦者也；二等文士或田野布衣，嘉則爲首；三等鼠蠅蚤虱蚊也。」此極大可笑。

藝苑巵言卷七

高子業少負淵敏，生支干與僞漢友諒同。既遷楚臬，恒邑邑不自得，發病卒，寔友諒彭湖之歲也。其詩如「積賤詎有基，履榮誠無階」、「既妨來者途，誰明去矣懷」、「茫然大楚國，白日失兼城」、「久卧不知春，茫然怨行役」、「爲客難稱意，逢人未敢言」、「失路還爲客，他鄉獨送君」、「衆女競中閨，獨退反成怒」、「寒星出户少，秋露墜衣繁」、「以我不如意，逢君同此心」、「當軒留駟馬，出户倚雙童」、「里中夷門監，墻外酒家胡」、「爲農信可歡，世自薄耕稼」、「問年有短髮，逐世無長策」、「林深得日薄，地靜覺蟬多」，又「文章知汝在」、「功名何物是」、「騎馬問春星」、「殘雨夕陽移」，清婉深至，五言上乘。

王稚欽少爲文，頃刻便就，多奇氣，然好狎游、黏竿、風鷂諸童子樂。又蹶不可馴，父每抶扑之，輒呼曰：「大人奈何輒虐海内名士耶？」爲翰林庶吉士，詩已有名，其意不可一世，僅推何景明，而好薛蕙、鄭善夫。故事，學士二人爲庶吉士師，甚嚴重。稚欽獨心易之，時登院署中樹而窺，學士過，故作聲驚使見，大恚，然度無如何，佯爲不知也，乃已。當授官給事中，用言事，故詔特予外補裕州守。既中不屑州，而以諫出，知當召，益驕甚。臺省監司過州，不出迎，亦無所托疾。人或勸之，怒曰：「齷齪諸盲官，受廷陳迎耶，當不愧死？」一日出候其師蔡潮，以他藩道者，潮好謂曰：「生來候我固厚，而分守從後來，亦一見否？且生厚我以師故，即分守，君命也。」稚欽曰：「善。」乃前迎分守。而分守既下車，數州吏微過，當稚欽笞之十。稚欽大駡曰：「蔡師誤王先生見辱。」挺身出，悉呼其吏卒從守，勿更侍。一府中懾伏，亡敢留者。分守窘不能具朝餔，謀於蔡潮。潮爲謝過，稍給之，僅得夜引去。於是監司相戒，莫敢道裕州，而恨稚欽益甚，爲文致逮下獄，削秩歸。家居愈益自放，達官貴人來購文好見者，稚欽多蓬首垢足囚服應之。間衣紅紵窄衫，跨馬或騎牛，嘯歌田野間，人多望而避者。晚節詩律尤精，好縱倡樂，有《聞筝》一首：「花月可憐春，房櫳映玉人。思繁纖指亂，愁劇翠蛾顰。授色歌頻變，留賓態轉新。曲終仍自叙，家世本西秦。」又一書答人云：「綺席屢改，伎倆雜陳。絲肉競奏，宫徵暗和。羲和既逝，蘭膏嗣輝。逸興狎悰，干霄薄雲。禮廢罰弛，履遺纓絶。」俱妙極形容，可謂才子。

顔惟喬爲亳守，有幹聲，與武帥構訐，罷歸。故人爲分守至隨，訪之，屏迹不可復見。既行部他邑，有田父荷擔，以隻雞瓢酒，由中道入者，呵之，乃惟喬也。因留劇飲至醉，委瓢擔而去，追問邸舍人，莫能蹤迹。惟喬草《隨志》，稱良史，余讀之，殊不稱。又徐子與致其全集若干卷，亦平平耳，遠不逮王裕州。

鄭郎中善夫初不識王儀封廷相，作《漫興》十首，中有云：「海内談詩王子衡，春風坐遍魯諸生。」後鄭卒，王始知之，爲位而哭，走使千里致奠，爲經紀其喪，仍刻其遺文。人之愛名也如此。

孫太初玉立美髯，風神俊邁，嘗寓居武林。費文憲罷相東歸，訪之。值其晝寢，孫故卧不起。久之，費坐語益恭，孫乃出，又了不謝。送之及門，第矯首東望曰：「海上碧雲起，遂接赤城，大奇大奇。」文憲出，謂馭者曰：「吾一生未嘗見此人。」

吴中如徐博士昌穀詩、祝京兆希哲書、沈山人啓南畫，足稱國朝三絶。

楊修撰之《南中稿》，穠麗婉至，華學士之《巖居稿》，清淡簡遠，俱遠勝玉堂之作。然楊稿自南充王公刻外，絶不能佳。貴精不貴多，寧獨用兵而已哉！

胡孝思嘗爲吾吴郡守，才敏風流，前後罕儷。公暇多游行湖山園亭間，從諸名士一觴一詠，題墨淋漓，遍於壁石。後遷御史中丞，撫河南。肅帝幸楚，爲一律紀事云：「聞道鑾輿曉渡河，嶽雲縹緲護晴珂。千官玉帛嵩呼盛，萬國衣冠禹貢多。鎖鑰北門留統制，璿璣南極扈羲和。穆天八駿空飛電，湘竹英皇淚不磨。」刻之石。後以他事坐罷，家居者數載矣。嘗扑一貪令王聯，其人爲户部主事，以不職免，殺人下獄當死，乃指「穆天」、「湘竹」爲怨望咒詛，而所繇成獄及生平睚眦，皆指爲孝思奸黨，奏之。上大怒，悉捕下獄，欲論死。分宜相、陶真人力救解，久之乃罷免，猶摘杖孝思三十。當是時，孝思將八十矣，了不怖慴，取錦衣獄中杻械之類八，曰制獄八景，爲詩紀之。衆争咎孝思，掣其筆曰：「君正坐詩至此耳，尚何吾伊爲？」孝思澹然詠不輟，曰：

「坐詩當死，今不作詩，得免死耶？」出獄時，謝茂秦貽之詩，有云：「白首全生逢聖主，青山何意見騷人。」孝思方病杖創甚，呻吟間，猶口占韻以謝。人謂孝思意氣差勝蘇長公，才不及耳。

孝思守吴日，於諸生最好黄勉之、王履吉、袁永之，而不能知陸浚明。黄、王俱不振以死，而永之領解甲第臚傳。浚明再魁省會試，館選第一，爲給事中，主試浙江。時孝思以左參政與鹿鳴宴，頗遭譏訕，人兩不與也。勉之爲人本任誕，而矜局自位置，時引勝流爲重，最稱博洽。於文多擬古而不出自然，好持論而不甚當，負經濟而寡切用，然視吴人膚立皮相者天壤矣。履吉玉立秀雅，饒酒德，使人愛而思之，詩筆翩翩華麗，足稱名家。浚明高爽奇逸，尚氣慷慨，急人之難甚於己，頗負用世才而不究。永之高狷自好，時有吝聲。然二子文寔清雅典則，非它瑣瑣比也。浚明不長於詩，亦不以詩自顯。

黄才伯詩亦有佳語，如「青山知我吏情澹，明月照人歸夢長」，又「長空贈我以明月，海内知心惟酒杯。門前馬躍簫鼓動，棚上雞啼天地開。倦游却憶少年事，笑擁如花歌落梅」，雖格不甚古，而逸宕可取。然至末句，乃自注云：「欲盡理還之喻。」蓋此公作美官講學，恐人得而持之也，可發詞林一笑。

少陵句云：「淮王門有客，終不愧孫登。」頗無關涉，爲韻所强耳。後世不解事人，翻以爲法。至於北地所謂「鄭綮騎驢，無功行縣」，「行縣」、「騎驢」既非實事，王績、鄭綮又否通人，生俗無謂，大可戒也。近代謝茂秦大有此病，蓋不學之故。

江暉字景暘，文昭公瀾子也。以翰林修撰爲按察僉事，年三十六死。有文集曰《亶爰子集》。按《山海經》曰：「亶爰之山，多水，無草木，不可以上。有獸焉，其狀如狸而有髮，名曰類，自爲牝牡，食者不妒。」取以名集，别無深義。暉好以奇癖字作文，初若不易解者，解之得平平耳。王稚欽有詩嘲之云：「江生突兀揚文風，千奇萬怪難與窮。博物豈惟精爾雅，識字何止過揚雄。古心已出丘索上，邃旨或與神明通。求深索隱苦不置，一言忌使流俗同。令弟大篆逼鐘鼎，絶藝恥作斯邕等。生也爲文遺弟書，一出皆稱二難並。縱有楚史不可讀，滿堂觀者徒張目。少年往往致譏評，生也不言但捫腹。君不見好醜從來安可期，豪傑有時翻自疑。伯牙竟爲知音惜，卞氏能無抱璞悲。請君寶此無易轍〔一〕，聖人復起當相知。」讀此大略可見。

黄五嶽省曾言，南城羅公玘好爲奇古，而率多怪險飷飣之辭。居金陵時，每有撰造，必棲踞於喬樹之巔，霞思天想。或時閉坐一室，客有於隙間窺者，見其容色枯槁，有死人氣，皆緩履以出。都少卿穆乞伊考墓銘，銘成，語少卿曰：「吾爲此銘，瞑去四五度矣。」今其所傳《圭峰稿》者，大抵皆樹巔死去之所得也。

〔一〕「轍」，原本作「輒」，據《四庫》本改。

「宫采初傳長命縷，中官競插辟兵符」、「衡陽刺史新除道，濟北藩王已上書」、「雪後錦裘行塞外，月明清嘯滿樓中」、「賜第近連平樂觀，入朝新給羽林兵」、「儒生東閣承顔色，酋長西羌識姓名」、「繁花向日宜供笑，幽鳥逢春各異啼」、「老去自吹秦鬵栗，西征曾比漢嫖姚」、「水落盡如雷電過，山迴俱作鳳皇飛」、「山學翠屏開作畫，水從金谷瀉成春」、「門逕近連馳道樹，池塘遥接漢宫流」、「雲裁玉葉和烟潤，瀑濺珠花映雨飛」，此嘉靖時爲初唐者也。「細雨薜蘿侵石徑，深秋粳稻滿山田」、「業净六根成慧眼，身無一物到茅庵」、「空庭廬嶽晴雲色，燕坐潯陽江水聲」、「虎患已從鄰境去，猿聲偏近郡齋前」、「萬里辭家身是夢，三年作郡口爲碑」、「繞院松林嵐翠重，滿庭蕉葉雨聲多」、「清樽自對叢花發，高枕無如啼鳥何」，此其稍變而中唐者也。

吾友宗子相，天才奇秀，其詩以氣爲主，務於勝人。間有小瑕及遠本色者，弗恤也。吴明卿才不勝宗，而能求諧實境，務使首尾匀稱，宫商諧律，情實相配。子相自謂勝吴，然已不戰屈矣〔二〕。徐子與斟酌二子，頗得其中，已是境地，精思便達。梁公實工力故久，才亦稱之，嘗爲别余輩詩一百韻，膾炙人口。惜悟汗未幾，中道摧殞，每一念之，不勝威明絶鍔之痛。

子相自閩中手一編遺余，乃五七言近體。予摘其佳句書之屏間，雖沈侯采王筠之華，皮生

〔二〕「然」，原本作「默」，據累仁堂本改。

推浩然之秀，不是過也。世言古今不相及，殊瞶瞶，有識者當辨之耳。中聯寄贈予者，如「萬里蘼蕪色，秋風一夜深」，又「一身詩作癖，萬事酒相捐。枕簟疏秋雨，江山隔暮烟」，又「金山一柱立，滄海萬波隨」，又「愁來失俯仰，書去畏江河」，又「屢書心盡折，一字眼堪枯」，又「袖中芳草寒相負，馬首梅花春自憐。孤角千家滄海戍，故人雙鬢薊門烟」。他作如「開尊銷夜燭，聽雨長春蔬」，又「爾輩甘雲卧，吾生豈陸沈」，又「宦情疏病後，世事得愁先」，又「青山移病遠，白雁寄書輕」，又「忽雨新楓橘，如雲長蕨薇」，又「江樹低從密，溪流曲更分」，又「雨氣千江入，秋聲萬木多」，又「日落中原紫，天高北斗垂」，又「夜立殘砧杵，園行久薜蘿」，又「江平低雁翼，潮落進漁竿」，又「星河雙杵夕，風雨七陵秋」，又「戰伐乾坤色，安危將相功」，又「白雪孤調世，黃金巧識人」，又「種橘開新溜，尋芝數落霞」，又「生難看白髮，死豈負青山」，又「誰家羌笛吹明月，無數梅花落早春」，又「愁邊鴻雁中原去，眼底龍蛇畏路多」，又「衝泥匹馬時時立，入座寒雲片片孤」，又「絶壁晝開風雨色，斷虹秋掛薜蘿長」。結句如「登樓知有賦，莫向衆人傳」，又「浮生同遠近，斟酌向鷓鴣」，又「泰陵千古淚，一灑翠華東」，又「吾將付風雨，片片作龍鱗」，賦筍。又「自知寒色甚，不敢怨明珠」，又「薊門舊侶能相憶，八月雙鴻起太湖」，又「衣裳歲暮吾將換，好與青山長薜蘿」，又「浮生轉覺江湖窄，難把衣裳任芰荷」，又「醉來偃蹇三湘裏，更是何人白雪篇」，又「江門十里垂楊色，莫把時名負釣綸」。精言秀語，高處可掩王、孟，下亦不失錢、劉。

謝茂秦曳裾趙藩，嘗謁崔文敏銑，崔有詩贈之。後以救盧次楩，北游燕，刻意吟詠，遂成一家。句如「風生萬馬間」，又「馬渡黄河春草生」，皆佳境也。其排比聲偶，爲一時之最，第興寄小薄，變化差少。僕嘗謂其七言不如五言，絶句不如律，古體不如絶句；又謂如程不識兵，平沙萬舉，部伍肅然，刁斗時擊，而寡樂用之氣。

吾嘗合刻盧次楩、俞仲蔚及茂秦集，蓋取次楩騷賦、俞五言古、謝近體爲一耳。然歌行既乏，絶句亦少。俞嘗有《寶劍篇》，中云：「海内嘗令萬事平，匣中不惜千年死。」如此語亦不可多得。

徐子與之於各體，無所不工。明卿乃有獨至。

李于鱗文，無一語作漢以後，亦無一字不出漢以前。其自叙樂府云：「擬議以成其變化。」又云：「日新之謂盛德。」亦此意也。若尋端擬議以求日新，則不能無微憾。世之君子，乃欲淺摘而痛訾之，是訾古人矣。

文繁而法，且有委，吾得其人曰李于鱗。簡而法，且有致，吾得其人曰汪伯玉。

余嘗有《漫興十絶》，其一云：「野夫興到不復删，大海迴風生紫瀾。欲問濟南奇絶處，蛾眉天半雪中看。」於乎，此義邈矣，寥寥誰解者！

于鱗與子與書云：「許殿卿《海右集》屬某中尉爲序，不佞嘗欲畀諸炎火，乃周公瑕亦曰是。既已不能禁其傳，然不可以欺智者，亦唯任之。」昨歐楨伯訪海上云：「某謂于鱗近過一國尉園亭賦詩，落句云『司馬相如字長卿』，鄙不成語乃爾，定虚得名耳。」此正是游戲三昧，似稚非稚，似拙非拙，似巧非巧，不損大家，特此法無勞模擬耳。于鱗之欲焚某序，的然不錯也。

于鱗才，可謂前無古人，至於裁鑒，亦不能無意向。余爲其《古今詩删》序云：「令于鱗而輕退古之作者，間有之；于鱗舍格而輕進古之作者，則無是也。」此語雖爲于鱗解紛，然亦大是實録。

始見于鱗選明詩，余謂如此何以鼓吹唐音；及見唐詩，謂何以衿裾古、《選》；及見古、《選》，謂何以箕裘《風》、《雅》；乃至陳思《贈白馬》，杜陵、李白歌行，亦多棄擲，豈所謂英雄欺人，不可盡信耶？

于鱗爲按察副使，視陜西學，而鄉人殷者來巡撫。殷以刻覈名，尤傲而無禮，嘗下檄于鱗代撰奠章及送行序。于鱗不樂，移病乞歸，殷固留之。入謝，乃請曰：「臺下但以一介來命，不則尺蹄見屬，無不應者，似不必檄也。」殷愕然起謝過，有所屬撰，以名刺往，而久之復移檄。于鱗恚曰：「彼豈以我重去官耶？」即上疏乞休，不待報，竟歸。吏部惜之，用何景明例，許養疾，疾愈起用，蓋異數也。于鱗歸杜門，自兩臺監司以下請見不得，去亦無所報謝，以是得簡倨聲。又嘗爲詩，有云：「意氣還從我輩生，功名且付兒曹立。」諸公聞之，有欲甘心者矣。

于鱗一日酒間，顧余而笑曰：「世固無無偶者，有仲尼，則必有左丘明。」余不答，第目攝之。遽曰：「吾誤矣，有仲尼，則必有老聃耳。」其自任誕如此。

于鱗嘗爲朱司空賦《新河》詩，中一聯曰：「春流無恙桃花水，秋色依然瓠子宫。」不知者以爲上單下重。按三月水謂之桃花水，爲害極大。此聯不惟對偶精切，而使事用意之妙，有不可言者。闞駰《九州記》：「正月解凍水，二月白蘋水，三月桃花水，四月瓜蔓水，五月麥黄水，六月山礬水，七月豆花水，八月荻苗水，九月霜降水，十月後槽水，十一月走凌水，十二月蹙凌水。」

于鱗自棄官以前，七言律極高華。然其大意，恐以字累句，以句累篇，守其俊語，不輕變化，故三首而外，不耐雷同。晚節始極旁搜，使事該切，措法操縱，雖思探溟海，而不墮魔境。世之耳觀者，乃謂其比前少退，可笑也。歌行方入化而遂没，惜其不多，寥寥絶響。

余爲比部郎，嘗與蔡子木臬副、徐子與主事、吴明卿舍人、謝茂秦布衣飲。謝時再游京師，詩漸落，子木數侵之。已被酒，高歌其夔州諸詠，亦平平耳。甫發歌，明卿輒鼾寢，鼾聲與歌相低昂，歌竟，鼾亦止，爲若初醒者。子木面色如土，雖予輩亦私過之。子與復與子木論文，不合而罷。後五歲所，而子木以中丞撫河南，子與守汝寧，明卿謫歸德司理，張肖甫謫裕州同知，皆屬吏也。子木張宴，備賓主，身行酒炙，曰：「吾烏得有其一以慢三君子！」尋具疏薦之。余謂子木雅士不俗，居然前輩風，近更寥寥也。

王允寧爲修撰時，余嘗一再識之。長大白皙，談説時事，慷慨激烈，男子也。於文，遠則祖述司馬、少陵，近則師稱北地而已，意不可一世士。又好嫚駡人，人多外慕而中畏之。其所最善者，孫尚書陞，時爲中允。其同年敖祭酒，以書規切之。允寧答云：「僕猶夫故吾耳。顧於南中不宜，且南中亦不宜於吾，以故人取其近似者以爲名，曰伉厲守高也。且僕戇直朴略，受性已定，猶僕之貌，修幹廣顙，昂首掀眉，揭膺闊步，皆造化陶冶，不可移易。古之挾仙術者，能蜕人骨，不能易人貌。今公責僕勿高勿卑，擇中而居之，亦嘗有以里婦之效顰聞於公者乎？僕即死勿願也。」允寧後念其母老病，乞南，得國子祭酒。歸省，道經華山，爲文祭之，大約以母素敬神而不蒙庇，即愈吾母病，吾太史也，能爲文以不朽神。其辭頗支離怪誕。居無何，以地震死。西安李户部愈素恨允寧，假華山神爲文詈而僇之，今並傳關中。

謝茂秦年來益老誖，嘗寄示擬李、杜長歌，醜俗稚鈍，一字不通，而自爲序，高自稱許。其略云：「客居禪宇，假佛書以開悟，暨觀太白、少陵長篇，氣充格勝，然飄逸沈鬱不同，遂合之爲一，入乎渾淪，各塑其像，神存兩妙，此亦攝精奪髓之法也。」此等語何不以溺自照。又俞仲蔚古調本是名家，五言律亦不惡，沾沾爲七言律不已，何也？乃知宇宙大矣，無所不有。

王允寧生平所推伏者，獨杜少陵。其所好談説，以爲獨解者，七言律耳。大要貴有照應，有開闔，有關鍵，有頓挫，其意主興主比，其法有正插，有倒插。要之杜詩亦一二有之耳，不必盡然。予謂允寧釋杜詩法如朱子注《中庸》一經，支離聖賢之言，束縛小乘律，都無禪解。

于鱗擬古樂府，無一字一句不精美，然不堪與古樂府並看，看則似臨摹帖耳。五言古，出西京、建安者，酷得風神，大抵其體不宜多作，多不足以盡變，而嫌於襲；出三謝以後者，峭峻過之，不甚合也。七言歌行，初甚工於辭，而微傷其氣；晚節雄麗精美，縱横自如，燁然春工之妙。五七言律，自是神境，無容擬議。絶句亦是太白、少伯雁行。排律比擬沈、宋，而不能盡少陵之變。誌傳之文，出入左氏、司馬，法甚高，少不滿者，損益今事以附古語耳。序論雜用《戰國策》、《韓非》諸子，意深而詞博，微苦纏擾。銘辭奇雅而寡變。記辭古峻而太琢。書牘無一筆凡語。若以獻吉並論，于鱗高，獻吉大；于鱗英，獻吉雄；于鱗潔，獻吉冗；于鱗艱，獻吉率。令具眼者左右袒，必有歸也。

馮汝言纂取古詩，自穹古以至陳、隋，無所不採，且人傳其略，可謂詞家之苦心，藝苑之功人矣。然遠則延壽《易林》、《山海經圖讚》，近而周興嗣《千文》，皆在所遺，恐當補録。

喬景叔世寧己酉歲以楚藩參入賀萬壽，余時見之，短而髯，温然長者也。所有行卷，僅百餘篇耳，頗膾炙人口。又十餘年，景叔卒。近有以其《丘隅集》來者，云景叔所自選。余猶記其行卷内一七言律《寄王太史元思謫戍玉壘》者云：「學士兩朝供奉年，上林詞賦萬人傳。一從玉壘長爲客，幾放金雞未擬還。聞道買田臨灌口，能忘歸馬向秦川。五陵它日多豪俊，空望城南尺五天。」詞頗佳，而集不之選，何也？集詩小弱不稱，豈梓行者有長吉友人之恨耶？聞康德涵卒後，佳文章俱爲張孟獨摘取，今其集殊不滿人意。以此予於于鱗不爲删削耳。

太原兄弟，俱擅菁華；貢士沖、司直滓、司勛汸、虞部濂。汝南父子，嗣振騷雅。省曾、姬水。徵仲三絶，彭、嘉有二；道復二妙，括得其一。吴中一時之秀，海内寡儔。

皇甫子安之《東覽》，古、《選》頗勝；子循之《禪棲》，近體爲佳。子安卒，蔡子木以詩哭之云：「五字沈吟詩品絶，一官憔悴世途難。」可謂實録。蔡每對余讀，輒哽咽淚。又華先生哭施子羽云：「生前獨行殊寡諧，死後遺文更誰輯？」比之「一領青衫消不得」者，更神傷矣。

余十五時，受《易》山陰駱行簡先生。一日，有鬻刀者，先生戲分韻教余詩，余得「漠」字，輒成句云：「少年醉舞洛陽街，將軍血戰黄沙漠。」先生大奇之，曰：「子異日必以文鳴世。」是時畏家嚴，未敢染指，然時時取司馬、班史，李、杜詩竊讀之，毋論盡解，意欣然自愉快也。十八舉鄉試，乃間於篇什中得一二語合者。又四年成進士，隸事大理。山東李伯承燁燁有俊聲，雅善余，持論頗相下上。明年爲刑部郎，同舍郎吴峻伯、王新甫、袁履善進余於社。吴時稱前輩，名文章家，然每余一篇出，未嘗不擊節稱善也。亡何，各用使事及遷去，而伯承者前已通余於于鱗，又時時爲余言于鱗也。久之，始定交。自是詩知大曆以前，文知西京而上矣。已于鱗所善者布衣謝茂秦來，已同舍郎徐子與、梁公實來，吏部郎宗子相來。休沐則相與揚扢，冀於探作者之微，蓋彬彬稱同調云。而茂秦、公實復又解去，于鱗乃倡爲五子詩，用以紀一時交游之誼耳。又明年，而余使事竣還北，于鱗守順德，出茂秦，登吴明卿。又明年，同舍郎余德甫來。又明年，户部郎張肖甫來，吟詠時流布人間，或稱「七子」或「八子」，吾曹實未嘗相標榜也。而分宜氏當國，自謂得旁採《風》、《雅》權，讒者間之，眈眈虎視，俱不免矣。

余自遭家難，時槖饘之暇，杜門塊處，獨新蔡張助甫爲驗封郎，旬一再至。余固却之，張笑曰：「足下乃以一吏部榮我乎？」余歸，張亦竟左遷以去。自是吾黨有「三甫」：肖甫之雄爽流暢，助甫之奇秀超詣，德甫之精嚴穩稱，皆吾所不及也。

吾弟世懋自家難服除後，一操觚，遂爾靈異，神造之句，憑陵作者。唯未爲古樂府耳，其它皆具體而微。吾偶遣信問于鱗，漫及之曰：「家弟軼塵而奔，咄咄來逼人，賴其好飲，稍自寬耳。」于鱗亦云：「敬美視助甫輩自先驅，視元美雁行也。嘗取謝句『花萼嚶鳴』標君家兄弟，不然耶？」又一書云：「敬美乃負包宗含吴之志，稱天下事未可量，眈眈欲作江南一小英雄。尋將火攻伯仁，奈何不善備之也。」其見賞如此。

吴人顧季狂，頗豪於詩，不得志吴，出游人間。每謂余不滿吴子輩，至有筆之書者。間一有之，而未盡然也。記中年挂冠時，命游屐，與諸子周旋。章道華用短，不入卑調；劉子威用長，不作凡語。周公瑕挫名割愛，潛心吾黨；黄淳父麗句精言，時時驚坐；王百穀苟能去巧去多，便足名世；魏季朗滔滔洪藻，張幼于朗朗警思；伯起正自斐然，魯望必爲娓娓。對陸叔平、俞仲蔚便似見古人。又雲間莫雲卿、練川殷無美，詞翰清麗，時時命駕吾廬。步武之外，有曹甥子念者，近體歌行酷似其舅。王君載者，能爲騷賦古文，饒酒德，亦何嘗落莫也。吾在晉陽有感云：「借問吴閶詩酒席，十年雞口有誰争。」殆是實録。

吾於詩文不作專家，亦不雜調。夫意在筆先，筆隨意到，法不累氣，才不累法，有境必窮，有證必切，敢於數子云有微長，庶幾未之逮也，而竊有志耳。

有娀氏二女，居九成之臺，得天燕，覆以玉筐。既而發視之，燕遺二卵，飛去不返，二女作歌，始爲北音。禹省南土，塗山之女令其媵候禹於塗山之陽，女乃作歌，始爲南音。夏后孔甲田於東陽萯山，天大風晦，入民室，其主方乳。或曰：「后來，良日也，必吉。」或曰：「不勝之，必有殃。」孔甲曰：「以爲余子，誰敢殃之！」後折橑，斧斷其足。孔甲曰：「嗚呼命矣！」乃作《破斧》之歌，始爲東音。周昭王之右辛餘靡，有功，封於西翟，徙西河而思故處，始爲西音。所謂四方之歌，《風》之始也。若在朝而奏者，被之鐘鼓管籥爲《雅》、《頌》。秦青響遏行雲，虞公梁上塵起，韓娥之音，繞梁三夜，臨乘老姥，傅谷數日，綿駒、王豹之流，皆古歌之聖者，然亦單歌不合樂。以後江南《子夜》、《前溪》、《團扇》、《懊憹》之屬，是其遺響。唐妓女所歌王之涣、高適及伶工歌元、白之詩，皆是絶句。宋之詞，今之南北曲，凡幾變而失其本質矣。唯吴中人棹歌，雖俚字鄉語，不能離俗，而得古風人遺意。其辭亦有可採者，如陸文量所記：「月子彎彎照九州，幾家歡樂幾家愁。幾人夫婦同羅帳，幾人飄散在它州。」又所聞：「約郎約到月上時，只見月上東方不見渠。音其。不知奴處山低月上早，又不知郎處山高月上遲。」即使子建、太白降爲俚調，恐亦不能過也。然此田畯紅女作勞之歌，長年樵青，山澤相和，入城市間，愧汗塞吻矣。然則聽古樂而恐卧者，寧獨一魏文侯也？

正德間有妓女，失其名，於客所分詠，以骰子爲題。妓應聲曰：「一片寒微骨，翻成面面心。自從遭點汙，抛擲到如今。」極清切感慨可喜。又一妓得一聯云：「故國五更蝴蝶夢，異鄉千里子規心。」亦自成語。

潮陽蘇福八歲賦《初月詩》：「氣朔盈虚又一初，嫦娥底事半分無。却於無處分明有，恰似先天太極圖。」惜乎十四而夭。令陳白沙、莊定山白首操觚，未必能勝。

藝苑卮言卷八

自三代而後，人主文章之美，無過於漢武帝、魏文帝者，其次則漢文、宣、光武、明、肅、魏高貴鄉公、晉簡文、劉宋文帝、孝武、明帝、元魏孝文、孝静、梁武、簡文、元帝、陳後主、隋煬帝、唐文皇、明皇、德宗、文宗、南唐元宗、後主、蜀王主衍、孟主昶〔一〕、宋徽、高、孝，凡二十九主。而著作之盛，則無如蕭梁父子。高祖著《孝經》《周易》《樂社》《毛詩》《春秋》《中庸》《尚書》《孔》《老》《義疏》《正言》《答問》二百卷，《涅槃》、《大品》、《净名》、《三慧》等經義復數百卷，《通史》六百卷，文集百二十卷，《金海》三十卷，《三禮斷疑》一千卷。昭明太子文集二十卷，撰古今典誥文言爲《正序》十卷，五言詩之善者爲《文章英華》二十卷，《文選》三十卷。簡文帝《昭明太子傳》五卷，《諸王傳》三十卷，《禮大義》二十卷，《老》、《莊義》各二卷，《長春義記》一百卷，《法寶連璧》三百卷，《易簡》五十卷，詩文集一百卷，雜著《光明符》等書五十九卷。元帝《孝德》、《忠臣傳》各三十卷，《丹陽尹傳》十卷，注《漢書》一百十五卷，《易講疏》十卷，《内典博要》一百卷，《連

〔一〕「蜀王主衍、孟主昶」，疑作「蜀主王衍、主孟昶」，《舊五代史》有「蜀主王衍」、「蜀主孟昶」之説。

山》三十卷，《洞林》三卷，《玉韜》、《金樓子》、《補闕子》各十卷，《老子講疏》四卷，《全德》、《懷舊志》各一卷，《荆南志》、《江州記》、《職貢圖》、《古今同姓録》各一卷，《筮經》十二卷，《式贊》三卷，文集五十卷。昭明才不足而識有餘，簡文才有餘而識不足。武、元二主，才識小不逮，而學勝之。人則昭明美矣。

自古文章，於人主未必遇，遇者政不必佳耳。獨司馬相如於漢武帝奏《子虚賦》，不謂其今人，至嘆曰：「朕獨不得此人同時哉！」奏《大人賦》則大悦，飄飄有凌雲之氣，似游天地間。既死，索其遺篇，得《封禪書》，覽而異之。此是千古君臣相遇，令傅粉大家讀之，且不能句矣。下此則隋煬恨「空梁」於道衡，梁武絀徵事於孝標，李朱崖至屏白香山詩不見，曰：「見便當愛之。」僧虔掘筆，明遠累辭。於乎！忌則忌矣，後世覓一解忌人，了不可得。

孝成帝翫弄衆書，善揚子雲，出入游獵，子雲乘從。又以桓君山藏書多，待詔門下。時人語曰：「玩揚子雲之篇，樂於居千石之官；挾桓君山之書，富於積猗頓之財。」

王充有云：「韓非之書，傳在秦廷，始皇嘆不得與此人同時；陸賈《新語》奏一篇，高祖稱善，左右呼萬歲。」「王莽時，郎吏上奏，劉子駿章尤美，因至大用。」「永平中，神雀群集，孝明詔上《爵頌》，百官文皆比瓦石，惟班固、賈逵、傅毅、楊終、侯諷五頌若金玉，孝明覽而異焉。」當時人主自曉文藝，作主試，令人躍然。

孝成讀《尚書》百篇，博士莫曉，徵天下能爲《尚書》者。東海張霸通《左氏春秋》，以左氏訓義解《尚書》百二篇，上覆案祕書，無一應者。吏當霸辜大不謹，帝奇其才，赦其辜，亦不廢其經。楊子山爲郡上計吏，見三府爲《哀牢傳》，不能成篇，歸郡重作上，孝明奇之，徵在蘭臺。然則永樂中之罪朱季友，嘉靖中之罪林希元，弘治中之罪薦董文玉者，似亦未盡右文之意也。

梁武帝令謝吏部景滌與王侍中暕即席爲詩答贈，善之。仍使復作，復合旨。乃賜詩曰：「雙文即後進，二少實名家。豈伊止棟隆，信乃俱聲華。」又於九日朝宴，獨命蕭景陽曰：「今雲物甚美，卿得不斐然？」乃賦詩，詩成，又降旨曰：「可謂才子。」

陳後主在東宮集官僚宴詠，學士張譏在坐。時新造玉柄麈尾成，後主親執之，曰：「當今雖復多士如林，堪執此者獨譏耳。」即手授之，仍令於温文殿講《莊》、《老》。高宗臨聽，賜御所服衣一襲。

魏孝静人日登雲龍門，崔㥄侍宴，又敕其子瞻令近御坐，亦有應詔詩。帝問邢邵曰：「此詩何如其父？」邢曰：「㥄博雅弘麗，瞻氣調清新，並詩人之冠。」宴罷，共嗟賞之，咸曰：「今日之宴，并爲崔瞻父子。」

煬帝爲諸王時，每有文什，輒令柳䛒藻潤。學士百餘，䛒爲之冠。既即位，彌見幸重，與諸葛潁等，離宮曲殿，狎宴清游，靡不在坐。猶念昏夜銅龍易乖，爰命偃師之流爲木偶，效䛒面目，施以機械，使能坐起，續對酣飲，往往丙夜。事雖不經，可謂寵異矣。

燕公大雅，稱三兄第一；萬迴聖僧，呼詹事才子。外議似不專宋，獨應制争標，往往擅場。如昆明夜珠，入上官之選；龍池錦袍，奪東方之氣。聲華艷羨，遂無其偶。延清詩達如此，直得一横死耳。又有武平一者，以正月八日立春綵花應制詩成，中宗手敕批云：「平一年雖最少，文甚警新，悦紅蕊之先開，訝黄鶯之未囀，循環吟咀，賞嘆兼懷，今更賜花一枝，以彰其美。」所賜學士花并插，後復以謔詞賜酒一杯，當時嘆羨。讀《中宗紀》，令人懣懣氣塞，惟於詩道，似有小助。

至離宫列席，領略佳候，使才士操觚，次第稱賞，亦是人主快事，爲詞林佳話。

開元帝性既豪麗，復工詞墨，故於宰相拜上，岳牧出鎮，往往親御宸章，普令和贈，爲一時盛事。四明狂客以庶僚投老得之，尤足佳絶。青蓮起自布素，入爲供奉，龍舟移饌，獸錦奪袍，見於杜詩及他傳奇所載，天子調羹，宫妃捧硯，晚雖淪落，亦自可兒。

柳誠懸「淚痕」之詠，與虞永興「調憨」詩絶相類，不唯見人主親狎詞臣，邇時祕密，亦所不避。

唐時伶官伎女所歌，多採名人五、七言絶句，亦有自長篇摘者，如「開篋淚沾臆，見君前日書。夜臺猶寂寞，疑是子雲居」之類是也。王昌齡、王之涣、高適微服酒樓，諸名伎歌者咸是其詩，因而歡飲竟日。大曆中，賣一女子，姿首如常，而索價至數十萬，云：「此女子誦得白學士《長恨歌》，安可牽他比。」李嶠「汾水」之作，歌之，明皇至爲泫然，曰：「李嶠真才子。」又宣宗因見伶官歌白《楊柳枝詞》「永豐坊裏千條柳」，趣令取永豐柳兩株，栽之禁中。元稹《連昌宫》等辭凡百餘章，宮人咸歌之，且呼爲元才子。李賀樂府數十首，流傳管絃。又李益與賀齊名，每一篇出，輒以重賂購之入樂府，稱爲「二李」。嗚呼！彼伶工女子者，今安在乎哉？

宋王岐公珪爲學士，嘗月夜上召入禁中，對設一榻賜坐，王謝不敢。上曰：「所以夜相命者，正欲略去苛禮，領略風月耳。」既宴，水陸奇珍，《仙韶》、《霓羽》，酒行無算。左右姬嬪悉以領巾紈扇索詩，王一一爲之，咸以珠花一枝潤筆，衣袖皆滿。五夜，乃令以金蓮歸院。翌日，都下盛傳天子請客。宣、政以還，京、攸、王、李諧謔唱和，寵焰一時。德壽、重華、史衛公、吴郡王、曾覿、張掄亦復接踵。然皆亡國之徵，或是偏安逸豫，不足多載。

明興，高帝創自馬上，亦復優禮儒碩，至親調甘露漿及御撰《醉學士歌》，賜金華宋承旨濂。宣宗與蹇、夏、三楊游萬歲山。少保黄淮時以致仕趨朝謝恩，特令從宴，仍賜肩輿。賡歌贊詠，爲一時盛事，有光前古。

梁時使臣至吐谷渾，見床頭數卷，乃《劉孝標集》。天后朝，日本、西番重用金寶購張鷟文。大曆中，新羅國上書，請以蕭夫子穎士爲師。元和中，雞林賈人鬻元、白詩，云：「東國宰相以百金易一篇，僞者輒能辨。」元豐中，契丹使人俱能誦蘇子瞻文。洪武中，日本、安南俱上章，以金幣乞宋景濂碑文。嘉靖初，朝鮮國上言，願頒示關西吕某、馬某文以爲式。所謂一解不如一解。

王方慶高、曾二十八祖，俱擅臨池；劉孝綽群從七十餘人，咸工掞藻，盛哉！孝綽有三妹，適王叔英、張嵊、徐悱，有文學，悱妻尤清拔。王元禮與諸兒論家集云：「史稱安平崔氏及汝南應氏，並累世有文才，所以范蔚宗稱世擅雕龍，然不過兩三世耳。非有七葉之中，名德重光，爵位相繼，如吾世者也。彼梁、鄧、金、張，貂綿蟬聯者，何足道哉？」

何憲等諸學士於王仲寶第隸事，賭巾箱几案雜服飾，人人各一兩物。陸彦深後成，隸出人表，一時奪去。憲又於仲寶隸事獨勝，仲寶賞以五花簟、白團扇，意殊自得。王摛後至，操筆便成，事既奥博，辭亦華美，衆皆擊賞。摛乃命左右抽簟，手自掣扇，登車而去。憲之犯對，便是後來東方虬，然亦一時佳事。

袁彦伯、伏玄度在桓公府，俱有文名。孝武嘗大會，伏預坐還，下車先呼子系之曰：「百人高會，天子先問伏滔在否，爲人作父定何如？」府中呼爲「袁伏」。然袁恒恥之，每嘆曰：「公之厚恩，未優國士，而與伏滔比肩，何辱如之！」魏收從叔季景，有才學，名位在收前。頓丘李庶謂曰：「霸朝便有二魏。」收對曰：「以從叔見比，便是耶輸之比卿。」耶輸者，庶癡叔也。

淮南《鴻寶》，謂挾風霜之氣；興公《天台》，云有金石之聲。吴邁遠嘗語人：「吾詩可爲汝詩父。」每於得意語，擲地呼：「曹子建何足道哉！」杜必簡死，謂沈、武：「吾在，久壓公等。」又云：「吾文章可使屈、宋作衙官。」王融謂劉孝綽：「天下文章，若無我，當歸阿士。」丘陵鞠見人談沈約文進，曰：「何如我未進時？」近代桑民懌見丘相公，問天下文人誰高者，曰：「惟桑悦最高，其次祝允明，其次羅玘耳。」文人矜誇，自古而然，便是氣習。

崔信明：「楓落吴江冷。」以它句不稱投地。崔顥：「十五嫁王昌。」得小兒無禮之呵。世固有好面折人者。楊君謙每以文示人，其人曰：「佳。」即掩卷曰：「何處佳？」其人卒不能答，便去不復别。蔡九逵每對人駡杜家小兒。王允寧一日謂余曰：「趙刑部某治狀何如？」余曰：「循吏也。甚慕公詩，且苦吟。」王大笑曰：「循吏可作，詩何可便作。」又謂余曰：「見王某詩否？」曰：「見之。」又曰：「曾示我一册，吾欲與評之，渠意不受評，渠欲吾延譽，令吾無可譽。」

李于鱗守順德時，有胡提學者過之。其人，蜀人也。于鱗往訪，方啜茶次，漫問之曰：「楊升庵健飯否？」胡忽云：「升庵錦心繡腸，不若陳白沙鳶飛魚躍也。」于鱗拂衣去，口咄咄不絶。後按察關中，過許中丞宗魯。許問今天下名能詩何人，于鱗云：「唯王某。謂余也。其次爲宗臣子相。」時子相爲考功郎。許請子相詩觀之，于鱗忽勃然曰：「夜來火燒却。」許面赤而已。

李昌符《婢僕》詩五十韻，路德延《稚子詩》一百韻〔二〕，皆可鄙笑者，然曲盡形容，頗見才致。昌符至以取上第，而德延觸怒沈河而死〔三〕，幸不幸乃如此。要之，死者可用爲戒。

〔二〕「路德延」，原本作「路敬延」，據《四部叢刊》景明嘉靖本《唐詩紀事》六十三改。

〔三〕「德延」，原本作「敬延」，據《唐詩紀事》六十三改。

寶月盜東陽《柴廓》之什，其子幾成構訟。延清愛劉希夷之詠，遂至殺人。魏收、邢劭交罵爲任昉、沈約之賊。楊衡行卷爲人竊以進取。至生剥少陵，撏撦義山。今世何、李，亦遂體無完膚，可供一笑。

巧遲拙速，摛辭與用兵，故絶不同。語曰：「枚皋拙速，相如工遲。」又曰：「工而速者，唯士簡一人。」士簡，張率也，第一時賞譽之稱耳。皇甫氏乃以入談，何也？時又有蘭陵蕭文琰、吴興丘令楷，一擊銅鉢，響滅而詩成，唐温飛卿八叉手而成八韻小賦，俱不足言。蓋有工而速者，如淮南王、禰正平、陳思王、王子安、李太白之流，差足倫耳。然《鸚鵡》一揮，《子虚》百日，《煮豆》七步，《三都》十年，不妨兼美。

文通裂錦還筆入夢以來，便無佳句，人謂才盡。鮑照亦謂才盡，殆非也。昔人夜聞歌《渭城》甚佳，質明迹之，乃一小民傭酒館者，損百緡予使釁酒，久之不復能歌《渭城》矣。近一江右貴人，强仕之始，詩頗清淡，既涉貴顯，雖篇什日繁，而惡道坌出。人怪其故，予曰：「此不能歌《渭城》也。」或云：「鮑是避禍令拙耳。」

謝安石見阮光禄《白馬論》，不即解，重相咨盡。阮嘆曰：「非唯能言人不可得，正索解人亦不可得。」杜公有云：「文章千古事，得失寸心知。」亦謂此耳。夫劇鉢心腑，指摘造化，如探大海，出珊瑚，奈何令逐臭吠聲之士輕讀之也。至於有美必賞，如響之應，連城隱璞，卞生動容」；流水離絃，鍾子拊心，古人所以重知己而薄感恩，夫豈欺我！

謝靈運移籍會稽，修營别業，傍山帶江，盡幽居之美。每一詩至都，貴賤莫不競寫，宿昔之間，士庶皆遍。梁世，南則劉孝綽，北則邢子才，雕虫之美，獨步一時。每一文出，京師爲之紙貴，讀誦俄遍遠近。靈運尤吾所賞，惜其不終，所謂東山志立、當與天下推之，豈唯鼻祖。

每嘆稽生琴、夏侯色，令千古他人覽之，猶爲不堪，况其身乎！與陶徵士自祭預輓，皆超脱人累，默契禪宗，得蘊空解證無生忍者。陶云：「但恨在生時，飲酒未得足。」此非牽障語，第乘謔去耳。孔文舉「生存何所慮，長寢萬事畢」，歐陽堅石「窮達有定分，慷慨復何嘆」，石季倫「天下殺英雄，卿亦何爲爾」，潘安仁「俊士填溝壑，餘波來及人」，謝靈運「邂逅竟幾何，修短非所愍」，苻朗「冥心乘和暢，未覺有終始」，元真興「何以明是節，將解七尺身」，皆能驅使大雅，以豁至怖，便未真得，猶足過人。若乃息夫絶命於玄雲，蔚宗推魄於一丘，可謂利口，則吾誰欺。

左太冲、謝靈運、邢子才篇賦一出，能令紙貴。王元長、徐孝穆、蘇道衡朝所吟諷，夕傳遐方。雞林購白學士什，至值百金。蜀僰獲梅都官詩，繡之法錦。而子雲寂寞玄亭，元亮徘徊東籬，子美躑躅浣花，昌齡零落窮障，寄食人手，共衣酒家，工部云：「名豈文章著？」悲哉乎其自解也。令數百歲後有人無所復虞。第作者不賞，賞者不作，以此恨恨耳。

《雲溪友議》稱章仇劍南爲陳拾遺雪獄，高適侍御爲王江寧申冤，此事殊快人，足立藝林一幟，但不見正史及他書耳。

古人云：「詩能窮人。」究其質情，誠有合者。今夫貧老愁病，流竄滯留，人所不謂佳者也，然而入詩則佳；富貴榮顯，人所謂佳者也，然而入詩則不佳，是一合也。泄造化之祕，則真宰默讎；擅人群之譽，則衆心未厭。故呻佔椎琢，幾於伐性之斧；豪吟縱揮，自傅爰書之竹。矛刃起於兔鋒，羅網布於雁池，是二合也。循覽往匠，良少完終，爲之愴然以慨，肅然以恐。曩與同人戲爲文章九命：一曰貧困，二曰嫌忌，三曰玷缺，四曰偃蹇，五曰流竄，六曰刑辱，七曰夭折，八曰無終，九曰無後。

一貧困：顏淵簞食瓢飲；原思藜藿不糝；子夏衣若懸鶉；列子不足嫁衛；莊周貸粟監河，枯魚自擬；黔婁被不覆形；東方朔苦饑欲死，願比侏儒；司馬相如家徒壁立，典鷫鷞，陽昌家傭酒；太史公無賂贖罪，乃至就腐；匡衡爲人傭書；東郭先生履行雪中，足指盡露；王章病無被，卧牛衣中；王充游市肆，閲所賣書；范史雲釜中生塵；第五頡無田宅，寄上靈臺中，或十日不炊；郭林宗以衣一幅障出入，入則護前，出則掩後；孫晨有稿一束，暮卧旦卷；吴瑾傭作讀書；趙壹言「文籍雖滿腹，不如一囊錢」；束皙債家相敦，乞貸無處；王尼食車牛，竟餓死；董京殘絮覆體，乞（匃）［丐］於市；夏統採梠求食；郤詵養雞種蒜，以給治喪；陶潛驅饑乞食，思效冥報；應璩屠蘇發徹，機榻見謀；呑道元《與天公牋》，言布衣粗短，申脚足出，攣捲脊露；張融寄居一小船，放岸上；虞龢遇雨，舒被覆書，身乃大濕；王智深嘗五日不得食，掘莞根食之；劉峻家有悍室，轗軻憔悴；裴子野借官地二畝，蓋茅屋數間；盧叟每作一布囊，至貴家飲啖後，餘肉餅付螟蛉；杜甫浣花霾月，乞人一絲兩絲；鄭虔履穿四明雪，饑拾山陰橡；蘇源明爇薪照字，垢衣生蘚；陽城屑榆作粥，不干鄰里；賈島嘆鬢絲如雪，不堪織衣；孟郊苦寒，恨敲石無火；盧仝長鬚赤脚，灌園自資；周朴寄食僧居，不能娶婦。國朝如聶大年、唐寅輩，咸旅食廛居，不堪其憂。邇來謝客糊口四方，俞子抱影寒廬，盧生無立錐之地以死。余嘗有詩貽謝云：「隱士代失職，達者慚其故。」

二嫌忌：屈原見忌上官，孫臏見忌龐涓，韓非見忌李斯，莊周見忌惠子，荀卿見忌春申，賈誼見忌絳、灌，董仲舒見忌公孫，蔡邕見忌王允，邊讓、孔融、楊修見忌魏武，曹植見忌文帝，虞翻見忌孫權，張華見忌荀勗，陸機見忌盧志，謝混見忌宋祖，劉峻見忌梁高，薛道衡、王胄見忌隋煬，柳䛒見忌諸葛穎，張九齡、李邕、蕭穎士見忌李林甫，顔真卿見忌元載，武元衡見忌王叔文，韓愈見忌李逢吉，李德裕見忌李宗閔，白居易見忌李德裕，温庭筠、李商隱見忌令狐綯，韓偓見忌崔胤，楊億見忌丁謂，蘇軾見忌舒亶、李定，石介見忌夏竦。或以材高畏逼，或以詞藻慚工，大則斧質，小猶貝錦。近代如李獻吉、薛君采輩，亦遭讒沮，不可悉徵。

三玷缺：顔光禄《家訓》云：「自古文人，多陷輕薄。屈原顯暴君過，宋玉見遇俳優，東方曼倩滑稽不雅，司馬長卿竊貲無操，王褒過彰僮約，揚雄德敗美新，李陵降辱夷虜，劉歆反覆莽世，傅毅黨附權門，班固盜竊父史，趙元叔抗竦過度，馮敬通浮華擯壓，馬季長佞媚獲誚，蔡伯喈同惡受誅，吴質詆訶鄉里，曹植悖慢犯法，杜篤乞假無厭，路粹隘狹已甚，陳琳實號粗疏，繁欽性無檢格，劉楨屈强輸作，王粲率疏見嫌，孔融、禰衡傲誕致隕，楊修、丁廙扇動取斃，阮籍無禮敗俗，嵇康陵物凶終，傅玄忿鬥免官，孫楚矜誇凌上，陸機犯順陵險，潘岳乾没取危，顔延年負氣摧黜，謝靈運空疏亂紀，王元長凶賊自貽，謝玄暉侮慢見及。雖天子有才華者，漢武、魏太祖、文帝、明帝、宋孝武，皆負世議。」予謂顔公談尚未悉，如儀、秦、代、厲權謀翻覆，韓非刻薄招忌，李斯臾虐覆宗，劉安好亂亡國，陸賈納賂夷荒，枚皋輕冶媒賤，楊惲怨望被刑，匡衡阿比中貴，劉向誣罔黄白，谷、杜宗傅戚里，王充狂誕非聖，陳壽售米史筆，劉琨少没權游，孫綽人稱穢行，王儉市國取相，沈約乘時徼封，張纘杯酒殺人，謝超宗鯢鮓納間，伏挺納賄削髮，魏收淫婢徵賄，江總獻諂麗詞，世基從臾荒君，世南遨遊二帝，四傑皆競輕浮，沈、宋并馳險獪，李嶠浮沈致責，蘇味道模稜充位，張説大肆苞苴，賀知章縱心沈湎，王維、鄭虔陷身逆虜，柳宗元、劉禹錫躁事權臣，劉長卿怨懟多忤，嚴武驕矜無上，李白見辟狂王，崔顥數棄伉偶，元稹改節奥援，李德裕樹黨掊擊，王建連姻貂璫，李益感恩藩鎮，楊億謔侮同舍，曾鞏陵鑠維桑，歐陽脩乖名濮議，蘇軾取攻蜀黨，王安石元豐斂怨，陸游平原失身。人主如梁武、隋煬、湘東、長城，違命昏德，不足言矣。以唐文、玄之賢，而閨門之行，不可三緘，況其他乎！即如吴邁遠、杜必簡之流，不能盡徵。邇時李獻吉，氣誼高世，亦不免狂簡之譏。他若解大紳、劉原博、桑民懌、唐伯虎、王稚欽、常明卿、孫太初、王敬夫、康德涵，皆紛紛負此聲者，何也？內恃則出入弗矜，外忌則攻摘加苦故爾。然寧爲有瑕璧，勿作無瑕石。

四偃蹇：荀卿垂老蘭陵，避讒引却；孟氏再説不合，徬徨出晝；長卿爲郎數免，婆娑茂陵；仲舒既罷江都，衡門教授；賈生長沙卑濕，作《鵩賦》；東方朔久困執戟，作《客難》；揚雄白首校書，作《解嘲》；馮衍老廢於家，作《顯志賦》；陳壽以謗議，再致絀辱；孫楚以輕石苞，湮廢積年；夏侯湛中郎不調，作《抵疑》；郤正三十年不過六百石，作《釋譏》；潘安仁三十年一進階，再免，一除名，一不拜，作《閒居賦》；卞彬擯棄形骸，仕既不遂，作《蚤蝨》、《蝸蟲》賦；劉峻爲梁武所抑，不見用，作《辨命論》；何僩宦游不進，作《拍張賦》；盧思道宦途遲滯，作《孤鴻賦》；盧詢祖斥修邊堠，作《長城賦》；王沈爲掾鬱鬱，作《釋時論》；蔡凝爲長史不得志，作《小室賦》；劉顯六十餘，曳裾王府；丘靈鞠不樂武位〔二〕，欲掘顧榮冢；劉孝綽前後五免；蕭惠開仕不得志，齋前悉種白楊；庾仲容、王籍、謝幾卿俱久不調，沈酣以終；伏挺十八出仕，老而不達，其子以恚恨從賊；侯白欲用輒止，得五品食，旬日而終；四傑惟盈川至令長；

〔二〕「丘靈鞠」，原本作「丘陵鞠」，據百衲本《南史》卷七十二改。

李、杜淪落吴、蜀；孟浩然以禁中忤旨，放還終老；薛令之以苜蓿致嫌奪官；蕭穎士及第三十年，纔爲記室；王昌齡詩名滿世，栖遲一尉；賈島、温飛卿皆以龍鱗魚服，顛躓不振；孟郊、公乘億、温憲、劉言史、潘賁之徒，老困名場，僅得一第，或方鎮一辟，憔悴以死，至其詩所謂「鬢毛如雪心如死，猶作長安下第人」、「十上十年皆下第，一家一半已成塵」、「一領青衫消不得，著朱騎馬是何人」，又有「揶揄路鬼」、「憔悴波臣」、「獼猴騎土牛」、「鯰魚上竹竿」之喻。噫！其窮甚矣。胡仲申、聶大年、劉欽謨、卞華伯、李獻吉、康德涵、王敬夫、薛君采、常明卿、王稚欽、皇甫子安、子循、王道思，皆邇時之偃蹇者。

五流貶：流徙則屈原、吕不韋、馬融、蔡邕、虞翻、顧譚、薛瑩、卞鑠、諸葛厷、張温、王誕、謝靈運、謝超宗、劉祥、李義府、鄭世翼、沈佺期、宋之問、元萬頃、閻朝隱、郭元振、崔液、李善、李白、吴武陵，明則宋濂、瞿佑、唐肅、豐熙、王元正、楊慎；貶竄則賈誼、杜審言、杜易簡、韋元旦、杜甫、劉允濟、李邕、張説、張九齡、李嶠、王勃、蘇味道、崔日用、武平一、王翰、鄭虔、蕭穎士、李華、王昌齡、劉長卿、錢起、韓愈、柳宗元、李紳、白居易、劉禹錫、吕温、陸贄、李德裕、牛僧孺、楊虞卿、李商隱、温庭筠、賈島、韓偓、韓熙載、徐鉉、王禹偁、尹洙、歐陽脩、蘇軾、蘇轍、黄庭堅、秦觀、王安中、陸游，明則解縉、王九思、王廷相、顧璘、常倫、王慎中輩，俱所不免。窮則窮矣，然山川之勝，與精神有相發者。

六刑辱：孫臏刖足，范睢折脅，張儀捶至數百，司馬遷腐刑，申公胥靡，禰衡鼓吏，劉楨尚方磨石，張温幽繫，馬融、蔡邕、班固之流，至謝莊、崔慰祖、袁彖、陸厥輩，咸髡鉗短後，城旦鬼薪。諸葛勗有《東野徒賦》，酈炎有《遺令》四帖，高爽有《鑊魚賦》，杜篤有《吴漢誄》，鄒陽、江淹俱有上書，皆是囚繫中成者。明初文士往往輸作耕佃，邇來三木赭衣，亦所不免。

七夭折：楊烏七歲預玄文，九歲卒；夏侯榮七歲屬文，十三歲戰歿；范攄子七歲能詩，十歲卒；王子晉十五對師曠，十七上賓於帝；周不疑、蕭子回十七被殺；林傑六歲能文，十七歲卒；夏侯稱、劉義真[一]、蕭鏗、陳叔慎、陳伯茂俱十八，義真及鏗俱賜死；袁著十九；陸瓚、邢居實二十；王寂、蕭瓛二十一；徐份九歲爲《夢賦》，與何炯俱二十二；劉宏二十三；王弼、王修、王延壽、王絢、何子朗俱二十四；袁耽字彦道、劉景素二十五；禰衡、王訓、李賀俱二十六；衛玠、王融俱二十七；酈炎、陸厥、崔長謙俱二十八；楊經、沈友、王勃俱二十九；陶丘洪、阮瞻、到鏡、到伉、劉苞、歐陽建俱三十；梁昭明、劉訏俱三十一；顔淵、陸績、劉敲、盧詢祖俱三十二；賈誼、王僧綽俱三十三；陸琰三十四；蕭子良、謝瞻、崔慰祖俱三十五；駱統、王洽、劉琰、王錫、王僧達、謝朓俱三十六；謝晦、王曇首、謝惠連、蕭緬、陸玠俱三十七；王珉、王儉、王肅俱

[一]「真」下原本衍「行」字，據文意删。

三十八；王濛三十九；嵇康、歐陽詹俱四十。近代高啓、鄭善夫、何景明、高叔嗣俱三十九；王謳、殷雲霄、林大欽及友人宗臣俱三十六；梁有譽三十五；常倫三十四；徐禎卿、陳束俱三十三；李兆先二十七；梁懷仁、馬拯僅二十餘。又有蘇福年十四，蔣燾十七。蘭摧玉折，信哉！

八無終：韓非、蒙毅、晁錯、楊惲、京房、賈捐之、班固、袁著、崔琦、蔡邕、孔融、楊修、禰衡、邊讓、張裕、周不疑、酈炎、夏侯玄、高岱、沈友、韋曜、賀邵、韋昭、嵇康、吕安、張華、裴頠、石崇、潘岳、孫拯、歐陽建、陸機、陸雲、苻朗、謝混、顔峻、劉義真、劉景素、沈懷文、謝朓、劉之遴、王僧達、王融、檀超、丘巨源、謝超宗、荀丕、蕭鏘、蕭鑠、蕭鋒、蕭賁、崔浩、荀濟、王昕、宇文弼、楊汪、陸琛、王炘、楊愔、温子昇、虞綽、傅縡、章華、王胄、薛道衡、劉逖、歐陽秬、張蘊古、劉禕之、李福業、王無競、王劇、王勔、范履冰、苗神客、陳子昂、王昌齡、李邕、王涯、舒元輿、盧仝、姚漢衡、劇燕、路德延、汪台符、郭昭慶、鍾謨、潘佑、高啓、張羽、張孟兼、孫蕡、解縉以冤；李斯、劉安、主父偃、息夫躬、何晏、鄧颺、隱蕃、桓玄、殷仲文、傅亮、謝晦、謝靈運、范曄、孔熙先、謝綜、王偉、伏知命、張衡、鄭愔、宋之問、崔湜、蕭至忠、薛稷、蘇涣、江爲、宋齊丘、鄭首俱以法；屈原、杜篤、周處、劉琨、郭璞、任孝恭、袁淑、袁粲、王僧綽、陳叔慎、許善心、駱賓王、張巡、顔真卿、温庭皓、周朴、孫晟、陳喬、文天祥、俞闕、王禕、方孝孺以義；陳遵、鍾會、蔣顯、夏侯榮、衛恒、曹攄、王衍、庾敳、袁翻、袁山松、殷仲堪、羊璿之、沈警、沈穆之、鮑照、袁嘏、張纘、江簡、鮑泉、尹式、孔德紹、王由、韋詵、蕭瓛、王頍、祖君彥、虞世基、皮日休以亂。他如王筠以井，王延壽、何長瑜、盧照鄰以水，張始均以火，伊璠以猛獸。近代常倫以狂刃，韓邦奇、馬理、王維楨以地震。至若高貴鄉公、梁簡文、湘東王、魏孝静、隋煬，所不敢論。

九無後：叔向之鬼既餒，中郎之女僅存；劉瓛、劉璡并廢蒸嘗，劉歊、劉訏、何胤、何點先虛伉儷；李太白、蕭穎士有子而獨，孫女流落，俱爲市人妻；崔曙一女名星，白公一侄曰龜；王維四弟無子，陽城三昆不娶；孔融子女髫年被刑，機、雲、會、曄，期功駢僇；王筠闔門盗手。神理荼酷，於斯極矣。邇來宗臣、王維楨、高岱亦然。

吾於丙寅歲，以瘡瘍在牀褥者逾半歲，幾殆。殷都秀才過而戲曰：「當加十命矣。」蓋謂惡疾也。因援筆志其人：伯牛病癩，長卿消渴，趙岐卧蓐七年，朱超道歲晚沈痾，玄晏善病至老，照鄰惡疾不愈，至投水死，李華以風痺終楚，杜臺卿聾廢，祖珽胡旦瞽廢，少陵三年瘧疾，一鬼不消。

蔡景明問余：「古亦有貴而壽者乎？」余對：「有之。公孫弘、韋賢、匡衡拜相封侯，胡廣周歷三公，至太傅，弘、賢、廣皆八十。謝安以太保，王儉以開府，沈約以尚書令，范雲、徐勉以僕射，朱异以領軍，江總以尚書令，徐陵以宫傳，各秉政。高允爲中書令，年九十八；范長生爲丞相，年百餘歲。楊素將相二十載。唐世宰輔魏徵、李嶠、蘇味道、張説、蘇頲、韓休、張九齡、陸贄、武元衡、權德輿、令狐楚、元稹；左僕射王起年八十八，尚書白居易年七十六。宋世宋庠、司馬光、周必大俱拜相，范仲淹、歐陽脩俱執政；必大年七十九。元世趙孟頫、許衡、竇默、姚樞、王磐、姚燧、歐陽玄俱登一品；王磐年九十。明興，劉誠意、王新建至開茅土，楊文貞、丘文莊、李文正、王文恪俱歷師臣；楊壽八十，丘、李、王皆七十之上。毋論許敬宗、蔡京及近分宜相，權寵冠絶，并有遐齡。」蔡匿笑不答。余乃謂曰：「伊尹、太公、周公、畢公、召公不拜相乎？衛武公不爲侯伯乎？不皆至百歲乎？」蔡乃曰：「善。」

顔之推云：「文章之體，標舉興會，發引性靈，使人矜伐，故忽於持操，果於進取。今世文士，此患彌切。一事愜當，一句清巧，神厲九霄，志凌千載，自吟自賞，不覺更有傍人。加以砂礫所傷，慘於矛戟，諷刺之禍，速於風塵，深宜防慮，以保元吉。」吾生平無進取念，少年時神厲志淩之病亦或有之。今老矣，追思往事，可爲捫舌。

大抵世之於文章，有挾貴而名者，有挾科第而名者，有挾他技如書、畫之類而名者，有中於一時之好而名者，有依附先達，假吹嘘之力而名者，有務爲大言，樹門户而名者，有廣引朋輩，互相標榜而名者。要之，非可久可大之道也。邇來狙獪賈胡，以金帛而買名，淺夫狂豎，至用詈駡謗訕，欲以脅士大夫而取名，唉，可恨哉！

藝苑卮言附録卷一

詞者，樂府之變也。昔人謂李太白《菩薩蠻》、《憶秦娥》，楊用修又傳其《清平樂》二首，以爲調祖，不知隋煬帝已有《望江南》詞。蓋六朝諸君臣，頌酒賡色，務裁艷語，默啓詞端，寔爲濫觴之始。故詞須宛轉綿麗，淺至儇俏，挾春月烟花，於閨幨内奏之，一語之艷，令人魂絶，一字之工，令人色飛，乃爲貴耳。至於慷慨磊落，縱横豪爽，抑亦其次，不作可耳。作則寧爲大雅罪人，勿儒冠而胡服也。

《花間》以小語致巧，《世説》靡也；《草堂》以麗字取妍，六朝隃也。即詞號稱詩餘，然而詩人不爲也，何者？其婉孌而近情也，足以移情而奪嗜。其柔靡而近俗也，詩嘽緩而就之，而不知其下也。之詩而詞，非詞也，之詞而詩，非詩也。言其業，李氏、晏氏父子、耆卿、子野、美成、少游、易安至矣，詞之正宗也。温、韋艷而促，黄九精而刻，長公麗而壯，幼安辨而奇，又其次也，詞之變體也。詞興而樂府亡矣，曲興而詞亡矣，非樂府與詞之亡，其調亡也。

何元朗云：「樂府以皦逕揚厲爲工，詩餘以婉麗流暢爲美。」

《昔昔鹽》、《阿鵲監》、《阿濫堆》、《突厥鹽》、《疏勒鹽》、《阿那朋》之類，詞名之所由起也。

其名不類中國者，歌曲變態，起自羌胡故耳。然自《昔昔鹽》排律外，餘多七言絶，有其名而無其調。隋煬、李白調始生矣。然《望江南》、《憶秦娥》則以辭起調者也，《菩薩蠻》則以辭按調者也。

温飛卿所作詞曰《金荃集》，唐人詞有集曰《蘭畹》，蓋皆取其香而弱也。然則雄壯者，固次之矣。

楊用修所載太白有《清平樂》二闋，識者以爲非太白作，謂其卑淺也。按太白《清平樂》本三絶句而已，不應復有詞。第所謂「女伴莫話孤眠〔一〕，六宫羅綺三千。一笑皆生百媚，宸游教在誰邊」，亦有情語，余每誦之。及樂天絶句云：「雨露由來一點恩，争能遍却及千門。三千宫女如花面，幾個春來無淚痕。」輒低回嘆息，古之怨女棄才，何限也。

《花間》猶傷促碎，至南唐李王父子而妙矣。「風乍起，吹皺一池萍水，關卿何事」，與「未若陛下『小樓吹徹玉笙寒』」，此語不可聞鄰國，然是詞林本色佳話。「雲破月來花弄影」郎中，「紅杏枝頭春意鬧」尚書，意似祖述之，而句小不逮，然亦佳。

「今宵酒醒何處，楊柳外，曉風殘月」，與秦少游「酒醒處，殘陽亂鴉」同一景事，而柳尤勝。

〔一〕「孤」，原本作「高」，據《四部叢刊》景明萬曆刊巾箱本《花間集補》卷上改。

「寒雅千萬點，流水繞孤村」，隋煬詩也。「寒雅數點，流水繞孤村」，少游詞也。語雖蹈襲，然入詞尤是當家。

昔人謂銅將軍鐵著板，唱蘇學士「大江東去」，十八九歲好女子唱柳屯田「楊柳外，曉風殘月」，爲詞家三昧。然學士此詞，亦自雄壯，感慨千古。果令銅將軍於大江奏之，必能使江波鼎沸。至詠楊花《水龍吟慢》，又進柳妙處一塵矣。

子瞻「與誰同坐，明月清風我」、「明月幾時有，把酒問(清)［青］天」，快語也；「大江東去，浪淘盡，千古風流人物」，壯語也；「杏花疏影裏，吹笛到天明」，又「高情已逐曉雲空，不與梨花同夢」，爽語也。其詞濃與淡之間也。

「歸來休放燭花紅，待踏馬蹄清夜月」，致語也；「問君能有幾多愁，却似一江春水向東流」，情語也。後主直是詞手。

「油壁車輕金犢肥，流蘇帳暖春雞報」，非歌行麗對乎？「細雨夢迴雞塞遠，小樓吹徹玉笙寒」、「青鳥不傳雲外信，丁香空結雨中愁」、「無可奈何花落去，似曾相識燕歸來」，非律詩俊語乎？然是天成一段詞也，著詩不得。「斜陽只送平波遠」，又「春來依舊生芳草」，淡語之有致者也。「角聲吹落梅花月」，又「滿院落花春寂寂」，又「一鈎淡月天如水」，又「鞦韆外，緑水橋平」，又「地卑山潤，人静費鑪烟」，淡語之有景者也。景在費字。「平蕪盡處是青山，行人又在青山外」，又「郴江幸自繞郴山，爲誰流下瀟湘去」，此淡語之有情者也。「拚則而今已拚了，忘則怎生便忘得」，又「斷送一生憔悴，能消幾個黄昏」，此恒語之有情者也。詠雨「點點不離楊柳外，聲聲只在芭蕉裏」，此淺語之有情者也。淡語、恒語、淺語，極不易工，因爲拈出。

美成能作景語，不能作情語，能入麗字，不能入雅字，以故價微劣於柳。然至「枕痕一線紅生玉」，又「唤起兩眸清炯炯，淚花落枕紅綿冷」，其形容睡起之妙，真能動人。

孫夫人「閒把繡絲撏，認得金針又倒拈」，可謂看朱成碧矣。李易安「此情無計可消除，方下眉頭，又上心頭」，可謂憔悴支離矣。秦少游「安排腸斷到黄昏，甫能炙得燈兒了，雨打梨花深閉門」，則十二時無間矣。此非深於閨恨者不能也。易安又有「寵柳驕花寒食近〔一〕，種種惱人天氣」，「寵柳」、「驕花」，新麗之甚。

范希文「都來此事，眉間心上，無計相迴避」，類易安而小遜之。其「天淡銀河垂地」，語却自佳。

温庭筠「雁柱十三絃，一一春鶯語」，陳無己「彈到斷腸時，春山眉黛低」，皆彈箏俊語也。

張子野《青門引》，万俟雅言《江城梅花引》、《青玉案》，句字皆佳。詞内「人瘦也，比梅

〔一〕「近」，原本作「夜」，據明崇禎《詩詞雜俎》本《漱玉詞》改。

花，瘦幾分」，又「天還知道，和天也瘦」，又「莫道不消魂，簾捲西風，人比黄花瘦」，三「瘦」字俱妙。

「隙月窺人小」，又「天涯一點青山小」，又「一夜青山老」，俱妙在押字。「乍雨乍晴花易老」，却不在押字而在「乍」字。

史邦卿題燕曰：「差池欲住，試入舊巢相并。還相雕梁藻井，又軟語，商量不定。」可謂極形容之妙，「相」字，星相之「相」，從俗字。

永叔極不能作麗語，乃亦有之，曰「隔花（蹄）[啼]鳥喚行人」，又「海棠經雨臙脂透」。

王元澤「恨被榆錢，買斷兩眉長鬥」，可謂巧而費力矣。史邦卿「做雨欺花，將烟困柳」，殆尤甚焉。然與李漢老「叫雲吹斷横玉」、謝勉仲「染雲爲幌」、美成「暈酥砌（王）[玉]」、魯直「鶯嘴啄花紅溜，燕尾點波緑皺」，俱爲險麗。

吾愛司馬才仲「燕子銜將春色去，紗窗幾陣黄梅雨」，有天然之美，令鬥字者退舍。休文「夢中不識路，何以慰相思」，宋人反其指而用之：「重門不鎖相思夢，隨意繞天涯。」各自佳。

永叔、介甫俱文勝詞，詞勝詩，詩勝書；子瞻書勝詞，詞勝畫，畫勝文，文勝詩。然文等耳，餘俱非子瞻敵也。魯直書勝詞，詞勝詩，詩勝文；少游詞勝書，書勝文，文勝詩。

詞至辛稼軒而變，其源實自蘇長公，至劉改之諸公極矣。南宋如曾覿、張掄輩，應制之作，志在鋪張，故多雄麗。稼軒輩撫時之作，意存感慨，故饒明爽。然而穠情致語，幾於盡矣。

陶穀尚書使江南，通秦弱蘭，作《風光好》詞，見宋人小説。或有以爲曹翰者，翰能作老將詩，其才固有之，終非武人本色。沈叡達《雲巢編》謂陶使吴越，惑倡女任社娘，因作此詞。任大得陶貲，後用以創仁玉院，落髮爲尼。李唐、吴越，未審孰是，要之，近陶所爲耳。

宋仁宗時，老人星見，柳耆卿托内侍以《醉蓬萊》詞進。仁宗閲首句「漸亭皐葉下」，「漸」字意不懌。至「宸游鳳輦何處」，與真宗挽歌暗同，慘然久之。讀至「太液波翻」，忿然曰：「何不言『太液波澄』耶？」擲之地，罷不用。此詞之不遇者也。高宗在德壽宫遊聚景園，偶步入一酒肆，見素屏有俞國寶書《風入松》一詞，嗟賞之。誦至「明日重携殘酒，來尋陌上花鈿」，曰：「未免酸氣。」改「明日重扶殘醉」，仍即日予釋褐。此詞之遇者也。耆卿詞毋論觸諱，中間不能一語形容老人星，自是不佳。「重扶殘醉」，勝初語數倍，乃見二主具眼。

宣、政間，戚里子邢俊臣性滑稽，喜嘲詠，常出入禁中，善作《臨江仙》詞，末章必用唐律兩句爲謔，以寓調笑。徽皇置花石、綱石之大者，曰神運石。大舟排聯數十尾，僅能勝載。既至，上大喜，置艮嶽萬歲山，命俊臣爲《臨江仙》詞，以「高」字爲韻，末句云：「巍峨萬丈與天高，物輕人意重，千里送鵝毛。」又令賦陳朝檜，以「陳」字爲韻。檜亦高五六丈，圍九尺餘，枝覆地幾百步。詞末云：「遠來猶自憶梁陳，江南無好物，聊贈一枝春。」上容之，不怒也。内侍梁師成，位兩府，甚尊顯用事，以文學自命，尤自矜爲詩。因進詩，上稱善。顧謂俊臣曰：「汝可爲好詞，以詠師成詩句之美。」且命押「詩」字韻。俊臣口占，末云：「欲知勤苦爲新詩，吟安一個字，撚斷數莖髭。」上大笑。師成恨之，譖其漏泄禁中語，責爲越州鈐轄。太守王嶷聞其名，置酒待之，醉歸，燈火蕭疏。明日，携詞見帥，叙其寥落之狀，末云：「捫窗摸户入房來，笙歌歸院落，燈火下樓臺。」席間有妓，秀美而肌白如玉雪，頗有腋氣，豐甫令乞詞。末云：「酥胸露出白皚皚，遥知不是雪，爲有暗香來。」又有善歌舞而體肥者，末云：「只愁歌舞罷，化作彩雲飛。」俊臣小才，亦是滑稽之雄。子瞻若在，當爲絶倒。

元有曲而無詞，如虞、趙諸公輩，不免以才情屬曲，而以氣概屬詞，詞所以亡也。

我明以詞名家者，劉誠意伯温穠纖有致，去宋尚隔一塵。楊狀元用修好入六朝麗事，似近而遠。夏文愍公謹最號雄爽，比之辛稼軒，覺少精思。

《三百篇》亡，而後有騷賦；騷賦難入樂，而後有古樂府；古樂府不入俗，而後以唐絶句爲樂府；絶句少宛轉，而後有詞；詞不快北耳，而後有北曲；北曲不諧南耳，而後有南曲。

何元朗云：「北人之曲，以九宫統之。九宫之外，别有道宫、高平、般涉三調。南人之歌，亦有南九宫，然南歌或多與絲竹不協。豈所謂土氣偏詖，鍾律不得調平者耶？」

曲者，詞之變。自金、元入中國，所用胡樂，嘈雜淒緊，緩急之間，詞不能按，乃更爲新聲以媚之。而諸君如貫酸齋、馬東籬、王實甫、關漢卿、張可久、喬夢符、鄭德輝、宮大用、白仁甫輩，咸富有才情，兼喜聲律，以故遂擅一代之長。所謂宋詞、元曲，殆不虛也。但大江以北，漸染胡語，時時採入。而沈約四聲，遂闕其一。東南之士，未盡顧曲之周郎；逢掖之間，又稀辨撾之王應。稍稍復變新體，號爲南曲，高柭則成，遂掩前後。大抵北主勁切雄麗，南主清峭柔遠。雖本才情，務諧俚俗。譬之同一師承，而頓漸分教；俱爲國臣，而文武異科。今談曲者，往往合而舉之，良可笑也。

凡曲，北字多而調促，促處見筋；南字少而調緩，緩處見眼。北則辭情多而聲情少，南則辭情少而聲情多。北力在絃，南力在板。北宜和歌，南宜獨奏。北氣易粗，南氣易弱。此吾論曲三昧語。

仙呂調宜清新綿邈，南呂宮宜感嘆傷惋，中呂宮宜高下閃賺，黄鍾宮宜富貴纏綿，正宮宜惆悵雄壯，道宮宜飄逸清幽，大石宜風流醞藉，小石宜旖旎嫵媚，高平宜條蕩滉漾，般涉宜拾掇坑塹，歇拍宜急併虚歇，商角宜悲傷宛轉，雙調宜健捷激梟，商調宜悽愴慕怨，角調宜典雅沉重，越調宜陶寫冷笑。見《雍熙樂府》楚愍王序，然出周德清，元人也。

周德清云：「關、鄭、白、馬，一新製作。韻共守自然之音，字能通天下之語，字暢語俊，韻促音調。」又云：「諸公已矣，後學莫及，蓋不悟聲分平仄，字別陰陽。」此二言者，乃作詞之膏肓，用字之骨髓，皆不傳之妙，獨予知之。屢嘗揣其聲病於「桃花扇影」而得之也。

虞伯生云：「吴楚傷於輕浮，燕冀失於重濁，秦隴去聲爲入，梁益平聲似去。河北、河東取韻尤遠。」

作詞十法，亦出德清，稍删其不切者。一造語：謂可作者，樂府語、經史語、天下通語，予謂經史語亦有可用、不可用；不可作者，俗語、蠻語、謔語、嗑語、市語、方語、書生語、譏誚語，愚謂謔、市、譏誚，亦不盡然，顧用之何如耳。又語病、語澀、語粗、語嫩皆所當避。二用事：明事隱使，隱事明使。三用字：生硬字、太文字、太俗字及襯墊字、太長者，皆所當避。四陰陽：如同一「東」韻也，輕如「東」、「鍾」、「松」、「冲」之類爲陰，重如「同」、「戎」、「龍」、「窮」之類爲陽，喚押轉點，各有宜用。五務頭：要知某調某句某字是務頭，可施俊語於上。楊用修乃謂務頭是部頭，可發一笑。六對耦：有扇面對、重疊對、救尾對。七末句。八去上。九定格：如仙吕、南吕、中吕正(宫)，有子母，謂字少聲多者、聲多字少者。

馬致遠「百歲光陰」，放逸宏麗而不離本色，押韻尤妙。長句如「紅塵不向門前惹，緑樹偏宜屋角遮，青山正補墻東缺」，又如「和露摘黄花，帶霜烹紫蟹，煮酒燒紅葉」，俱入妙境。小語如「上床與鞋履相别」，大是名言。結尤疏俊可詠。元人稱爲第一，真不虚也。

北曲故當以《西厢》壓卷，如曲中語「雪浪拍長空，天際秋雲捲，竹索纜浮橋，水上蒼龍偃」、「滋洛陽千種花，潤梁園萬頃田」、「東風摇曳垂楊線，游絲牽惹桃花片，珠簾掩映芙蓉面」、「法鼓金鐃，二月春雷響殿角；鍾聲佛號，半天風雨灑松梢」、「不近喧譁，嫩緑池塘藏睡鴨；自然幽雅，淡黄楊柳帶栖鴉」，是駢儷中景語；「手掌兒裏奇擎，心坎兒裏温存，眼皮兒上供養」、「哭聲兒似鶯囀喬林，淚珠兒似露滴花梢」、「繫春心情短柳絲長，隔花陰人遠天涯近」、「香消了六朝金粉，瘦減了三楚精神」、「玉容寂寞梨花朵，臙脂淺淡櫻桃顆」，是駢麗中情語；「他做了影兒裏情郎，我做了畫兒裏愛寵」、「拄著拐幫閑鑽懶，縫合脣送暖偷寒」、「昨夜個熱臉兒對面搶白，今日個冷句兒將人厮侵」、「半推半就，又驚又愛」，是駢儷中諢語；「落紅滿地胭脂冷，夢裏成雙覺後單」，是單語中佳語。只此數條，他傳奇不能及。

元人曲如「紅塵不向門前惹，緑樹偏宜屋角遮，青山正補墻東缺」、「枯藤老樹昏（雅）［鴉］，小橋流水人家，古道西風瘦馬，夕陽西下，斷腸人在天涯」，景中雅語也。「池中星，玉盤亂洒水晶丸，松稍月，蒼龍捧出軒轅鏡」、「紅葉落火龍褪甲，蒼松蟠怪蟒張牙」、「水面雲山，山上樓臺，山水相連，樓臺上下，天地安排」，景中壯語也。「仙翁何處煉丹砂，一縷白雲下，客去齋餘，人來茶罷。嘆浮生數落花，楚家漢家，做了漁樵話」、「黄蘆岸，白蘋渡口，緑楊堤，紅蓼灘頭。雖無刎頸交，頗有忘機友。點秋江，白鷺沙鷗，傲殺人間萬户侯。不識字烟波釣叟」，意中爽語也。「十二玉欄天外倚，望中原，思故國，感慨傷悲，一片鄉心碎」，情中快語也。「笑撚花枝比較春，輸與海棠三四分。再偷勻，一半兒胭脂一半兒粉」，情中冶語也。「參旗動，斗柄挪，爲多情攬下風流禍，眉攢翠蛾，裙拖絳羅，韈冷淩波，耽驚怕萬千般，得受用些兒個」、「側耳聽門前去馬，和淚看簾外飛花」、「怕黄昏不覺又黄昏，不銷魂怎地不銷魂。新啼痕間舊啼痕，斷腸人送斷腸人」、「春將去，人未還，這其間，殃及殺愁眉淚眼」、「把團圓夢兒生喚起，誰不做美。呸！却是你」，情中悄語也。「怨青春，捱白晝，怕黄昏」、「一聲梧葉一聲秋，一點芭蕉一點愁，三更歸夢三更後」，情中緊語也。「五眼雞、丹山鳴鳳，兩頭蛇、南陽卧龍，三脚猫、渭水非熊」、「糟醃兩個功名字，醅淹千古興亡事，麯埋萬丈虹霓志。不達時皆笑屈原非，但知音便説陶潛是」，諢中奇語也。「搊殺銀箏韻不真，揉癢天生鈍。縱有相思淚痕，索把拳頭揾」，諢中巧語也。

元人歸隱詞《沈醉東風》云：「問天公許我閒身，結草爲標，編竹爲門。鹿豕成群，魚蝦作伴，鵝鴨比鄰。不遠游堂上有親，莫居官朝裏無人。黜陟休云，進退休論。買斷青山，隔斷紅塵。」頗有味而佳。

《得勝令》，元人有詠指甲者：「宜將鬥草尋，宜把花枝浸，宜將綉線勻，宜把金針紝，宜操七絃琹，宜結兩同心，宜托腮邊玉，宜圈鞋上金。難禁，得一搯通身沁。知音，治相思十個針。」艷爽之極，又出王、關上矣。非舜耕《詠睡鞋》可比。

《西厢》久傳爲關漢卿撰，邇來乃有以爲王實甫者，謂至「郵亭夢」而止，又云至「碧雲天，黄花地」而止，此後乃漢卿所補也。初以爲好事者傳之妄，及閲《太和正音譜》，王實甫十三本，以《西厢》爲首，漢卿六十一首，不載《西厢》，則亦可據。第漢卿所補商調《集賢賓》及《掛金索》：「裙染榴花，睡損胭脂皺；紐結丁香，掩過芙蓉扣；線脱珍珠，淚濕香羅袖；楊柳眉顰，人比黄花瘦。」俊語亦不減前。

今世所演習者：《北西厢記》出王實甫，《馬丹陽度任風子》出馬致遠，《范張雞黍》出宫太用，《拜月亭》、《單刀會》出關漢卿，《兩世姻緣》出喬德符，《須賈大夫誶范睢》出高文秀，《㑳梅香》、《王粲登樓》、《倩女離魂》出鄭德輝，《風雪酷寒亭》出楊顯之，《伍員吹簫》、《莊子嘆骷髏》出李壽卿，《東坡夢》、《辰鈎月》出吴昌齡，《陳琳抱妝盒》、《王允連環記》、《敬德不伏老》、《黄鶴樓》、《千里獨行》不著姓氏，皆元人詞也。

涵虚子記元詞一百八十七人：「馬東籬如朝陽鳴鳳，張小山如瑶天笙鶴，白仁甫如鵬搏九霄，李壽卿如洞天春曉，喬夢符如神鰲鼓浪，費唐臣如三峽波濤，宫大用如西風雕鶚，王實甫如花間美人，張鳴善如彩鳳刷羽，關漢卿如瓊筵醉客，鄭德輝如九天珠玉，白無咎如太華孤峰」，以上十二人爲首等；「貫酸齋如天馬脱羈，鄧玉賓如幽谷芳蘭，滕玉霄如碧漢閒雲，鮮于去矜如奎壁騰輝，商政叔如朝霞散彩，范子安如竹裏鳴泉，徐甜齋如桂林秋月，楊淡齋如碧海珊瑚，李致遠如玉匣昆吾，鄭廷玉如珮玉鳴鑾，劉廷信如摩雲老鶻，吳西逸如空谷流泉，秦竹村如孤雲野鶴，馬九皋如松陰鳴鶴，石子章如蓬萊瑶草，蓋西村如清風爽籟，朱廷玉如百卉争芳，庾吉甫如奇峰散綺，楊立齋如風烟花柳，楊西庵如花柳芳妍，胡紫山如秋潭孤月，張雲莊如玉樹臨風，元遺山如窮崖孤松，高文秀如金盤牡丹，阿魯威如鶴唳青霄，吕止庵如晴霞結綺，荆幹臣如珠簾鸚鵡，薩天錫如天風環珮，薛昂夫如雪窗翠竹，顧均澤如雪中喬木，周德清如玉笛横秋，不忽麻如閒雲出岫，杜善夫如鳳池春色，鍾繼先如騰空寶氣，王仲文如劍氣騰空，李文蔚如雪壓蒼松，楊顯之如瑶臺夜月，顧仲清如雕鶚冲霄，趙文寶如藍田美玉，趙明遠如太華晴雲，李子中如清廟朱瑟，李叔進如壯士舞劍，吳昌齡如庭草交翠，武漢臣如遠山叠翠，李（宜）［直］夫如梅邊月影，馬昂夫如秋蘭獨茂，梁進之如花裏啼鶯，紀君祥如雪裏梅花，于伯淵如翠柳黄鸝，王廷秀如月印寒潭，姚守中如秋月揚輝，金志甫如西山爽氣，沈和甫如翠屏孔雀，睢景臣如鳳管秋聲，周仲彬如平原孤隼，吳仁卿如山間明月，秦簡夫如峭壁孤松，石君寶如羅浮梅雪，趙公輔如空山清嘯，孫仲章如秋風鐵笛，岳伯川如雲林樵響，趙子祥如馬嘶芳草，李好古如孤松掛月，陳存甫如湘江雪竹，鮑吉甫如老蛟泣珠，戴善甫如荷花映水，張時起如雁陣驚寒，趙天錫如秋水芙蕖，尚仲賢如山花獻笑，王伯成如紅鴛戲波」，以上七十人次之；又有董解元、盧疏齋、鮮于伯機、馮海粟、趙子昂、班彦功、王元鼎、董君瑞、查德卿、姚牧庵、高栻、即作《琵琶記》者。史敬先、施君美、汪澤民輩，凡百五人，不著題評，抑又其次也。虞道園、張伯雨、楊鐵崖輩，俱不得與，可謂嚴矣。

國初十有六人：「王子一如長鯨飲海，又如漢庭老吏，劉東生如海嶠雲霞，王文昌如滄海明珠，谷子敬如崑山片玉」，可入首等；「藍楚芳如秋芳桂子，陳克明如孤鶴鳴皋，穆仲義如洛神淩波，湯舜民如錦屏春風，賈仲名如錦帷瓊筵，楊景言如雨中之花，蘇復之如雲林之豹，楊彦華如春風飛花，楊文奎如匡廬叠卓，夏均政如南山秋色，唐以初如仙女散花」，可次貫酸齋輩。

元微之《鶯鶯傳》，謂微之通於姑之子，而托名張生者。有爲微之考據中表親戚甚明。且《會真詩》止載和章，而闕本辭，大約可推。高則成《琵琶記》，其意欲以譏當時一士大夫，而托名蔡伯喈，不知其説。偶閲《説郛》所載唐人小説：「牛相國僧孺之子繁，與同人蔡生邂逅文字交，尋同舉進士。才蔡生，欲以女弟適之。蔡已有妻趙矣，力辭不得。後牛氏與趙處，能卑順自將。蔡仕至節度副使。」其姓事相同，一至於此，則誠何不直舉其人，而顧誣巇賢者至此耶？謂則誠元本止「書館相逢」，又謂「賞月」、「掃松」二闋爲朱教諭所補，亦好奇之談，非實録也。

則誠所以冠絶諸劇者，不唯其琢句之工、使事之美而已，其體貼人情，委曲必盡；描寫物態，彷彿如生；問答之際，了不見扭造；所以佳耳。至於腔調微有未諧，譬如見鍾、王迹，不得其合處，當精思以求詣，不當執末以議本也。

偶見歌《伯喈》者云：「浪暖桃香欲化魚，期逼春闈，詔赴春闈。郡中空有辟賢書，心戀親闈，難捨親闈。」頗疑兩下句意各重，而不知其故。又曰「詔」，曰「書」，都無輕重。後得一善本，其下句乃「浪暖桃香欲化魚，期逼春闈。難捨親闈。郡中空有辟賢書，心戀親闈，難赴春闈」。意既不重，而「期逼」與上「欲化魚」字應，「難赴」與「空有」字應，益見作者之工。

南曲之美者，無過於《題柳》「窺青眼」，而中亦有牽强寡次序處。《題月》「長空萬里」，可謂完麗，而苦多蹈襲。「人別後」是元人作，不免雜以凡語。祝希哲「玉盤金餅」，是初學人得一二佳句耳。大抵宋詞無累篇，而南北曲少完璧，則以繁簡之故也。

《琵琶記》之下，《拜月亭》是元人施君美撰，亦佳。元朗謂勝《琵琶》，則大謬也。中間雖有一二佳曲，然無詞家大學問，一短也；既無風情，又無裨風教，二短也；歌演終場，不能使人墮淚，三短也。《拜月亭》之下，《荊釵》近俗而時動人，《香囊》近雅而不動人，《五倫全備》是文莊元老大儒之作，不免腐爛。

何元朗極稱鄭德輝《㑳梅香》、《倩女離魂》、《王粲登樓》，以爲出《西廂》之上。《㑳梅香》雖有佳處，而中多陳腐措大語，且套數、出没、賓白全剽《西廂》。《王粲登樓》事實可笑，毋亦厭常喜新之病歟？

「暗想當年羅帕上把新詩寫」南北大散套，是元人作。學問才情，足冠諸本。

周憲王者，定王子也。好臨摹古書帖，曉音律。所作雜劇凡三十餘種，散曲百餘，雖才情未至，而音調頗諧，至今中原絃索多用之。李獻吉《汴中元宵絶句》云：「齊唱憲王新樂府，金梁橋上月如霜。」蓋實録也。

劉瑾以擴充政務爲名，諸翰林悉出補部屬。鄠杜王敬夫，其鄉人也，獨爲吏部郎，不數月，長文選。會瑾敗，謫同知壽州。敬夫有儁才，尤長於詞曲，而傲睨多脱疏。人或讒之李文正，謂敬夫嘗譏其詩。御史追論敬夫，褫其官。敬夫編《杜少陵游春》傳奇劇駡，李聞之，益大恚。雖館閣諸公，亦謂敬夫輕薄，遂不復用。敬夫與康德涵俱以詞曲名一時，其秀麗雄爽，康大不如也。評者以敬夫聲價不在關漢卿、馬東籬下。

王渼陂所爲《折桂令》云：「望東華人亂擁，紫羅襴老盡英雄。」此是名語。然上句「番身跳出麒麟洞」，「麒麟洞」杜撰無出。渼陂又有一詞云：「暗想東華，五夜清霜寒駐馬。尋思别駕，一天霜雪曉排衙。」句特軒爽，四押亦佳，而「暗想」、「尋思」四字，亦不稱。乃知完璧之難也。

康德涵既罷官，居鄠杜，葛巾野服，自隱聲酒。時有楊侍郎庭儀者，少師介夫弟，以使事北上，過康。康故契分不薄，大喜置酒，至醉，自彈琵琶唱新詞爲壽。楊徐謂：「家兄居恒相念君。但得一書，吾爲道地史局。」語未畢。康大怒，駡：「若伶人我耶？」手琵琶擊之，格胡床，迸碎。楊踉蹌走免。康遂入，口咄咄：「蜀子！」更不相見。

王敬夫將填詞，以厚貲募國工，杜門學按琵琶三絃，習諸曲，盡其技而後出之。德涵於歌彈尤妙，每敬夫曲成，德涵爲奏之，即老樂師，毋不擊節嘆賞也。然敬夫作南曲「且盡杯中物，不飲青山暮」，猶以物爲護也。南音必南，北音必北，尤宜辨之。

趙王之「紅殘驛使梅」，楊邃庵之「寂寞過花朝」，李空同之「指冷鳳皇生」，陳石亭之《梅花序》，顧未齋之《單題梅》，皆出自王公，膾炙人口。然較之專門，終有間也。王威寧越《黄鶯兒》，只是諢語，然頗佳。

韓苑洛邦奇作乃弟邦靖行狀，末云：「恨無才如司馬子長、關漢卿者以傳其行。」北人粗野乃爾，然亦自有致。

楊狀元慎，才情蓋世。所著有《洞天玄記》、《陶情樂府》、《續陶情樂府》，流膾人口，而頗不爲當家所許。蓋楊本蜀人，故多川調，不甚諧南北本腔也。摘句如「費長房縮不就相思地，女媧氏補不完離恨天。别淚銅壺共滴，愁腸蘭焰同煎。和愁和悶，經歲經年」，又「傲霜雪鏡中紫髯，任光陰眼前赤電，仗平安頭上青天」，皆佳語也。第它曲多剽元人樂府，如「嫩寒生花底風」、「風兒疏刺刺」諸闋，一字不改，掩爲己有。蓋楊多抄録秘本，不知久已流傳人間矣。

楊用修婦亦有才情。楊久戍滇中，婦寄一律云：「雁飛曾不到衡陽，錦字何由寄永昌？三春花柳妾薄命，六詔風烟君斷腸〔二〕。曰歸曰歸愁歲暮，其雨其雨怨朝陽。相聞空有刀環約，何日金雞下夜郎？」又《黄鶯兒》一詞：「積雨釀春寒，見繁花樹樹殘。泥塗滿眼登臨倦，江流幾灣？雲山幾盤？天涯極目空腸斷！寄書難，無情征雁，飛不到滇南。」楊又别和三詞，俱不能勝。

北人自王、康後，推山東李伯華。伯華以百闋《傍妝臺》爲德涵所賞。今其辭尚存，不足道也。所爲南劇《寶劍》、《登壇記》，亦是改其鄉先輩之作。二記余見之，尚在《拜月》、《荆釵》之下耳，而自負不淺。一日問余：「何如《琵琶記》乎？」余謂：「公辭之美，不必言。第令吴中教師十人唱過，隨腔字改妥，乃可傳耳。」李怫然不樂罷。

陳大聲，金陵將家子。所爲散套，既多蹈襲，亦淺才情。然字句流麗，可入絃索。「三弄梅花」一闋，頗稱作家。

王舜耕，高郵人，有《西樓樂府》，詞頗警健。工題贈，善調謔，而淺於風人之致。谷繼宗，濟南人。所爲樂府，微有才情，尚出諸公之下。

謝茂秦舊填樂府，頗以柳三變自居。與予輩談詩後，慚恧不出，可謂「不遠之復」。

〔二〕「君」，原本作「若」，據武林本改。

常明卿有《樓居樂府》，雖詞氣豪逸，亦未當家。

徐髯仙霖，金陵人。所爲樂府，不能如陳大聲穩協，而才氣過之。青樓俠少，推爲渠帥。正德末，上南征，嬖伶臧賢薦於上，俾填新曲，絶愛幸之。令提調六院事，霖皇恐甚，然不敢辭也。後迴鑾，事始解。賢復薦吴中楊南峰循吉，楊以高尚不出。一旦，易皂笠、靺鞈、兔鶻，從臺司索餞見上。後應制成《打虎》諸曲，頗云稱旨。詔授官如霖，楊大愧駭，懇賢獲免。曲今存，不大佳。

北調如李空同、王浚川、何粹夫、韓苑洛、何太華、許少華，俱有樂府，而未之盡見。予所知者：李尚寶先芳、張職方重、劉侍御時達，皆可觀。近時馮通判惟敏，獨爲傑出，其板眼、務頭、攛搶、緊緩，無不曲盡，而才氣亦足發之；止用本色過多，北音太繁，爲白璧微纇耳。金陵金白嶼鑾，頗是當家，爲北里所貴。張有二句云：「石橋下水粼粼，蘆花上月紛紛。」予頗賞之。

吾吴中以南曲名者：祝京兆希哲、唐解元伯虎、鄭山人若庸。希哲能爲大套，富才情，而多駁雜；伯虎小詞翩翩有致；鄭所作《玉玦記》最佳，它未稱是。《明珠記》即《無雙傳》，陸天池采所成者，乃兄浚明給事助之，亦未盡善。張伯起《紅拂記》潔而俊，失在輕弱。梁伯龍《吴越春秋》，滿而妥，間流冗長。陸教諭之裘散詞，有一二可觀。吾嘗記其結語：「遮不住愁人緑草，一夜滿關山。」又「本是個英雄漢，差排做窮秀才」，語亦雋爽。其它未稱是。

張伯起《紅拂記》一佳句云：「愛它風雪耐它寒。」不知爲朱希真詞也。其起句云：「檢盡曆頭冬又殘，愛他風雪耐他寒。拖條竹杖家家酒，上個籃輿處處山。」亦自蕭灑。賀方回《浣溪沙》有云「淡黄楊柳帶栖鵶」，關漢卿演作四句云「不近諠譁，嫩緑池塘藏睡鴨；自然幽雅，淡黄楊柳帶栖鵶」，青出於藍，無妨並美。

藝苑卮言附録卷二

自張懷瓘以十體斷書：一曰古文，二曰大篆，三曰籀文，四曰小篆，五曰八分，六曰隸書，七曰章草，八曰行書，九曰飛白，十曰草。鄭昂論文字之大變八：一曰古文，二曰大篆，三曰小篆，四曰隸書，五曰八分，六曰行書，七曰飛白，八曰草書。其意蓋取程邈以後之隸與鍾、王之今楷，合而一之。不然，則是取漢碑之隸，皆屬之於八分而單以隸爲楷也。歐陽永叔以八分爲隸，洪适因之，而豐道生直斥其妄。據道生之意，以隸爲八分，以真爲隸也。是即吾所疑張、鄭之後説也。夫以分爲隸，歐陽氏之誤小；以隸爲分，以真爲隸，豐氏之誤大也。爲豐氏之説大約與張、鄭同。其一曰隸書者，程邈爲御史，以奏事繁多，篆字難成，乃用隸人佐書以赴急速，官司刑獄用之。其二云次仲作八分書，謂入篆八分，存隸二分，是先有隸而有分，固矣。其三據《淳化閣帖》有邈「天得一以清」數語爲據，此皆吾所不敢信之故也。《閣帖》所存邈數十字，略無二鍾古意，止是稍增一點一畫以行，怪如《亢倉》、《元命包》假書填難字類耳。此李懷琳輩之所不爲，而可據爲邈書乎？又明言漢因行之，獨符印、幡信、題署用篆，則此外皆用真隸書矣，而何自漢末以前無一筆也？歐、趙所書之碑，又何無一真隸，而皆分書也？各碑既謂之分書，則其法正存，今何嘗入篆八分也？以吾所見唯皇象《天發神讖》有五分之篆，蔡邕《夏承》有四分之篆，疑此即所謂八分，而八分以其不易習，故少傳耳。衛恒所贊隸勢，如「砥平繩直」、「規旋矩折」、「修短相副」、「奮筆輕舉」、「離而不絶」等語，亦自與正書不甚應，其爲古隸無疑者。後閲陸子淵《書輯》云：「秦興，同天下之書，而李斯遂爲世宗。時則趙高、胡毋敬改省籀篆，同謂之小篆。程邈所上務趨便捷，謂之隸書。王次仲分取篆、隸之間，謂之八分。自邈以降，謂之秦隸。賈魴《三倉》、蔡邕《石經》諸作，謂之漢隸。鍾、王變體，謂之今隸，合秦漢謂之古隸。庾元威造爲散隸。羲、獻復變新奇，别以今隸，謂之楷法。《黄庭》、《樂毅》謂之小楷。史游解散隸體，謂之章草。張伯英之法，謂之草書。衛瓘復采芝法，兼乎行書，謂之稿草。羲、獻之書，謂之今草。構結微眇者，謂之小草。復有所謂游絲之草。宋蔡襄爲飛草，謂之散草。劉伯昇小變楷法〔一〕，謂之行書。兼真謂之真行，帶草謂之草行。蔡邕所作輕微大字，謂之飛白。自餘諸體，以類生矣。」蓋自是而隸與八分之説始明，然謂「羲、獻復變新奇，别以今隸，謂之楷法」，此語覺贅。蓋《受禪》、《勸進》，即鍾氏之古隸也。《尚書宣示》、《墓田丙舍》、《戎路表》，即鍾氏之今隸也，羲、獻不過增華耳。古隸亦非鍾造，東漢以後，碑刻皆如之，特鍾氏入妙耳。飛白即古隸今隸。蕭子雲頗

〔一〕　按，「劉伯昇」疑當爲「劉德昇」，其名見《晉書·衛瓘傳》。

作篆，皆大書，用箒筆輕拂過。或有帶行者，其體若白而勢若飛，今亦不傳矣。後世有以草書作雙絲下中露白者爲飛白，極可笑。吾三十時爲余定州作《飛白歌》，蓋從俗之語也。今人稱真、草、隸、篆，雖失作者之意，然古隸、今隸，方圓勁婉，體自難合，拆爲真、隸，似亦未爲不通。

吾衍曰：「秦隸者，程邈以文牘繁多〔一〕，難以用篆，因減小篆爲徑用之法，故不爲體勢，若漢隸法，篆字相近，非有批法之隸也。即是秦權、秦量上刻字，人多不知，亦謂之篆。八分則漢隸之未有挑剔者，比秦隸則易識，比漢隸則微似篆。若用篆筆作漢隸，則得之矣。由此而言，則次仲所成八分，恐存隸八分，就篆二分也。」衍之此論，一洗懷瓘千古之疑，盡闢豐氏恣談之陋。

衍又曰：「隸書，人謂宜扁，殊不知妙不在扁。挑拔平硬如折刀頭，方是漢隸。」衍此語尤合作，正《受禪》、《勸進》之所以妙也。近代文徵仲得之。瘦而怪者，韓擇木也；豐而扁者，唐玄宗也；拙而醜者，朱協極也。

沈存中云：「古人以散筆作隸書，謂之散隸；近歲蔡君謨又以散筆作草書，謂之散草。或曰飛草其法，皆生於飛白。」

〔一〕「牘」，原本作「櫝」，據《四庫》本《書史會要》卷一改。

章草，古隸之變也；行草，今隸之變也；芝、旭草，又行草之變也。

行書有二：有真帶行者，如右軍《蘭亭》、《霜寒》、《來禽》、《官奴》之類是也；正、行配者，右軍《旦極寒》、《雪晴》、《晚復》是也。

《毒熱》、《尊體何如》、《奉橘》、《夫人平康》、《蔡家賓至》、《愛鵝》、《蘄茶》、《晚復》，《毒熱》有以爲唐文皇臨者，《夫人平康》、《蔡家賓》有以爲後人書者，理俱有之。

道生云：「雙鈎懸腕，讓左側右，虚掌實指，意前筆後。」此古人所傳用筆之訣也。如屋漏雨，如(璧)[壁]坼，如印印泥，如錐畫沙，如折釵股，古人所論作書之勢也。然妙在第四指得力，俯仰進退，收往垂縮，剛柔曲直，縱横轉運，無不如意。則筆在畫中，而左右皆無病矣。此法鍾、王之後，唯藏真得之爲多。庶幾於是者，唐則伯施、信本、登善、虔禮、紹京、泰和、伯高、清臣、誠懸，五季則景度、重光，宋則君謨、元章，元則子山、子昂，本朝則仲珩、貞伯、希哲、徵仲，數人而已。

按伯施者，虞也；信本者，歐陽也；登善者，褚也；虔禮者，孫也；紹京者，鍾也；伯高者，張也；泰和者，李也；清臣者，顔也；誠懸者，柳也；景度者，楊也；重光者，後主也；君謨者，蔡也；元章者，米也；子山者，巙也；子昂者，趙也；仲珩者，宋也；貞伯者，李也；希哲者，祝也；徵仲者，文也。豐於唐不取知章、季海父子，宋不取子瞻、魯直，元不取伯機，明不取南宫、履吉，當別有意。

鍾太傅解散古隸而爲今隸，然張芝草書是今隸之變。觀其行筆可知。則太傅之前如曹、師諸公，亦已作今隸，但非程邈體耳。

先民有言：「用筆不欲太肥，肥則形濁；不欲太瘦，瘦則形枯。肥不剩肉，瘦不露骨，乃爲合作。又不欲多露鋒芒，露鋒芒則意不持重；又不欲深藏圭角，藏圭角則體不精神。」斯言當矣。愚以謂如不得已，則肉勝不如骨勝，多露不如深藏，猶爲彼善也。

語云：「真以點畫爲形質，使轉爲性情；草以點畫爲性情，使轉爲形質。縱橫牽掣之謂使，鈎環盤紆之謂轉，向背得宜之謂點畫。」又云：「神彩爲上，形質次之。隸以規爲方，草則圓其矩。」

鍾太傅云：「多力豐筋者勝，無力無筋者病。」衛夫人云：「意在筆前者勝，意在筆後者敗。」二語皆佳絶。若「死蛇挂樹，踏水蝦蟆」語，絶不似右軍手中出也。

姜堯章云：「真多用折，草多用轉。折欲少駐，駐則有力；轉欲不滯，滯則不遒。然而真以轉而後遒，草以折而後勁。懸針者筆欲極正，自上而下，端若引繩，若垂而復縮之，謂垂露。」又引米老云：「無垂不縮，無往不收。此必至精至熟，然後能之。」堯章可謂妙得筆理，而書實不稱，何也？

書家者云：「有功無性，神彩不生；有性無功，神彩不實。」又云：「小心布置，大膽落筆。」「大字促，令小；小字舒，令大。大字難於結密而無間，小字難於寬綽而有餘。」此偏至之語。大須意會，不可典要。

梁武帝云：「點掣短則法擁腫，點掣長則法離澌。畫促則字横，畫疏則形慢。拘則乏勢，放又少則。純骨無媚，純肉無力。少墨浮澀，多墨笨鈍。」張長史傳此於顔平原，而語少變。

董内直曰：「左欲去吻，右欲去肩。指欲實，掌欲虛。」李萃曰：「虛掌實指，緩紉急送，意在筆前，字居筆後。」黄山谷云：「心能轉腕，手能轉筆。」米元章云：「肉須裹筋，筋須藏肉。」皆臨池者所宜知也。

李陽冰云：「點不變謂之布棋，畫不變謂之布筭，方不變謂之斗，圓不變謂之環。」此言篆法也。篆亦須變，況其它乎？

聞之張敬玄云：「楷書把筆，妙在虛掌運腕，不宜把筆苦緊。」然大令小時作書，右軍從後掣其筆不得，非耶？曰：「此有力也，非苦緊也。」顔、柳自有力，二王化於力者也。習顔、柳者未免苦緊，習二王者不妨虛和。

以筋骨立形，以神情潤色，出没須有倚伏，開闔藉乎陰陽。一畫之間，變起伏於鋒杪；一點之内，殊衄挫於豪芒。一畫失所，如壯士之折一肱；一點失所，如美女之眇一目。

取《蘭亭》之半，以參《宣示》，則華實配矣；取《化度》之半，以參《廟堂》，則方圓協矣。書家者流稱鍾、張、羲、獻。古雅之士往往左袒鍾、張，華俊之儔則必服膺羲、獻。今合諸家之論，可以類推。王羲之云：「頃尋諸名書，鍾、張信爲絶倫，其餘不足存。」又云：「吾書比之鍾、張，鍾當抗行，或謂過之；張草猶當雁行。然張精熟，池水盡墨。假令寡人耽之若此，未必謝之。」羊欣云：「羲之便是小推張，不知獻之自謂云何。」又云：「張字形不如右軍，自然不如小王。」謝安嘗問子敬：「君書何如右軍？」答云：「故當勝。」安云：「物論殊不爾。」子敬答云：「世人那得知？」梁武帝云：「世之學者宗二王。元常逸迹，曾不睥睨，羲之有過之之論，後生遂爾雷同。元常謂之古肥，子敬謂之今瘦。張芝、鍾繇巧趣精細，殆同機神。肥瘦古今，豈易致意。逸少至學鍾書，勢巧形密，及其獨運，意疏字緩。又子敬之不迨逸少，猶逸少之不迨元常。學子敬者如畫虎也，學元常者如畫龍也。」陶貞白答梁武帝云：「伏覽書論，使元常老骨，更蒙榮造；子敬懦肌，不沈泉夜；逸少得進退其間，則玉科顯然可觀。」又云：「比世皆高尚子敬，海内非惟不復知有元常，於逸少亦然。今奉此論，自舞自蹈，未足逞泄日月，願以所摹，竊示洪遠、思曠。此二人皆是拘思者，必當仰贊踴躍，有盈半之益。」蕭子雲《上武帝啓》云：「臣昔不能拔賞，隨世所貴，規模子敬，多歷年所，始見敕旨《論書》一卷，商略筆勢，洞達字體。又以逸少不及元常，猶子敬不迨逸少。因此研思，方悟隸式，始變子敬，全法元常。」庾肩吾云：「張功夫第一，天然次之；鍾天然第一，功夫次之。王功夫不及張，天然過之；天然不及鍾，功夫過之。」唐太宗云：「鍾雖擅美一時，亦爲過絶。論其盡善，或有所疑。至於布纖濃，分疏密，霞舒雲卷，無所間然。但其體則古而不今，字則長而逾制。語其大量，以此爲瑕。獻之雖有父風，殊非新巧。觀其字勢疏瘦如隆冬之枯樹，筆蹤拘束若嚴家之餓隸。其枯樹也，雖槎枿而無屈伸；其餓隸也，則羈羸而不放縱。詳察古今，研精篆素，盡善盡美，其惟王逸少乎！觀其點畫之工，裁成之妙，烟霏露結，狀若斷而還連；鳳翥龍翔，勢如斜而反直。翫之不覺其倦，覽之莫識其端，心慕手追，此人而已。」孫過庭云：「元常專工於隸書，伯英尤精於草體。彼之二美，而逸少兼之，擬草則餘真，比真則餘草。」又云：「以子敬之豪翰，擅右軍之筆札。雖復粗傳楷則，實恐未克箕裘。」是知逸少之比鍾、張則專博，斯別子敬之不及逸少無或疑焉。

張懷瓘云：「若真書古雅，道合神明，則元常第一；若真行妍美，粉黛無施，則逸少第一；若章草古逸，極致高深，則伯度第一；若章則勁骨天縱，草則變化無方，則伯英第一。其間備精諸體，唯獨右軍，次至大令。然子敬可謂《武》，盡美矣，未盡善也；逸少可謂《韶》，盡美矣，又盡善也。」

山谷云：「右軍似左氏，大令似莊周。」宋齊之際，右軍幾爲大令所掩。梁武一評，右軍復伸；唐文再評，大令大損。若唐文之論，是偏好語，不足以服大令心也。人謂右軍内擫，故森嚴而有法；大令外拓，故散朗而多姿。法自兼姿，姿不能無累法也。後人學右軍，終不能似。大令已自逗漏李北海、蘇眉山、趙吳興筆。然則大令之於右軍，直父子耳，不可稱伯仲也。

《抱朴子》曰：「吳之善書者，則有皇象、劉纂、岑伯然、朱季平；中州則有鍾元常、胡孔明、張芝、索靖。並用古體，俱足周事。飄乎若起鴻之乘勁風，騰鱗之躡鷩雲。」

按《南史》謂劉休者，與王僧虔同省，而是時海内俱習羊欣書，以右軍迹涉輕微，多所不好。休獨重之，自是右軍之書復盛。後至梁武時，陶貞白尚云：「比世皆高尚子敬，不復知有元常，逸少亦然。」然則右軍之書得劉休而振，得梁武而著，得唐文而後大定。猶之顧凱之畫，亦至唐始定也。羊欣，學子敬者也。故武帝評子敬爲河朔子弟，舉體充悦，然沓拖不可耐。而評羊欣如婢學夫人，舉止羞澀。是以文皇詆子敬爲「餓隸」，而學敬元者，時人譏以爲「重儓」。子敬「餓隸」，敬元已成「重儓」矣。然同一人書也，餓隸之與沓拖，子弟一瘦一肥，毋乃大相牴牾歟。

武帝評蕭思話書「仙人嘯樹」，而張伯英如「漢武好道，憑虚欲仙。」欲仙，尚未仙也。漢武欲仙，則又去仙遠也。伯英乃不如思話乎？

梁武始重元常而下子敬，特許逸少，躑躅其間。觀陶隱居所云：「元常朽骨，更蒙榮造；子敬懦肌，不淪長夜。」又武云：「逸少學鍾，勢巧形密〔二〕，及其獨運，意疏字緩。」然則太平寺主臨池之趣，全在鍾也。及考竇臮《述書賦》云：「高祖叔達，恢弘厥躬，泯規矩，合童蒙。」張懷瓘《書品》云：「狀貌亦古，乏於筋力。既無奇姿異態，有減於齊高。」然則梁武之聲價不振，實以學元常之故也。學鍾、張殊極不易。不得柔中之骨，不究拙中之趣，則鍾降而笨矣；不得放中之矩，不得變中之雅，則張降而俗矣。

吾鄉者閱隋僧智果書梁武帝評鍾司徒字有十二種，意外巧妙，絶倫多奇。後又有鍾繇書如「雲鶴遊天，群鴻戲海。行間茂密，實亦難過」語。以爲不應重下評，意所謂司徒者，繇子會也。及覽前輩題評以「十二種意外」歸之太傅，吾竊非之。再閱繇父子本傳，繇不爲司徒，會加司徒，雖尋伏誅，而所稱司徒者，必會矣。然又以梁武與陶隱居論書，至數十往復，皆不及會，不應稱之若此。及閱袁昂本文所謂十二種云云，乃在啓内敕旨，具云「如卿所評。臣謂鍾繇書氣密麗，若飛鳧戲海，舞鶴遊天」等語，蓋重贊之也。此外又有武帝觀鍾繇書法十有二意云：「平直均密，鋒力輕快，補損巧稱。」「字外之奇，文所不書。」然則袁昂之稱司徒十二種法，正謂繇也。吾家蓄太傅《薦季直表》，黄初二年，司徒東武亭侯，蓋是時華歆辭疾，繇實轉司徒，四年，遷太尉，

〔二〕「密」，原本作「容」，據《四部稿》本改。

而歆復代之。史有脱漏故耳。二者實可相證，因記於此。

鍾太傅七十六，其子司徒僅四十五。右軍五十九，子大令四十三。天假以年，不果勝尊公乎？曰：「不爾，格已定矣。假之年，有小變，而不能有所加也。」

右軍之書，後世摹倣者，僅能得其圜密，已爲至矣。其骨在肉中，趣在法外，緊勢游力，淳質古意不可到。故智永、伯施尚能繩其祖武也，歐、顔不得不變其真，旭、素不得不變其草。永、施之書，學差勝筆；旭、素之書，筆多學少。學非謂積習也，乃淵源耳。

顔書貴端，骨露筋藏；柳書貴遒，筋骨盡露。旭、素之後，不得不生詈光、高閑；顔、柳之餘，不得不生即之、溥光。

智永、伯施，有書學而無書才；顛旭、狂素，有書才而無書學；河南、北海，有書姿而無書禮；平原、誠懸，有書力而無書度。

楊用修云：「張旭妙於肥，藏真妙於瘦。以予論之，瘦易而肥難。」用修此語未必能真知書者。筆肥則結構易密，筆瘦則結構易疏，此瘦難而肥易也。唯是既成之後，瘦近勁，勁近古；肥易豐，豐近俗耳。伯高之所以妙，在肥而不肉也。

僧亞栖云：「書貴能變，方自成家。王右軍變白雲，歐陽詢變右軍，柳公權變歐陽。」此殆是囈語。白雲先生何人，亦未有書迹存世。蓋右軍偶一言之，大抵托辭耳。歐陽書法實一變，然非變右軍。若柳之於歐法少變，而意故不變也。

山谷云：「王右軍初學衛夫人，小楷不能造微入妙。其後見李斯、曹喜篆，蔡邕隸八分，於是楷法妙天下。張長史觀古鐘鼎銘、科斗篆，而草聖不愧右軍父子。」《易》有云：「引而伸之，觸類而長之，天下之能事畢矣。」

五代時楊少師凝式，黄魯直極重之，謂爲散僧入聖。又謂可繼顔魯公、釋懷素。楊於今隸極拙，魯直所推行草耳。而余見其一二行，皆不甚合作。聞朱象玄有《韭花帖》，甚佳，未及見之。

宋初，王待詔著、宋宣靖、李西臺、蘇參政，皆稱名書家者，然不甚得法。山谷評待詔如小僧縛律，西臺如講僧參禪。然待詔猶有晉人意。范文正《伯夷頌》見推，亦以其人耳。杜祁公、蘇長史皆學懷素，杜瘦而生，蘇瘦而弱，第覺玉潤微勝冰清。蔡忠惠略取古法，加以精工，稍滯而不大暢。蘇文忠正行出入徐浩、李邕，擘窠大書源自魯公而微欹，近碑側記，行草稍自結構，雖有墨豬之誚，最爲淳古。黄山谷大書酷倣《瘞鶴》，狂草極擬懷素，恣態有餘，儀度少乏。米元章源自王大令、褚河南，神采奕奕射人，終愧大雅。是四君子者，號爲「宋室之冠」，然小楷絶響矣。山谷推王文公書似楊少師、章惇，有鍾、王法，談者以爲曲筆。蔡京、卞兄弟皆擅書名，御府法墨妙畫皆其評跋。彼人縱極八法，無取一長，况未必耶？

唐文皇以天下之力募法書，以取天下之才習書學，而不能脱人主面目，玄、徽亦然。智永不能脱僧氣，歐陽率更不能脱酸餡氣，旭、素、顔、柳、趙吴興不能脱俗氣，南晉、宋、齊之間可以脱矣。宋齊之際，人語曰：「買王得羊，不失所望。」蓋時重大令而敬元爲大令門人，妙有大令法者也。中、睿之季，時人語曰：「買褚得薛，不落節。」蓋時重河南，而少保爲河南甥，妙有河南法者也。二事可謂切對。

李北海在唐人書品中不甚烺烺，而趙文敏法之，便自名世。北海傷佻，然自雅；文敏稍穩，然微俗。眉山亦嘗學北海，不如其學平原也。孫虔禮書《書述》，謂其「萬字一類，風行草偃」，輕之也至矣。今所書《書譜》，令後人極力摹倣，尚自隔塵，以此知古人不可及也。

子瞻似顔平原，故極口平原；魯直效《瘞鶴》，故推尊《瘞鶴》；元章出褚河南，故左袒河南。河南楷似行，然自有楷；平原草似楷，然自有草；李北海、楊凝式及元章、魯直無楷矣。

米元章有書才而少書學，黄長睿有書學而少書才，以故評騭古人墨刻真贋，亦有相牴牾者。然長睿引證各有據依，不若元章之孟浪也。如謂鍾太傅《尚書宣示》爲右軍臨，《白騎遂帖》爲大令臨，蓋不唯太傅《宣示》已殉王修葬，而開元中滑臺人家，用右軍扇書臨《宣示》、大令臨《白騎》二帖，應募入内府，其事甚明。謂《長風帖》爲逸少少年未變體書，蓋以右軍别帖有「長風范母子」語可證也。此外，辨右軍自《適得書》至《慰馳竦耳》，《酸感》至《比加下痟》、《宰相安和》、《噉豆鼠》、《伏想嫂等》、《闊别稍久》、《不得臨川》，《初月二日》至《前從洛》、《白耳》、《鯉魚》、《夫人》、《蔡家》《大小悉佳》、《闊轉》、《阮公故爾》、《月半》、《適欲遣書》〔二〕，大令《玄度時來》、《極熱敬唯》、《服油》、《復面悲積》、《嫂等》帖，皆非真。或以辭氣太凡，或以書法非妙，或即其人其事駁之，俱當。他如辨《江叔》及《藝韞多材帖》爲唐高宗，《衛夫人帖》爲李懷琳，褚遂良甥無薛八侍中，《山河帖》爲《枯樹賦》中語，李斯書爲陽冰《裴公碣》内字，右軍備官而行爲唐人集右軍書，賈曾《送張説文》皆妙有事理，真書家董狐也。

米元章以《閣帖》、張伯英《知汝殊愁》及大令《吾當托桓江州》爲張伯高書。黄伯思亦斷以爲然，而云：「數往虎丘，祖希時面。」祖希，張玄之字，大令時人。以爲伯高書二王帖辭耳。按此帖既有「祖希時面」語，與《疾不退》、《至分張》同結法，安知非大令縱筆耶？而必於伯高也。及考張懷瓘《書斷》，稱張融書兼諸體〔三〕，於草尤工，齊梁之際，殆無以過。或有鑒不至者，深見其有古風，多誤寶之，以爲張伯英書也，而搨本大行於世。又按《融本傳》嘗對孝武帝曰：「不恨臣無二王法，恨二王無臣法。」然則此書又安知非張融筆耶？王、米懸斷爲伯高，不若吾之懸斷乎愈光也。

〔二〕「適」，原本作「邊」；「遣」，原本作「遺」，據民國十六年武進陶氏景宋咸淳《百川學海》本《法帖釋文》卷八改。

〔三〕「書」，原本作「正」，據《四庫》本《書斷》卷中改。

伯英《殊愁》體太今而乏古，大令《疾不退》、《至分張》筆過流而少節，或以此疑非二公書，可也。元章論書見右軍稍大而逸者，便以爲子敬；見伯英近今者與子敬近縱者，便以爲伯高、藏真。愚又推黄、米之旨，謂伯高僅有章法而無變法，子敬僅有破體而無狂草，則不敢信也。按張懷瓘明言：「章草之書，字字區别，張芝變爲今草，拔茅連茹，上下牽連，或借上字之下而爲下字之上，奇形離合，數意兼包。」「唯王子敬明其心指，故稱一筆書者起自伯英也。」又云：「伯英創爲今草，天縱尤異，率意超曠，無惜是非。」「至於蛟龍駭獸奔騰拏攫之勢，心手隨變，窈冥而不知所如。」又云：「子敬如蹴海移山，翻濤破嶽，懸崖墮石，驚電遺光。」此豈非草聖之極耶？考前後書亦未必似伯高，蓋伯高時有肥筆、渴筆，不若是之匀和也。若《托桓江州》一書，又多逸少語，子敬亦不合書之，覺思光爲近。至於右軍，雖結構緊密而變化靈異，又不可以一節爲拘也。

楊用修云：「古人例多能書。如管寧，人但知其清節，而不知其銀鈎之敏。」又引《管寧别傳》云：「寧字畫若銀鈎。」及《茅山碑》云「管寧，銀鈎之敏」是也。余固知其誤。按，索靖字幼安，其章草法有銀鈎蠆尾。及考陶隱居《解真碑》云：「幼安銀鈎之敏，允南風角之妙。」正謂索靖也。蓋管寧亦字幼安，用修誤以爲寧，遂併其姓名改之耳。考寧《三國志注》有《高士傳》、《傅子》諸書，俱無銀鈎語。又云：「劉曜，人知其獰凶，而不知其字畫之工。」注見《草書韻會》。當是時，劉聰、劉曜皆能書，而聰之獰凶大出曜上，俱見本載記。用修又誤以劉德升爲劉景升，而云：「即表也。表初在黨人中俊厨顧及之列，其人品之高可知。」此尤可笑。

虞伯生謂：「坡、谷出而魏晉之法盡。米元章、薛紹彭、黄長睿諸公方知古法，而長睿所書不逮所言。紹彭最佳，而世遂不傳。米氏父子最盛行，舉世學其奇怪，弊流金朝，而南方獨盛，遂有張于湖之險澀，張即之之惡謬極矣。」此語大自有理。又獨稱吴説傅朋書法深穩端潤，非近時怒張筋脉、屈折生柴之態。且謂至吴越見傅朋書最多，皆隨分贊嘆，圖來者稍知正法。今傅朋書世遂少見。紹彭，號翠微居士。余有其詩數紙，緊密藏鋒，得晉人意，惜少風韻耳。

《鐵圍山叢談》謂其父京善榜書，妙出四家之上。此雖曲筆，然亦必有可觀者。米芾元章自負以爲前無古人，然是行筆，非真筆也。

用修又云：「南唐王文秉工小篆，不在二徐下。又有王逸老者，善篆與八分，其命名乃欲抗右軍，不知何代人，疑即文秉也。」按陶九成《書史》：「王升字逸老，號羔羊居士，草書殊有旭、顛轉摺態。宣和間進所作草書，内庭稱之。」用修似未之見。新鄭高少師拱藏東坡草聖《醉翁亭記》并石本跋，細閲無一坡法，而渴筆遒逸飛動，中有正書却近俗。吾斷以爲逸老書。蓋南渡以後諸公不能辨此，元人却不作此結法也。

自歐、虞、顔、柳、旭、素以至蘇、黄、米、蔡，各用古法損益，自成一家。若趙承旨則各體俱有師承，不必己撰。評者有奴書之誚則太過，然謂直接右軍，吾未之敢信也。小楷法《黄庭》、《洛神》，於精工之內，時有俗筆，碑刻出李北海。北海雖佻而勁，承旨稍厚而軟。惟於行書極得二王筆意，然中間逗漏處不少，不堪並觀。承旨可出宋人上，比之唐人，尚隔一舍。

楊又引東坡跋：「希白作字，自有江左風味，故長沙法帖比淳化爲勝。世俗不察，争訪閣本，誤矣。乃知潭帖勝淳化多矣。希白，錢易也。」按，希白乃潭州僧希白耳。書家謂其有筆意而多率直，無縈迴縹緲之勢。楊以幼安爲管寧，以希白爲錢易，其孟浪殊可對也。

元人自趙吴興外，鮮于伯機聲價幾與之齊，人或謂勝之，極圓健而不甚去俗。鄧文原有晉人意，而微近粗；巙巙子山有韻氣，而結法少疏。然是三人者，吴興流亞也。虞伯生差古雅，鮮于必仁朗朗有父風，揭曼碩父子美而近弱，張伯雨健而近佻，柯敬仲老而近粗，班彦功少頗遒爽，晚成惡札，龔璛、陳深輩皆長於題跋。倪元鎮雖微有韻而未成長，人或許以得大令法，何也？元鎮以稚筆作畫，尚能於筆外取意；以稚筆作書，不能於筆中求骨，詎宜以泛愛推之也？

正鋒、偏鋒之説，古本無之。近來專欲攻祝京兆，故借此爲談耳。蘇、黄全是偏鋒，旭、素時有一二筆，即右軍行草中亦不能盡廢。蓋正以立骨，偏以取態，自不容已也。文待詔小楷，時時出偏鋒，固不特京兆，何損法書？解大紳、豐人翁、馬應圖縱盡出正鋒，寧救惡札？不識丁字，人妄談乃爾。可恨！可笑！

張即之非不遒勁，而粗醜俗惡，種種可恨，是顔、柳之疏裔辱家風者；解大紳、張汝弼非不圓熟，而疏軟村野，種種可鄙，是旭、素之重儓壞家法者。

臨書易得意，難得體，摹書易得體，難得意。臨進易，摹進難。離之而近者，臨也；合之而遠者，摹也。

《蒼頡九篇》相傳是李斯所作〔二〕。其第九章乃云：「豨、信，是陳豨、韓信。劉京是大漢，西土是長安。」右軍少從丞相渡江〔三〕，北踪永絶。其《題筆陣圖》云：「北游名山，比見李斯、曹喜等書；又之許下，見鍾繇、梁鵠書；之洛下，見蔡邕石經三體書，始知學衛夫人徒費年月。」王著集《淳化帖》，有漢章帝書《千字文》，紕繆如此，徒資嗢噱。

法書中有王右軍《千字文》，昔賢作笑端，蓋知其爲周興嗣撰，不應右軍預有之。然梁武帝命殷鐵石摹取右軍千字，命興嗣次韻，故當有右軍《千文》，非謬也。又有衛夫人《筆陣圖》，右軍《題筆陣圖後》及右軍《筆勢圖》一章，《筆勢論》十二章，昔賢皆辨其妄，然是六朝善書者擬作，苟能熟覽，思亦過半矣。

孫過庭云《樂毅論》則情多怫鬱，《東方贊》則意絶瓌奇，《黄庭經》則怡懌虚無，《太師箴》又

〔二〕「所作」，原本脱，據《津逮秘書》本《法書要録》卷二補。

〔三〕「丞」，原本作「承」，據《四庫》本改。

縱横争折，《蘭亭之興集》思逸神超，《私門戒誓》情拘志慘。愚謂此在覽者以意逆之耳，未必右軍作書時預有此狡儈也。又一云《黄庭》如飛天仙人，《洛神》如凌波神女，《曹娥碑》如幼女漂流於風浪間。

朱長文作《續書譜》而進石曼卿、蘇子美於妙，退裴行儉、孫虔禮、王紹宗、李邕、鍾紹京、韋陟、賀知章、裴休於能。吾未敢信也。

《閣帖》真書，自鍾太傅《宣示》外，獨有王世將、僧虔四疏啓耳；行草自二王外，獨有皇象、索靖及《亮白》一紙耳，何也？以其體最古雅，不落塵也。

顔魯公《家廟碑》，今隸中之有小篆筆者；歐陽蘭臺《道因碑》，今隸中之有古隸筆者；皇象《天發碑》，分篆中之有章法者；《瘞鶴銘》，行書中之有古隸者。

藝苑巵言附録卷三

《蘭亭禊叙》，唐文皇初得之，命趙模、馮承素、諸葛貞之流搨本，以賜諸王。後《禊叙》入玉匣，從葬昭陵，而搨本存人間者，尚直數萬錢。至定武石刻，謂爲歐陽率更所搨，石本留禁中，因未經摸搨，獨爲完善。契丹德光携以北，至殺胡林而棄之。宋慶曆中，韓忠獻公婿李學究得石，其子負官緡，宋景文以帑金代輸，取石寘官庫，愛重之，非貴游不易得。熙寧間，薛師正出牧，厭其請乞，乃另摸一石以應人，而其子紹彭竊易古刻歸，於「湍」、「流」、「落」、「左」、「右」剷損一二筆以爲識。大觀中，紹彭子嗣昌進御府，置宣和殿。金狄之亂，不知所在。然則定武本有三：未損本，初搨也；損本，紹彭所留也；不損本，定武再刻也。緣不損本有真贋，而損本的然，故以爲貴，正如《閣帖》之有銀錠紋耳。

山谷謂《蘭亭詩叙》二本，一本是都下人家用定武舊石刻摹入木板者，頗得筆意可翫；一本門下蘇侍郎所藏，唐人臨寫墨迹刻之成都者，中有數字極瘦勁不凡。東坡謂此本乃絶倫也。然瘦字時有筆弱、骨肉不相宜處，竟是定武刻優耳。又云：「褚庭誨所臨極肥，而洛陽張景元斸地得缺石極瘦。定武本則肥不剩肉，瘦不露骨，猶可想其風流。」董逌則謂定武本出於湯普徹，不知其何據也。

胡若思謂《蘭亭》諸帖外，復州裂本第一，豫章裂本次之，劉無言重刻本次之，餘不及也。劉無言本即張澂家刻石褚摹本也。

褚摹《蘭亭》，按米元章《書史》謂蘇耆家《蘭亭》三本：第一本是參政蘇易簡題云云；第三本唐粉蠟紙，在舜欽房，筆法在第一本上；第二本在舜元房，上有易簡子耆天聖歲跋〔二〕、范文正、王堯臣跋。舜元子蘇洎與余善，以王維《雪景》六幅、李王《翎毛》一幅、徐熙《梨花大折枝》易得之，毫髮備盡。「少」、「長」字衆本皆不及，「長」字其中二筆相近，末後捺筆鉤迴，筆鋒直至起筆處。「懷」字内折筆、抹筆皆轉側，褊而見鋒。「暫」字内「斤」字、「足」字轉筆，賊毫隨之，於斫筆處賊毫直出其中，世之摹本未嘗有也。此定是馮承素、湯普徹、韓道政、諸葛貞、趙模之流搨賜王公者。硾花真玉軸，紫錦裝背，舜元題爲褚遂良摹。今按元章跋尾云：「右米姓秘玩，天下《蘭亭》本第一。唐太宗獲此書，命起居郎褚遂良、檢校馮承素、韓道政、趙模、諸葛貞、湯普徹之流檦賜王公貴人。著於《法書要録》。此軸在蘇氏題爲褚遂良模。觀其『意』、『易』、『改』、『誤』數字，真是褚法，皆率意落筆，餘字句填，或清潤有秀氣，轉摺毫芒備盡，與真無異，非深知

〔二〕「跋」，原本無，據明刻《百川學海》本《書史》補。

書者所不能。世俗所收，或肥或瘦，乃是工人所作，正以此本爲定。熠熠客星，豈晉所得？養器泉石〔一〕，流腴翰墨。戲著標談〔二〕，書存馬式。鬱鬱昭陵，玉盌已出。戎温無類，誰寶兹物〔三〕。水月何殊，志專用一。繡繅金鐍，瑶機錦綍。綺歟元章，守之勿失。」又：「壬午閏九月六日，大江濟川亭，艤寶晉齋艎，對紫金、浮玉群山，迎快風銷暑，重裝。」後入光堯内府，米友仁鑒定爲唐人雙鈎賜本。復入張循王家，張澂摹勒上石。此本余購得之，而真迹不知所往矣。陳緝熙翰林得褚《禊帖》謁，一時館閣諸名公題跋，皆以爲即此本，然無文正、才翁題與諸公印識，第米跋尾云：「右(秘)〔米〕姓秘玩，天下法書第一。唐太宗既獲此書，使馮承素、韓道政、趙模、諸葛貞之流模賜王公〔四〕。褚遂良時爲起居郎，蓋檢校而已。」此後同《贊》内，「志專用一」作「乃一」。又題：「元祐戊辰獲此書，崇寧壬午六月，大江濟川亭，舟對紫金避暑，手裝。」不應壬午六月於濟川亭復裝一本，而中間跋尾又真米書。余久乃悟，米得真本，因別作一贗本，以圖購易他書畫，又恐其亂真，故不作文正、才翁跋，及稍易跋語耳。緝熙將殁，又手鈎二本，分割諸公之跋，

〔一〕「養」，原本作「卷」，據《書史》改。
〔二〕「標談」，原本作「淡標」，據《書史》乙正。
〔三〕「兹」，原本脱，據《四庫》本補。
〔四〕「模」、「諸」，原本脱，據《四庫》本補。

總作三本。其米本在宜興吴氏；次本在池灣沈氏，尚佳；第三本流入吾手，則太草草矣。

今世人重定武本，以爲歐陽信本摹，最爲逼真，美則美矣，真則吾未敢信也。《蘭亭》實行筆，觀《聖教序》内所取者，字稍大而帶行，非楷也。信本、登善各以己意臨，故定武多嚴重而褚迹時佻逸，要之，皆非雙鈎廓填也。吾晚得一宋搨本，皆行筆，遒俊之甚。考之舊刻《聖教序》，無不吻合，以爲元章所稱「三米帖」而未信。莫是龍極愛賞之，品定武上，而周天球不取也，蓋二子各以其質之所近而好尚耳。最後得一本，乃真定武，雖小剥蝕，而風神氣韻自絶。余嘗有一歌題其後云：「一字能開八法先，分身立作諸家式。」上言「永」字，下則全文也。

陶宗儀記《蘭亭》一百十七刻，凡十册，乃宋理宗内府藏，後入賈平章家。至元末於錢唐謝氏處見之，以修城本壓卷。定武有古刻、闊行，肥瘦、板刻〔二〕、缺石、斷石及兩京斷石、新舊梅花、復州、鼎州、金陵、三米、張循、王家刻、唐貞觀、太清、開皇、秘省、内殿、内司、京師、玉堂皆在。其它如玉枕小字，彭城小字，秦少游小字，柳誠懸大書，孫過庭、吴説草字，蔡君謨、薛紹彭輩臨筆皆在，真希世之寶也。

陶九成載諸帖始末云：「太清樓者，徽宗建中靖國間，出内府續所收書，令刻石，即今《續法

〔二〕「刻」，原本作「石」，據《四部叢刊三編》景元本《南村輟耕録》卷六改。

帖》也。大觀中又奉旨摹搨歷代真迹，刻石於太清樓，字行稍高，而先後之次，與淳化則少異。其間數帖，多寡不同，卷末題云云，乃蔡京書也。而以建中靖國續帖十卷易去歲月名銜，以爲後帖。又刻孫過庭《書譜》及貞觀十七帖，總二十二卷，爲大觀太清樓帖。絳帖者，尚書郎潘師旦以官帖摹刻於家，爲石本，而傳寫字多譌舛，世稱爲潘駙馬帖。其次序、卷帙雖與淳化不同〔二〕，而實則祖之，特有增益耳。後潘氏析居，分而爲二。絳州公庫乃得其一，補刻餘帖，名東庫本。逐卷逐段，各分字號，以「日」、「月」、「光」、「天」、「德」等二十字爲次序。後避完顔亮諱，於《庚亮帖》内，「亮」字皆去「亮」字右邊轉筆，謂之亮字不全本。又有新絳本、北方別本、武岡新舊本、福清、烏鎮、彭州、資州木本前十卷等類，皆《絳帖》之別也。《潭帖》者，慶曆中劉承相帥潭日，以淳化官帖命慧照大師希白摹刻，不寘《郡齋》，增入《傷寒》、《十七日》、王濛、顔真卿法帖，而字行頗高，與閣本差不同，歲月亦異，中間謬處甚多。《潭帖》之別，則有劉承相私第本、長沙碑匠新刻本、三山木本、蜀本、廬陵蕭氏本等，類甚多。《戲魚》，即臨江帖也。元祐間，劉次莊以《閣帖》十卷摹刻《戲魚堂》，除去篆題，而增釋文。慶元中，四川總領權安節又重摹於利州黔江者。黔人秦世章模希白帖，載入黔中，(璧)〔壁〕之黔江紹聖院，後有「湯世臣重摹」字。鼎帖板

〔二〕「帙」，原本作「帖」，據《南村輟耕録》卷十五改。

本校諸帖增最多。此外有淳熙修内司本、北方印成本、烏鎮張氏、福清李氏本。

劉後村云：「《閣帖》爲祖，《絳帖》次之，《臨江》又次之，《潭》又次之，《武岡》又次之。《大觀》尤妙。《武岡》佳者可亂《絳》，《臨江》佳者可亂《閣》。《潭》乃僧希白所摹，有江左風味。希白工於摹字，拙於尋行數墨，其字比之《淳化》爲勝。東坡推《潭》勝《閣》，韓侂胄家開《群玉字帖》，好，薛紹彭家亦有字帖好。」[一]

然則收《閣帖》者，澄心堂紙，李廷珪墨，無銀錠紋，初搨者上也，必不可得矣。有錠紋而墨濃者次也，淡者又次也。《大觀》聲價在濃淡之間，《絳》次之，《修内司》又次之，《臨江》、《潭》、《泉》又次之，餘不必蓄也。

楊用修云：「宋世集帖傳於今日絶少。《大觀帖》，蔡京所摹，予及見之。《雪溪堂》，王庭筠所刻；《寶晉齋》，曹日新所刻；《澂堂帖》，賀知章所臨，皆絶妙。《秘閣續帖》於王宜學處見之，又聞其家有鍾山草堂刻梁人書，奇勁，未之目也。皇象《天璽》石刻，雄偉冠世，尚有之。」

千古楷、行之妙，無過鍾、王。鍾、王之迹，妙者《宣示》、《樂毅》、《蘭亭》而已。《宣示》三疊渡江，卒入敬仁之棺；《蘭亭》萬金巧購，終殉昭陵之葬。《樂毅》摹本耳，安樂變亂，竟貽老嫗竈

[一] 按「韓侂胄家」以下二句，《南村輟耕録》卷六引劉克莊作：「韓侂胄家開《群玉帖》，字好。薛紹彭亦有家塾帖，好。」

火之辱。惜哉！右軍臨《宣示》，在宋有之，今入《淳化閣帖》，《蘭亭》定武石刻尚值數百金，《樂毅論》搨本佳者猶可什倍它刻也。

天下法書自諸集帖外，其古碑，宋搨猶有存者。古篆，《岣嶁禹碑》、《石鼓文》、秦相《嶧山碑》。古隸，則《魏受禪》、《勸進表》或以爲梁鵠，或以爲鍾繇。《鴻都石經》、《仲弓殺阬》、《司空王純逢童碑陰》、《耿氏鐙》、《巴官鐵盆》、《武氏石室像贊》、《何君閣道》、《太山孔宙》、《耿球》、《蔡湛》、《魯峻》、《陳球》、《州輔》、《楊馥》、《楊震》、《劉寬》、《劉熊》、《張遷》、《景君》、《武班》、《西嶽華山》、梁鵠《孔廟》諸碑。隸兼分者，蔡邕《夏承碑》。分兼篆者，皇象《天發碑》。小楷，褚河南《陰符》，柳誠懸《度人》。真書，蕭誠《開善法師》，丁道護《啓法寺》[二]、《興國寺》，史陵《禹廟》，虞永興《夫子廟堂》，歐陽率更《九成醴泉銘》[三]、《虞恭公》、《化度寺》、《皇甫府君》，子蘭臺《道因》、褚河南《孟法師碑》、張長史《郎官壁》、顔魯公《多寶塔》、《元次山墓碑》、《宋文貞碑》及《碑側記》、《東方畫贊》、《家廟》、《茅山》、《八關（齊）〔齋〕功德》、《干禄》，裴漼《少林》，蕭誠《南嶽真君》，張從申《茅山》，柳誠懸《玄秘塔》、《復東林寺》、《紫絲靸》、《西平王》諸

[二]「寺」，原本作「師」，據萬曆本《墨池編》卷五改。
[三]「更」，原本作「原」，據《四庫》本改。

碑。行書，懷仁《聖教》，褚河南《枯樹》、《聖教》，李北海《岳麓寺》、《雲麾將軍》、《娑邏樹》〔二〕、《法華寺》，顏魯公《争坐位》、《祭濠州伯父》、《季明姪文》，王縉《清源公碑》。草書，唐文皇《屏風》，懷素《自叙》，藏真《聖母》，張旭《春草》，孫虔禮《書譜》。真草，永法師《千文》。皆灼灼有名者也。

昔人謂右軍《樂毅論》乃親書於石以刻者，大令《保母志》乃親書於磚以刻者，以故無真墨迹，而搨本特妙絶。然則梁武所藏，與安樂所失《樂毅論》〔三〕，豈臨摹本耶？按右軍謂大令書法能紹箕裘，手書以賜，則書石之説亦未確也。《保母誌》據宋人辨，以爲非真。

今世烜赫名筆存者，鍾太傅《賀捷表》、《力命表》，係入宣和内府。邇時議論已屬紛紛。《薦季直表》，初不經見。《賀捷表》近佻，《季直表》近媚，《力命》雖似《墓田》，亦弱，然總之比它書却有意，恐後人未必能僞作。今天下人學鍾者，俱《季直表》，遂爾成風。

索靖《出師頌》，亦有宣和記識，考《書譜》良合。然宋時諸公極艷稱蕭子雲《出師頌》，而秘殿不收，蓋是唐人臨得。蕭子雲《頌》，因見《閣帖》内靖數行相類，遂鑒定以爲靖《出師頌》

〔二〕「樹」，原本作「寺」，據乾隆五年刻本《書畫跋跋》卷二改。
〔三〕「毅」，原本脱，據《四庫》本補。

耳。自永嘉南渡，靖真蹟已鮮。梁武、湘東鳩集之繁，貞觀、開元購求之篤，何於兹時寥寥也？江右人藏右軍《破羌帖》，據宋搨本，是乾筆絲鋒，勢鬱浡可愛。今筆圓而稍弱，用墨亦過濃，非真蹟也。顔魯公《祭姪稿本》却真，結法遒逸可愛。

右軍《裹鮓》、《二謝》、《袁生》，是宋内府藏臨本，却佳。

懷素《自敘》，按米元章記云在蘇泌家，前一幅破碎不存，其父集賢校理舜欽自寫補之〔一〕。今所傳真蹟，有李文正東陽、吴文定寬二跋。先屬之徐文靖溥，其家以貽陸太宰完，後轉入嚴氏，没内帑。復出，歸朱忠僖家。其書筆力遒勁，而形模不甚麗，以故覽者有楓落吴江之嘆，而吴人至今刺刺以爲非真。後得一舊搨本，閱之，與此大小等耳，其用筆全不同，首六行亦有舜欽補，末題一詩及印記跋識之類甚衆，然沓拖少骨力，恍然竟不知其誰真也。

孫過庭《書譜》至妙品，唯竇臮評辭少損耳。其結構極得山陰遺意。石刻亦有二種，皆佳。其一宋時搨本，然再經石矣，以故無缺文，而有誤筆；其一國初從真蹟摹石者，以故無誤筆而有缺文。若停雲館刻，不足道也。

陝西刻謝靈運書，非也，乃中載靈運詩耳。内尚有唐人兩絶句，亦非全文。真蹟在蕩口華

〔一〕「欽」，原本作「叙」，據《四庫》本改。本條下同。

氏，凡四十年購古蹟而始全，以爲延津之合。屬豐道生鑒定，謂爲賀知章，無的據。然遒俊之甚，上可以擬知章，下亦不失周越也。

吾所收名筆，褚河南《哀册文》最後得，鍾太傅《季直表》雖時代不同，而古雅則一。真純綿裹鐵，初看便好，久看之，筆盡而意無盡。顔魯公《裴將軍北伐詩》，體兼正行草，筆出分篆，初看使人驚，愈看愈自肅然心服。懷素《千字文》，用筆似輕而極勁，若縱逸而結構不疏，亦須再看乃益自有致。柳誠懸《禊帖詩後序》，初看覺有俗氣，至三四看乃見其妙處，愈看愈可愛。蘇文忠《題烟江叠嶂歌》，遒媚刺眼，初看極好，至四五看後微覺有出入，然亦是公最合作書也。

又收作懷素者凡數家。蘇子美甚得其勢，魯直得其意態，俱不得骨；徐元玉、祝希哲得其骨，却不得意態。然亦皆狂師雲仍之盛。

吾家有趙吴興臨褚河南《枯樹賦》，豐匀精密，極是嘉手。後得唐人雙鈎蠟紙，是第三本耳，而並刻之，覺不堪伯仲，以此知古人未易及也。

書家父子最著者：魏太傅鍾繇、司徒會，晉右軍將軍王羲之、尚書令獻之，唐率更令歐陽詢、蘭臺侍郎通，宋禮部員外郎米芾、敷文閣學士友仁，及吾吴郡文待詔徵明、博士彭學正嘉而已。然不知人主有魏武、陳思，晉元、晉明，簡文、孝武，宋文、宋武，齊高、齊武，梁武、簡文，唐文、唐高、睿宗、玄宗，宋高、宋孝。人臣則漢崔寔，子瑗；魏韋誕，子熊；晉桓温，子玄；宋張茂度，子永；王僧綽，子儉；齊王僧虔，子慈；梁蕭子雲，子特；陳蔡景歷，子徵；元魏王世弼，子由；唐宋令文，子之悉；王知敬，子友貞；徐嶠之，子浩；史白，子惟則；宋錢淑，子惟治；蘇軾，子過；徐林，子（臧）〔蒇〕；元趙孟頫，子雍；鮮于樞，（字）〔子〕必仁；揭曼碩，子汯；明宋濂，子璲也。三代以書名者：杜僕射畿〔一〕，子幽州恕，恕子征南預；衛太保瓘，子黄門恒，恒子侍郎璪、洗馬玠；王承相導，子中書令洽，洽子中書令珉；郄太尉鑒，子司空愔，愔子北海超；崔黄門濳，子白馬公宏，宏子司徒浩；盧長史諶，諶子偃，偃子邈〔二〕；殷不害〔三〕，子令名，令名子郎中仲容。兄弟善書者：漢韋康、韋誕，張芝、張昶；晉衛璪、衛玠，謝安、謝尚，王悦、王洽，陸機、陸雲，庾亮、庾翼，王徽之、凝之、操之、獻之；六朝王慈、王志、王彬；唐鄭遷、鄭邁、鄭遇，秦景通、秦暐，王維、王縉，張從申、從儀，竇蒙、竇臮，宋蘇舜元、舜欽〔四〕，徐競、徐琛。然總而言之，未有如我王氏之盛者也。自晉司徒太尉以至唐石泉公，凡十餘代，代不下數人。

我明書法，國初尚亦有人，以勝國之習，頗工臨池故耳。嗣後雷同影響，未見軼塵。吴中一

〔一〕「畿」，原本作「幾」，據《墨池編》卷二改。
〔二〕「邈」，原本作「宏」，據《書史會要》「補遺」改。
〔三〕「殷」，原本作「房」，據《四庫》本改。
〔四〕「欽」，原本作「叙」，據《四庫》本改。

振，腕指神助，鸞虬奮舞，爲世珍美，而它方遂絶響矣。不揣據所聞見評識於後。

宣宗書出沈華亭兄弟，而能於圓熟之外，以遒勁發之。周憲王爲世子久，又多蓄晉、唐名蹟，臨摹不倦，以故書法真行醇婉，無一筆失度，特少腕力，乏風格耳。

宋克仲温，華亭人，爲鳳翔同守。正體頗秀健，出《宣示》、《戎路》而失之佻，章草是當家，健筆縱横，差少含蓄。宋廣昌裔，吾吴郡人〔二〕。《書述》云：「昌裔熟媚，猶臣於克。」宋璲仲珩，學士次子，仕爲中書舍人，真、行、草、篆俱入能品。方孝孺比之「威鳳翀霄，祥雲捧日」。按《書述》云：「宋氏父子，不失邯鄲。」余嘗見其行草，流動秀穎，翩翩可愛，比之乃公，誠青出於藍，此所謂「國初三宋」也。覺仲珩尤勝。

杜環，字叔循，金陵人。正書入能品，見《宋承旨集》。

陳文東，華亭人。何元朗《叢談》評其書在二沈之上。余見之，亦淳美，恨未脱俗耳。

詹希原，中書舍人，善方丈署書，諸宫殿額皆其手也。《法書述》云：「希原幹力本超，更以時趨律縛。」余嘗見其正書，極端勁圓穎，而時露俗態。解大紳見前，狂草名一時，然縱蕩無法，又多惡筆，楊用修目爲鎮宅符。正書頗精妍。時又有周砥者，不知里閥。盧熊者，崑山人，晚以

〔二〕「吾吴郡人」，一百八十卷本作「未詳其官里」。

州守歸。《書述》云：「詹、解鳴於朝，周、盧著於野。」朝者乃當讓野。

沈度民則、弟粲民敬，華亭人，俱以書顯。度至翰林學士，文皇雅重之，令太子諸王咸習焉。粲遷左庶子，至大理少卿。《書述》稱二子「蜚耀墨林，昌辰高步，自任人推，皆謂絶景。大君宸譽，遂極褒華。抑在一時，誠亦然耳。學士工力深篤，其所發越，十九在朝，亦有繩削之拘，非其全也。或有閒窗散筆，輒入妙格，人罕睹耳。棘寺正書娟媚〔一〕，行書傷輕，因成儇浮，自遠大雅，危帽輕衫，少年毬鞠。又如艷質明妝，倩笑相對」。余俱有其真蹟，度稍純質，粲似疏俊，大抵皆未免俗，去元人遠矣。

楊少師士奇、李布政昌祺，皆廬陵人。余見其真蹟，頗不甚工。《書述》云：「李牧、楊師，不以書名，亦有可觀。」

胡文穆善真、行、草，名不及解大紳，而遇過之，北征諸鎮皆其勒石。曾少詹棨，奕奕有風度。李忠文時勉，狂草頗遒勁而少態。陳祭酒敬宗差有矩矱，聲華甚著。王文端直、文安英次之。大抵皆二沈流亞也。

夏昶，崑山人，太常卿。蔣廷暉，錢唐人，吏部郎中。朱孔暘，太僕卿。俱直内閣，以書顯。

〔一〕「娟」，嘉靖刻本《祝氏集略》卷二十四作「傷」。

《書述》稱數子「榜署紛紜，易於馳譽」，「烟煤塞眼，豈易工也」[一]。其間太常獨近清潤，吏部頗主沈雄，孔暘掾史手耳。

吴餘慶，宜黄人，直内閣，爲通政司左參議。衛靖，崑山人，仕爲州吏目。二君不相及，然《書述》稱二子「少自出塵，趨向甚正，恨不廓且老耳」。餘慶書吾及見之。

魏文靖驥，蕭山人，南京吏部尚書，年九十八乃卒。高文義穀，興化人，少保大學士。余俱有其書。魏負書名，雖圓健而不免俗。高乃文弱，秀潤可愛，而不甚著，何也？

徐天全有貞，初名珵，吴人。真書法歐陽率更而加以飄動，微失之弱；行筆似米南宫；狂草出入素、旭，奇逸遒勁，間有失之怪醜者。祝希哲其外孫，人謂書法從公來，希哲頗不以爲然，《書述》亦不甚許之。同時有劉珏僉事，長洲人，習吴興體甚精絶，《書述》稱其無一筆失度。

張南安汝弼，華亭人。《書述》稱其「始者尚近前規，既而幡然飄肆。雖聲光海宇，而知音嘆駭」。余見其蹟頗多，誠然，雖豐逸妍美，而結法實疏，腕力極弱，去素、旭不啻天壤。前是，華亭有黄翰者，爲江西按察使，有墨聲。《書述》云翰與汝弼「人絶薰蕕，藝猶魯衛」。余亦見之，似少不及。最後有張天駿者，亦華亭人。以書直内閣，至工部尚書，用南安體，更變輕弱。

[一]「豈易」，祝允明《祝氏集略》卷二十四作「悉俗」。

《書述》稱其「婢學夫人，咄嗟樵爨，厮養醜穢，泓澒齒牙」、「贅列紫薇郎署，分科木天」，大可怪也。當南安時，有蕭顯文明，爲按察僉事，以狂草稱，品最下。又邵文敬郡守以「半江帆影落尊前」句，人呼爲「邵半江」，書法稍準繩於南安，亦其流輩也。

詹和，字仲禾，錢唐人。倣趙吴興體，酷似之。嘗作贋書以鬻，又别作李懷琳、楊補之，得盲兒價甚夥。錢文通溥、弟布政博，華亭人，真行出自宋仲温而少姿韻。

陳白沙獻章，好縛禿帚作擘窠大書，中亦有一二筆佳者。其稱張南安好到極處，俗到極處，似許具眼。時有李士實者，爲右都御史，坐寧藩事伏法。其書尤瘦險醜怪，而一時聲甚著。二君俱不免惡札。

李文正東陽，真行筆頗秀潤，晚節加以蒼老，而不免俗，惟篆書頗佳。明興，曉篆法者有滕吏部用亨、程太常南雲、金太常湜。至文正而自負，以爲得書家妙訣，喬少保宇、景中允暘繼之，然不如金陵徐霖。霖可配元周伯琦。

文正大拜後，每書歌詩一紙，立致數金。今不能博數鍰矣。

姜立綱，永嘉人。以書直内閣，至太常卿。小變二沈爲方整，就其體中可謂工至，而不免俗累。今盛行於世，所謂一解不如一解。任道遜少以神童薦，亦至太常卿，出立綱下。

吴文定公寬，真行體全法眉山。《書述》稱不以書名，貴在起雅去俗。遇合作處真可嘉尚，唯不能作《醉翁》、《表忠觀》體耳。

李應禎，字貞伯，初名甡，長洲人，累官太僕少卿。善懸腕疾書。人有求者，多怒不應，以故傳世少。祝希哲，其子婿也。《書述》稱其「質力故高，乃特違衆。既遠群從，並去根源。或從孫枝翻出己性，離去筋骨，别安耳目」。蓋其所執奴書之論至此也。余所見往往有掾史筆，而吴人極推許之。自余持論後，價稍稍減矣。惟《大石山聯句》、《鍾太傅薦季直表跋》佳。

王文成守仁，行筆亦爽勁，而結構處甚疏。湛文莊若水倣陳白沙，天然不及也，唯署書差有骨。

徐霖，字子仁。正行俱精雅，好堆墨書，神采爛然，覺骨不勝肉耳。同時有金琮元玉者，行草法趙吴興，老健可愛。琮後有王逢元子新，習《聖教》、歐、虞、蘇、黄諸體甚精，徑寸而上，稚弱畢備。已上三人，皆金陵人也。

陸文裕深，少時作小楷精謹，自謂有《黄庭》、《遺教》意，然不能離趙吴興也。行草法李北海，而亦出入吴興，晚節尤妙。余嘗見其於研光、吴綾上書《南遷》諸詩，風骨遒美，神采奕奕射人。

夏文愍言，以才雋居首揆，天下重其書，貞珉法錦，視若拱璧，歿後頓不爾。正行亦遒美，但肥過而滯，老過而稚耳。榜署書尤可觀。

周尚書倫，崑山人。行書法豫章、吴興，至徑寸外頗遒勁，而蒼鹵不甚工。張電，上海人。以書直内閣，至禮部左侍郎，得幸世宗。電書極圓熟妍美，所取顯重者，僅姜氏體耳。

吾吴郡書名聞海内，而華亭獨貴。沈度至學士，粲初起翰林，至大理少卿，張天駿至尚書，電至侍郎。時人語曰：「前有二沈，後有二張。」又吴興有凌晏如者，以書授中舍，遷吏科都給事中、右僉都御史。余見其臨《洛神賦》、《金剛經》，俱有法。

許侍郎成名，作真行筆頗簡勁，然結構疏而醜，是傖中小有意者耳，而暴得名。許中丞宗魯稍精，間有《聖教》遺意。

朱九江曰藩，寶應人。頗臨晉法書，絶喜祝希哲，而以己意出之，婉秀瀟洒，絶有姿態，而結法失之疏。

王參政慎中，晉江人。行草頗亦遒逸，而不諳八法，未脱塵氣。

楊修撰慎，伏膺吴興，而運筆蹇滯，指若木强者，亦頗自任。

羅文恭洪先，頗秀潤，出《聖母帖》，而豐肉少骨，穠媚有之，蒼老不足。

豐吏部道生，初名坊。家蓄古碑刻既富，一一臨摹，自大小篆、古今隸、章草、草行，無不明了，而筆頗滯，不能稱意。若遇其中年得意處，殘篇小碣，驟見之，必以爲古人也。

陳鳴野鶴，初習真書，略取鍾法，僅成蒸餅，後作狂草，縱横如亂芻，而張尚寶遜業絶喜之。楊秘圖珂者，初亦習二王，而後益放逸，柔筆疏行，了無風骨。此皆所謂南路體也。

馬司業一龍，用筆本流迅，而乏字源，濃淡大小，錯綜不可識，拆看亦不成章。有羅鹿齡者，少師之，稍變爲圓美，而多作俗筆。二人皆負，以爲正鋒者也。

方貢士元焕，在山東作行草，自矜以爲雄偉有力，而疏野粗放，備諸惡道。署書稍勝，亦無佛處稱尊耳。時有張書紳、蘇洲者，俱不知何許人。書紳行草似元焕，而少加圓利。洲作方丈以外大書，濃瀋數斛，信手飛步，倏忽而成，矯健有勢，間爲李、王，撮襟亦得。唯真行多俗撰，形模醜拙，而高自負許，良可笑也。

已上三則，皆邇時書中惡道也。

吴中丞維嶽，正行取豐媚而少遒勁，孝豐人。

無錫王問，有高名，作行草及署書，本無所師承，而風骨遒勁，渴筆縱體，往往與高相藏《醉翁亭記》法同。

無錫有俞憲者，亦能署書，而行筆不工。

天下法書歸吾吴，而祝京兆允明爲最，文待詔徵明、王貢士寵次之。京兆少年楷法自元常、二王、永師、秘監、率更、河南、吴興，行草則大令、永師、河南、狂素、顛旭、北海、眉山、豫章、襄陽，靡不臨寫工絶。晚節變化出入，不可端倪，風骨爛熳，天真縱逸，直足上配吴興，它所不論也。唯少傳世，間有拘局未化者。又一種行草，有俗筆，爲人謁寫亂真，頗可厭耳。待詔小楷師二王，精工之甚，惟少尖耳。亦有作率更者。少年草師懷素，行筆倣蘇、黄、米及《聖教》，晚歲取《聖教》損益之，加以蒼老，遂自成家，唯絶不作草耳。王正書初法虞永興、智永，行書法大令，最後益以遒逸，巧拙互用，合而成雅，奕奕動人。文以法勝，王以韻勝，不可優劣等也。

三君子下，有陳淳道復，以字行。正書初從文氏，欲取風韻，遂成媚側。行書出楊凝式、林藻，老筆縱横可賞，而結構多疏，亦南路之濫觴也。

吴中諸君子，余所知者王司業同祖，文太史甥也，正、行具體而微。袁提學衮，行草亦自疏逸。王吏部穀祥，正、行法趙吴興，雖老健而乏雅致。文博士彭、教諭嘉，小楷皆足箕裘。彭肉而圓，嘉俊而佻。行草則彭有懷素、孫過庭法，而傷率弱。臨摹雙鈎，俱我朝第一手也。陳方伯鎏，正書出入鍾、顔，而骨不勝肉，行草至徑尺始遒，署書愈大愈勝。陸少卿師道中年小楷《化度》、《麻姑》，清麗可愛。彭年孔嘉，小楷師率更，精工之甚，大則魯公、誠懸，方整遒勁。行筆眉山，差遠耳。許太僕初，真、行、草俱圓熟，所乏風稜。周天球公瑕，楷法二種：一種小變《宣示》，而肉微勝；一種出入吴興，而加媚嫵。黄姬水淳父，正書初宗虞永興，行筆本王履吉，而晚節加率。張貢士鳳翼，小楷擬《曹娥》，精雅有致，微傷矜局。王穉登百穀，出入淳父、公瑕，而加尖峭。崑山俞允文仲蔚，小楷絶得褚河南法，而以顔、柳筋骨幹之，遇所合作，深可嘉尚。而行筆頗倣河南，稍大則兼黄、米，而傷佻縱。王逢年舜華本有筆，而雜用之，遂不成家。雲間莫布政和忠，行草風骨朗朗，亦善署書。乃子是龍，小楷精工，過於婉媚，行草豪逸有態。

古隸在明世殊寥寥。聞雲間陳文東頗合作，然未之見也。獨文太史徵仲能究遺法於鍾梁，一掃唐筆。乃子彭繼之，亦自遒雅，少傷率易耳。吾州陸旅攜爲文氏甥，妙得其意，惜三十而夭，未見其止。少時日從事翰墨間，不解多乞之，深以爲恨。徵仲恒自負，隸法則不讓古人，而歉於篆。然余得其《千文》一本，亦在吴興堂廡也。陳道復作篆不甚經心，而自有天趣。王禄之差有準繩，亦善配合。周公瑕亦自熟，不免率易。吾向游青州，有高唐、齊東二王者，深於玉筯及大小篆，皆名筆也。

國朝書法當以祝希哲爲上，文徵仲、王履吉、宋仲温、宋仲珩次之，陸子淵、豐道生、沈華亭、徐元玉、李貞伯[一]、吴原博又次之，餘似未入品。

吾吴中自希哲、徵仲後，不啻家臨池而人染練。法書之迹，衣被遍天下，而無敢抗衡。雲間雖陸子淵能振其法於寥響之後，緣門户頗峻，師承者少。四明豐人翁自負書藪，第形模既不美

[一]「李貞伯」，原本衍一「伯」字，據《四庫》本、武林本删。

觀，加之狼戾難親，踪迹永絶。馬負圖狂翰，以暴得名，故昇歙之地亦有習者，既貽譏大雅，終非可久。維揚間亦傳。朱子价楷法，再傳之後，疏慢肥弱，種種因之。番禺士人近頗斐然，如黎郎中惟敬，於四體各有意，梁禮部思伯，楷法亦精，皆遠得徵仲結法。後進踵起，未可量也。

吾王氏墨池一派，爲烏衣馬糞奪盡，今遂奄然。庶幾可望者，吾季耳。吾眼中有筆，故不敢不任識書；腕中有鬼，故不任書。記此以解嘲。

藝苑卮言附録卷四

畫力可五百年，至八百年而神去，千年絶矣。書力可八百年，至千年而神去，千二百年絶矣。唯於文章更萬古而長新。書畫可臨可摹，文至臨摹則醜矣。書畫有體，文無體。書畫無用，文有用。體故易見，用故無窮。

書道成後，揮灑時入心不過秒忽；畫學成後，盤礴時入心不能絲毫；詩文總至成就，臨期結撰，必透入心方寸，以此知書畫之士多長年，蓋有故也。年在桑榆，政須賴以文寂寞。不取資生，聊用適意，既就之頃，亦自斐然。乃知歐九非欺我者。少學無成，老而才盡，以此自嘆耳。

書法故有時代，魏晉尚矣，六朝之不及魏晉，猶宋元之不及六朝與唐也。畫則不然。若魏晉，若六朝，若唐，若宋，若元，人物、山水、花鳥，各自成佛作祖，不以時代爲限。

張彦遠《歷代名畫記》，可謂詳備矣。諸葛武侯父子、右軍、大令，世所不知，將毋以功業、書名掩之乎？彦遠云：「上古之畫，跡簡意澹而雅正，顧、陸之流是也；中古之畫，細密精緻而臻麗，展、鄭之流是也；近代之畫，粲爛而求備，今人之畫，錯亂而無旨，衆工之迹是也。」又云：「顧、陸以降，畫跡鮮存，難悉言之。唯觀吴道玄之迹，可謂六法俱全，萬象必盡，神人假手，窮極造化也。」推尊可謂至矣，然《宣和畫譜》載道玄畫極多，皆神佛像，士女不過十之一二，山水遂絶響矣。

人物以形模爲先，氣韻超乎其表；山水以氣韻爲主，形模寓乎其中，乃爲合作。若形似無生氣，神彩至脱格，皆病也。

畫家稱顧、陸、張、吴，猶書之有鍾、張、羲、獻也。後又稱曹、衛、顧、陸，則書之鍾、皇、張、索耳。按其初議，亦不盡爾。謝赫《畫品》以一品五人，而陸探微居第一。其語曰：「窮理盡性，事絶言象，包前孕後，古今獨立，非復激揚所能稱贊。但價重之極乎上，上品之外，無它寄言，故屈標第一等。」曹不興第二，曰：「不興之迹，殆無復傳。唯秘閣之内，一龍而已。觀其風骨，名豈虚成。」衛協第三，曰：「(占)[古]畫之略，至協始精。六法之中，殆爲兼善。雖不該備形迹，頗得壯氣。凌跨群雄，曠代絶筆。」至顧愷之則列之三品之二，曰：「骨體精微，筆無妄下。但迹不逮意，聲過其實。」李嗣真《續畫品》則以陸探微居上品中第一，張僧繇上品下第二，衛協中品上第一，曹不興中品上第四，顧愷之中品上第五，而所進又多不可曉。姚最列齊、陳以下畫人，而張僧繇居第七。然姚又云：「顧公之美，獨擅往策。荀、衛、曹、張，方之蔑然。如負日月，似得神明。慨抱玉之徒勤，悲曲高而絶唱，分庭抗禮，未見其人。」謝云：「聲過其實，可爲於邑。」張懷瓘云：「顧公運思精微，襟靈莫測。雖寄迹翰墨，其神氣飄然，在烟霄之上，不可以圖畫間求。

象人之美，張得其肉，陸得其骨，顧得其神。神妙亡方，以顧爲最。喻之書則顧、陸比之鍾、張，僧繇比之逸少，俱爲古今之獨絶，豈可以品第拘？謝氏黜顧，未爲定鑒。」張彦遠則云：「顧愷之之迹，緊勁聯綿，循環超忽，調格逸易，風移電疾。意存筆先，筆盡意在，所以全神氣也。陸探微精利潤媚，新奇妙絶，名高宋代，時無等倫。張僧繇點曳斫拂，依衛夫人《筆陣圖》一點一畫，别是一功，鈎戟利劍森森然。吴道玄古今獨步，前不見顧、陸，後無來者。人假天造，英靈不窮，衆皆密於盼際，我則離披其點畫；衆皆謹於象似，我則脱落其凡俗。彎弧挺刃，直柱構梁，不假界筆、直尺。風鬚雲鬢，數尺飛動，毛根出肉，力健有餘。數仞之畫，或自臂起，或從足先，巨壯詭怪，膚脉連結，過於僧繇矣。」由此言之，典刑當首虎頭，精神故推道子，衛協調古，探微功新，可謂四聖。弗興迹猶隱顯，僧繇等方殆庶，比之於書，殆猶皇、索之倫耳。

謝赫第愷之而列三品之二，李嗣真第愷之而列中品上之第五，姚最列齊、陳以下人而張僧繇第七，朱景玄録唐朝名畫而遺曹霸，不得從二王之後，劉道醇著《畫繼》而巨然僅居能品，著《五代名畫補遺》而韓求、李梲、張圖、朱瑶之人物並居神品。宋之王瓘、王靄、孫夢卿、趙光輔、高益武、宗元亦如之。人固有幸有不幸也，賴其久而後定耳。王瓘一時賞譽騰踔，似可繼吴生，而遺迹永絶，良可浩嘆！

「氣像蕭疏，烟林清曠，毫鋒穎脱，墨法精微者，營丘之製也；石體堅凝，雜木豐茂，臺閣古雅，人物幽閑者，關氏之風也；峰巒渾厚，勢狀雄强，槍筆俱勻，人屋俱質者，范氏之作也。」此語似亦得大略矣。

南齊謝赫曰畫有六法：「一曰氣韻生動，二曰骨法用筆，三曰應物寫形，四曰隨類傅彩，五曰經營位置，六曰傳模移寫。」骨法以下五端可學而能，氣韻必在生知。宋劉道醇曰：「畫有六要、六長。氣韻兼力，一要也；格制俱老，二要也；變異合理，三要也；彩繪有澤，四要也；去來自然，五要也；師學舍短，六要也。麤鹵求筆，一長也；僻澀求才，二長也；細巧求力，三長也；狂怪求理，四長也；無墨求染，五長也；平畫求長，六長也。既明此六要，又審彼六長，自然知悟。宋郭若虚曰：「畫有三病，皆繫用筆。一曰板，謂腕弱筆癡，全虧取與，狀物平褊，不能圓渾。二曰刻，謂運筆中疑，心手相戾，勾畫之際〔一〕，妄生圭角。三曰結，謂欲行不行，當散不散，似物凝礙，不能流暢。未窮三病，徒舉一隅，鮮克用心，必煩晅眦。」元饒自然曰：「畫有十二忌：一曰布置拍密，二曰遠近不分，三曰山無氣脉，四曰水無源流，五曰境無夷險，六曰路無出入，七曰石止一面，八曰樹少四枝，九曰人物傴僂，十曰樓閣錯雜，十一曰滃淡失宜，十二曰點染無法。」若此十二病悉除，庶於六法可冀。

〔一〕「勾」，原本作「向」，據《四部叢刊續編》景宋本配元鈔本《圖畫見聞志》改。

語曰：「畫石如飛，白木如籀。」又云：「畫竹幹如篆，枝如草，葉如真，節如隸。」郭熙、唐棣之樹，文與可之竹，温日觀之葡萄，皆自草法中得來。此畫與書通者也。至於書體，篆隸如鵠頭虎爪、倒薤偃波、龍鳳麟龜、魚虫雲鳥、鵲鵠牛鼠、猴雞犬兔、科斗之屬；法如錐畫沙，印印泥，折釵股，屋漏痕，高峰墜石，百歲枯藤，驚蛇入草；比擬如龍跳虎卧，戲海游天，美女仙人，霞收月上。及覽韓退之《送高閑上人序》、李陽冰《上李大夫書》，則書尤與畫通者也。

張彦遠，顧愷之、張僧繇之功臣也；劉道醇、郭若虚，則李成、范寬、關仝之功臣也；米元章、沈括，則董源、巨然之功臣也。道子小損於元章，二李微疵於若虚，雖各尊所知，不無意味。

人物自顧、陸、展、鄭以至僧繇、道玄，一變也。山水，大小李一變也，荆、關、董、巨又一變也，李成、范寬又一變也，劉、李、馬、夏又一變也，大癡、黄鶴又一變也。趙子昂近宋人，人物爲勝；沈啓南近元人，山水爲尤。二子之於古，可謂具體而微。大小米、高彦敬以簡略取韻，倪瓚以雅弱取姿，宜登逸品，未是當家。

花鳥以徐熙爲神，黄筌爲妙，居寀次之，宣和帝又次之。沈啓南淺色水墨實出自徐熙，而更加簡淡，神彩若新，至於道復漸無色矣。

彦遠云：「古之嬪，臂纖而胸束，則自周昉而後小變矣；古之馬，喙尖而腹細，則自韓幹而後小變矣。」又云：「古畫山水，或水不容泛，或人大於山，專在顯其所長而不守於俗變。」又沈存中云：「書畫之妙，當以神會，難可以形器求也。」家有摩詰《雪中芭蕉》，此乃得心應手，意到便成。故造理入神，迥得天意。謝赫云：「衛協之畫雖不該備形迹，而有氣韻，凌跨群雄，曠代絶筆。」合而觀之，則吾郡之訾詆陸、謝者，亦未足服其心矣。

王摩詰閲《霓裳按樂圖》，知其爲第三疊第一拍；沈存中閲相國寺畫《高益奏樂圖》，琵琶撥下絃非誤；吴正肅因畫猫黑睛如線〔二〕，丹花披哆色燥，而辨其正午；宣和帝考畫孔雀而擿其右脚先上爲誤。雖是畫理，而無關畫趣。

彦遠又云：「吴道子畫仲由便戴木劍，閻令公畫昭君已著幃帽。殊不知木劍創於晉代，幃帽興於國朝。舉此凡例，亦畫之一病也。且如幅巾傳於漢魏，冪䍦起自齊、隋，幞頭始於周朝，折上巾，軍旅所服，即今幞頭也。用全幅皂向後幞髮，俗謂之幞頭。自武帝建德中裁爲四脚也。巾子創於武德，胡服靴衫豈可輒施於古像，衣冠組綬不宜長用於今人，芒屩非塞北所宜，牛車非嶺南所有。詳辨古今之物，商較土風之宜，指事繪形，可驗時代。其或長生南朝，不見北朝人物；習熟塞北，不識江南山川；遊處江東，不知京洛之盛。此則非繪畫之病也。」按此段語大有意，畫者不可不知。

郭若虚因之云：「漢魏以前始戴幅巾，晉宋之世方用冪䍦，後周以三尺皂絹向後幞髮，名

〔二〕「線」，原作「綿」，據《四部叢刊續編》景明本《夢溪筆談》卷十七改。

折上巾，通謂之幞頭。武帝時裁成四角。後魏、隋朝貴臣黄綾袍、烏紗帽、九環帶、六合靴，次用桐木黑漆爲巾子〔二〕，裹於幞頭内，前繫二脚，後垂二脚，貴賤服之。唐太宗嘗服翼善冠，貴臣服進賢冠，至則天朝以絲葛爲幞頭巾子，以賜百官。開元間始易以羅，又别賜供奉官、内臣圓頭宫樸巾子〔三〕。唐末用漆紗裹之，乃今幞頭也。三代皆衣襴衫，秦始皇時以紫緋緑袍爲三等服，庶人以白。此未爲定據。唐高宗以後，百官紫服、金玉帶，深淺緋服、金帶，緑服、銀帶，青服、鍮石帶，庶人黄銅鐵帶，武官五品以上佩魚〔三〕，後爲龜，尋復爲魚。又文官一品以下帶手巾、算袋、刀子、礪石。睿宗朝武官五品以上帶七事鞊鞢，開元初罷之。晉處士馮翼衣布大袖，周緣以皂，下加襴，前繫二長帶，隋唐朝野服之。三代以前皆跣足，後人始服木屐。伊尹爲草履。秦世參用絲革。靴本胡服〔四〕。唐代宗朝凡在宫人左右者，紅錦靿靴，」此郭若虚論畫衣冠異制也。彼謂三代以前皆跣足，非也。冠履之制詳自軒轅，何言跣也？古冠而不幘，漢元壯髮以幘蒙之，王莽頂秃，始加其屋。袁紹始製縑巾，魏武裁爲帛袷。林宗折角文若成歧，南渡永明改纚爲帽，白帢練

〔二〕「漆」，原本作「膝」，據《圖畫見聞志》卷一改。
〔三〕「奉」，原本作「服」，據《圖畫見聞志》卷一改。
〔三〕「武官」，原本脱，據《圖畫見聞志》卷一補。
〔四〕「本胡服」，原本脱，據《圖畫見聞志》卷一補。

布，盛自王承相以後。小冠博衣，彌於晉末。晉氏放曠，施屐賓筵，然有露卯、陰卯之異。婦人髻紒不一。元康以後，盛以五兵爲餙，束髮既緩，至被於額。余於《卮言》别録二卷詳著之。如若虚所論，極多挂漏，畫家不可不審也。今世畫人主即翼善冠、黄袍、玉束帶、無撻尾，涓人則今衫帽，貴官戴漢冠，餘士大夫戴唐巾，不復論時代也。豈直漢光東封，觀者有僧；梁武郊祀，從官乘馬而已哉！

凡三代、兩漢皆用馬車，魏晉至梁陳皆用牛車，元魏君臣有乘馬及牛車者。唐雖人主、妃后非乘馬即步輦，自郊祀之外，不乘車也。

按張彦遠之論畫曰：「失於自然而後神，失於神而後妙，失於妙而後精。精之爲病也，而成謹細。自然者爲上品之上，神者爲上品之中，妙者爲上品之下，精者爲中品之上，謹細者爲中品之中。」宋鄧椿云：「自昔鑒賞家分品有三：曰神，曰妙，曰能。」獨唐朱景真譔《唐賢畫録》，三品之外，更增逸品。其後黄休復作《益州名畫録》〔一〕，乃以逸爲先，而神、妙、能次之。景真雖云逸格不拘常法，用表賢愚，然逸之高，豈得附於三品之末？未若休復首推之爲當也〔二〕。其意

〔一〕「黄」，原本作「王」；「録」，原本作「記」，據宋刻本《畫繼》卷九改。
〔二〕「休復」，原本作「復休」，據前文乙正。

亦似祖述彦遠。愚竊謂彦遠之論，大約好奇，未甚循理。夫畫至於神，而能事盡矣，豈有不自然者乎？若有毫髪不自然，則非神矣。至於逸品，自應置三品之外，豈可居神品之表，但不當與妙、能議優劣耳。宋大小米、元高、倪雲山眉山竹石，足以當逸品。

郭若虚有云：「佛道、人物、士女、牛馬，近不及古；山水、林石、花竹、禽魚，古不及近；何以明之？顧愷之、陸探微、張僧繇、吴道元及閻立德、立本，皆純重雅正，性出天然。吴生之作，爲萬世法，號曰『畫聖』。張萱、周昉、韓幹、戴嵩氣韻骨法皆出意表，後之學者，終不能到，故曰近不及古。如李成、關仝、范寬、董源之迹，徐熙、黄荃、居寀之蹤，前不藉師資，後無復繼踵者。借使二李、三王之輩復起，邊鸞、陳庶之倫再生，亦將何以措手其間哉？故曰古不及近。」此語亦定論也。然人物以吴生爲聖，山水以營丘爲神。由此推之，則仲宋當推伯時，元初必讓子昂，蓋二君雖不敢凌吴蹈李，而能兼攝二家之長故也。

吴、李以前，畫家實而近俗；荆、關以後，畫家雅而太虚。今雅道尚存，實德則病。

夏文彦之論畫三品曰：「氣韻生動，出於天成，人莫窺其巧者，謂之神品；筆墨超絶，傅染得宜，意趣有餘者，謂之妙品；得其形似，而不失規矩者，謂之能品。」然則神品即自然矣。

文彦又云：「唐及五代絹素粗厚，宋絹輕細。御題畫真僞相雜。」余驗之無不合者。

沈存中云：「董北苑多寫江南真山，不爲奇峭。僧巨然祖述源法，皆臻妙理。大抵源及巨然畫筆，皆宜遠觀。其用筆甚草草，近視之，幾不類物象，遠觀則景物粲然，幽情遠思，如睹異境。」余於二君真跡不能多睹。每閱沈啓南筆而竊思其妙也。此老不唯隆準，亦時時出藍。

畫家稱大小李將軍，謂昭道、思訓也。畫格本重大李，而舉世只知有小李將軍，不得其説。吾嘗於徐封所見小李《海天落照圖》，真是妙品。後一辱權門，再入内府，聞已就燬矣。大抵五代以前畫山水者少，二李輩雖極精工，微傷板細。右丞始能發景外之趣，而猶未盡。至關仝、董源、巨然輩，方以真趣出之，氣概雄遠，墨暈神奇，至李營丘成而絶矣。營丘有雅癖，畫存世者絶少，范寬繼之，奕奕齊勝。此外如高克明、郭熙輩，亦自卓然。南渡以前，獨重李公麟伯時。伯時白描人物遠師顧、吴，牛馬斟酌韓、戴，山水出入王、李，似於董、李所未及也。

遍綜古人之論，則畫家以顧、陸爲聖，而以道子爲神。吴生既起，則前有張、閻，後有昉、幹，皆當辟舍。然以昭代格之數子，而在顧、陸不失連城，吴生少劣其價。何者？巨壁高障，宜於剎宇，非素室之蓄也；胡神祆像，徑丈累尋，非雅士之所喜也；怒目掀脣，欻火奔雷，非方内之所賞也。即瓘、靄、求、（祝）［柷］圖異之徒，畫史流褒，以爲得受業吴門，當稱殆庶。今不唯無遺迹可尋，詢之鑒藏之家，若秋風過耳，了不相入，抑不特此。使摩詰、思訓去題而存跡，恐不能勝叔明、子久；使中正、克明滅款而論值，必當在伯時、吴興下矣。此雖習耳成好，習好成風，探其所繇，未可盡非。第未有孔聖之集大成，金聲玉振者也。自元人之擅熾，啓南之振聲，文氏之多助，去俗者别爲鑒賞，喜易者争務點綴，六法漸湮，可爲浩嘆。

唐之人、馬，韓幹固灼灼矣。人不如周昉，馬不如曹霸、陳閎也。宋花鳥最著者，黄荃父子，然遠不如徐熙也。虎最著者，包鼎，然遠不如趙邈卓也。在當時已有定論，後人偶不知耳。若幹晚年馬，定不在閎、霸下。

有二名而一人者，范中正、范寬也。中正性落拓迂緩，人或以范寬目之，後遂用以題識，宣和秘殿所收亦有之。然妄者不知，而以無款古畫題曰：「臣范寬進。」不知其不敢以范寬進御也。有一款而二人者，鍾隱也。隱，天台人。師郭乾暉，其於鷙鳥、荆棘尤妙。李後主煜所蓄極多，然煜所作畫亦題曰「鍾隱」，蓋托之鍾山隱者以自寓也。米元章不知有鍾隱，凡畫鷙鳥、荆棘，皆屬之後主，尤可笑也。

唐王洽之潑墨，每醉，先以墨瀋潑圖障之上，乃因其形像，山石林泉，雲霞卷舒，自然天成，倏若造化。張璪之畫松石、山水，以手握雙管，一爲生枝，一爲枯栟，四時之行，驅筆得之。所畫山水則高低秀絶，咫尺深重，幾若斷聯。二子一則群品推逸，一則衆論稱神。然以予言之，睹一時縱横之狀，能不目驚；尋六要盤礴之原，未當心醉。後覽彦遠《記》云所收洽跡頗不少，亦未見絶人。《名畫雜記》王墨，即洽也。又載李靈省亦類是。

南渡以後，李唐、劉松年、馬遠、夏珪四家俱登祇奉，各著藝聲。畫家雖以殘山剩水目之，然可謂精工之極也。或云四家是梅道人吴仲圭。

畫家中目無前輩，高自標樹，毋如米元章。此君雖有氣韻，不過一端之學，半日之功耳。然不免推尊顧、陸，恐是好名，未必真合。友仁不失虎頭，吴仲圭差有工力，仲圭是從北苑、巨然來。

文與可畫竹，是竹之左氏也。子瞻却類莊子。又有息齋李衎者，亦以竹名。所謂東坡之筆妙而不真，息齋之竹真而不妙者是也。梅道人始究極其變，流傳既久，真贋錯雜。我朝王孟端、夏仲昭，可入能品，而不得其風神。邇來專爲畫家避拙免俗之一途矣。

趙松雪孟頫、梅道人吴鎮仲圭、大癡老人黄公望子久、黄鶴山樵王蒙叔明，元四大家也。高彦敬、倪元鎮、方方壺，品之逸者也。盛懋、錢選其次也。松雪尚工人物、樓臺、花樹，描寫精絶。至彦敬等，直寫意取氣韻而已。今時人極重之，宋體爲之一變。彦敬似老米父子而别有韻。子久師董源，晚稍變之，最爲清遠。叔明師王維，穠郁深至。元鎮極簡雅，似嫩而蒼。或謂宋人易摹，元人難摹。元人猶可學，獨元鎮不可學也。余心頗不以爲然，而未有以奪之。

《職貢圖》乃梁元帝鎮荆州作，首虜而後蠻〔一〕，凡三十餘國。即蕭翼携以示僧辨才者也。

〔一〕「虜」前，原本衍「索」字，宋刻《百川學海》本《學齋占畢》卷二删。

《王會圖》，則貞觀三年東蠻謝元深朝，顔師古請訪《周書·王會篇》，命閻立本圖之，爲《王會圖》。唐武宗會昌中，黠戞斯來朝，李德裕請爲《續王會圖》。閻令又有《西域圖》，兼彼土山川，而絶色伽梨，凡九國，中有狗頭大耳鬼國。用修謂梁元有《職貢》，而閻令無之，則非也。宣和内府有立本《職貢圖》二，又《異國鬥寶》一，即所謂狗頭大耳也。《西園圖》，顧愷之畫魏太子清夜游，有梁諸王跋尾，褚河南裝。自張承相弘靖家入内府，崔監軍潭峻將出，轉入王承相涯家，流落歸郭侍郎，令狐承相復入内府。今所傳《西園圖》乃王晉卿求李檢法公麟畫蘇、黄、米、秦諸公雅集本也。

明興，善丹青者何啻數百家，然其最馳名者不過十之一耳。其山水、人物、花卉、禽魚，不過數種，而吾吴大約獨踞其太半，即盡諸方之燁然者，不敵也。聊志於後。畫院衹候至宣宗朝始盛。宣宗亦雅善繪事，而是時戴文進被徵，獨見讒放歸，以窮死。文進名璡，錢唐人。死後人始重之，至以爲「國朝第一」。文進源出郭熙、李唐、馬遠、夏珪，而妙處多自發之，俗所謂行家兼利者也。

沈周，字啓南，别號石田，吴之相城人。其父亦善畫，能起雅去俗矣。至啓南而造妙。凡北宋、胡元名手，一一能變化出入，而獨於董北苑、僧巨然、李營丘尤得心印，稍以己意發之。遇得意處，恐諸公未必便過也。啓南有一種本色不甚稱，而以名高，歷年久，贋作紛紛。傳中原李伯華至品之爲第三，且目之爲僵爲枯。余因訪伯華，悉取沈畫觀之，然無一真本也，爲大笑而出。邇來吴中名哲，益推重啓南，争購之。佳者溢至，而其價遂與宋元諸名家等，識者不以爲過。或謂啓南倣諸筆意俱奪真，獨於倪元鎮不似，蓋老筆過之也。

杜堇初，姓陸，别號古狂。其界畫樓閣、人物嚴雅，深有古意，而山水樹石不甚稱，亦是白描第一手也。花卉頗精雅。

吴偉，江夏人，别號小仙，入供奉仁智殿。其畫人物出自吴道子，縱筆不甚經意，而奇逸瀟洒動人。山水樹石俱作斧劈皴，亦大遒緊。宜畫祠壁、屏障間。至於行卷、單條，恐無取也。傳偉法者，平山張路最知名，然不能得其秀逸處，僅有遒勁耳。北人重之，以爲至寶，真贋錯雜，醜徒寔繁，偉亦不免惡道之累矣。

唐寅，字伯虎，吴人。領鄉薦第一，坐事就吏。伯虎材高，自宋李營丘、范寛、李唐、馬、夏以至勝國吴興、王、黄數大家，靡不研解。行筆極秀潤縝密而有韻度，唯小弱耳。

文待詔徵明見前。待詔出趙吴興及叔明、子久間，有董北苑筆意，大概自啓南不少也。遇合作處，單行矮幅，神采氣韻，儼有生氣，真足嘉賞。公既名重夷裔，而市井小夫贋作規利者多，流傳遠邇，百不得一，世人亦不解分别。大約以公視伯虎，可稱伯季。

周臣，别號東村，亦吴人。所得宋、郭、李、馬、夏法尤深，其用筆視唐生亦熟，特所謂行家意勝耳。唐每有酬應，多從臣，磅礴始落筆。若臣者，可謂外接文進者也。

仇英者，號十洲，其所出微，常執事丹青，周臣異而教之，於唐宋名人畫無所不摹寫，皆有稿本。其臨筆能奪真，米襄陽所不足道也。嘗爲周六觀作《上林圖》，人物、鳥獸、山林、臺觀、旗輦、軍容，皆臆寫古賢名筆斟酌而成，可謂繪事之絶境，藝林之勝事也。使仇少能以己意發之，凡所揮洒，何必古人？

陳淳，字道復，長洲人，後以字行。道復善詞翰，少年作畫亦學元人爲精工。中歲忽斟酌二米、高尚書間，寫意而已。其於花鳥尤有深趣，而淺色淡墨，久之漸無矣。子括於花卉似勝。

吴中又有張靈夢晉，善小竹石花鳥、周官山水，於白描尤精絶。吴延孝善花卉，而以早逝，故少傳世。

謝時臣，别號樗仙，頗能畫屏障大幅，有氣概而不無絲理之病，此亦外兼戴、吴二家派者也。

王吏部穀祥，長洲人。以失意棄官，數薦不起，天下高之。吏部少寫生，染渲有法度，爲士林所重。中年絶不肯落筆，凡人間所傳者，皆贋本也。

陸治，字叔平，吴諸生。有風調而極耿介，將八十矣。與余善。叔平工寫生，能得徐、黄遺意，不若道復之妙而不真也。其於山水，喜倣宋人，而時時出己意，風骨峻削，霞思湧叠，而不免露蹊徑。謂余更二年當大成，余甚壯之。

文待詔猶子伯仁，少傳家學，而時時發以巧思。横披大幅，頗負出藍之聲。晚節自足，間入紕路，聲亦小減。待詔次子嘉，作山水清遠有雲林之趣，士林貴之。

錢穀，字叔寶，亦與余善。備有沈氏之法，力稍不如耳。嘗與余畫《池上篇》、《西園圖》，溪山深秀，至二卷爽朗幽深，各自有致。

吕紀，寧波人。以薦入，供事仁智殿，至錦衣指揮。紀爲禽鳥，如鳳、鶴、孔翠、鴛鴦之類，俱有法度，生氣奕奕。當時極貴重之，今以時趣漸減矣。其鄉人傳摹屏障以鬻，愈可厭。

林良者，亦以薦爲錦衣百户，供奉内廷〔一〕。良取水墨爲烟波出没，鳧雁嚵唼、容與之態，頗見清澹，而無神采。同時有孫龍者尤甚。

叔平負節癖，晚益甚。有一貴官子，因所知某以畫請，叔平爲作數幅答之，乃贄幣直數十金以謝。叔平曰：「吾爲所知某，非爲公也。」立却之。余遘先戚廬居則致吊，更數月，見遺《桃源圖》大襞紙，曰：「區區三歲之力，以博一笑耳，非敢有請也。」後更托，余所知來意欲求爲傳。

〔一〕「内廷」二字，原本脱，據清康熙觀妙齋刻本《無聲詩史》卷二「林良」補。

余素高其人，許之。叔平乃大喜，贄幣拜請。余文成，會襄先事，叔平蹴蹴行至墓所，余報謝，邀留竟日夕。其所居蕭然也，呼羊酒劇飲，自是從洞庭游，得余詩，輒分爲十六景，畫以見貽。又爲余臨王安道《華山圖》四十，皆有妙致，余固未之敢請也。凡叔平畫，强之必不得，不强乃或可得。

劉完庵珏，畫亦自精絶，有勝國人風。張静之寧，自以才情著耳，恐未是當家。

白石翁沈啓南，泛愛闊達。人或作翁贋畫求題，翁亦欣然爲書，不較也。以故翁贋迹滿天下。至其晚來自收真迹，亦有收得臨本者。弘治中，給事、御史俱被逮。太宰屠公滽請以諸曹散郎署其事，學士楊公守阯書争之，以爲宜上疏出諸逮者，不宜遷就，以長君過。會事解，翁聞而心韙楊，作五言長篇五百字譏切屠公甚。後有惡翁者聞於屠，屠遂和韻寄翁，雖微自解，了不介意。翁愧之，復和韻以謝，自是遂成知己。後屠氏得翁畫甚多，前後餉遺翁不絶，人兩賢之。

嘉靖初，周東村臣畫方有聲，而分宜爲南吏部，索其畫多不能應，至屬撫臣行遣，幾有鋃鐺之厄，懇要人居間稍解，猶追至南京，爲作兩月畫，微酬其直，委頓而歸。孫滁陽爲河南憲，怒張平山路不時見，至，誘之入，桚其左手指，以右手畫鍾馗。適左轄往候，懇之始解。張感左轄恩，竭平生力作四畫以酬之，頗聞於世。同一伎也，人之遇不遇，一至於此。

文待詔稱啓南爲先生，每謂人：「吾先生非人間人也，神仙人也。百文某安敢望？」觀啓南得意處，理應如此語。家弟一日問待詔：「道復嘗從翁學書畫耶？」待詔微笑謂：「吾，道復舉業師耳。渠書畫自有門逕，非吾徒也。」意不滿之如此。

待詔書畫平生三不肯應，謂親藩、中貴人、外國人也。然自其子弟、門舊、宗戚購得者亦不少。

正德末，待詔困諸生，而伯虎爲山人以老。寧庶人慕其書畫名，以金幣卑禮聘之。待詔謝弗往。伯虎往，而睹庶人有反狀矣，乃陽爲清狂。寧使至，或縱酒箕踞謾駡，至露其穢。庶人曰：「果風耶？」放之歸。歸二年，而庶人反，伯虎已卒矣。待詔自是名益重，以薦起，預修國史。北人同館局者從待詔丐畫不以禮，多弗應，輒流言曰：「文某當從西殿供事，奈何辱我翰林爲？」待詔聞之，益不樂，決歸矣。歸三十年，名益高，海内走候請丐無虚日，所居重於卿相。

楊君謙《吴中往哲記·風雅類》云：「沈氏二先生，兄曰貞吉，號南齋；弟曰恒吉，號同齋。相城故家皆工唐律，善繪事，每賦一詩，營一障，必累月閲歲乃出，不可以錢帛購取，故尤以少得重。家庭之間，自相倡酬，下至僕隸，悉諳文墨。並年八十餘。」啓南，即恒吉子也。王百穀以二老與啓南並登神品，則稍涉曲筆。

山東李伯華開先家藏明畫幾百幅，嘗出以示余，無一真者。而肆爲等品，妄加評騭，梓行之世。真所謂盲人觀場，可資嗢噱。

附録

重刻藝苑卮言叙

合肥黄道日撰

詩文至宋元爲一厄，匪獨世代江河。則宋人迂腐，才既綿弱，識更區瞀，道學門多藉之藏拙，即有數人疑信漢魏，可爲扼腕。

國朝采其制以羅士，意在熙文，而天下鄉風，恬不忍置。弘、正間稍復吐氣，論者至謂祖宗休養之久，清淑再聚，日月重朗，明蓋直接漢魏，中間殆如虚谷。顧宋人敢於排漢魏，而近世經生尚爾斐褱，欲以階梯青紫。雖經表白之後，一經之外，不辨菽麥者夥已。王氏元美趨續北地，憫世情深，輯此《卮言》，即揚榷前代，不免搜羅，而諸所不遺，覽者便焉。至於時人之評，尚在月旦；蓋棺之後，或有另議。初學鴻寶，亡逾此者。往吴刻甚精，草自元美，復爾忌直，近似微靳。然後學不聞，惠恐不遍，兹復爲廣布，蕲一洗浸淫於宋元之陋者，共成不刊之美。儻所未罄，其事可以類推。能者意會之，自知便矣。

時彊圉大淵獻，則壯書於青陽山房。

（此序據累仁堂本卷首録）

謝榛◇撰

詩家直說 四卷

侯榮川◎點校

詩家直説卷一

一百二十九條

東郡　謝　榛　著
東郡　蘇　潢　仝校
赤城　陳養才
東郡　張季彦　仝閲
新安　程兆相　詳校

《三百篇》直寫性情〔一〕，靡不高古，雖其逸詩〔二〕，漢人尚不可及。今學之者〔三〕，務去聲律，以爲高古。殊不知文隨世變，且有六朝、唐、宋影子，有意於古，而終非古也〔四〕。

〔一〕「三百篇」，麗澤館本作「周人」。
〔二〕「逸詩」下，麗澤館本多「尚存」二字。
〔三〕「之」，麗澤館本作「三百篇」。
〔四〕「終」，麗澤館本無。

唐山夫人《房中樂》十七章[一]，格韻高嚴，規模簡古，駸駸乎商、周之《頌》。迨蘇、李五言一出，詩體變矣，無復爲漢初樂章，以繼《風》、《雅》，惜哉！

詩以漢、魏並言，魏不逮漢也。建安之作，率多平仄穩帖，此聲律之漸。而後流於六朝，千變萬化，至盛唐極矣。

詩有可解、不可解、不必解，若水月鏡花，勿泥其迹可也。[二]

《越裳操》止三句[三]，不言白雉而意自見，所謂「大樂必易」是也。及班固《白雉》詩，加之形容，古體變矣。

傅玄《艷歌行》，全襲《陌上桑》。但曰：「天地正厥位，願君改其圖。」蓋欲辭嚴義正，以裨風教。殊不知「使君自有婦，羅敷自有夫」，已含此意，不失樂府本色。

《木蘭詞》後篇不當作。末曰：「忠孝兩不渝，千古之名焉可滅。」此亦玄之見也。

詩文以氣格爲主，繁簡勿論。或以用字簡約爲古，未達權變。善用助語字，若孔鸞之尾，不

[一] 「十」，麗澤館本作「本」。

[二] 此條下麗澤館本多一條：《拘幽操》必非文王所作。羑里演《易》，聖人安時順命，豈有怨憤之辭哉？

[三] 「三」，麗澤館本作「五」。

可少也。太白深得此法。予讀《文則》、《冀越記》、《鶴林玉露》，皆謂作古文不可去助語字，俱引《檀弓》「沐浴佩玉」爲證。予見略同。

作詩繁簡，各有其宜，譬諸衆星麗天，孤霞捧日，無不可觀。若《孔雀東南飛》、《南山有鳥》是也。

六朝以來，留連光景之弊，蓋自《三百篇》比興中來。然抽黄對白，自爲一體。《紫騮馬歌》曰：「燒火燒野田，野鴨飛上天。」此古詞也。《折柳行》曰：「默默施行違，厥罰隨事來。」亦古辭也。《陌上桑》曰：「駕虹霓，乘赤雲，登彼九嶷歷玉門。」此魏武帝之作也。《秋胡行》曰：「思與王喬乘雲遊八極。」此嵇康之作也。《董逃行》曰：「遥望五雲端，黄金爲闕，班璘峋。」魏人擬作也[一]。古人命題措辭如此。歐陽公：「《小雅·雨無正》之名，據《序》所言，與詩絶異。」當闕其所疑。

題外命意，善作者得之。不然，流於迂遠矣。

揚雄作《反騷》、《廣騷》，班彪作《悼騷》，梁悚亦作《悼騷》，摯虞作《愍騷》，應奉作《感騷》。

[一]「董逃行」以下至此，麗澤館本無。

漢、魏以來，作者繽紛〔一〕，無出屈、宋之外。

《詩》曰：「覯閔既多，受侮不少。」初無意於對也〔二〕。《十九首》云：「胡馬依北風，越鳥巢南枝。」屬對雖切，亦自古老。六朝惟淵明得之，若「荒草何茫茫，白楊亦蕭蕭」是也。

凡作近體，誦要好，聽要好，觀要好，講要好〔三〕。誦之行雲流水，聽之金聲玉振，觀之明霞散綺，講之獨繭抽絲。此詩家四關。使一關未過，則非佳句矣〔四〕。

詩有造物。一句不工，則一篇不純，是造物不完也。造物之妙，悟者得之，譬諸産一嬰兒，形體雖具，不可無啼聲也。趙王枕易曰：「全篇工致而不流動，則神氣索然。」亦造物不完也。

古《采蓮曲》、《隴頭流水歌》，皆不協聲韻，而有《清廟》遺意。

作詩不可用難字，若柳子厚《奉寄張使君》八十韻之作，篇長韻險，逞其問學故爾〔五〕。

唐律，女工也；六朝，隋唐之表，亦女工也。此體自不可少。

〔一〕「繽紛」，麗澤館本作「紛紜」。

〔二〕「初」，麗澤館本作「此」。

〔三〕「聽要好」以下至此，麗澤館本作「觀要好，講要好，聽要好」。

〔四〕「使一關」以下至此，麗澤館本無。

〔五〕「逞其問學故爾」，麗澤館本作「不得不爾」。

魏武帝《善哉行》七解，魏文帝《煌煌京洛行》五解，全用古人事實〔一〕，不可泥於詩法論之。作詩雖貴古淡，而富麗不可無。譬如松篁之於桃李，布帛之於錦繡也。

詩至三謝，迺有唐調；香山九老，迺有宋調；胡元諸公，頗有唐調；國朝何大復、李空同，憲章子美，翕然成風〔二〕。吾不知百年後，又何如爾？〔三〕

杜子美詩：「日出籬東水，雲生舍北泥。竹高鳴翡翠，沙僻舞鵾雞。」此一句一意，摘一句亦成詩也。蓋嘉運詩：「打起黄鶯兒，莫教枝上啼。啼時驚妾夢，不得到遼西。」此一篇一意，摘一句不成詩矣。

用事多則流於議論。子美雖爲「詩史」，氣格自高。

《世説新語》：「謝公問諸子弟：『《毛詩》何句最佳？』玄曰：『昔我往矣，楊柳依依。今我來思，雨雪霏霏。』」聖經若論佳句，譬諸九天而較其高也。嚴滄浪曰：「漢魏古詩，氣象渾厚，難以句摘。」況《三百篇》乎？」滄浪知詩矣。

陶潛不仕宋，所著詩文，但書甲子；韓渥不仕梁，所著詩文，亦書甲子。渥節行似潛而詩綺

〔一〕「人」，麗澤館本作「今」。
〔二〕此下麗澤館本多「二公力也」四字。
〔三〕此下麗澤館本多：「子建之詩，三謝之根也；昌黎之詩，九老之根也。」

靡，蓋所養不及爾。薛西原曰：「立節行易，養性情難。」

《輟耕録》曰：樊宗師絳《守居園池記》，艱深奇澀，人莫能誦。宋王晟、劉忱爲之注釋，趙仁舉爲之句讀，誠可怪也。韓退之作宗師墓誌銘曰「文從字順各識識」，蓋譏之也。退之《城南聯句》，意深語晦，相去幾何〔二〕？

古詩之韻如《三百篇》協用者，「西北有高樓，上與浮雲齊」是也；如洪武韻互用者，「灼灼園中葵，朝露待日晞」是也；如沈韻拘用者，「有鳥西南飛，熠熠似蒼鷹」是也。漢人用韻參差，沈約《類譜》，始爲嚴整。《早發定山》，尚用「山」、「先」二韻。及唐以詩取士，遂爲定式，後世因之，不復古矣。楊誠齋曰：「今之《禮部韻》，乃是限制士子成文〔三〕，不許出韻，因難以見工爾。至於吟詠性情，當以《國風》、《離騷》爲法，又奚《禮部韻》之拘哉？」鄒國忠曰：「不用沈韻，豈得謂之唐詩？」古詩自有所叶，如「靡室靡家，玁狁之故」，曹大家字本此。

詩宜擇韻。若「秋」、「舟」平易之類，作家自然出奇；若「眸」、「甌」粗俗之類，諷誦而無音響；若「鎪」、「搜」艱險之類，意在使人難押。

〔二〕「相去幾何」，麗澤館本作「何異宗師」。
〔三〕「成」，麗澤館本作「程」。

《鶴林玉露》曰：「詩惟拙句最難。至於拙，則渾然天成，工巧不足言矣。」若子美「雷聲忽送千峰雨，花氣渾如百和香」之類，語平意奇，何以言拙？劉禹錫《望夫石》詩：「望來已是幾千載，只是當年初望時。」陳后山謂「辭拙意工」，是也。

《餘師録》曰：「文不可無者有四：曰體，曰志，曰氣，曰韻。」作詩亦然。體貴正大，志貴高遠，氣貴雄渾，韻貴雋永。四者之本，非養無以發其真，非悟無以入其妙。

《塵史》曰：王得(仁)[臣]謂七言始於《垓下歌》，《柏梁》篇祖之。劉存以「交交黄鳥止於桑」爲七言之始。合兩句爲一，誤矣。《大雅》曰：「維昔之富不如時。」《頌》曰：「學有緝熙於光明。」此爲七言之始，亦非也〔一〕。蓋始於《擊壤歌》「帝力於我何有哉〔二〕」。《雅》、《頌》之後，有《南山歌》、《子産歌》、《採葛婦歌》、《易水歌》，皆有七言，而未成篇。及《大招》百句，《小招》七十句，七言已盛於楚，但以參差語間之，而觀者弗詳焉〔三〕。

賈誼《惜誓賦》曰：「惜予年老而日衰兮，歲忽忽而不返。黄鵠神龍猶如此兮，况賢者之逢

〔一〕「亦非也」，麗澤館本作「王氏亦誤矣」。

〔二〕「蓋始於」以下至此，麗澤館本作「蓋始於帝堯《神人暢》也」。

〔三〕「但以參差」以下至此，麗澤館本無。又，此條後麗澤館本多一條：

摯虞《文章流别論》曰：七言者，「交交黄鳥止於桑」是也。劉存之説本此。

亂世哉！」誼年三十而曰「衰老」，遭際漢文而曰「亂世」，氣短量狹如此。〔二〕《漢史》誼傳獨載《弔屈原》、《鵩鳥》二賦，而無此篇。洪興祖以爲瓌異奇偉，非誼莫能及，而并録《傳》中。豈興祖誤邪？

謝瞻《從宋公戲馬臺送孔令》曰：「聖心眷佳節，揚鑾戾行宫。」謝靈運曰：「良辰感聖心，雲旗興暮節。」是時晉帝尚存，二公世臣，媚裕若此。靈運又曰：「韓亡子房奮，秦帝魯連恥。」何前佞而後忠也？

《漢書》曰：「不歌而誦謂之賦。」若《子虚》、《上林》，可誦不可歌也。然亦有可歌者。若《長門賦》曰：「夫何一佳人兮，步逍遥以自虞。魂逾佚而不返兮，形枯槁而獨居。」《悼李夫人賦》曰：「美連娟以脩嫮兮，命樔絶而不長。飾新宫以延佇兮，泯不歸乎故鄉。」二賦情詞悲壯，韻調鏗鏘，與歌詩何異？

謝靈運擬魏文帝《芙蓉池》之作，過於體帖。宴賢之際，何乃自陳德業哉？

江淹擬劉琨，用韻整齊，造語沉著，不如越石吐出心肺。

作詩譬諸用兵，慎敵則勝。命題雖易，不可率然下筆。至於渾化，無施不可。

〔二〕 按，此條麗澤館本在「《輟耕録》曰」條後。又，以下文字麗澤館本無。

《霏雪録》曰：「唐詩如貴介公子，舉止風流；宋詩如三家村乍富人，盛服揖賓，辭容鄙俗。」殊不知老農亦有名言，貴介公子不能道者。林逋曰：「茂陵他日求遺稿，猶喜曾無封禪書。」此乃反唐人之意。竇庠曰：「漢家若欲論封禪，須及相如未病時。」韋蘇州曰：「窗裏人將老，門前樹已秋。」白樂天曰：「樹初黄葉日，人欲白頭時。」司空曙曰：「雨中黄葉樹，燈下白頭人。」三詩同一機杼，司空爲優。善狀目前之景，無限凄感，見乎言表。

魏武帝《短歌行》，全用《鹿鳴》四句，不如蘇武「鹿鳴思野草，可以喻佳賓」，點化爲妙。「沉吟至今」可接「明明如月」，何必《小雅》哉？蓋以養賢自任而牢籠天下也。真西山不取此篇，當矣。及觀《藝文類聚》〔一〕，所載魏武帝《短歌行》曰：「對酒當歌，人生幾何？譬如朝露，去日苦多。明明如月，何時可掇？憂從中來，不可斷絶。月明星稀，烏鵲南飛，繞樹三匝，無枝可依。山不在高，水不在深，周公吐哺，天下歸心。」歐陽詢去其半，尤爲簡當，意貫而語足也〔二〕。

劉才甫曰：魏武《短歌行》，意多不貫，當作七解可也。

〔一〕「及觀」，麗澤館本無。又「藝文」以下文字麗澤館本别作一條。

〔二〕「貫」，麗澤館本作「完」。

黄山谷曰：「彼喜穿鑿者，棄其大旨，取其發興於所遇林泉、人物、草木、魚蟲，以爲物物皆有所托，如世間商度隱語，則詩委地矣。」予所謂「可解、不可解、不必解」，與此意同。

七言絶句，盛唐諸公用韻最嚴；大曆以下，稍有旁出者。作者當以盛唐爲法。盛唐人突然而起，以韻爲主，意到辭工，不假雕飾；或命意得句，以韻發端，渾成無迹，此所以爲盛唐也。宋人專重轉合，刻意精鍊；或難於起句，借用傍韻，牽强成章，此所以爲宋也。

七言絶、律，起句借韻，謂之「孤雁出群」，宋人多有之。寧用仄字，勿借平字，若子美「先帝貴妃俱寂寞」、「諸葛大名垂宇宙」是也。

《山房隨筆》四《禽言》，予録其一曰：「鵓鴣鴣，鵓鴣鴣，帳房遍野相喧呼。阿姊含羞對阿妹，大嫂揮涕看小姑。一家不幸俱被擄，猶幸同處爲妻孥。願言相憐莫相妒，這個不是親丈夫。」此作可悲，讀者尚不堪〔一〕，况遭其時乎？

晉傅咸集七經語爲詩。北齊劉晝緝綴一賦，名爲《六合》。魏收曰：「賦名《六合》，其愚已甚。及觀其賦，又愚於名。」後之集句肇於此。

〔一〕「讀者」，麗澤館本作「予讀之」。

唐人集句謂之「四體」，宋王介甫、石曼卿喜爲之，大率逞其博記云爾〔一〕。不更一字，以取其便；務搜一句，以補其闕。一篇之作，十倍之工，久則動襲古人，殆無新語，黄山谷所謂「正堪一笑」也。

《玉海》曰：「《胡笳十八拍》四卷，漢蔡琰撰。幽憤成此曲，以入琴中。唐劉商，宋王安石、李元白，各以集句效琰。」好奇甚矣。〔二〕

漢武帝柏梁臺成，詔群臣能爲七言者，乃得與坐〔三〕。有曰「總領天下誠難治」，有曰「和撫四夷不易哉」，有曰「三輔盗賊天下危」，有曰「盗隔南山爲民灾〔四〕」，有曰「外家公主不可治」。是

〔一〕「逞」，麗澤館本作「示」。

〔二〕此條後麗澤館本多三條：

子美曰：「錦城絲管日紛紛，半入江風半入雲。此曲祇應天上有，人間能得幾迴聞？」予嘗疑此非子美所作。及讀無名氏《水調歌》五章，其入破第二疊與杜一字不差，何以誤入杜集也？

《文章正宗》《古詩十九首》止收八首。若「青青河畔草」，起興雖古，終篇無謂，弗取，是也。若「冉冉孤生竹」，托寓悠遠，末有規諷，亦弗取，何哉？

古詩云：「服食求神仙，多爲藥所誤。不如飲美酒，被服紈與素。」此闢異端以破愚惑，漢武帝酷信方士，切中時病。惜乎中篇不規以正，真西山不取，豈坐是哉？

〔三〕「與」，麗澤館本作「上」。

〔四〕「隔」，麗澤館本作「偪」。

時君臣宴樂，相爲警誡，猶有三代之風。後世以詩諷諫而獲罪者，可勝嘆哉！

漢高帝《大風歌》曰：「安得猛士兮守四方。」後乃殺戮功臣。魏武帝《對酒歌》曰：「耄耋皆得以壽終，恩澤廣及草木昆蟲。」坑流民四十餘萬〔一〕。魏文帝《猛虎行》曰：「與君結新婚，托配於二儀。」甄后被讒而死〔二〕。張華《勵志》詩曰：「甘心恬澹，栖志浮雲。」竟以貪位被殺。郭璞《遊仙》詩曰：「長揖當塗人，去作山林客。」亦爲王敦所殺〔三〕。隋煬帝《景陽井銘》曰：「前車已覆，後乘將没。」淫亂尤甚於陳〔四〕。唐玄宗《過寧王宅》詩曰：「復尋爲善樂，方驗保山河。」天寶荒政，宗廟播遷。李林甫《贈韓席侍郎》詩曰：「揆予秉孤直，虚薄忝文昌。」日懷奸險〔五〕，蠹害朝政。盧仝《送伯齡》詩曰：「努力事干謁，我心終不平。」後與王涯之禍。高駢《寫懷》詩曰：「却恨韓彭興漢室，功成不向五湖遊。」節度淮南〔六〕，驕横被誅〔七〕。予筆此數事，以爲行不顧言

〔一〕「坑」，麗澤館本作「乃坑」。
〔二〕「被」，麗澤館本作「乃被」。
〔三〕此句麗澤館本作「乃被王敦害之」。
〔四〕「淫亂」，麗澤館本作「乃淫亂」。
〔五〕「日懷」，麗澤館本作「乃日懷」。
〔六〕「節度」，麗澤館本作「及節度」。
〔七〕「驕横」，麗澤館本作「以驕横」。

之誠。

自我作古，不求根據；過於生澀，則爲杜撰矣。《朝野僉載》：徐彦伯作文，酷尚新奇，以芻狗爲卉犬，以竹馬爲篠驂之類，杜撰甚矣。

劉禹錫《送黔南僧》曰：「猿狖窺齋林葉動，蛟龍聞咒浪花低。」太白《僧伽歌》曰：「瓶裏千年舍利骨，手中萬歲珊猢藤。」調高氣雄，大過禹錫。

托物寓意，貴乎渾成。犯題亦可，不犯亦可，若子美「黑鷹不省人間有，雙飛玉立並清秋」是也。范德機明暗之説，鑿矣。

許渾《金陵懷古》曰：「英雄一去豪華盡，惟有青山似洛中。」蓋謂江左君臣，偏安一隅，無復中原之志，感慨深矣。林夢屏「直把杭州作汴州」意出於此，而語不逮。

《古杭雜記》曰：「白塔橋邊買地經，長亭短驛甚分明。如何祇説臨安路，不較中原有幾程。」此詩可哀可恨，南渡君臣得無愧乎？

《閒談録》：葛天民《嘗北梨》詩曰：「甘酸尚帶中原味，腸斷春風不見花。」此意婉味長，不減唐調〔一〕。

〔一〕「調」，麗澤館本作「人」。

《雲仙散録》：杜甫寓蜀，鬻熱，每與妻子躬行乞，曰：「如或相憫，惠我一絲兩絲。」《自京赴奉先》詩曰：「老妻既異縣，十口隔風雪。誰能久不顧，庶往共饑渴。入門聞號咷，幼子饑已卒。吾寧捨一哀，里巷猶嗚咽。所愧爲人父，無食致夭折。」子美貧到骨矣，千載之下，使人酸鼻。予《鄴城秋雨》詩曰：「七月雨多烟火稀，茅堂燕雀傍人飛。山妻自是憐兒女，不顧秋風要典衣〔二〕。」

束晳《補亡詩》，對偶精切，辭語流麗，不脱六朝氣習。〔三〕

嚴滄浪曰：「《木蘭歌》『朔氣傳金柝，寒光照鐵衣』，酷似太白，非漢魏人語。」左舜齊曰：「況有『可汗大點兵』之句，乃唐人無疑。」魏太武時，柔然已號「可汗」，非始於唐也。通篇較之太白，殊不相類。

韋孟詩，《雅》之變也；昭君歌，《風》之變也。《三百篇》後，二作得體。梁太子不取昭君，何哉？

〔二〕「予鄴城秋雨」以下至此，麗澤館本無。又，此條後麗澤館本多一條：

天地之視人如蜉蝣，蜉蝣之視人如天地，然蜉蝣莫知人之有終也，人莫知天地之有終也。太白曰：「日月終銷毀，天地成枯槁。蟪蛄鳴青松，焉見此樹老。」蓋已先發之矣。

〔三〕此條麗澤館本在最末，其下又多：「謝康樂《擬鄴中》之作，各述情事，若因人而變句法，江文通未必獨步矣。」

馬柳泉《賣子嘆》曰：「貧家有子貧亦嬌，骨肉恩重那能拋？饑寒生死不相保，割腸賣兒爲奴曹。此時一別何時見，遍撫兒身舐兒面。有命豐年來贖兒，無命九泉抱長怨。囑兒切莫憂爺孃，憂思成病誰汝將？抱頭頓足哭聲絶，悲風颯颯天茫茫。」此作一讀則改容，再讀則下淚，三讀則斷腸矣。

漢武帝「秋風起兮白雲飛」，出自「大風起兮雲飛揚」；「蘭有秀兮菊有芳，懷佳人兮不能忘」，出自「沅有芷兮澧有蘭，思公子兮未敢言」。漢武讀書，故有沿襲；漢高不讀書，多出己意。

李師中《送唐介》，錯綜寒、山兩韻，謂之「進退格」。李賀已有此體，殆不可法。

范德機曰：「詩當取材於漢魏，而音律以唐爲宗。」此近體之法，古詩不泥音律，而調自高也。

《國寶新編》曰：「唐風既成，詩自爲格，不與《雅》、《頌》同趣。漢魏變於《雅》、《頌》，唐體沿於《國風》。《雅》言多盡，《風》辭則微。今以《雅》文爲詩，未嘗不流於宋也。」此王欽佩但爲律詩而言，非古體之法也[二]。

[二] 「王欽佩」以下至此，麗澤館本作「王欽佩專指律詩而言，古體未必然也」。又此條後麗澤館本多一條：

徐陵曰：「請上泥函谷，按繩縛涼州。」未若唐彥謙「不見泥函谷，俄驚火建章」以實爲虛，得子美句法。子美曰：「子能渠細石，予亦沼清泉。」蓋祖於土國城漕。

五言詩皆用實字者，如釋齊己「山寺鐘樓月，江城鼓角風」，此聯儘合聲律，要含虛活意乃佳。詩中亦有三昧，何獨不悟此邪？予亦效顰曰：「漁樵秋草路，雞犬夕陽村。」

左太冲《魏都賦》曰：「八極何圍於寸眸。」子美「乾坤萬里眼」之句，意本於此。若曰「眸」，則不佳。

陸機《文賦》曰：「詩緣情而綺靡，賦體物而瀏亮。」夫「綺靡」重六朝之弊[一]，「瀏亮」非兩漢之體。徐昌穀曰：「『詩緣情而綺靡』，則陸生之所知，固魏詩之查穢耳[二]。」

高仲武謂朱灣《菊》詩曰：「『受氣何曾異，開花獨自遲』，哀而不傷，深得風人之旨。」末曰：「忍棄東籬下，看隨秋草衰」，不如「過時而不采，將隨秋草萎」，温厚有氣。

李頎贈張旭詩曰：「左手持蟹螯，右手執丹經。」此用畢卓語。既持蟹螯，又執《丹經》，豈命人舉杯耶？蓋偶然寫興以害意爾。賈島《望山》詩曰：「長安百萬家，家家張屏新。誰家最好山？我願爲其鄰。」然好山非近一家，何必擇鄰哉？此亦寫興害意，與頎同病也。

唐人歌詩，如唱曲子，可以協絲簧，諧音節。晚唐格卑，聲調猶在。及宋柳耆卿、周美成輩

[一]「重六朝」，麗澤館本作「踵齊梁」。

[二]「徐昌穀」以下至此，麗澤館本作：「詩賦由是不古矣。士衡之所知，固魏詩之查滓爾。」

出，能爲一代新聲，詩與詞爲二物，是以宋詩不入絃歌也。

蓋嘉運所製樂府曰《胡渭州》、《雙帶子》、《蓋羅縫》、《水鼓子》，此皆絶句，述邊戍行旅之懷，與題全無干涉。或被之管絃，調法不同。今之詞名類此。前論「燒火燒野田」諸作，恐亦此意邪〔二〕。

律詩重在對偶，妙在虛實。子美多用實字，高適多用虛字。惟虛字極難，不善學者失之。實字多，則意簡而句健；虛字多，則意繁而句弱。趙子昂所謂「兩聯宜實」，是也。

子美《和裴迪早梅相憶》之作，兩聯用二十二虛字，句法老健，意味深長，非巨筆不能到。

韋應物曰：「江漢曾爲客，相逢每醉還。浮雲一別後，流水十年間。歡笑情如舊，蕭疏鬢已斑。何由不歸去，淮上有秋山。」此篇多用虛字，辭達有味。

李西涯曰：「詩用實字易，用虛字難。盛唐人善用虛字，開口呼喚，悠揚委曲，皆在於此。用之不善，則柔弱緩散，不復可振。」夏正夫謂：「涯翁善用虛字，若『萬古乾坤此江水，百年風日幾重陽』是也。」西涯虛實，以字言之；子昂虛實，以句言之。二公所論〔三〕，不同如此。

〔二〕「前論」以下至此，麗澤館本無。

〔三〕「所論」下，麗澤館本多「虛實」二字。

景多則堆垛，情多則闇弱，大家無此失矣。八句皆景者，子美「棘樹寒雲色」是也；八句皆情者，子美「死去憑誰報」是也。

《詩法》曰：「《事文類聚》不可用，蓋宋事多也。」後引蘇、黄之詩以爲式。教以養生之訣，繼以致病之物，可乎？

嚴滄浪曰：「學其上，僅得其中。學其中，斯爲下矣。」甚有不法前賢而法同時者，李洞、曹松學賈島，唐彦謙學温庭筠，盧延讓學薛能，趙履常學黄山谷〔二〕，予筆之以爲學者誡。

蘇子卿曰：「明月照高樓，想見餘光輝。」子美曰：「落月滿屋梁，猶疑照顔色。」庾信曰：「落花與紫蓋齊飛〔三〕，楊柳共春旗一色。」王勃曰：「落霞與孤鶩齊飛，秋水共長天一色。」梁簡文曰：「濕花枝覺重，宿鳥羽飛遲。」韋蘇州曰：「漠漠帆來重，冥冥鳥去遲。」三者雖有所祖，然青愈於藍矣。

秦嘉妻徐淑曰：「身非形影，何得動而輒俱？體非比目，何得同而不離？」陽方曰：「惟願長無别，合形作一身。」駱賓王曰：「與君相向轉相親，與君雙栖共一身。」張籍曰：「我今

〔二〕「趙履常」上，麗澤館本多「陳後山」三字。
〔三〕「蓋」，麗澤館本作「芝」。

與子非一身，安得死生不相棄。」何仲默曰：「與君非一身，安得不離别。」數語同出一律，仲默尤爲簡妙〔一〕。

《金鍼詩格》曰：「内意欲盡其理，外意欲盡其象。内外涵蓄，方入詩格。若子美『旌旗日暖龍蛇動，宫殿風微燕雀高』是也。」此固上乘之論，殆非盛唐之法〔二〕。且如賈至、王維、岑參諸聯，皆非内意，謂之不入詩格，可乎？然格高氣暢，自是盛唐家數〔三〕。太白曰：「刬却君山好，平鋪湘水流。巴陵無限酒，醉殺洞庭秋。」迄今膾炙人口，謂有含蓄則鑿矣。

寫景述事，宜實而不泥乎實。有實用而害於詩者，有虚用而無害於詩者，此詩之權衡也〔四〕。予與李元博秋日郊行，荆榛夾徑，草蟲之聲不絶。元博曰：「凡秋夜賦詩，多用『蛩螿』，而晝則弗用，何哉？」予曰：「此實用而害於詩，所謂『靨子在顴則醜』是也。」

貫休曰：「庭花濛濛水泠泠，小兒啼索樹上鶯。」景實而無趣。太白曰：「燕山雪花大如席，

〔一〕「尤爲簡妙」，麗澤館本作「簡而可取」。此條麗澤館本與前爲一條。
〔二〕「盛唐」，麗澤館本作「唐人」。
〔三〕「然格高」以下，麗澤館本作：「大抵唐律妙在意興，無意有興，格高氣暢，不失爲盛唐。」
〔四〕「權衡也」以下，麗澤館本多：「或謂『意翻空而易奇，文核實而難工』，此六朝好奇者爲之緒論也。」

片片吹落軒轅臺。」景虚而有味〔一〕。

謝惠連「屯雲蔽層嶺，驚風涌飛流」〔二〕，一篇句法雷同，殊無變化。

江淹擬顔（廷）〔延〕年，辭致典縟，得應制之體，但不變句法。大家或不拘此。

詩有辭前意、辭後意。唐人兼之，婉而有味，渾而無迹。宋人必先命意，涉於理路，殊無思致。及讀《世説》：「文生於情，情生於文。」王武子先得之矣。

宋人謂作詩貴先立意。李白斗酒百篇，豈先立許多意思，而後措詞哉？蓋意隨筆生，不假布置。

唐人或漫然成詩，自有含蓄托諷，此爲辭前意。讀者謂之有激而作，殊非作者意也。〔三〕

左舜齊曰：「一句一意，意絶而氣貫，此絶句之法。一句一意，不工亦下也；兩句一意，工亦上也。以工爲主，勿以句論。」趙、韓所選唐人絶句，後兩句皆一意，舜齊之説，本於楊仲弘。〔四〕

唐人詩法六格，宋人廣爲十三，曰一字血脉、二字貫串、三字棟梁、數字連序、中斷、鈎鎖連

〔一〕「有味」下，麗澤館本多「而無害於詩也」。

〔二〕「謝惠連」下，麗澤館本多「詩曰」二字，「飛流」以下録全詩。

〔三〕此條麗澤館本作：「唐人漫然成詩，目之曰此涵蓄托諷，乃辭後意也。宋人謂有激而作，乃辭前意也。」

〔四〕此下，麗澤館本多「此體不可太深，太深則人莫能解矣」。

環、順流直下、單抛、雙抛、内剥、外剥、前散、後散，謂之屠龍絶藝〔一〕。作者泥此，何以成一代詩豪邪〔二〕？

「毋逝我梁，毋發我笱。我躬不閲，遑恤我後。」「喓喓草蟲，趯趯阜螽。未見君子，憂心忡忡。」〔三〕此二詩《風》、《雅》重出，後人籍爲口實而蹈襲也。

韋孟《諷諫》詩，乃四言長篇之祖，忠鯁有餘，温厚不足。太白《雪讒》詩「百憂」章，去韋孟遠矣。崔道融《述唐事實》六十九篇，志於高古而力不逮。

四言古詩，當法《三百篇》，不可作秦、漢以下之語。顔延年《宴曲水》詩曰：「航琛越水，輦賮逾嶂。」《郊祀歌》曰：「月御案節，星驅扶輪。」譬如清廟鼓瑟，箏以和之，審音者自不亂其聽也。

班姬托扇以寫怨，應瑒托雁以言懷，皆非徒作。沈約《詠月》曰：「方暉竟户入，圓影隙中來。」刻意形容，殊無遠韻。

堆垛古人，謂之「點鬼簿」。太白長篇用之，自不爲病，蓋本於屈原。

〔一〕「屠」，原本作「層」，據麗澤館本改。
〔二〕此句麗澤館本作「欲以成一代詩豪難矣」。
〔三〕此二詩，麗澤館本次序相反。

史詩勿輕作。或己事相觸，或時政相關，或獨出斷案。若胡曾百篇一律，但撫景感慨而已。《平城》詩曰：「當時已有吹毛劍，何事無人殺奉春。」《望夫石》詩曰：「古來節婦皆消朽，獨爾不爲泉下塵。」惟此二絶得體〔一〕。

長篇之法，如波濤初作，一層緊於一層。拙句不失大體，巧句最害正氣。

張説《送蕭都督》曰：「孤城抱大江，節使往朝宗。果是臺中舊，依然水土逢。京華逢此日，疲老颯如冬。竊羨能言鳥，銜恩向九重。」此律詩用古韻也。李賀《詠馬》曰：「白鐵剉青禾，碪聞落細莎。世人憐小頸，金埒愛長牙。」此絶亦用古韻也。二詩不可爲法。

徐幹《室思》曰：「浮雲何洋洋，願因通我辭。一逝不可歸，嘯歌久踟躕。人離皆復會，我獨無反期。自君之出矣，明鏡闇不治。思君如流水，何有窮已時。」宋孝武帝擬之曰：「自君之出矣，金翠暗無精。思君如日月，迴環晝夜生。」暨諸賢擬之，遂以「自君之出矣」爲題。楊仲弘謂五言絶句乃古詩末四句，所以意味悠長，蓋本於此。

吴筠曰〔二〕：「才勝商山四，文高竹林七。」駱賓王曰：「冰泮有銜蘆〔三〕。」盧照鄰曰：「幽谷

〔一〕「平城詩曰」至此，麗澤館本無。
〔二〕「吴筠」前麗澤館本多：「謝眺曰『子從谷口鄭』。」
〔三〕「冰泮」前麗澤館本多「相思若可寄」。

有綿蠻」，陳子昂曰：「銜杯且對劉。」〔一〕高適曰：「歸來洛陽無負郭。」李頎曰：「由來輕七尺。」唐彦謙曰：「耳聞明主提三尺，眼見愚民盜一抔。」此皆歇後，何鄭五之名邪〔二〕？

曹子建《白馬篇》曰：「白馬飾金羈，連翩西北馳。借問誰家子，幽并遊俠兒。」此類盛唐絶句。〔三〕

魏文帝曰：「梧桐攀鳳翼，雲雨散洪池。」曹子建曰：「遊魚潛緑水，翔鳥薄天飛。」阮籍曰：「存亡從變化，日月有浮沉。」張華曰：「洪鈞陶萬類，大塊稟群生。」左思曰：「皓天舒白日，靈景耀神州。」張協曰：「金風扇素節，丹露啓陰期。」潘岳曰：「南陸迎修景，朱明送末垂。」陸機曰：「逝矣經天日，悲哉帶地川。」以上雖爲律句，全篇高古。及靈運古律相半，至謝朓全爲律矣。

枚乘始作《七發》，後有傅毅《七激》、張衡《七辯》、崔駰《七依》、馬融《七廣》、劉向《七略》、

〔一〕「陳子昂」句，麗澤館本無。

〔二〕「此皆歇後」以下，麗澤館本作：「皆非鄭五所作，何以歇後邪？」

〔三〕此條後麗澤館本多一條：

謝靈運《七里瀨》曰：「一瞬即七里，箭馳猶是難。檣邊走嵐翠，枕底失風湍。但訝猿鳥定，不知霜月寒。前賢竟何益，此地誤垂竿。」此類五言近體。

劉梁《七舉》、崔琦《七蠲》、桓麟《七説》、李尤《七款》、劉廣世《七興》、曹子建《七啓》、徐幹《七喻》、王粲《七釋》、劉邵《七華》、陸機《七徵》、孔偉《七引》、湛方生《七歡》、張協《七命》、顏延之《七繹》、竟陵王《七要》、蕭子範《七誘》。諸公馳騁文詞，而欲齊驅枚乘，大抵機括相同，而優劣判矣。趙王枕易曰：「《七發》來自《鬼谷子·七箝》之篇。」

《文式》曰：「詞温而正謂之德，謝靈運『南州實炎德，桂樹陵寒山』是也。」然出於屈子「嘉南州之炎德兮，麗桂樹之冬榮」。〔二〕

蔡琰曰：「薄志節兮念死難。」魏武帝曰：「周公吐哺，天下歸心。」既以周公自任，又曰：「天命在吾，吾爲周文王矣。」老瞞如此欺人！詩貴乎真，文姬得之。

詩有不立意造句，以興爲主，漫然成篇，此詩之入化也。〔三〕

陸厥《孺子妾歌》曰：「安陵泣前魚。」劉長卿《湘妃廟》曰：「未作湘南雨，知爲何處雲。」盧仝《贈馬異》曰：「神農畫八卦。」楊敬之《客思》曰：「細腰沉趙女。」唐彦謙《新豐》曰：「半夜

〔二〕此條後麗澤館本多一條：

兩漢氣純，魏氣平，晉氣激，六朝氣靡。

〔三〕此條麗澤館本見前「國寶新編曰」條後。又下多：「《蒹葭》詩，亦有聲律，出乎無意；六朝聲律之盛，出乎有意。」

素靈先哭楚。」此皆用事之謬。〔二〕

江淹有《古離别》，梁簡文、劉孝威皆有《蜀道難》。及太白作《古離别》、《蜀道難》，迺諷時事，雖用古題，體格變化，若疾雷破山，顛風簸海，非神於詩者不能道也。

陸暢作《蜀道易》以諛韋皋，翻案太白，辭義粗淺。

杜牧之《清明》詩曰：「借問酒家何處有，牧童遥指杏花村。」此作宛然入畫，但氣格不高。或易之曰：「酒家何處是，江上杏花村。」此有盛唐調。予擬之曰：「日斜人策馬，酒肆杏花西。」不用問答，情景自見。

劉禹錫《懷古》詩曰：「舊時王謝堂前燕，飛入尋常百姓家。」或易之曰：「王謝堂前燕，今飛百姓家。」此作不傷氣格。予擬之曰：「王謝豪華春草裏，堂前燕子落誰家？」此非奇語，只是講得不細。

陳無己《寄外舅郭大夫》詩曰：「巴蜀通歸使，妻孥且定居。深知報消息，不敢問何如。身健何妨遠，情深未肯疏。功名欺老病，淚盡數行書。」趙章泉謂此作絶似子美。然兩聯爲韻所

〔二〕此條麗澤館本在後卷二「子美五言絶句皆平韻」條後。又「陸厥孺子妾歌曰安陵泣前魚」、「楊敬之客思曰細腰沉趙女」二句，麗澤館本無。

牽，虚字太多而無餘味。若取前後爲絶句，氣骨不減盛唐。

僧處默《勝果寺》詩：「到江吴地盡，隔岸越山多。」陳後山鍊成一句：「吴越到江分。」或謂簡妙勝默作。此「到」字未穩，若更爲「吴越一江分」，天然之句也。

葉平巖《暮春即事》一首〔一〕：「雙雙瓦雀行書案，點點楊花入硯池。閒坐小窗讀周易，不知春去幾多時〔二〕。」俱削上二字〔三〕，仍是宋人絶句。〔四〕

《詩人玉屑》：「偷語謂之鈍賊，傅長虞『日月光太清』、陳後主『日月光天德』是也。」然「太清」不宜用「光」字，陳句渾厚有氣，此述者優於作者。

耿湋《贈田家翁》詩：「蠶屋朝寒閉，田家晝雨閒。」此寫出村居景象。但上句語拙，「朝」、「晝」二字合掌。若作「田家閒晝雨，蠶屋閉春寒」，亦是王、孟手段。

凡起句當如爆竹，驟響易徹；結句當如撞鐘，清音有餘。鄭谷《淮上別友》詩：「君向瀟湘

〔一〕「《暮春即事》一首」，麗澤館本作「曰」。

〔二〕「幾」，麗澤館本作「已」。

〔三〕「俱削上二字」以下，麗澤館本作：「若截上二字，則語約而意足。太白曰：『一爲遷客去長沙，西望長安不見家。黄鶴樓中吹玉笛，江城五月落梅花。』若截上二字，語意亦足，太減精彩，殊乏聲調，非太白之作。」

〔四〕此條麗澤館本在後卷二「子美五言絶句皆平韻」條後。

我向秦。」此結如爆竹而無餘音。予易爲起句，足成一首曰：「君向瀟湘我向秦，楊花愁殺渡江人。數聲長笛離亭外，落日空江不見春。」

江總「平海若無流」，馬周「潮平似不流」，杜甫「江平若不流」，三公造語相類，馬句穩而佳。

陳思王《美人篇》云「珊瑚間木難」、「求賢良獨難」，此篇兩用「難」字爲韻。謝康樂《述祖德》詩云「展季救魯人」、「勵志故絶人」，此亦兩用「人」字爲韻。魏晉古意猶存，而不泥聲韻。沈隱侯《白馬篇》云「停鑣過上蘭」、「輕舉出樓蘭」，《緩聲歌》云「瑶軷信凌空」、「羽轡已騰空」，此二篇亦兩用「蘭」字、「空」字爲韻。夫隱侯始定聲韻，爲詩家楷式，何乃自重其韻，使人藉爲口實？所謂蕭何造律而自犯之也。

杜少陵「避人焚諫草」之句，善用羊祜事，此即晏子「諫乎君不華乎外」之意。

子美「星垂平野闊，月湧大江流」，句法森嚴，「湧」字尤奇。可嚴則嚴，不可嚴則放過些子。若「鴻雁幾時到，江湖秋水多」，意在一貫，又覺閒雅不凡矣。

白樂天《昭君》詩曰：「漢使却回憑寄語，黄金何日贖蛾眉？君王若問妾顔色，莫道不如宫裏時。」此雖不忘君，而辭意兩拙。予因之效顰曰：「使者南歸重妾思，黄金何日贖蛾眉？漢家天子如相問，莫道容光異舊時。」

《離騷》語雖重復，高古渾然。漢人因之，便覺費力。

梁元帝《春日》詩，用二十三「春」字；鮑泉奉和，亦用二十九「新」字。不及淵明《止酒》詩，用二十「止」字，略無虛設，字字有味。〔一〕

予初賦《俠客行》曰：「笑上胡姬賣酒樓，賭場嬴得錦貂裘。酒酣更欲呼鷹去，擲下黄金不掉頭。」此結亦如爆竹而無餘音。遂更之曰：「天寒飲罷酒家樓，擲下黄金不掉頭。走馬西山射猛虎，晚來風雪滿貂裘。」子美《少年行》，結句與前首相類，因擬之曰：「獨過酒肆據胡床，指點銀瓶索酒嘗。連盞鯨吞不辭醉，直驅白馬赴長楊。」

〔一〕此條麗澤館本在前「蔡琰曰」條後。又此後麗澤館本多三條：

陳簡齋《墨梅》詩曰：「燦燦江南萬玉妃，別來幾度見春暉。相逢洛浦渾依舊，惟恨緇塵染素衣。」李子儀《墨梅》詩曰：「詔遣明妃出漢宮，粉香和淚泣春風。玉顔變作寒鴉色，悔不將金買畫工。」此作出自簡齋。

楊炯曰：「白璧酬知己，黄金謝主人。」沈佺期曰：「黷兵非帝念，勞物豈皇情？」劉憲曰：「和親悲遠嫁，忍淚泣將離。」岑參曰：「草生公府静，花落訟庭閑。」崔湜曰：「歲盡仍爲客，春還尚未歸。」杜審言曰：「草緑長門掩，苔青永巷幽。」駱賓王曰：「芳杜湘君曲，幽蘭楚客詞。」凡詩之聯，意貫則可，意同則不可。

太白稱崔灝曰：「眼前有景道不得，崔灝題詩在上頭。」子美稱浩然曰：「吾憶襄陽孟浩然，新詩句句盡堪傳。」退之稱賈島曰：「天意不教才子絶，又生賈島在人間。」杜牧之稱張祜曰：「何人得似張公子，一首詩輕萬户侯。」姚合稱張籍曰：「古風無敵手，新語是人知。」賈島稱孟郊曰：「自從東野先生死，側畔雲山得散行。」孟簡稱施肩吾曰：「襄陽才子得聲多，四海人傳古鏡歌。」張籍稱朱慶餘曰：「齊紈未足時人愛，一曲菱格敵萬金。」鄭谷稱高蟾曰：「自有君恩秋後葉，可能更美謝玄暉。」楊敬之稱項斯曰：「平生不解藏人善，到處逢人説項斯。」古人善善如此，今人不盡然也。

詩家直説卷二　一百二十七條

東郡　謝　榛　著
東郡　蘇　潢
赤城　陳養才　仝校
東郡　張季彦　仝閲
新安　程兆相　詳校

詩有簡而妙者，若劉楨「仰視白日光，皎皎高且懸」，不如傅玄「日月光太清」；阮籍「一身不自保，何況戀妻子」，不如裴説「避亂一身多」；戴叔倫「還作江南會，翻疑夢裏逢」，不如司空曙「乍見翻疑夢」；沈約「及爾同衰暮，非復别離時」，不如崔塗「老别故交難」；衛萬「不捲珠簾見江水」，不如子美「江色映疏簾」；劉猛「可恥垂拱時，老作在家女」，不如浩然「端居恥聖明」；徐凝「千古還同白練飛，一條界破青山色」，不如劉友賢「飛泉界石門」；張九齡「謬忝爲邦寄，多慚理人術」，不如韋應物「邑有流亡愧俸錢」；張良器「龍門如可涉，忠信是舟梁」，不如高適「忠信涉波濤」；崔塗「漸與骨肉遠，轉於僮僕親」，不如王維「久客親僮僕」；李適「輕帆截浦拂荷來」，不如浩然「揚帆截海行」〔一〕。亦有簡而弗佳者，若鮑泉「夕鳥飛向月」，不如曹孟德「月明星稀，烏鵲南飛」；蘇頲「雙珠代月移」，不如宋之問「不愁明月盡，自有夜珠來」；劉禹錫「欲問江深淺，應如遠別情」，不如太白「請君試問東流水，別意與之誰短長」；陸機「三荆歡同株」，不如許渾「荆樹有花兄弟樂」；王初「河梁返照上征衣」，不如子美「翳翳桑榆日，照我征衣裳」；武元衡「夢逐春風到洛城」，不如顧況「歸夢不知湖水闊，夜來還到洛陽城」；陳季「數曲暮山青」，不如錢起「曲終人不見，江上數峰青」；李義山「江上晴雲雜雨雲」，不如劉夢得「東邊日出西邊雨，道是無情還有情」；王融「灑淚與行波」，不如子美「故憑錦水將雙淚，好過瞿塘灩澦堆」〔二〕；李洞「藥杵聲中搗殘夢」，不如柳子厚「日午睡覺無餘聲，山童隔竹敲茶臼」。〔三〕

詩中「淚」字〔四〕，若沾衣沾裳，通用不爲剽竊，多有出奇者〔五〕。潘岳曰「涕淚應情隕」，子美曰「近淚無乾土」，太白曰「淚盡日南珠」，劉禹錫曰「巴人淚應猿聲落」，賈島曰「淚落故山遠」，孟

〔一〕「李適」以下至此，麗澤館本無。

〔二〕「王融」以下至此，麗澤館本無。

〔三〕此條後麗澤館本多一條：

子建已有響字，「朱華冒綠池」，「時雨静飛塵」，「冒」、「静」二字是矣。

〔四〕「中」，麗澤館本作「用」。此條麗澤館本在卷一「高仲武謂」條後。

〔五〕「多」，麗澤館本作「亦」。

雲卿曰「至哀反無淚」，何仲默曰「笛裏三年淚」，李獻吉曰「萬古關山淚」。盧仝曰「黄金鑛裏鑄出相思淚」，此太涉險怪矣〔一〕。

予客京師，遊翠巖七真洞，讀壁上詩曰：「紛披容與縱笙歌，蕙轉光風艷綺羅。露濕桃花春不管，月明芳草夜如何。璚珠浩蕩隨蘭櫂，雲旆低迴射玉珂。深入醉鄉休秉燭，盡情揮取魯陽戈。」耶律丞相門客趙衍所作，清麗有味，頗類唐調。惜乎《大元風雅》不載〔二〕，故表而出之。

大篇決流，短章歛芒，李、杜得之。大篇約爲短章〔三〕，涵蓄有味；短章化爲大篇，敷演露骨。〔四〕

《捫蝨新話》曰：「詩有格有韻。淵明『悠然見南山』之句，格高也；康樂『池塘生春草』之句，韻勝也。」格高似梅花，韻勝似海棠，欲韻勝者易，欲格高者難。兼此二者，惟李、杜得之矣〔五〕。

許彥周曰：「作詩淺易鄙陋之氣不除，熟讀李義山、黄魯直之詩，則去之。」譬諸醫家用藥，

〔一〕「盧仝曰」以下至此，麗澤館本無。
〔二〕「大」，麗澤館本作「皇」。
〔三〕「約」，麗澤館本作「化」。
〔四〕此下，麗澤館本多：「李、杜無此失也。」
〔五〕此句麗澤館本作「孟浩然得之矣」。

稍不精潔，疾復存焉，彦周之謂也。

陳後山曰：「學者不由黄、韓而爲老杜，則失之淺易。」此與彦周同病。

陸士衡《日出東南隅》、謝靈運《還舊園》、沈休文《拜陵廟》，皆不過二十韻。洛陽王偉用五十韻獻湘東王〔一〕，迨子美《夔府》，迺有百韻。

詩以一句爲主。落於某韻，意隨字生，豈必先立意哉〔二〕？楊仲弘所謂「得句意在其中」是也。

《三國典略》曰：「邢邵謂魏收之文剽竊任昉，魏收謂邢邵之賦剽竊沈約。」蓋六朝氣習如此。近有剽竊何、李者，其二子之類歟？

《類文見》曰：「梁武帝同王筠和太子《懺悔》詩，始爲押韻。」晚唐多效之，迨宋人尤甚。本朝劉廷萱《詠梅花》自押真韻百篇，何其多也！

許敬宗擬江令《九日》三首，皆次韻，初唐殆不多見。〔三〕

羅隱曰：「世祖升遐夫子死，原陵不及釣臺高。」范仲淹曰：「世祖功臣三十六，雲臺争似釣

〔一〕「洛陽王偉」，原本作「洛陽偉玉」，據耘雅堂本改。
〔二〕「豈」，麗澤館本作「何」。
〔三〕此條「許敬宗」前麗澤館本多：「夏桂洲《奉和苦寒應制》亦押生句末字，唐、宋以來未之有也。」

臺高。」儲嗣宗曰：「春風莫逐桃花去，恐引漁人入洞來。」謝枋得曰：「花飛莫遣隨流水，怕有漁郎來問津。」袁郊曰：「后羿遍尋無覓處，不知天上却容奸。」瞿宗吉曰：「后羿空能殘九日，不知月裏却容私。」范、謝、瞿皆出祖襲，瞿得點化之妙。

韓退之稱賈島「鳥宿池邊樹，僧敲月下門」爲佳句，未若「秋風吹渭水，落葉滿長安」，氣象雄渾，大類盛唐。

長篇古風，最忌鋪叙，意不可盡，力不可竭，貴有變化之妙。〔一〕

淮南王曰：「王孫遊兮不歸，春草生兮萋萋。」陸機曰：「芳草久已茂，佳人竟不歸。」謝朓曰：「春草秋更緑，公子未西歸。」王維曰：「春草年年緑，王孫歸不歸？」詩人往往沿襲淮南之語，而無新意。孟遲曰：「蘼蕪亦是王孫草，莫送春香入客衣。」此作點化而有餘味〔二〕。

陳後主曰〔三〕：「日月光天德，山河壯帝居。」氣象宏闊，辭語精確，爲子美五言句法之祖。

〔一〕此條後麗澤館本多一條：楚莊王時《乞食歌》曰：「天庭發雙華，雙華彰陰邪。清晨按天馬，來詣太真家。」據此則五言非始於蘇、李，最似六朝氣格。

〔二〕「莫送春香」以下至此，麗澤館本無。

〔三〕「陳後主曰」，麗澤館本無。

律詩雖宜顔色，兩聯貴乎一濃一淡。若兩聯濃，前後四句淡，則可；若前後四句濃，中間兩聯淡，則不可。亦有八句皆濃者，唐四傑有之；八句皆淡者，孟浩然、韋應物有之。非筆力純粹，必有偏枯之病。〔一〕

《臞仙詩譜》以太白「長安一片月」爲張季鷹之作，不知何據，然清響殊非晉人氣格。

徐陵《雜曲》曰：「張星舊在天河上，從來張姓本連天。」蓋指張麗華而言。是時陳後主最寵麗華，此奉諛之辭爾〔二〕。

李空同評孟浩然《送朱二》詩曰：「不是長篇手段。浩然五言古詩、近體，清新高妙，不下李、杜〔三〕。但七言長篇語平氣緩，若曲澗流泉，而無風捲江河之勢。」空同之評是矣。

李拯《讀史》曰：「佳人自折一枝紅，把唱新詞曲未終。惟向眼前憐易落，不如抛擲任東風。」謝叠山謂寓梁武事，未詳。詠史宜明白斷案，章碣曰：「坑灰未冷山東亂，劉項元來不讀

〔一〕此條後麗澤館本多二條：

有對則切對，若子美「星垂平野闊，月湧大江流」是也；無對不必切對，若子美「鴻雁幾時到，江湖秋水多」是也。

氣格高，雖拘對不害爲大家；氣格卑，雖不拘對偶，亦是小家。

〔二〕「奉諛」，麗澤館本作「蓋諂諛」。

〔三〕「不下」，麗澤館本作「齊驅」。

書。」此孰不知邪！

太白曰：「蒼梧山崩湘水竭。」張籍曰：「菖蒲花開月長滿。」李賀曰：「七星貫斷嫦娥死。」此同一機軸〔二〕，賀句更奇〔三〕。

宋玉《大言賦》曰：「并吞四夷，飲枯河海。跂越九州，無所容止。」《小言賦》曰：「無内之中，微物生焉。比之無象，言之無名。視之則渺渺，望之則冥冥。離婁爲之嘆悶，神明不能察其情。」二賦出於《列子》，皆有托寓。梁昭明太子《大言》詩曰：「觀脩鯤其若轍鮒，視滄海之如濫觴。經二儀而跼蹐，跨六合以翱翔。」《細言》詩曰：「坐卧鄰空塵，憑附蟭螟翼。越咫尺而三秋，度毫釐而九息。」此祖宋玉而無謂，蓋以文爲戲爾。

《樂書》：伏羲造琴瑟以律吕，樂曰《立基》，神農樂曰《下謀》，黄帝樂曰《咸池》。蓋樂始於伏羲，而成於黄帝，是以清和上升，風俗丕變，未有詩也。李西涯謂詩爲樂始，誤矣。何妥曰：「伏羲減瑟，文王足琴。」抑先伏羲有瑟邪？

《莊子》曰：「儵魚出遊從容。」是魚樂也。白居易曰：「獺捕魚來魚躍出。」此非魚樂，是魚

〔二〕「此」，麗澤館本作「三句」。
〔三〕「賀句更奇」，麗澤館本作「各出新意」。

鶩，翻案《莊子》而無趣。《家語》曰：「水至清則無魚。」杜子美曰：「水清反多魚。」翻案《家語》而有味〔一〕。

或曰：「詩，適情之具。染翰成章，自然高妙，何必苦思以鑿其真？」予曰：「『新詩改罷自長吟』，此少陵苦思處。使不深入溟渤，焉得驪頷之珠哉〔二〕？」

詩不厭改，貴乎精也。唐人改之，自是唐語；宋人改之，自是宋語，格調不同故爾。省悟可以超脱，豈徒斲削而已〔三〕！

作詩勿自滿。若識者詆訶，則易之。雖盛唐名家，亦有罅隙可議，所謂瑜不掩瑕是也。已成家數，有疵易露；家數未成，有疵難評。

古人之作，必正定而後出。若丁敬禮之服曹子建，袁宏之服王洵，王洵之服王誕，張融之服徐覬之，薛道衡之服高構，隋文帝之服庾（肩）［自］直，古人服善類如此。

〔一〕「家語曰」以下至此，麗澤館本無。此條後麗澤館本多一條：

謝朓「澄江净如練」，雖爲佳句，然「澄」、「净」一意，若曰「秋江」尤妙。

〔二〕「驪」，麗澤館本作「龍」；「哉」，麗澤館本無。

〔三〕「而已」，麗澤館本作「而自戕耶」。

詩有天機〔一〕，待時而發，觸物而成，雖幽尋苦索〔二〕，不易得也。如戴石屏「春水渡傍渡，夕陽山外山」，屬對精確，工非一朝，所謂「盡日覓不得，有時還自來」。

詩以兩聯爲主，起結輔之，渾然一氣。或以起句爲主，此順流之勢，興在一時。

皇甫湜曰：「陶詩切於事情〔三〕，但不文爾。」湜非知淵明者。淵明最有性情，使加藻飾，無異鮑、謝，何以發真趣於偶爾，寄至味於澹然？陳後山亦有是評，蓋本於湜〔四〕。

趙章泉、韓磵泉所選唐人絶句〔五〕，惟取中正温厚，閒雅平易，若夫雄渾悲壯，奇特沉鬱，皆不之取，惜哉！洪容齋所選唐人絶句，不擇美惡，但備數爾。間多仙鬼之作，出於偏稗小説，尤不可取。

盧弼和《邊庭四時怨》，頗似太白絶句〔六〕。

〔一〕「天機」，麗澤館本作「機會」。
〔二〕「雖」，麗澤館本無。
〔三〕「於」，原本作「以」，據麗澤館本、邢琦本改。
〔四〕「湜」，原本作「是」，據麗澤館本、邢琦本改。
〔五〕「韓澗泉所」，麗澤館本無。
〔六〕「頗」，麗澤館本作「極」。

李太白曰〔一〕：「襟前林壑斂暝色，袖上烟霞收夕霏。」此用謝康樂之句，但加四字。王摩詰曰：「漠漠水田飛白鷺，陰陰夏木囀黄鸝。」雖用李嘉祐之聯，加此四字，爽健自别〔二〕。意巧則淺，若劉禹錫「遥望洞庭湖水面，白銀盤裏一青螺」是也；句巧則卑，若許用晦「魚下碧潭當鏡躍，鳥還青嶂拂屏飛」是也。

陳琳曰：「騁哉日月遠，年命將西傾。」陸機曰：「容華夙夜零，體澤坐自捐。兹物苟難停，吾壽安得延。」謝靈運曰：「夕慮曉月流，朝忌曛日馳。」李長吉曰：「天東有若木，下置銜燭龍。吾將斬龍足，嚼龍肉，使之朝不得迴，夜不得伏。自然老者不死，少者不哭。」此皆氣短。無名氏曰〔三〕：「人生不滿百，常懷千歲憂。晝短苦夜長，何不秉燭遊？」此作感慨而氣悠長也〔四〕。

嚴滄浪《從軍行》曰〔五〕：「翩翩雙白馬，結束向幽燕。借問誰家子，邯鄲俠少年。彎弓隨漢

〔一〕「曰」，麗澤館本無。

〔二〕「爽健自别」，麗澤館本作「精彩不凡」。

〔三〕「無名氏」，麗澤館本前多「若」。

〔四〕此句麗澤館本作「意感慨而氣悠長也」。

〔五〕「嚴滄浪」，麗澤館本後多「所作」二字。

月，拂劍倚胡天。説與單于道，今秋莫近邊。」此作不減盛唐〔二〕，但起承全襲子建《白馬篇》〔三〕。

《松石軒詩評》，全是詩料，且深於詩，何以啓發初學？鍾嶸《詩品》專論源流，若陶潛出於應璩，應璩出於魏文，魏文出於李陵，李陵出於屈原，何其一脉不同邪？

蔡文姬《胡笳十八拍》曰：「城南烽火不曾滅，疆場征戰何時歇。殺氣朝朝衝塞門，胡風夜夜吹邊月。」此爲太白古風句法之祖〔三〕。

《漢武内傳》：「上元夫人彈雲林之瑟，歌《步玄》之曲曰：『緑景清飆起，雲蓋映朱葩。蘭房闢琳闕，碧室啓璚沙。』」此歌華麗無味，或六朝贋作〔四〕。西王母《白雲謡》曰：「白雲在天，丘陵自出。道路悠遠，山川間之。將子無死，尚能復來。」辭簡意盡，高古莫及。

王建《留别杜侍御》曰：「有川不得涉，有路不得行。沉沉百憂中，一日如一生。」此語無異

〔二〕「不減」，麗澤館本作「極似」。
〔三〕「白馬篇」，麗澤館本無。
〔三〕「句」，原本無，據麗澤館本、邢琦本補。
〔四〕「或」，麗澤館本作「必」。

孟郊。末曰：「願君去隴阪，長使道路平。」此結頗類子美〔一〕。

屈、宋爲詞賦之祖。荀卿六賦，自創機軸，不可例論。相如善學《楚詞》，而馳騁太過〔二〕；子建骨氣漸弱，體製猶存；庾信《春賦》，間多詩語，賦體始大變矣。子美曰：「庾信平生最蕭瑟，暮年詞賦動江關。」托以自寓，非稱信也。

《碧（溪）〔雞〕漫志》曰：「斛律金《敕勒歌》曰：『敕勒川，陰山下，天似穹廬，籠蓋四野。天蒼蒼，野茫茫，風吹草低見牛羊。』」金不知書，同於劉、項，能發自然之妙。韓昌黎《琴操》雖古，涉於摹擬，未若金出性情爾。

詩有四格：曰興，曰趣，曰意，曰理。太白《贈汪倫》曰〔三〕：「桃花潭水深千尺，不及汪倫送我情。」此興也。陸龜蒙《詠白蓮》曰：「無情有恨何人見，月曉風清欲墮時。」此趣也。王建《宮詞》曰：「自是桃花貪結子，錯教人恨五更風。」此意也。李涉《上于襄陽》曰：「下馬獨來尋故事，逢人惟説峴山碑。」此理也。悟者得之，庸心以求，或失之矣。

趙章泉謂作詩貴乎似，此傳神寫照之法。當充其學識，養其氣魄，或李或杜，順其自然而已。

〔一〕「頗」，麗澤館本作「大」。
〔二〕「太過」，麗澤館本作「過之」。
〔三〕「太白」，麗澤館本作「李太白」。

作詩要割愛。若俱爲佳句，間有相妨者，必較重輕而去之〔一〕。此《文賦》所謂「離之則雙美，合之則兩傷」，士衡先得之矣〔二〕。

予遊天壇山，賦七言一律，末曰「天畔飛霞照萬山」，尋易「山」字爲「峰」，遂成絶句曰：「度嶺攀崖自一節，黄冠竹下偶相逢。振衣直上昇仙石，天畔飛霞照萬峰。」此亦割愛之法。

韓昌黎曰：「婦人不下堂，遊子在萬里。」托興高遠，有風人之旨。杜少陵曰：「丈夫則帶甲，婦人終在家。」此文不逮意，韓詩爲優〔三〕。

陳陶《送沈以魯》曰：「高臺送歸客，滿握軒轅風。落日一揮手，金鵝雲雨空。鰲洲石梁外，劍浦羅浮東。兹興不可接，倏倏烟際鴻。」此有太白聲調。《隴西行》曰：「可憐無定河邊骨，猶是春閨夢裏人。」此語悽婉味長。嚴滄浪謂陶最無可觀〔四〕，何也〔五〕？

詩無神氣，猶繪日月而無光彩。學李、杜者，勿執於句字之間〔六〕，當率意熟讀，久而得之，此

〔一〕「重輕」，麗澤館本作「輕重」。
〔二〕「此文賦」以下至此，麗澤館本無。又後條麗澤館本與此條爲一條。
〔三〕「此文不」以下至此，麗澤館本作「此非長篇不可」。
〔四〕「無」，原本無，據麗澤館本、邢琦本補。
〔五〕「何也」，麗澤館本作「非也」。
〔六〕「句」，麗澤館本作「數」。

提魂攝魄之法也。

謝靈運「池塘生春草」，造語天然，清景可畫〔一〕，有聲有色，乃是六朝家數，與夫「青青河畔草」不同。葉少藴但論天然，非也。又曰：「若作『池邊』、『庭前』，俱不佳。」非關聲色而何〔二〕？子美曰：「碧知湖外草，紅見海東雲。」此景固佳〔三〕，然「知」、「見」二字著力。至於「一徑野花落，孤村春水生」，便覺自然。

學詩者當如臨字之法，若子美「日出東籬水」，則曰「月墮竹西峰」；若「雲生舍北泥」，則曰「雲起屋西山〔四〕」。久而入悟，不假臨矣。

予賦《牡丹》曰：「花神默默殿春殘，京洛名家識面難。國色從來有人妒，莫教紅袖倚闌干。」及讀羊士諤《郡中即事》曰：「紅香落盡暗香殘，葉上秋光白露寒。越女含情已無限，莫教長袖倚闌干。」因與暗合，遂删己作。予每讀古人詩，有全句同者，即於稿中改竄。

杜子美《七歌》，本於《十八拍》。文天祥《六歌》，與杜異世同悲。李獻吉亦有《七歌》，惜非

〔一〕「清景可畫」，麗澤館本作「趣在入象」。
〔二〕「又曰」以下，麗澤館本無。
〔三〕「此景固佳」，麗澤館本作「此入象矣」。
〔四〕「山」，麗澤館本作「水」。

其時爾。

今之學子美者，處富有而言窮愁[一]，遇承平而言干戈，不老曰老，無病曰病。此摹擬太甚，殊非性情之真也。

劉貢父評嚴維曰：「『柳塘春水慢，花塢夕陽遲』，夕陽遲則繫花，春水慢何須柳也？」此聯妙於狀景，華而不靡，精而不刻，貢父之説鑿矣。

劉禹錫贈白樂天兩聯用兩「高」字：「雪裏高山頭白早」、「于公必有高門慶」。自注曰：「高山本高，高門使之高，二義不同。」自恕如此。兩聯最忌重字，或犯首尾可矣。子美曰「江閣邀賓許馬迎」、「醉於馬上往來輕」，王維曰「尚衣方進翠雲裘」、「萬國衣冠拜冕旒」，二公重字，不害爲大家。[二]

「江有汜」，乃三言之始，迨《天馬歌》，體製備矣。嚴滄浪謂創自夏侯湛，蓋泥於白氏

[一] 「有」，麗澤館本作「貴」。

[二] 此條後麗澤館本多二條：

盛唐人以漢魏之氣爲主，以六朝之辭爲輔。晚唐人專以六朝爲主，所以造就有差等也。

《尚書》：「帝曰：『夔，命汝典樂，教胄子。』」詩言志，歌永言，是時歌謡多而詩少，惟《康衢》後入《三百篇》，古詩今無存也，惜哉！江淹有《古離别》，梁簡文、劉孝威皆有《蜀道難》。暨太白作《古離别》、《蜀道難》以諷時事，雖用古題，體格變化，若疾雷破山，顛風簸海，非神於詩者不能。

《六帖》。

六言體起於谷永，陸機長篇一韻，迨張説、劉長卿八句，王維、皇甫冉四句，長短不同，優劣自見。若《君道曲》「中庭有樹自語，梧桐推枝布葉」，此雖高古，亦太寂寥。〔一〕

九言體，無名氏擬之曰：「昨夜西風摇落千林稍，渡頭小舟捲入寒塘坳。」聲調散緩而無氣魄。惟太白長篇突出兩句，殊不可及〔二〕，若「上有六龍回日之高標，下有衝波逆折之迴川」是也。

四言體始於《康衢歌》，暨《三百篇》則盛矣〔三〕。滄浪謂起自韋孟，非也。〔四〕

《三百篇》已有聲律，若「蒹葭蒼蒼，白露爲霜」，暨《離騷》「洞庭波兮木葉下」之類漸多。六朝以來，黄鐘瓦缶，審音者自能辨之。

《文式》：「放情曰歌，體如行書曰行，兼之曰歌行，快直詳盡曰行；悲如蛩螿曰吟，讀之使人思怨；委曲盡情曰曲，宜委曲諧音；通乎俚俗曰謡，宜隱蓄近俗；載始末曰引，宜引而不

〔一〕此條麗澤館本作：「六言體但宜短章，王維得之。陸機務多，何也？」

〔二〕「殊」，麗澤館本作「自」。

〔三〕此句麗澤館本無。

〔四〕此條麗澤館本在「六言體」條前。

發。」此雖體式，猶欠變通，蓋同名異體，同體異名耳〔二〕。同名者，若「瓠子決兮將奈何」，此《瓠子歌》也；「陟彼北邙兮，噫」，此《五噫歌》也；「四夷既獲，諸夏康兮」，此《琴歌》也；「桂華馮馮翼翼，承天之則」，此《房中歌》也；「失我焉支山，令我婦女無顔色」，此《匈奴歌》也；「鮑氏驄，三人司隸再入公」，此《鮑司隸歌》也；「悲歌可以當泣，遠望可以當歸」，此《悲歌》也；「東方欲明星爛爛」，此《雞鳴歌》也；「太乙況，天馬下」，此《天馬歌》也；「青青黄黄，雀石頹唐」，此《地驅樂歌》也；「水中之馬，必有陸地之船」，此《前緩聲歌》也；「江邊黄竹子，堪作女兒箱」，此《黄竹歌》也；「春風宛轉入曲房」，此《挾瑟歌》也；「帝悦於兑，執矩固司藏」，此《白帝歌》也；「是邪非邪」，此《李夫人歌》也。同體者，若「北上太行山，艱哉何巍巍」，此《苦寒行》也；「我邂逅承際會，得充君後房」，此《同聲歌》也；「營丘負海曲，沃野爽且平」，此《齊驅樂》也；「主人本良家子，將適單于庭」，此《明妃辭》也；「關東有義士，興兵討群兇」，此《嵩里曲》也；「置酒廣且匆喧，賤子歌一言」，此《東武吟》也；「虎嘯谷風起，龍躍景雲浮」，此《合歡詩》也；「中散不偶殿上，親友從我遊」，此《箜篌引》也；「白馬鮮角弓，鳴鞭乘北風」，此《白馬篇》也；

〔二〕「同名異體」以下至此，麗澤館本作「名異體同體異名同耳」。

世，本自餐霞人」，此《五君詠》也〔一〕；「處塵貴不染，被褐重懷珍」，此《善門頌》也；「紫烟世不覿，赤鱗庖所捐」，此《白雲贊》也。體無定體，名無定名，莫不擬斯二者〔二〕，悟者得之。措詞短長，意足而止，隨意命名，人莫能易。所謂信手拈來，頭頭是道也。

《捫蝨新話》曰：「文中有詩，則語句精確；詩中有文，則詞調流暢。」而引謝玄暉、唐子西之說。胡氏誤矣。李斯《上秦皇帝書》，文中之詩也；子美《北征篇》，詩中之文也。

武元康曰：「文有聲律皆似詩，詩不粗鄙皆是文。」

杜約夫曰：「六朝文中有詩，宋朝詩中有文。」

楊仲弘律詩三十四格〔三〕，謂自杜甫門人吴成、鄒遂傳其法。然窘於法度，殆非正宗。

范德機曰：「絶句則先得後兩句，律詩則先得中四句。當以神氣爲主，全篇渾成，無餖飣之迹，唐人間有此法。」〔四〕

〔一〕「中散不偶世」以下至此，麗澤館本作「『九洲不足步，願得凌雲翔』，此《五遊詠》也」。

〔二〕「擬」，麗澤館本作「疑」。

〔三〕「詩」，麗澤館本無。

〔四〕此條後麗澤館本多一條：

古人有慕君之心，形於吟詠而以婦人自况。浮屠惠休亦有怨別詩，參軍鍾嶸謂休淫靡，情過其才。

孔融離合體，竇韜妻迴文體，鮑照十數體、建除體[一]，謝莊道里名體，梁簡文帝卦名體，梁元帝歌曲名體、姓名體、鳥名體、獸名體、龜兆名體、鍼冗名體[二]、將軍名體、宫殿名體、屋名體、車名體、船名體、草名體、樹名體，沈炯六府體、八音體、六甲體、十二屬體。魏、晉以降，多務纖巧，此變之變也。

古辭曰：「黄蘗向春生，苦心隨日長。」又曰：「霧露隱芙蓉，見蓮不分明。」又曰：「石闕生口中，銜碑不得語。」又曰：「菖蒲花可憐，聞名不相識。」又曰：「桑蠶不作繭，晝夜長懸絲。」又曰：「理絲入殘機，何悟不成匹。」又曰：「桐枝不結花[三]，何由得梧子？」又曰：「殺荷不斷藕，蓮心已復生。」此皆吴格，指物借意。李義山曰：「春蠶到老絲方盡，蠟燭成灰淚始乾。」劉禹錫曰：「東邊日出西邊雨，道是無情還有情。」措詞流麗，酷似六朝[四]。蘇子瞻曰：「破衫尚有重逢日，一飯何曾忘却時。」造語殊乏風致。

《詩》曰：「游環脅驅，陰靷鋈續。」又曰：「鈎膺鏤鍚，鞹鞃淺幭。」此語艱深奇澀，殆不可

[一]「體」，麗澤館本無。
[二]「冗」，麗澤館本作「穴」。
[三]「枝」，麗澤館本作「樹」。
[四]「酷似」，麗澤館本作「不減」。

讀。韓、柳五言有法此者，後學當以爲誡。

屈原曰：「衆人皆醉我獨醒。」王績曰：「眼看人盡醉，何忍獨爲醒？」左思曰：「功成不受爵，長揖歸田廬。」太白曰：「若待功成拂衣去，武陵桃花笑殺人。」王、李二公，善於翻案。子美曰：「明年此會知誰健，醉把茱萸仔細看。」劉滄曰：「不用茱萸仔細看，管取明年各强健。」太拙而無意味。楊誠齋翻案法專指宋人，何也？

李靖曰：「正而無奇，則守將也；奇而無正，則鬥將也；奇正皆得，國之輔也。」譬諸詩，發言平易而循乎繩墨，法之正也；發言雋偉而不拘乎繩墨，法之奇也；平易而不執泥，雋偉而不險怪，此奇正參伍之法也。白樂天正而不奇，李長吉奇而不正，奇正參伍，李、杜是也。

洪興祖曰：「《三百篇》比、賦少而興多，《離騷》興少而比、賦多。」予嘗考之《三百篇》，賦七百二十，興三百七十，比一百一十，洪氏之説誤矣。

《法言》曰：「堯舜之道皇兮，夏商周之道將兮，而以延其光兮。」子雲《法言》以準《論語》，學屈原且不及〔一〕，況孔子哉！

《文筌》曰：「五言絶句主情景，七言絶句主意事。」又曰：「五言絶句撇景入事，七言絶句

〔一〕「及」，麗澤館本作「能」。

掉景入情〔一〕。」前後之法，何相反邪？

陳繹曾曰：「凡律高則用重，律中則用正，律下則用子。」律大要欲調句耳，詩至於化，自然合律，何必庸心爲哉？

劉禹錫曰：「建安里中兒，聯歌《竹枝》，聆其音，中黄鍾之羽。其卒章，激訐如吴聲，雖傖儜不可分，而含思宛轉，有《淇澳》之艷音也。」唐去漢魏樂府爲近，故歌詩尚論律吕。夢得亦審音者〔二〕，不獨工於辭藻而已〔三〕。

李西涯閣老善詩，門下多詞客。劉梅軒閣老忌之，聞人學詩，則叱之曰：「就作到李杜〔四〕，只是酒徒！」李空同謂劉因噎廢食，是也。

陸士規能詩，秦檜門客也，來自湘楚。謁檜，檜以小嫌不與接見，因小相誦其《過黄陵廟》詩曰〔五〕：「東風吹草緑離離，路出黄陵古廟西。帝子不知春又去，亂山無主鷓鴣啼。」檜稱賞不已，

〔一〕「景」，原本、邢琦本作「句」，據麗澤館本改。
〔二〕「亦」，麗澤館本無。
〔三〕「獨」，麗澤館本作「惟」。
〔四〕「到」，麗澤館本無。
〔五〕「其」，麗澤館本作「士規」。

待之如初。噫！檜亦尚詩也哉？

李西涯久於相位〔一〕，陸滄浪以詩諷之曰：「聲名高與斗山齊〔二〕，伴食中書日已西。回首湘江春草緑，鷓鴣啼罷子規啼。」

《詩人玉屑》集唐人句法，悉分其類，有裨於初學。但《風騷句法》皆有標題，若「馬倦時銜草，人疲數望城」，則曰「公明布卦」；若「芹泥隨燕嘴，花蕊上蜂鬚」，則曰「東方占鵲」，殆與棋譜、牌譜相類，論詩不宜如此。

子美五言絶句皆平韻，律體景多而情少；太白五言絶句平韻，律體兼仄韻，古體景少而情多，二公各盡其妙。

許應晦《金陵懷古》，頷聯簡板對爾，頸聯當贈遠遊者，似有戒慎意。若删其兩聯，則氣象雄渾，不下太白絶句。〔三〕

律詩無好結句，謂之虎頭鼠尾。即當擺脱常格，夐出不測之語，若天馬行空，渾然無迹。張

〔一〕「於相位」，麗澤館本作「居内閣」。

〔二〕「聲」，麗澤館本作「才」。

〔三〕此條麗澤館本在前「王建留别」條後，文字不同：「許用晦《金陵懷古》，若删去兩聯，則氣象雄深，意味涵蓄，不下太白絶句。」

祜《金山寺》之作，則有此失也〔一〕。

子美《居夔州》〔二〕，上句曰「春知催柳別」、「農事聞人説」，「別」、「説」同韻；王維《温泉》，上句曰「新豐樹裏行人度」、「聞道甘泉能獻賦」，「度」、「賦」同韻。此非詩家正法〔三〕。章碣上句皆用「翰」韻，尤可怪也。

「歡」、「紅」爲韻不雅，子美「老農何有罄交歡」、「娟娟花蕊紅」之類；「愁」、「青」爲韻便佳，若子美「更有澄江銷客愁」、「石壁斷空青」之類。凡用韻審其可否，句法瀏亮，可以詠歌矣。

孫太初曰：「到處論交山最賢。」以山爲賢，蓋有所祖。《周禮》曰：「輪人五分其轂之長，去一以爲賢。」《禮記》曰：「某賢於某若干純。」謝靈運曰：「豈於名利之場而賢於清曠之域哉？」唐太宗曰：「李勣守并州，突厥不敢南，賢於長城遠矣。」

子美曰：「細雨荷鋤立，江猿吟翠屏。」此語宛然入畫，情景適會，與造物同其妙，非沉思苦索而得之也。

〔一〕「也」，麗澤館本無。

〔二〕此條麗澤館本前多：「庾信《陪席幸終南》上句曰『玉山乘四載』、『黿橋浮少海』，『載』、『海』同韻。」按，「陪席」，《庾開府集》卷四作「陪駕」。

〔三〕此句麗澤館本作「學者當以爲誡」。

李林甫《璚嶽應制》曰：「雲收二華出，天轉五星來。十月農初罷，三驅禮復開〔二〕。」兩聯皆用數目字，不可爲法。王摩詰《送丘爲》曰：「五湖三畝宅，萬里一歸人。」此聯疊用數目字，不爲病也。

章孝標《下第》曰：「連雲大厦無棲處，更傍誰家門户飛。」後《及第》曰：「馬頭漸入揚州路，爲報時人洗眼看。」其量狹大類孟郊。

淵明《詠雪》曰：「傾耳無希聲，在目皓已結。」此語殆似顔、謝。羅大經謂其輕虚潔白，盡在於是。但識其趣，體則未也。

排律結句，不宜對偶。若劉峽州「江湖多白鳥，天地有青蠅」，似無歸宿。五言律首句用韻，宜突然而起，勢不可遏，若子美「落日在簾鈎」是也。若許渾「天晚日沉沉」，便無力矣。

崔後渠贈予詩曰：「三月清洹上，翩翩兩度來。摛詞傾玉海，弔古賦銅臺。岐路楊朱淚，江湖李白杯。令公今謝事，迴首尚憐才。」楊朱、李白，自然的對。戎昱詩曰：「衛青師自老，魏絳賞何功。」較之後渠，精確不及。

〔二〕「復」，原本、邢琦本作「後」，據麗澤館本改。

詩以佳句爲主。精鍊成章，自無敗句，所謂：「善人在坐，君子俱來。」《瀛奎律髓》不可讀。間有宋詩純駁於心，發語或唐或宋，不成一家，終不可治。《讕言長語》曰：「若讀《瀛奎律髓》，要人自擇。」[一]

盧仝曰：「相思一夜梅花發，忽到窗前疑是君。」孫太初曰：「夜來夢到西湖路，白石灘頭鶴是君。」此從玉川變化，亦有風致[二]。

詩不可太切，太切則流於宋矣。

武元衡曰：「殘雪帶雨過春城。」韓致光曰：「斷雲含雨入孤村。」二句巧思，不及子美「濽雲疏雨過高城」句法自然。

方干「未明先見海底日，良久遠雞方報晨」，方晦叔「山雞未鳴海日出」，此簡妙勝干矣。作詩最忌蹈襲。若語工字簡，勝於古人，所謂「化陳腐爲新奇」是也。

李頻曰：「星臨劍閣動，花落錦江流。」譬諸「佳人掌」而對「壯士拳」也。若曰「月落錦江寒」[三]，便相敵矣。

[一]「讕言長語」以下至此，麗澤館本無。
[二]「亦」，麗澤館本作「甚」。
[三]「月落錦江寒」，麗澤館本作「月照鏡湖空」。

金學士王庭筠《黄花山》一絶〔一〕，頗有太白聲調。詩曰：「掛鏡臺西掛玉龍，半山飛雪舞天風。寒雲直上三千尺，人道高歡避暑宫。」邊華泉謂詩與行草俱入化矣〔二〕。子美不遭天寶之亂，何以發忠憤之氣，成百代之宗？國朝何仲默亦遭壬申之亂，但過於哀傷爾〔三〕。

空同子曰：「古詩妙在形容，所謂水月鏡花，言外之言〔四〕。宋以後，則直陳之矣。求工於句字，心勞而日拙也。」「枚氏《七發》，非必於七也，文涣而成七。後之作者無七，而必於七，然皆俳語也。」「杜甫見道過韓愈，如『白小群分命』、『文章有神交有道』、『隨風潛入夜』、『水流心不競』、『出門流水住』等語，皆是道也。」「王維詩，高者似禪，卑者似僧奉佛之應〔五〕，人心係則難脱。」

馬子端曰：「《楚詞》悲感激迫，獨《橘頌》一篇，温厚委曲。」子美「明霞高可餐」，即「維北有

〔一〕「金學士」，麗澤館本無。「絶」，麗澤館本作「首」。
〔二〕此句，麗澤館本作：「造句易，得趣難，非深於詩者不能也。」
〔三〕「傷」，麗澤館本作「慟」。
〔四〕「之言」，麗澤館本作「意」。
〔五〕「僧」，麗澤館本無。

斗，不可以挹酒漿」之意。〔一〕

張崇德曰：「屈原《天問》，全學《莊子·天運》。莊子寓乎忘形，屈原滯於孤憤。」

李仲清曰：「陳伯玉詩高出六朝，惟淵明乃其伉儷者，當與兩漢文字同觀。」

杜約夫曰：「宋人論詩甚嚴，無乃唐人之瘦歟？」吕紫薇所謂「文章木上瘿」，約夫暗合孫吴爾。

徐伯傳問詩法於康對山，曰：「熟讀太白長篇，則胸次含弘，神思超越，下筆殊有氣也〔二〕。」

黄司務問詩法於李空同，因指場圃中菉豆而言曰：「顔色而已。」此即陸機所謂「詩緣情而綺靡」是也〔三〕。

李獻吉極苦思，詩垂成，如一二句弗工，即棄之。田深父見而惜之，獻吉曰：「是自家物，終

〔一〕 此條麗澤館本作二條：
　　馬子端曰：「人謂楚詞激迫，余獨愛其委曲，如《九歌》、《橘頌》之類，何其委曲也！」
　　又曰：杜詩「明霞高可餐」，即《詩》「維南有箕，不可以簸揚。維北有斗，不可以挹酒漿」之意。以此類求之，真得温柔之旨，《三百篇》後無與儷也。

〔二〕 「氣」，麗澤館本作「氣色」。

〔三〕 「此即」以下至此，麗澤館本無。

久還來。」〔一〕

何仲默詩曰：「元日王正月，傳呼晚殿班。千官齊鵠立，萬國候龍顔。辨色旌旗入，衝星劍珮還。聖躬無乃倦，幾欲問當關。」李獻吉改爲「不敢問當關」。曹仲禮曰：「吾舅所改，未若仲默元句。」〔二〕

趙子昂曰：「作詩但用隋、唐以下故事，便不古也；當以隋、唐以上爲主。」此論執矣。隋、唐以上泛用則可，隋、唐以下泛用則不可。學者自當斟酌，不落凡調。

漢人作賦，必讀萬卷書，以養胸次。《離騷》爲主，《山海經》、《輿地志》、《爾雅》諸書爲輔〔三〕。又必精於六書，識所从來，自能作用〔四〕。若揚袘、戌削〔五〕、飛襳、垂髾之類，命意宏博，措

〔一〕「是自家」以下至此，麗澤館本作「是自家胸中，久還來也」。又此條後麗澤館本多一條（麗澤館本至此終）：

束晳《補亡詩》對偶精切，辭語劉麗，不脱六朝氣習。謝康樂《擬鄴中》之作，各述情事，若因人而變句法。江文通未必獨步矣。

〔二〕此條後盛本多一條：

坐得想頭遠，打得機關破，立得脚跟牢，占得地步闊，洗得肚腸浄，養得皮面好，此六者，詩之統要，重在想頭，庶得完美。作詩別有想頭，能暗合古人妙處，法在其中矣。如爲將者當熟讀兵書，又不可執泥，神奇自從裏許來。

〔三〕「諸書」，麗澤館本作「六書」。

〔四〕「又必精於」以下，麗澤館本作「精於字學，自能作用」。

〔五〕「揚袘、戌削」，麗澤館本無。

辭富麗，千彙萬狀，出有入無，氣貫一篇，意歸數語，此長卿所以大過人者也。〔二〕

宋之問「鬢髮俄成素，丹心已作灰」，子美「白髮千莖雪，丹心一寸灰」；張説「洞房懸月影，高枕聽江流」，子美「疏簾殘月影，高枕遠江聲」；李群玉「水流寧有意，雲泛本無心」，子美「水流心不競，雲在意俱遲」；徐晶「翡翠巢書幌，鴛鴦立釣磯」，子美「翡翠鳴衣桁，蜻蜓立釣絲」；韋莊「百年流水盡，萬事落花空」，子美「流水生涯盡，浮雲世事空」；陳陶「九江春水闊，三峽暮雲深」，子美「九江春草外，三峽暮帆前」。諸公句意相類，子美自優。

子建詩多有虚字用工處，唐人詩眼本於此爾。若「朱華冒緑池」、「時雨净飛塵」、「松子久吾欺」、「列坐竟長筵」、「嚴霜依玉除」、「遠望周千里」，其平仄妥帖，尚有古意。

鮑防《雜感》詩曰：「五月荔枝初破顔，朝離象郡夕函關。」此作托諷不露。杜牧之《華清宫》詩曰：「一騎紅塵妃子笑，無人知是荔枝來。」二絶皆指一事，淺深自見。

吴筠《覽古》詩曰：「蘇生佩六印，奕奕爲殃源。主父食五鼎，昭昭成禍根。李斯佐二辟，巨釁鍾其門。霍孟翼三后，伊戚及後昆。」此古體叙事，文勢使然，蓋出於無意也。若分爲兩篇，皆謂之隔句對，自與近體不同爾。

〔二〕此條麗澤館本見卷一。

杜約夫問曰：「點景寫情孰難？」予曰：「詩中比興固多，情景各有難易。若江湖遊宦羈旅，會晤舟中，其飛揚轗軻，老少悲歡，感時話舊，靡不慨然。言情近於議論，把握住則不失唐體，否則流於宋調，此寫情難於景也，中唐人漸有之。冬夜園亭具樽俎，延社中詞流，時庭雪皓目，梅月向人，清景可愛，模寫似易。如各賦一聯，擬摩詰有聲之畫，其不雷同而超絶者，諒不多見，此點景難於情也，惟盛唐人得之。」約夫曰：「子能發情景之蘊，以至極致，滄浪輩未嘗道也。」

太白夜宿荀媪家，聞比鄰春臼之聲以起興，遂得「鄰女夜舂寒」之句。然本韻「盤」、「餐」二字，應用以「夜宿五松下」發端，下句意重辭拙，使無後六句，必不落「歡」韻。此太白近體，先得聯者，豈得順流直下哉？附詩云：「夜宿五松下，寂寥無所歡。田家秋作苦，鄰女夜舂寒。跪進雕胡飯，月光明素盤。令人慚漂母，三謝不能餐。」

傅咸《螢火賦》：「雖無補於日月兮，期自照於陋形。當朝陽而戢景兮，必宵昧而是征。進不竞於天光兮，退在晦而能明。」駱賓王賦：「光不周物，明足自資。處幽不昧，居照斯晦。」二子各有托寓，繁簡不同。子美「暗飛螢自照」之句，意愈簡而辭愈工也。

「孔雀東南飛」，一句興起，餘皆賦也。其古朴無文，使不用妝奩服飾等物，但直叙到底，殊非樂府本色。如云：「妾有繡腰襦，葳蕤自生光。紅羅複斗帳，四角垂香囊。箱簾六七十，緑碧青絲繩。物物各自異，種種在其中。」又云：「雞鳴外欲曙，新婦起嚴妝。著我繡裌裙，事事四五通。足下躡絲履，頭上玳瑁光，腰若流紈素，耳著明月璫。指如削葱根，口如含丹朱。纖纖作細步，精妙世無雙。」又云：「交語速裝表，絡繹如浮雲，青雀白鵠舫，四角龍子旛，婀娜隨風轉。金車玉作輪，躑躅青驄馬，流蘇金縷鞍。齎錢三百萬，皆用青絲穿。雜綵三百匹，交用市鮭珍。」此皆似不緊要，有則方見古人作手，所謂没緊要處便是緊要處也。

詩家直説卷二 七十五條

東郡　謝　榛　著
東郡　蘇　潢
赤城　陳養才　仝校
東郡　張季彦　仝閲
新安　程兆相　詳校

《古樂府》云：「有所思，乃在大江南。何用問遺君，雙珠瑇瑁簪。」此承上三句而言。鮑明遠《行路難》因學此句發端云：「奉君金卮之美酒，瑇瑁玉匣之雕琴。」元微之《金璫玉珮歌》云：「贈君金璫太霄之玉珮，金鎖禹步之流珠。」歐陽永叔《送王原甫》云：「酌君以荆州魚枕之蕉，贈君以宣城鼠鬚之管。」黄山谷《送王郎》云：「酌君以蒲城桑落之酒，泛君以湘纍秋菊之英。」明遠不以《古樂府》爲法，而起語突出，諸公轉相效尤，何邪？

凡詩債叢委，固有緩急，亦當權變。若先作難者，則殫其心思，不得成章，復作易者，興沮而語澀矣。難者雖緊要，且置之度外；易者雖不緊要，亦當冥心搜句，或成三二篇，則妙思種種出焉，勢如破竹，此所謂「先江南而後河東」之法也。

于濆《辛苦吟》：「壠上扶犁兒，手種腹長飢。窗下織梭女，手織身無衣。」此作有關風化，但失之粗直。李紳《憫農》詩：「四海無閒田，農夫猶餓死。」無名氏《蠶婦》詩：「遍身綺羅者，不是養蠶人。」二作氣平意婉，可置前列，但互相祖襲爾。《鹽鐵論》曰：「歐冶能因國君銅鐵作金鍾大鏞，而不能自作一鼎盤。」此論高古，乃三詩之源，夐然氣象不同。

《古詩十九首》，平平道出，且無用工字面，若秀才對朋友説家常話，略不作意，如「客從遠方來，寄我雙鯉魚。呼童烹鯉魚，中有尺素書」是也。及登甲科，學説官話，便作腔子，昂然非復在家之時，若陳思王「遊魚潛緑水，翔鳥薄天飛。始出嚴霜結，今來白露晞」是也。此作平仄妥帖，聲調鏗鏘，誦之不免腔子出焉。魏晉詩家常話與官話相半，迨齊梁開口，俱是官話。官話使力，家常話省力；官話勉然，家常話自然。夫學古不及，則流於淺俗矣。今之工於近體者，惟恐官話不專，腔子不大，此所以泥乎盛唐，卒不能超越魏晉而追兩漢也。嗟夫！

作詩不必執於一個意思，或此或彼，無適不可，待語意兩工乃定。《文心雕龍》曰：「詩有恒裁，思無定位。」此可見作詩不專於一意也。

任城張良玉，别號栗齋居士，以琴鳴於時。嘗賦《閒居》云：「手香丸藥後，心静理琴時。」此聯閒雅有味。然出自吕居仁「手香橙熟後，髮脱草枯時」，此作者不及述者。

詩忌粗俗字，然用之在人，飾以顔色，不失爲佳句。譬諸富家厨中，或得野蔬，以五味調和，而味自别，大異貧家矣。紹易君曰：「凡詩有鼠字而無貓字，用則俗矣，子可成一句否？」予應聲曰：「貓蹲花砌午。」紹易君曰：「此便脱俗。」

「忠孝」二字，五七言古體用之則可。若能用於近體，不落常調，乃見筆力。于濆《送戍客南歸》詩云：「莫渡汨羅水，回君忠孝腸。」此即野蔬借味之法，而濆亦知此邪？

凡襲古人句，不能翻意新奇，造語簡妙，乃有愧古人矣。謝莊《月賦》：「洞庭始波，木葉微脱。」蓋出自屈平「洞庭波兮木葉下」。譬以石家鐵如意，改製細巧之狀，此非古良冶手也。王勃《七夕賦》：「洞庭波兮秋水急。」意重氣迫，而短於點化，此非偷狐白裘手也。許渾《送韋明府南遊》詩：「木落洞庭波。」然措詞雖簡，而少損氣魄，此非縮銀法手也。

凡作文，静室隱几，冥搜邈然，不期詩思遽生，妙句萌心，且含毫咀味，兩事兼舉，以就興之緩急也。予一夕欹枕面燈而卧，因詠蜉蝣之句。忽機轉文思，而勢不可遏，置彼詩草，率書嘆世之語云：「天地之視人，如蜉蝣然；蜉蝣之視人，如天地然。蜉蝣莫知人之有終也，人莫知天地之有終也。」

作詩本乎情景，孤不自成，兩不相背。凡登高致思，則神交古人，窮乎遐邇，繫乎憂樂，此相因偶然，著形於絶迹，振響於無聲也。夫情景有異同，模寫有難易，詩有二要，莫切於斯者。觀則同於外，感則異於内，當自用其力，使内外如一，出入此心而無間也。景乃詩之媒，情乃詩之胚，合而爲詩，以數言而統萬形，元氣渾成，其浩無涯矣。同而不流於俗，異而不失其正，豈徒麗藻炫人而已？然才亦有異同，同者得其貌，異者得其骨。人但能同其同，而莫能異其異。吾見異其同者，代不數人爾。

自古詩人養氣，各有主焉。蘊乎内，著乎外，其隱見異同，人莫之辨也。熟讀初唐、盛唐諸家所作，有雄渾如大海奔濤，秀拔如孤峰峭壁，壯麗如層樓疊閣，古雅如瑶瑟朱絃，老健如朔漠横雕，清逸如九皋鳴鶴，明净如亂山積雪，高遠如長空片雲，芳潤如露蕙春蘭，奇絶如鯨波蜃氣，此見諸家所養之不同也。學者能集衆長，合而爲一，若易牙以五味調和，則爲全味矣。

凡立意措辭，欲其兩工，殊不易得。辭有短長，意有小大，須構而堅、束而勁，勿令辭拙意妨。意來如山，巍然置之河上，則斷其源流而不能就辭；意來如松，挺然植之盆中，窘其造物而不能發意。夫辭短意多，或失之深晦；意少辭長，或失之敷演。名家無此二病。

李群玉《雨夜》詩：「請量東海水，看取淺深愁。」觀此悲感，無髪不皓。若後削冗句，渾成一絶，則不減太白矣。太白《金陵留别》詩：「請君試問東流水，别意與之誰短長。」妙在結語，使坐客同賦，誰更擅場？謝宣城《夜發新林》詩：「大江流日夜，客心悲未央。」陰常侍《曉發新亭》詩：「大江一浩蕩，悲離足幾重。」二作突然而起，造語雄深，六朝亦不多見。太白能變化爲結，令人叵測，奇哉！附群玉詩云：「遠客坐長夜，雨聲孤寺秋。請量東海水，看取淺深愁。窮愁重於山，終年壓人頭。朱顏與芳景，暗附東波流。鱗翼俟風水，青雲方阻修。孤燈冷素焰，蟲響寒房幽。借問陶淵明，何物可忘憂？無因一酩酊，高枕萬情休。」

都下一詩友過余言詩，了不服善。余曰：雖古人詩，亦有可議者。蓋擅名一時，寧肯帖然受人詆訶。又自謂大家氣格，務在渾雄，不屑屑於句字之間。殊不知美玉微瑕，未爲全寶也。或睥睨當代，以爲世無勍敵；吐英華而媚千林，瀉河漢而澤四野。隻字求精工，花鳥催之不厭；片言失輕重，鬼神忌之有因。大哉志也！嗟哉人也！

夫萬景七情，合於登眺，若面前列群鏡，無應不真。憂喜無兩色，偏正惟一心。偏則得其半，正則得其全，鏡猶心也，光猶神也。思入杳冥，則無我無物，詩之造玄矣哉！

或問作詩中正之法。四溟子曰：貴乎同不同之間。同則太熟，不同則太生。二者似易實難。握之在手，主之在心。使其堅不可脫，則能近而不熟，遠而不生。此惟超悟者得之。

甲辰歲冬，予客居大梁，有李生者，屢過款宿。及晨起盥櫛，旭日射窗，因索新句。李云：「曉日照疏窗。」予亦成「寒日澹虛牖」。賈子聞之曰：「此出一機杼，而纖手不同。」戊午歲，從遊鄴下，夜酌王中宧別館，請示一字造句，以「燈」爲韻。予就枕構思，乃得三十四句云：烟葦出漁燈，書聲半夜燈，山扉樹裹燈，風幢閃佛燈，竹院静禪燈，蛾影隔籠燈，星懸寶塔燈，心空一慧燈，風雨異鄉燈，倦客望村燈，鬼火戰場燈，除夜兩年燈，雪市減春燈，茅屋衹書燈，樹隱酒樓燈，穴鼠暗窺燈，殿列九華燈，星聚廣陵燈，棋罷暗籌燈，疏林見遠燈，蛩吟半壁燈，農談共瓦燈，屋漏夜移燈，明滅幾風燈，窗昏夢後燈，流螢不避燈，寒閨織錦燈，形影共寒燈，調鷹徹夜燈，海舶浪搖燈，夜泊聚船燈，霜風逼旅燈，靈焰鳳膏燈，春宫萬户燈。此行遠自邇之法，俾其自悟耳。及曉起，寒雀在檐時，有幽意，李吟一句云：「群雀噪前檐。」予應聲曰：「檐日聚寒雀。」夫能寫眼前之景，須半生半熟，方見作手。李生亦佳士也，予嘗授之韻學，博記雅談，懸河瀉於廣席，使醉客復醒。其善用所長如此。

夫縉紳作詩者，其形也易腴，其氣也易充。貫乎經史，粹乎旨趣，若江河有源，而滔滔弗竭，欲造名家，殊不難矣。凡擇韻平妥，用字精工，此雖細事，則聲律具焉。必先固基址而高其梁棟，樓成壯麗，乃見工輸之大巧也。予昔遊都下，力拯盧柟之難，諸縉紳多其義，相與定交。草茅賤子，至愚極陋，但以聲律之學請益，因折衷四方議論，以爲正式。及出詩草，妍亦不忌，媸亦不誚，此虚心應接使然。得以優游聖代，而老於嘯歌，幸矣。每惜禰衡《鸚鵡》一賦而遽戕其生，可爲恃才傲物者誡。

己酉歲中秋夜，李正郎子朱延同部李于鱗、王元美及予賞月。因談詩法，予不避謭陋，具陳顛末。于鱗密以指掐予手，使之勿言。予愈覺飛動，亹亹不輟，月西乃歸。于鱗徒步相攜，曰：

「子何太泄天機？」予曰：「更有切要處不言。」曰：「何也？」曰：「其如想頭別爾！」于鱗默然。

余偕詩友周一之、馬懷玉、李子明，晚過徐比部汝思書齋。適唐詩一卷在几，因而披閱，歷談聲律格調，以分正變。汝思曰：「聞子能假古人之作爲己稿，凡作有疵而不純者，一經點竄則渾成。子聊試筆力，成則人各一大白，否則三罰而勿辭。」如戴叔倫《除夜宿石頭驛》詩云：『旅館誰相問？寒燈獨可親。一年將盡夜，萬里未歸人。寥落悲前事，支離笑此身。愁顔與衰鬢，明日又逢春。』此晚唐入選者，可能搜其疵而正其格歟？」予曰：「觀此體輕氣薄如葉子金，非錠子金也。凡五言律，兩聯若綱目四條，辭不必詳，意不必貫，此皆上句生下句之意。八句意相聯屬，中無罅隙，何以含蓄？頷聯雖曲盡旅況，然兩句一意，合則味長，離則味短，晚唐人多此句法。」遂勉更六句云：「燈火石頭驛，風烟揚子津。一年將盡夜，萬里未歸人。萍梗南浮越，功名西向秦。明朝對清鏡，衰鬢又逢春。」舉座鼓掌笑曰：「如此體重氣厚，非『錠子金』而何！」

梁比部公實曰：「崔塗《歲除》詩云：『亂山殘雪夜，孤燭異鄉人。』觀此羈旅蕭條，寄意言表，全章老健，乃晚唐之出類者。戴叔倫《除夜》詩云：『一年將盡夜，萬里未歸人。』此聯悲感久客，寧忍誦之！惜通篇不免敷演之病。」

作詩譬如江南諸郡造酒，皆以麯米爲料，釀成則醇味如一。善飲者歷歷嘗之曰：「此南京酒也，此蘇州酒也，此鎮江酒也，此金華酒也。」其美雖同，嘗之各有甄别，何哉？做手不同故爾。

古人作詩，譬諸行長安大道，不由狹斜小徑，以正爲主，則通於四海，略無阻滯。若太白、子美，行皆大步，其飄逸沉重之不同，子美可法，而太白未易法也。本朝有學子美者，則未免蹈襲。亦有不喜子美者，則專避其故迹。雖由大道，跬步之間，或中或傍，或緩或急，此所以異乎李、杜而轉折多矣。夫大道乃盛唐諸公之所共由者，予則曳裾躡屩，由乎中正，縱横於古人衆迹之中。及乎成家，如蜂采百花爲蜜，其味自别，使人莫之辨也。

凡作詩不宜逼真，如朝行遠望，青山佳色，隱然可愛，其烟霞變幻，難於名狀。及登臨，非復奇觀，惟片石數樹而已。遠近所見不同，妙在含糊，方見作手。

予初冬同李進士伯承遊西山，夜投碧雲寺，並憩石橋，注目延賞。時薄靄濛濛，然澗泉奔響，松月流輝，頓覺塵襟爽滌，而興不可遏，漫成一律。及早起臨眺，較之昨夕，仙凡不同，此亦逼真故爾。附詩云：「並馬尋名寺，登高藉短筇。飛泉鳴古澗，落月在寒松。石路經千轉，雲巖復幾重。人間多夢寐，誰聽上方鐘？」

章給事景南過予曰：「子嘗云詩能剥皮，句法愈奇，何謂也？」曰：「譬如天寶間李謫仙、杜拾遺、高常侍、岑嘉州、王右丞、賈舍人相與結社，每分題課詩，一時寧無優劣？或興高者先得警策處，援筆立就，自能擅場。如秋間偶過園亭，梨棗正熟，即摘取啗之，聊解飢渴，殊覺爽快人意。或有作，讀之悶悶然，尚隔一間，如摘胡桃并栗，須三剥其皮，乃得佳味。凡詩文有剥皮者，不經宿點竄，未見精工。歐陽永叔作《醉翁亭記》，亦用此法。」

禰正平《鸚鵡賦》走筆立成，膾炙千古。譬如丹柰，有色有味，到口即佳，不假於剥皮也。凡製作繫名，論者心有同異，豈待見利而變哉？或見有佳篇，面雖云好，默生毁端，而播於外，此詩中之忌也。或見有奇句，佯爲沉思，欲言不言，俾其自疑弗定，此詩中之奸也。或見名公巨卿所作，不拘工拙，極口稱賞，此詩中之諂也。諂者利之媒，奸者利之機，忌者利之蠹。然慎交則保名。三者有一，不能無損，如藥加硝黄之類，其耗於元氣者多矣。

凡以詩求正者，在乎知己，否則無益，徒有自衒之誚。或終篇稱許，而不雌黄一字，恐有誤則貽笑爾。或灼見其疵，雖有奇字隱而不言，恐人完其美、振其名，是出於意，非忌而何？

范希文作《嚴子陵祠堂記》云：「先生之德，山高水長。」李泰伯易「德」爲「風」，至今彰希文之服善。此泰伯偶然爾。近有詞流，與人一字之益，每對衆言之，其不自廣也如此。及出所作，稱之則快意，議之則變色，雖杜少陵更正，亦不免忌心萌焉。夫偶定人之未安，何其自矜，竟沮人之有益，甘於自誤。吁！彼何人哉？吁！彼何人哉？

大梁李生好記人惡詩，每每傳之一笑。予謂之曰：「觀子胸中所藴如此，則穢濁其心，安能吐芳潤，發清雅乎？子從我遊二十餘年，試誦我詩一篇或一聯，以見黄鍾瓦缶，聲調同異，則工拙兩存乎心，所論公平，靡不服矣。」生茫然無以對。

走筆成詩，興也；琢句入神，力也。句無定工，疵無定處，思得一字妥帖，則兩疵復出。及中聯愜意，或首或尾又相妨，萬轉心機，乃成篇什。譬如唐太宗用兵，甫平一僭竊，而復干戈迭起。兩獻捷方欲論功，餘寇又延國討。百戰始定，歸於一統，信不易爲也。夫一律猶一統也，兩聯如中原，前後如四邊。四邊不寧，中原亦不寧矣。思有無形之戰，成有不賞之功，子建以詞賦爲勳績是也。

予一夕過林太史貞恒館，留酌，因談詩法，妙在平仄四聲而有清濁抑揚之分。試以「東」、「董」、「棟」、「篤」四聲調之，「東」字平平直起，氣舒且長，其聲揚也；「董」字上轉，氣咽促然易盡，其聲抑也；「棟」字去而悠遠，氣振愈高，其聲揚也；「篤」字下入而疾，氣收斬然，其聲抑也。夫四聲抑揚，不失疾徐之節，惟歌詩者能之，而未知所以妙也。非悟何以造其極，非喻無以得其狀。譬如一鳥，徐徐飛起，直而不迫；甫臨半空，翻若少旋，振翮復向一方；力竭始下，塌然投於中林矣。沈休文固已訂正，特言其大概。若夫句分平仄，字關抑揚，近體之法備矣。凡七言八句，起承轉合，亦具四聲，歌則揚之抑之，靡不盡妙。如子美《送韓十四江東省親》詩云：「兵戈不見老萊衣，嘆息人間萬事非。」此如平聲揚之也。「我已無家尋弟妹，君今何處訪庭闈。」此如上聲抑之也。「黄牛峽静灘聲轉，白馬江寒樹影稀。」此如去聲揚之也。「此别應須各努力，故鄉猶恐未同歸。」此如入聲抑之也。安得姑蘇鄒倫者，樽前一歌，合以金石，和以瑟琴，宛乎清廟之樂，與子按拍賞音，同飲巨觥而不辭也。貞恒曰：「必待吴歌而後劇飲，其如明月何哉？」因與一醉而别。

夫平仄以成句，抑揚以合調。揚多抑少則調勾，抑多揚少則調促。若杜常《華清宫》詩：「朝元閣上西風急，都入長楊作雨聲。」上句二入聲，抑揚相稱，歌則爲中和調矣。王昌齡《長信秋詞》：「玉顔不及寒鴉色，猶帶昭陽日影來。」上句四入聲相接，抑之太過；下句一入聲，歌則疾徐有節矣。劉禹錫《再過玄都觀》詩：「種桃道士歸何處，前度劉郎今又來。」上句四去聲相接，揚之又揚，歌則太硬；下句平穩。此一絶二十六字皆揚，惟「百畝」二字是抑。又觀《竹枝詞》所序，以知音自負，何獨忽於此邪？

杜牧之《開元寺水閣》詩云：「六朝文物草連空，天澹雲閒今古同。鳥去鳥來山色裏，人歌人笑水聲中。深秋簾幕千家雨，落日樓臺一笛風。惆悵無因見范蠡，參差烟樹五湖東。」此上三句落脚字，皆自吞其聲，韻短調促，而無抑揚之妙。因易爲「深秋簾幕千家月，静夜樓臺一笛風」。迺示諸歌詩者，以予爲知音否邪？

王摩詰《送少府貶郴州》、許用晦《姑蘇懷古》二律，亦同前病。豈聲調不拘邪？然子美七言，近體最多，凡上三句轉折抑揚之妙，無可議者。其工於聲調，盛唐以來，李、杜二公而已。

凡字有兩音，各見一韻，如二冬「逢」，遇也；一東「逢」，音蓬，《大雅》「鼉鼓逢逢」。四支「衰」，減也；十灰「衰」，音崔，殺也，《左傳》「皆有等衰」。十三元「繁」，多也；十四寒「繁」，音盤，《左傳》「曲縣繁纓」。四豪「陶」，姓也，樂也；二蕭「陶」，音遥，相隨行貌，《禮記》「陶陶遂遂」，皋陶，舜臣名。作詩宜擇韻審義，勿以爲末節而不詳考。賀知章《回鄉偶書》云：「少小離鄉老大回，鄉音無改鬢毛衰。」此灰韻「衰」字，以爲支韻「衰」字誤矣。何仲默《九日對菊》詩云：「亭亭似與霜華鬥，冉冉偏隨月影繁。」此元韻「繁」字，以爲寒韻「繁」字，亦誤矣。予書此二詩，以爲作者誡。

阮籍《詠懷》詩：「誰云君子賢，明目安可能。」陸機《挽歌》：「殉殁身易忘，殺子非所能。」潘尼《贈王元貺》：「膏蘭孰爲銷，濟治由賢能。」夏侯湛《東方朔讚》：「倜儻博物，觸類多能。」班孟堅《東京賦》：「因進距衰，表賢簡能。」《離騷》：「紛吾有此内美兮，又重之以修能。」此協「耐」。王逸注：「能屬，多力。絶人之才者謂之『能』。」然諸公皆本逸注。予謂：蒸韻能協用於灰韻，猶存古意，何以效其穿鑿而費講邪？又，「三足鼇」唐德誠禪師作頌，以此押韻云：「三十年前坐釣臺，鈎頭往往得黄能。金鱗不遇空勞力，收拾絲綸歸去來。」

予客京時，李于鱗、王元美、徐子與、梁公實、宗子相諸君招予結社賦詩。一日，因談初唐、盛唐十二家詩集，併李、杜二家，孰可專爲楷範？或云沈、宋，或云李、杜，或云王、孟。予默然久之，曰：「歷觀十四家所作，咸可爲法。當選其諸集中之最佳者，録成一帙，熟讀之以奪神氣，歌詠之以求聲調，玩味之以裒精華。得此三要，則造乎渾淪，不必塑謫仙而畫少陵也。夫萬物一我也，千古一心也，易駁而爲純，去濁而歸清，使李、杜諸公復起，孰以予爲可教也。」諸君笑而然之。是夕，夢李、杜二公登堂謂予曰：「子老狂而遽言如此。若能出入十四家之間，俾人莫知所宗，則十四家又添一家矣。子其勉之！」

濬人盧浮丘名柟者，過鄴，訪予草堂。樽酒款洽，因談作詩有難易遲速，方見做手不同。盧曰：「格貴雄渾，句宜自然。吾子何其太苦？恐刻削有傷元氣爾。」曰：「凡静卧宜想頭流轉，思未周處，病之根也。數改求穩，一悟得純，子美所謂『新詩改罷自長吟』是也。吾子所作太速，若宿構然。再假思索，則無瑕之玉，倍其價矣。」盧曰：「凡走筆率成一篇，雖欲求疵而治，竟不可得。做手定矣，奈何？」曰：「觀子直寫胸中所藴，由乎氣勝，專效背水陣之法，久而雖熟，未必皆完篇也。予所作，惟以仙丹而療人間百病。予詩如扁鵲胗脉，用藥不失病源。」盧曰：「平生口吃不能劇談，但與子操筆對賦，各見所長。」予曰：「這是盧生倔强不服善處！」然其佳句甚多，予每稱賞，但不能悉記。如《讀書秋草園》〔二〕，情景俱到，宛然入畫，比康樂「春草」之句，更覺

〔二〕「如」，原本作「予」，據邢琦本改。又耘雅堂本作「其」。

古老。妙哉句也！固哉人也！

予自正德甲戌，年甫十六，學作樂府商調，以寫春怨。尚記首一闋云：「隔花漏殘春夢醒，星斗落江城。珠箔金鈎低控，玉釵珊枕斜横。畫堂前紫燕交飛，緑楊枝黄鳥和鳴。倚危欄，又看三月景，杳然不見多情。斷腸芳草碧，初未閲《太和正音譜》，故有硬字。回首亂峰青。」統録若干曲，請正於鄉丈蘇東皋。東皋曰：「爾童年愛作艷曲，聲口似詩，殆非詞家本色。初養精華而别役心機，孤此一代風雅，何邪？」因教之作詩。澹泊自如，而不墜厥志，迄今五十餘年，皤然一叟，惟詩是樂。動静有時，而神逸於内，不知爲山林之小隱歟？爲市朝之大隱歟？蘇丈，吾師也，不得見我今日，悲哉！

作詩譬如有人日持箕箒，遍於市廛，掃沙簸而揀之，或破錢折簪，碎銅片鐵，皆投之於袋，飢則歸飯，固不如意，往復不廢其業。久而大有所獲，非金則銀，足贍卒歲之需，此得意在偶然爾。夫好物得之固難，警句尤不易得。掃沙不倦，則好物出；苦心不休，則警句成。

人非雨露而自澤者，德也；人非金石而自久者，名也。心非源泉而流不竭者，才也；心非鑑光而照無偏者，神也。非德無以養其心，非才無以充其氣。心猶舸也，德猶舵也。鳴世之具，惟舸載之；立身之要，惟舵主之。士衡、士龍有才而恃，靈運、玄暉有才而露。大抵德不勝才，猶泛舸中流，舵師失其所主，鮮不覆矣。

凡作詩文，或有兩句一意，此文勢相貫，宜乎雙用。如李斯《上秦始皇》書：「不問可否，不論曲直，非秦者去，爲客者逐。」王褒《聖主得賢臣頌》：「生於窮巷之中，長於蓬茨之下，無有游觀廣覽之知，顧有至愚極陋之累。」秦、漢以來，文法類此者多矣，自不爲病。王勃《尋道觀》詩：「玉笈三山記，金箱五嶽圖。」駱賓王《題玄上人林泉》詩：「芳杜湘君曲，幽蘭楚客詞。」此皆句意雖重，於理無害。若別更一句，便非一聯造物矣。至於太白《贈浩然》詩，前云「紅顔棄軒冕」，後云「迷花不事君」，兩聯意頗相似。劉文房《題靈祐上人故居》詩，既云「幾日浮生哭故人」，又云「雨花垂淚共沾巾」，此與太白同病，興到而成，失於點撿。意重一聯，其勢使然；兩聯意重，法不可從。

《木蘭詞》云：「問女何所思，問女何所憶。女亦無所思，女亦無所憶。東市買駿馬，西市買鞍韉。南市買轡頭，北市買長鞭。」此乃信口道出，似不經意者，其古朴自然，繁而不亂。若一言了問答，一市買鞍馬，則簡而無味，殆非樂府家數。「萬里赴戎機，關山度若飛。朔氣傳金柝，寒光照鐵衣。將軍百戰死，壯士十年歸。」絶似太白五言近體，但少結句爾。能於古調中突出幾句律調，自不減文姬筆力。「雄兔脚撲朔，雌兔眼迷離。雙兔傍地走，安能辨我是雄雌？」此結最著題，又出奇語。若缺此四句，使六朝諸公補之，未必能道此。

謝靈運《折楊柳行》：「鬱鬱河邊樹，青青野田草。」此對起雖有模倣，而不失古調。至於

「騷屑出穴風，揮霍見日雪」，此亦對起，用於中則穩帖。卓文君《白頭吟》：「皚如山上雪，皎如雲間月。」其古雅自是漢人語。鮑明遠擬之曰：「直如朱絲繩，清如玉壺冰。」此亦用漢人機軸，雖能織文錦羅縠，惜時樣不同爾。

子美《遺意》二首，皆偏入格。「四更山吐月，殘夜水明樓」，突然而起，似對非對，而不失格律。時孤城四鼓，睡起憑高，則前山半吐月矣。其清景快人心目，作者可以寫其真，良工莫能狀其妙，不待講而自透徹，此豈偶然得之邪？此豈冥然思之邪？至於「囀枝黄鳥近，泛渚白鷗輕」，此亦對起，頗似簡板。況用二虚字，意多氣靡，緩於發端。夫鳴於枝上者黄鳥，則近而可親；泛於渚次者白鷗，則輕而可愛。著於前聯則可。子美起對固多切者，宜在中而不宜在首，此近體定法也。又《寄劉陝州四十韻》，末二句云：「江湖多白鳥，天地有青蠅。」長律自無徹尾屬對，若燕韻不窮，想更有布置。

陳思王《五游》詩云：「披我丹霞衣，襲我素霓裳。徘徊文昌殿，登陟太微堂。上帝休西欞，群后集東廂。帶我瓊瑶佩，漱我沆瀣漿。徘徊玩靈芝，徙倚弄華芳。王子奉仙藥，羨門進奇方。」此皆兩句一意，然祖於古樂府。觀其《陌上桑》：「湘綺爲下裙，紫綺爲上襦。耕者忘其犁，鋤者忘其鋤。」《焦仲卿妻》：「東西植松柏，南北種梧桐。枝枝相覆蓋，葉葉相交通。」《相逢行》：「黄金爲君門，白玉爲君堂。」《羽林郎》：「長裙連理帶，廣袖合歡襦。」此皆古調，自然成對。陳思通篇擬之，步驟雖似五言長律，其辭古氣順如此。

宗考功子相過旅館，曰：「子嘗謂作近體之法，如孫登請客。未喻其旨，請詳示何如？」曰：「凡作詩先得警句，以爲發興之端，全章之主。格由主定，意從客生，若主客同調，方謂之完篇。譬如蘇門山深松草堂，具以琴樽，其中綸巾野服，兀然而坐者，孫登也。如此主人，庸俗輩不得躋其階矣。惟竹林七賢，相繼而來，高雅如一，則延之上坐，始足其八數爾。」子相曰：「若作古體，亦用此法，可乎？」曰：「凡作古體近體，其法各有異同，或出於有意無意之間，妙之所由來，不可必也。妙則天然，工則渾然，二體之法，至矣盡矣。」

嘉靖間，有初學詩者，開口便多奇氣。此雖天賦美質，其成之敗之，則又在乎人矣。專尚奇者，乃盛唐之端，晚唐之漸也。譬遊五嶽，出門有伴引之，循乎大道而不失其正；否則岐路之間，又分岐路，愈失愈遠，而流蕩莫之返矣。正者，奇之根；奇者，正之標。二者自有重輕。若岐而又奇，則墮於長吉之下。惜乎長吉不與陳拾遺同時，得一印正，則奇正相兼，造乎大家，無可議者矣。

和古人詩，起自蘇子瞻。遠謫南荒，風土殊惡，神交異代，而陶令可親，所以飽惠州之飯，和淵明之詩，藉以自遣爾。本朝有和《唐音》者，得一繭而抽萬絲，逞獨能而敵衆妙，專以坡老爲口實，則兩心異同，識者自當見之。譬一武士，登九里山，觀古戰場，命人掘地，因得折戟斷劍，餘矢缺刀，乃自稱元戎，前與韓、彭諸將對敵，戰則無功，敗則取笑，其不自量也，愚哉！

凡作詩，悲歡皆由乎興，非興則造語弗工。歡喜之意有限，悲感之意無窮。歡喜詩，興中得者雖佳，但宜乎短章；悲感詩，興中得者更佳，至於千言反覆，愈長愈健。熟讀李、杜全集，方知無處無時而非興也。

予客都門，雪夜同張茂參、劉成卿二計部酌酒談詩。茂參曰：「賈舍人《早朝大明宫》詩及諸公和者，可能定其次第否？」予曰：「有美玉羅於前，其色赤黄白黑，爛然相輝，色雖異而温潤則同。予非玉工，焉能品其次第哉！成卿世之宗匠，盍先定之？」成卿曰：「予僭評之，何異蠡測海爾？杜其一也，王其二也，岑其三也，賈其四也。」予曰：「子所論，詎敢相反？顛之倒之，則伯仲叔季定矣。賈則氣渾調古？岑則詞麗格雄；王、杜二作，各有短長，其次第猶是一輩行。或有擬之者，難與爲倫。」茂參曰：「使諸公有知，許誰爲同調邪？」

作詩能不自滿，此大雅之胚也。雖躋上乘，得正法眼評之尤妙。勤以進之，苦以精之，謙以全之。能入乎天下之目，則百世之目可知。

夫才有遲速，作有難易，非謂能與不能爾。含毫改削而工，走筆天成而妙。其速也多暗合古人，其遲也每創出新意；遲則苦其心，速則縱其筆。若能處於遲速之間，有時妙而純，工而渾，則無適不可也。

李商隱作《無題》詩五首，格新意雜，托寓不一，難於命題，故曰「無題」。本朝何、李二公，各擬一首，惜未完美。鄴下杜約夫亦擬四首，皆佳。然太清則寒，氣薄不壽。附其詩云：「内家標格破時妝，萬引千呼出洞房。楚曲風烟愁倩女，武陵花月夢仙郎。故開金索飛鸚鵡，偶弄瓊簫下鳳凰。恩怨自思成底事，坐看疏雨濕丁香。」二「月明獨立桂花陰，惆悵恩多怨亦深。並逐鴛鴦真有意，雙開菡萏本無心。班姬苦思題團扇，卓女幽情托素琴。天畔彩雲休散却，鳳臺此夜會知音。」三「楊柳遥遮百尺樓，水晶簾箔護嬌羞。鄰姬鬥巧輸瓊珮，公子聽歌贈玉鈎。青鳥暗隨明月落，彩雲虚傍碧天流。庭花爛熳春無限，不信盧郎負莫愁。」四「美人初試石榴裙，縹緲飛香别院聞。玉笛臨風吹折柳，錦機向月織迴文。花殘金谷鶯聲寂，天斷湘江雁影分。憑仗隴梅將信息，蓬山遥隔萬重雲。」

大梁田深甫從李獻吉遊，嗜酒耽詩，十三科不第，終於兵部司務。嘗擬少陵《秋興》詩，得盛唐氣骨，眼中不多見也。附詩二首云：「宫梧隕翠下承明，御水流寒繞帝京。北極天連鳷鵲觀，西山雲起鳳凰城。露凝雙闕開金掌，月照千門鎖玉衡。惟有伶俜梁苑客，旅魂零落不勝情。」二「西山龍藏五雲團，聞説先皇此駐鑾。百道泉光飛寶地，萬年松影静瑶壇。綺羅香寢幽花閉，劍佩聲沉曙月寒。玉蕊瓊枝長不老，空餘輦路石漫漫。」

昔予嘗遊京西玉巖山蘭若，松下拂石而坐，微作吟哦聲。適來一叟，問曰：「子何爲邪？」

曰：「賦詩遣興爾！」予時揮扇，叟曰：「偶得一句，請對之：山寺風涼何用扇？」予應聲曰：「江樓月朗不須燈。」叟曰：「真一詩人也。」曳杖而去。問諸僧：「此爲誰？」曰：「山下劉都督也。」翌日，諸縉紳聞之，曰：「彼村叟以童子對而考一詩人，可笑！」

濬人盧浮丘，豪俊士也，負才傲物，人多忌之。曾以詩忤蔣令，令枉以疑獄，幾十五年不決。余愛其才，且憫其非罪，遂之都下，歷於公卿間暴白而出之。因《感懷》詩云：「長存排難意，遂有泛交情。」以示比部李滄溟。滄溟曰：「數年常聞高論，皆古人所未發，余每心服，可謂知己。而亦以爲泛交之流耶？」指其詩而頷之者再。大司徒張龍岡過南都，謂諸縉紳曰：「四溟子以我輩爲泛交，可訝也！」余聞二公之言，心甚歉然。夫盧生得免，予願少遂，作詩自況，偶得之耳；二公譏之，其亦孟子所謂「固哉」者歟？附滄溟寄予詩云：「向來燕市飲，此意獨飛揚。把袂看人過，論詩到爾長。世情摇白首，吾道指滄浪。去住俱貧病，風塵動渺茫。」

予客京師，有一縉紳相善，嘗謂予曰：「每見人惡詩，予意憎之而不樂交也。」曰：「予則異於是。若以詩定交，海内寧幾人邪？或有不讀書者，知我爲詩人而加禮，豈可沮其誠乎？譬如郊外古刹，凡田翁村嫗，往往焚香禮佛，惟恐竭誠不逮，安知有三乘五藴之妙？使如來復生，亦不鄙其愚也。夫作詩才有不同，各由工拙。愛憎係乎爲人，詩何與焉？」縉紳笑而然之。吴僧道潛嗜詩，憎凡子如讎，此性褊尤甚。附詩云：「數聲柔櫓滄浪外，何處江村人夜歸。」

嘉靖戊午歲夏日，予偕浙東莫子明遊嵩山少林，及至蘆巖，觀泉奔流界壁，泠然灑心，因得「飛泉漏河漢」之句。子明曰：「此全襲太白『飛流直下三千尺，疑是銀河落九天』，略無點化。」予曰：「約繁爲簡，乃方士縮銀法也。」附詩云：「纔探二室勝，又過一禪冢。净愛莓苔色，香憐薝蔔花。飛泉漏河漢，叠嶂擁烟霞。心自有天竺，西方行路賒。」

成皋王傳易及子玄易問：「作詩有縮銀法，何如？」予因舉李建勳詩：「未有一夜夢，不歸千里家。」此聯字繁辭拙，能爲一句，即縮銀法也。限以炷香，香及半，玄易曰：「歸夢無虛夜。」香幾盡，傳易曰：「夜夜鄉山夢寐中。」予曰：「一速而簡切，一遲而流暢。其悟如池中見月，清影可掬。若益之以勤，如大海息波，則天光無際。悟不可恃，勤不可間。悟以見心，勤以盡力。此學詩之梯航，當循其所由而極其所至也。」翌日，傳易復問予曰：「昨所談建勳之作，句穩意切，莫辨其疵，無乃虛字多邪？」予曰：「晚唐人多用虛字，若司空曙『以我獨沉久，愧君相見頻』，戴叔倫『此別又萬里，少年能幾時』，張籍『旅泊今已遠，此行殊未歸』，馬戴『此境可長往，浮生自不能』。此皆一句一意，雖瘦而健，雖粗而雅。蓋建勳兩句一意，則流於議論，乃書生講章：「未嘗有一夜之夢而不歸乎千里之家也。」歐陽永叔亦有此病，《明妃曲》：『耳目所及尚如此，萬里焉能制夷狄。』夫『耳目』之『所及』者『尚』然『如此』，況『萬里』之外，『焉能制』其『夷狄』也哉！」傳易曰：「然！」

秋夕，予過北園宗禪師精舍，鄰有朱道人亦來，因談及虎溪三笑事。宗乃誦皇甫曾《送邕上人》詩：「晚與門人別，依依出虎溪。」予曰：「此結用事太泛，趁韻而已。」宗曰：「今夕與公繼此故事，若不吝一詩，我輩幸矣。」時皎月在天，凉飆振木，清景可愛。徘徊於露草之間，漫成一律云：「二高多道氣，吾欲共巖棲。瑶草元無種，青蓮不染泥。鶴鳴丹鼎外，月在法雲西。相送真成笑，分明過虎溪。」朱曰：「此時三笑雖同，吾輩愧遠公、靜脩多矣。」相送園西而别。

嘉靖甲寅春，予之京，游好餞於郭北申幼川園亭。趙王枕易遣中使留予曰：「適徐左史致政歸楚，欲命諸王縉紳輩賦詩志别，急不能就，子盍代作諸體二十篇，以見鄴下有建安風，何如？」予曰：「諾！明午應教畢，北首路矣。」幼川曰：「果哉斯言！有才固敏，何興能長？況詩備諸體，焉得寸心立意，而卒應紛然，以臻精妙？信乎不易。昔江文通擬古諸作，豈在一朝一夕而振藻思哉？」曰：「予試擴公輸子之法，遽造宫殿、樓閣、臺館、亭榭，並築基址，齊構梁棟，及其妙轉心機，詰旦歷觀落成，則輪奂一新，丹碧相耀，此見作手變化也。夫欲成若干詩，須造若干句，皆用緊要者，定其所王。景出想像，情在體帖，能以興爲衡，以思爲權，情景相因，自不失重輕也。如十成六七，或前後缺略，句字未穩，皆沓於案，息燈而卧。曉起，復撿諸作更益之。所思少窒，仍放過，且閲他篇，不可執定。復酌酒酣卧，迨心思稍清，起而裁之，三復探頤，統歸於渾成。若必次第而成，則興易衰而思易疲矣。愚見是否？」幼川曰：「吾見難其易者得其一，未見易其難者得其多。以一爲難則工，以多爲易而能工邪？梁周興嗣帝命以千字限一夕成文，蓋擊乎生死。子與之不同，何苦乃爾？」曰：「予用背水陣法，頗類興嗣。既言不愆行期，自不容緩。愜知己之意，折妒者之心，使異地則不能也。」迨午，中使徵詩，付以全稿轉上。幼川曰：「子才如此，王左右惡得無忌！昔聞盧生柟以詩獲罪蔣令，子爲遍陳當道，始脱其獄，由此人皆稱重。若不虚己，是亦盧柟而救盧柟，其不免夫？」予謝曰：「知我者鮑子也。」

嘉靖戊申歲，曾總制銑以復河套事，及夏閣老言，俱被奸諛陷於刑戮。上以科道不言，命錦衣衛遍加捶楚，其蔓連多矣。辛丑歲，李贊畫尚倫預有此議，竟不果。予賦詩慰之曰：「獻策金門空自歸，馬頭西向逐雲飛。長城夜月催刀斗，青海嚴霜犯鐵衣。秋到邊庭能禦虜，古來功業在知機。百年幾欲收河套，多少英雄有是非。」夏公婿吴郎中春以是詩達公所〔一〕，公慨然和之，其詩不傳。此聞之李鴻臚寶云。壬戌歲，嚴閣老嵩罷歸江南，會諸搢紳，談及河套不可復取，曰：「謝四溟山人獨有先見。」此聞之鄒處士倫云。嵩論與鄒見略同，然借此成曾、夏二公獄，另有史氏之評。

予初秋遊都下韋園，暮歸值雨，遂留殷太史正夫書齋，秉燭對酌。正夫曰：「聞子能鍼唐詩

〔一〕「公」，原本作「非」，據耘雅堂本改。

之病，勿秘其法。」予因撿宋之問《宴山亭》詩「攀巖踐苔易，迷路出花難」，不及駱賓王《詠雁》「帶月淩空易，迷烟逗浦難」用韻妥帖。復撿劉長卿《雨中過靈光寺》詩「向人寒燭静，帶雨夜鐘深」，不及皇甫曾《晚至華陰》「雲霞仙掌出，松柏古祠深」，韻亦妥帖。正夫曰：「前二韻欠穩，子試定之。」曰：「『攀巖踐苔滑，迷路出花遲。』『向人寒燭静，隔雨夜鐘微。』」正夫曰：「宋、劉二詩，譬猶高堂大厦，梁棟不加華藻，未爲完美。子雖斵良材，惜未結構，但築樓閣之基爾，勞思何益？凡閲古人之詩，輒有采取，或因拙致工，因繁爲簡，其珠玉歸囊，便是自家物。不愈乎六朝蹈襲以成風？此作者秘法，但不泄其機爾。」予曰：「聞此確論，知其無妒也。」

木玄虚《海賦》：「陰火潛然。」顧況《送從兄使新羅》詩：「陰火瞑潛燒。」張祜《送徐彦夫南遷》詩：「陰火夜長然。」王初《南中》詩：「陰火雨中生。」凡作詩不惟專尚新奇，雖雷同必求獨勝。王能鍊句，晚唐亦知此邪？

《太玄經·劇卦》：「海水群飛。」庾信《和張侍郎》詩：「成群海水飛。」吕温《諸葛武侯廟碑》：「四海飛水。」然庾、吕沿襲，兩拙並見，不若陸雲《答平原》全用無議也。有客益爲七言，曰：「海水群飛天混茫。」尤爲警策。譬如冶人能接伏波銅柱爲插天之標，而不見其迹也。

學《選》詩不免乎套子，去套子則語新而句奇。務新奇則太工，辭不流動，氣乏渾厚。如辭勝氣，氣勝辭，套子用否之間，善作者不墮於一隅也。

一夕，朱駕部伯鄰招飲官舍，因閱《雅音會編》。予笑曰：「此康生偶爾集次，始爲近體泄機也。且如東韻幾二百字，其穩當可用者，應題得句，大抵不出十餘字，但前後錯綜不同爾。統觀諸家之作，其文勢句法，判然在目，若品彙諸韻相間，不露痕迹，而妙於藏用也。或得其捷要而易入，或窺其淺近而深求。夫百篇同韻，當試古人押字不苟處，能造奇語於衆妙之中，非透悟弗能也。或才思稍窘，但搜字以補其缺，則非渾成氣格，此作近體之弊也。」伯鄰曰：「觀其排律，或百韻，或三五十韻，意思繁衍，句法變化，衆險迭出而益勝。但擇穩當者，信乎不多也。」予曰：「短律貴乎精工，長律宜浩汗奇崛，其法不可並論。」

作詩有專用學問而堆垛者，或不用學問而匀净者，二者悟不悟之間耳。惟神會以定取捨，自趨乎大道，不涉於岐路矣。譬如楊升庵狀元謫戍滇南，猶尚奢侈，其粳、糯、黍、稷、脯、臡、殽、鱠種種羅於前，而餚不周品，此乃用學問之癖也。又如客遊五臺山訪禪侶，厨下見一胡僧執爨，但以清泉注釜，不用粒米，沸則自成饘粥。此無中生有，暗合古人出處。此不專於學問，又非無學問者所能到也。予因六祖惠能不識一字，參禪入道成佛，遂在難處用工，定想頭，鍊心機，乃得無米粥之法。詩中難者，莫過於情詩。然樂府尤盛於元，千萬人口中咀嚼，外無遺景，内無遺情，雖有作者，罕得新意。姑借六祖之悟，以示後學，誠以六祖之心爲心，而入悟也弗難矣。因擬《别調曲》三首：「家住鄴城門向西，青樓上與鄴城齊。郎行好記門前柳，春夢南來路不迷。」

「夜深別酒見微醺，趙舞燈前猶向君。從此腰肢瘦無力，床頭閒殺石榴裙。」「木落天寒郎欲行，樽前離怨一鳴箏。燕姬纖手調新曲，不是西樓今夜聲。」《怨歌行》二首：「澹妝寂寞妾愁深，若個濃妝歡至今。郎到薊門傳尺素，誰知濃澹在郎心。」「長夜寒生翠幕低，琵琶別調爲誰悽。君心無定如明月，纔照樓東復轉西。」《遠別曲》一首：「阿郎幾載客三秦，長憶儂家漢水濱。門外兩株烏臼樹，叮嚀説向寄書人。」《搗衣曲》一首：「秦關昨寄一書歸，百戰郎從劉武威。見説平安收涕淚，梧桐樹下搗寒衣。」

陳一庵太守因徽藩誣奏，謫戍瓊州，寓丘文莊別墅，日耽詩酒。每聞縉紳間盛稱蘇舜澤總制《雪》詩：「初隨鳴雨喧相續，轉入飄風静不聞。」寫景入微，非老手不能也。若楊誠齋「篩瓦巧從疏處透，跳階誤到暖邊融」，便是宋人本色。

凡字異而意同者，不可概用之，宜分乎彼此。此先聲律而後義意，用之中的，尤見精工。然禽不如鳥，翔不如飛，莎不如草，凉不如寒，此皆聲律中之細微。作者審而用之，勿專於義意而忽於聲律也。

詩家直説卷四

八十五條

東郡　謝　榛　著
東郡　蘇　潢
赤城　陳養才　仝校
東郡　張季彦　仝閲
新安　程兆相　詳校

白樂天《畫竹歌》云：「西叢七莖勁而健，省向天竺寺前石上見。東叢八莖疏且寒，憶曾湘妃廟裏雨中看。」此作造語清潤，讀者襟抱灑然，能發萬里之興，所謂淘沙揀金，難得之句也。釋景雲《畫松》詩云：「畫松一似真松樹，且待思量記得無。憶在天台山上見，石橋南畔第三株。」此詩全襲樂天，未見超絶。皎然所論「三偷」，雲公可當一二。

《世説新語》：「徐孺子九歲時，嘗月下戲。或云：『若令月中無物，當極明邪？』」子美詩「斫却月中桂，清光應更多」意祖於此。造句奇拔，觀者不覺用事，所謂「讀書破萬卷，下筆如有神」，杜老不欺人也。

岑參《寄左省杜拾遺》詩云：「聯步趨丹陛，分曹限紫微。曉隨天仗入，暮惹御香歸。白髮悲花落，青雲羡鳥飛。聖朝無闕事，自覺諫書稀。」杜甫《答岑補闕見贈》云：「窈窕清禁闥，罷朝歸不同。君歸丞相後，我住日華東。冉冉柳枝碧，娟娟花蕊紅。故人得佳句，獨贈白頭翁。」岑詩警絶，杜作殊不愜意。譬如善奕者，偶爾輕敵，輸此一著。

岑嘉州《初至犍爲作》云〔一〕：「山色軒楹内，灘聲枕席間。草生公府静，花落訟庭閒。雲雨連三峽，風塵接百蠻。到來能幾日，不覺鬢毛斑。」此結突如起句，謂之「兩頭蛇」。予因以完造物，首尾自具，更煉中聯，不失格律。然論文貴嚴，亦不免吹毛求疵之誚。附云：「之官能幾日，兩鬢易成斑。雷雨低三峽，風塵暗百蠻。鳥啼公府静，花落訟庭閒。獨夜饒詩思，灘聲枕席間。」

瀋王西屏道人《寄懷大司馬郭公》二首：「憶昔論交即見知，幾年良晤信難期。停雲北極頻回首，落木西風獨賦詩。金鼎鹽梅殷相業，玉階劍履漢官儀。君今選將清邊徼，畫省憂心退食遲。」「征驂别後幾登樓，極目山川憶舊遊。皛皛霜華寒已沍，冥冥雲物夕仍留。九關甲士圖功日，三輔丁男習戰秋。聞道天驕還北遁，萬年佳氣繞皇州。」二詩辭雅氣暢，造詣不凡。前聯典

〔一〕「犍」，原本作「揵」，據耘雅堂本改。

重,不減少陵;後聯假對干支,極妙。許用晦:「年長每勞推甲子,夜寒初共守庚申。」實對干支,殊欠渾厚,無乃晚唐本色歟?

許用晦、釋清塞皆以「甲子」、「庚申」爲的對。予病其粗直,且非正格,因次用晦之韻,聊寄興爾。附《贈王山人》詩:「丹侶相期貰酒頻,飛來野鶴老於人。世輕俗物非關傲,庭有仙芝未是貧。半嶺餐霞延甲子,孤燈照夜守庚申。碧桃又發花千樹,誰向深山共好春?」

詩中罕用「血」字,用則流於粗惡。李長吉《白虎行》云「衮龍衣點荆卿血」,顧逋翁《露青竹鞭歌》云「碧鮮似染萇弘血」,二公妙於句法。不假調和,野蔬何以有味?

詩有至易之句,或從極難中來,雖非緊關處,亦不可忽。若使一句齟齬,則損一篇元氣矣。梁簡文《怨歌行》云:「十五頗有餘,日照杏梁初。」起句似相承者。譬諸叢花缺處,半出美人繡襦,不見螓首蛾眉,可能無恨?況襲《陌上桑》而用之突然。或易爲「窈窕誰家妹」,庶得平穩,不失起語格式。

凡作詩要情景俱工,雖名家亦不易得。聯必相配,健弱不單力,燥潤無兩色,能用此法,則不墮岐路矣。少陵狀景極妙,巨細入玄,無可指摘者。寫情失之疏漏,若「讀書難字過,對酒滿壺頻」,上句真率自然,下句爲韻所拘爾。昌黎寫情亦有佳者,若「飲中相顧色,别後獨歸情」,辭澹意濃,讀者靡不慨然。每拙於寫景,若「露排四岸草,風約半池萍」,下句清新有格,上句聲調齟齬，使無完篇，則血脉不周，病在一臂故爾。

甲子歲秋日，予赴晉陽故人之招，栗晉川留餞園亭，以詩志別，分韻得「秋」字，援筆立就，一氣渾成。湧若長江大河，滔滔拍天，而劃然中斷，其意見於言表，清雅不減劉文房，氣格過之。附詩云：「盍簪方譓晤，引轡復西遊。草白晉陽路，霜清汾水秋。詩名無去住，客計有淹留。心在浮雲外，飄然不繫舟。」

詩賦各有體製。兩漢賦多使難字，堆垛聯綿，意思重叠，不害於大義也。詩自蘇、李五言暨《十九首》，格古調高，句平意遠，不尚難字，而自然過人矣。詩用難韻，起自六朝，若庾開府「長代手中滄」，沈東陽「願言反魚簎」，從此流於艱澀。唐陸龜蒙「織作中流百尺泆」，韋莊「汧水悠悠去似絣」，「泆」、「絣」二字，近體尤不宜用。譬若王羲之偕諸賢於蘭亭脩禊，適高麗使者至，遂延之席末，流觴賦詩。文雅雖同，加此眼生者，便非諸賢氣象。韓昌黎、柳子厚長篇聯句，字難韻險，然誇多鬥靡，或不可解。拘於險韻，無乃庾、沈啓之邪？

陳思王《白馬篇》：「俯身散馬蹄。」此能盡馳馬之狀。《鬥雞》詩：「觜落輕毛散。」善形容鬥雞之勢。「俯」、「落」二字有力，一「散」字相應。然造語太工，六朝之漸也。

瀋憲王南山《和懶雲上人韻》曰：「幽徑斷行蹤，浮圖對遠峰。結冰堅碧沼，凝雪老青松。雙樹下開講，千燈中現容。天空雨花遍，門有白雲封。」此作妙於禪語，使王摩詰見之，亦當心服。若寧獻王臞仙、周憲王誠齋，雖皆嗜詩，相去懸絶矣。

嘉靖壬子春，予遊都下，比部李于鱗、王元美、徐子與、梁公實、考功宗子相諸君延入詩社。一日，署中命李畫士繪六子圖，列坐於竹林之間，顔貌風神，皆得虎頭之妙。自戲爲贊曰：「我是真汝，汝非真我。」因拘於唘韻，不能成章。迄今丙寅春，旅寓上黨，偶用古韻，乃成曰：「兩鬢鬔鬖，一身么麽上聲。我是真汝，汝非真我。我嘯我歌，汝聾汝啞。人生多忿，真不如假。遁迹山中，忘言月下。嗟哉暮年，何時願果？」或謂吻合禪機，前身亦緇流中人也。

或曰：「江韻不附於陽韻之後，而附於東、冬之後，何哉？」曰：江韻之字，皆出於東、冬二韻，若金傍著工爲「釭」，木傍著舂爲「樁」，餘類此。凡作古詩，三韻互用，謝康樂《田南樹園》詩曰：「樵隱俱在山，由來事不同。卜室倚北阜，啓扉面南江。」漢魏諸賢，如此尤多。

凡「山河」、「廊廟」之類，顛倒通用；若「天地」不可倒用，倒則爲泰卦。曹子建《桂之樹行》曰：「下下乃窮極地天。」豈别有見耶？又如「詩酒」、「兒女」，皆兩物也，倒則爲一矣。

賈誼上疏曰：「高帝瓜分天下，王功臣也。」鮑照《蕪城賦》曰：「出入三代，五百餘載，竟瓜剖而豆分。」此自我作古之法也。沈氏《詠五色火籠》曰：「可憐潤霜質，纖剖復毫分。」婦人亦知此耶？

劉長卿《送道標上人歸南嶽》詩曰：「悠然倚孤櫂，却憶卧中林。江草將歸遠，湘山獨往深。

白雲留不住，緑水去無心。衡嶽千峰亂，禪房何處尋？」此作雅澹有味，但虚字太多，體格稍弱。安慶王西池《送月泉上人歸南海得帆字》曰：「閒身無所繫，江海信孤帆。石上留金偈，人間秘玉函。天開達磨井，雲護普陀巖。誰復爲禪侶，相依松與杉。」此篇多使實字，奇崛有骨，善用險韻，譬如棧道馳馬，無異康衢，唐人不多見也。又《贈別玉峰上人》詩曰：「關山去迢遞，飛錫有誰同？行苦三乘裏，心開萬法中。定回雲滿榻，偈後月低空。相憶聽鐘磬，泠然度曉風。」此作乃見超悟，禪家之正宗也。

元和初，王生夢侍吴王，命作西施挽詞，曰：「西望吴王闕，雲書鳳字牌。連江起珠帳，擇土葬金釵。鋪地紅心草，三層碧玉階。春風無處所，悽恨不勝懷。」此韻狹而險，唐人以來罕用之。王生所作，雖涉粗淺，然夢中成章，亦奇矣。若陸龜蒙、皮日休以佳韻賡和，乃七言近體。使作五言，遠過王生矣。予客晉陽，亦用佳韻二首。《秋懷》詩曰：「東望太行路，巉巖幾斷崖。千里夢，難遣九秋懷。夜色霜明樹，寒聲葉滿階。著書思趙邸，静掩舊茅齋。」《秋日自遣》詩曰：「甘向清時隱，無令素願乖。存虚饒氣色，撥累緩形骸。葉響風前樹，苔青雨後階。何須學宋玉，登眺苦秋懷。」

嚴滄浪謂：「作詩譬諸劊子手殺人，直取心肝。」此説雖不雅，喻得極妙。凡作詩，須知道緊要下手處，便了當得快也。其法有三：曰事，曰情，曰景。若得緊要一句，則全篇立成。熟味唐詩，其樞機自見矣。

江淹《貽袁常侍》詩曰：「昔我别楚水，秋月麗秋天。今君客吴坂，春日媚春泉。」子美《哭蘇少監》詩曰：「得罪台州去，時危棄碩儒。移官蓬閣後，穀貴殁潛夫。」此皆隔句對，亦謂之「扇對格」。然祖於《采薇》詩：「昔我往矣，楊柳依依。今我來思，雨雪霏霏。」予《贈紀丞》詩曰：「謝莊曾授簡，月白見秋毫。崔立能吟句，松寒起夜濤。」僭附於名篇之末，亦見予一體爾。

潘岳《永逝文》曰：「子之承親，孝齊閔、參；子之友悌，和如琴瑟。事君直道，與朋信心。雖實唱高，猶賞爾音。弱冠厲翼，羽儀初昇。公弓既招，皇輿乃徵。内贊兩宫，外宰黎蒸。忠節允著，清風載興。」此岳文中用韻已嚴，豈獨沈約定之也。

阮卓《遊魚》詩曰：「相忘自有樂，莊惠豈能知？」此出《南華經》：「惠子曰：『爾非魚，安知魚之樂耶？』曰：『爾非我，安知我不知魚之樂耶？』」阮生翻案尤妙。古詩曰：「胡馬依北風，越鳥巢南枝。」此感寓自然。范雲《贈沈左衛》詩曰：「越鳥憎北樹，胡馬畏南風。」此雖翻案，殊覺費力。

曹唐《擬漢武帝憶李夫人》詩曰：「白玉帳寒鴛夢絶，紫陽宫遠雁書稀。」全篇穠麗，其風致可想。然用「雁書」，誤矣。予考《漢史》及《武帝内傳》，方士少翁能致鬼，帝命招李夫人之魂，見而哀之，因爲歌曰：「是邪非邪？」元狩四年，方士文成將軍少翁伏誅。天漢元年，遣蘇武使匈奴；昭帝始元五年，蘇武還自匈奴。「雁書」事當在子卿將歸之時。曹，羽流也，隨興賦成，不及詳考爾。

鮑明遠《白頭吟》曰：「申黜褒女進，班去趙姬升。周王日淪惑，漢帝益嗟稱。」沈休文《怨歌行》曰：「坎壈元叔賦，頓挫敬通文。遽論班姬寵，夙窆賈生墳。」二詩多用姓名，自不害爲古作。今人忌之，是矣。

鎮康王西巖《四月八日過昭覺禪院同諸宗丈賦得松字》詩曰：「石龕幡影閃金容，此日曾聞浴九龍。心印始歸香象迹，法輪更斷野狐宗。風傳鐘磬流空谷，天落雲霞拂古松。傑閣還登一西望，萬年佳氣曖諸峰。」此題最難。其格律精工，氣象渾厚，深得禪家宗旨。若與遠公同時，亦當推蓮社之長矣。

作詩有三等語：堂上語，堂下語，階下語。知此三者，可以言詩矣。凡上官臨下官，動有昂然氣象，開口自別。若李太白「黄鶴樓中吹玉笛，江城五月落梅花」，此堂上語也。凡下官見上官，所言殊有條理，不免局促之狀。若劉禹錫「舊時王謝堂前燕，飛入尋常百姓家」，此堂下語也。凡訟者説得顛末詳盡，猶恐不能勝人。若王介甫「茅檐長掃净無苔，花木成蹊手自栽」，此階下語也。有學晚唐者，再變可躋上乘；學宋者，則墮下乘而變之難矣。

沈氏《綵毫怨》曰：「葉下洞庭初，思君萬里餘。露濃香被泠，月落錦屏虚。欲奏江南曲，貪封薊北書。書中無别意，惟悵久離居。」楊升庵所選《五言律祖》六卷，獨此一篇平妥匀净，頗異六朝氣格。

岑嘉州《送王司馬》詩「海樹青官舍，江雲黑郡樓」，何仲言《下方山》詩「繁霜白曉岸，苦霧黑晨流」，謝惠連《擣衣》詩「宵月皓空閨」，李嘉祐《送王收》詩「細草緑汀洲」，此皆以聲色字爲虚活用者，蓋有所祖。《春秋》「丹桓宫盈」，《周頌》「亦白其馬」，《史鑑》「秦始皇伐其木，赭其山」，《漢書》「二千石」、「朱兩轓」，班孟堅《燕山銘》「朱旗絳天」，揚子雲《解嘲》「客徒朱丹吾轂」、「將赤吾之族也」，《華元歌》「皤其腹」，韋昭《天命》詩「烏赤其色」，陸士龍《南征賦》「朱明俛而丹野，炎暉仰而絳天」，《南史》「梁武帝曰：『不還我陳保印，吾當白汝』」，江文通《靈丘竹賦》「艶夏彩於沙汀」，柳子厚《賀王參元失火書》「黔其廬，赭其垣」。此法用者多矣，非文之宗匠，弗知也。

詩韻罕用「腥」字。胡曾《洞庭湖》絶句「魚龍吹浪水雲腥」，造句儘佳；瀋憲王《夜雨》頸聯「樹濕鵶群重，雲低龍氣腥」，格律尤勝。杜子美《索居三十韻》「宇宙一羶腥」，此句非不能工，蓋長律牽於韻爾。

栗太行曰：「詩貴解悟。識有偏全，斯作有高下。古人成家者如得道，故拈來皆合，拘拘於迹者末矣。」又曰：「詩莫古於《風》、《雅》，皆可解。漢樂府有不可讀者，聲詞雜寫之誣，由譜録爾。」又曰：「宋詩偏於濁而不瀟灑，元詩偏於清而不沉鬱。國朝宣德以前是元，弘治以前是宋，正德、嘉靖間寖寖有古義。」又曰：「李獻吉、何仲默，古體可追古人，近體尚隔一塵。」《古三墳書》：「長上聲殺順性。」傳曰：「聖人以盡物壽。」予《贈貧士》詩，暗合此義：「敝裘捫蝨盡，生殺自天機。」

賦詩要有英雄氣象，人不敢道，我則道之；人不肯爲，我則爲之。厲鬼不能奪其正，利劍不能折其剛。古人製作，各有奇處，觀者自當甄別。

德平王南岑《贈别素愚上人》：「釋子來何處？廬山復太行。翻經淹歲月，補衲犯冰霜。浩劫塵緣盡，彌天覺路長。智珠元不染，好去照迷方。」此作甚佳，其來有源。憲王南山素嗜談禪，詩亦妙悟。信乎伯仲齊名，豈非寒山、拾得化身邪？

作詩先以一聯爲主，更思一聯配之，俾其相稱，縱不佳，姑存以爲筌句。筌者，意在得魚也。然佳句多從庸句中來，能用「取魚棄筌」之法，辭意兩美，久則渾成，造名家不難矣。釋皎然《賦得啼猿送客》云：「萬里巴江外，三聲月峽深。何年有此路，幾客共沾襟？斷壁分垂影，流泉入苦吟。淒凉離别後，聞此更傷心。」觀其前聯平澹意長，餘皆筌句，予因削疵强半，稍變氣格。髡翁復起，可能心服否乎？迺附於後：「聽爾巴江夕，愁人巫峽深。何年有此路？幾客共沾襟。倒影迴清澗，哀聲出遠林。東西無定處，偏感宦遊心。」此所謂假古人之作爲己稿是也。

劉孝綽妹詩：「落花掃更合，叢蘭摘復生。」孟浩然：「林花掃更落，徑草踏還生。」此聯豈出自劉歟？二作清麗，各有優劣。

吕居仁《春日即事》：「雪消池館初春後，人倚闌干欲暮時。」或云：「清景入畫，人之情意，物之容態，二句盡之。」予觀此作，宛然一美人圖也。

韓翃《秋夜即事》：「星河秋一雁，砧杵夜千家。」安慶王西池《重九前一夜》：「樹聲喧一枕，秋色令千家。」此聯與韓出一機杼，織組自别。

凡詩用「恩」字，不粗則俗，難於造句。陳思王「恩紀曠不接」，梁武帝「籠鳥易爲恩」，謝玄暉「恩變龍庭長」，張正見「讒新恩易盡」，蘇廷碩「戈甲爲恩輕」〔一〕，杜子美「漏網辱殊恩」，竇叔向「恩深犬馬知」，高蟾「君恩秋後葉，日日向人疏」，李義山「但保紅顔莫保恩」，此皆句法新奇，變俗爲雅，名家自能吻合。作文亦然，若陸士衡「廣樹恩不足以敵怨」是也。予《悼徽藩》詩：「撫膺臣妾淚，葬骨死生恩。」《哭沈參軍鍊》詩：「今日孔融留二子，應知生死感餘恩。」此二作易於措詞，由其悲感故爾。

栗道甫自弱冠工詩，與兄仁甫齊名，《遊五龍山》詩云：「巖壑古留迹，藤蘿春可捫。遊人歷

〔一〕按，「蘇廷碩」當爲「張説」之誤。此句見《四部叢刊》景明嘉靖本《張説之文集》卷二，題《奉和送王晙巡邊一首應制》。

世代，零露越朝昏。鶴夢通雲島，猿啼下石門。浮沉只自異，感念復何言。」《一覽樓夜眺》詩云：「微月照空林，悠然悽我心。人聲四壁静，夜色一川陰。野寺看燈遠，山堂入霧深。村邊歌吹發，聽罷更蕭森。」《太行山中》詩云：「山中風候别，况復是秋天。雨脚當門變，溪聲隔嶼傳。峽深飢虎嘯，潭古毒龍眠。中霤惟耽隱，蕭條世外玄。」觀此諸作，含英咀華，風調夐别，其盛唐之流歟！

比喻多而失於難解，嗟怨頻而流於不平；過稱譽豈其中心，專模擬非其本色；愁苦甚則有感，歡喜多則無味；熟字千用自弗覺，難字幾出人易見。邈然想頭，工乎作手，詩造極處，悟而且精，李、杜不可及也。

《老子》曰：「五音令人耳聾。」張景陽《七命》：「百籟群鳴聾其山。」此「聾」字太奇，雖有所祖而費講。

黎城懶雲上人了悟禪藴，亦能詩，《都門除夕》云：「早眠輕節序，垂老倦精神。半夜兩年夢，孤燈千里身。鉢分新歲飯，衣拂舊時塵。後飲屠蘇者，其如感嘆頻。」《題山水便面》：「攜笻小步踏蒼苔，遥指青山雲正開。澗水松風聽不絶，又教童子抱琴來。」二作體格匀净，頗振唐聲，使與皎然輩同賦，孰爲擅場？嗟其身殁神存，寧不以我爲知己邪？

《人物志》：「一國之政，以無味和五味。」注曰：「水以無味，故五味得其和。猶君體平澹，則百官施其用。」《隆慶改元望京都有感》云：「鹽梅無水不成味，宰輔得君方盡才。」因翻用《説命》和羹事，又被古人道破，此即「無米粥」之法，學者心會可也。

詩中用虚活字，時有難易：易若剖蚌得珠，難如破石求玉。且工且易，愈苦愈難，此通塞不同故也。縱爾冥搜，徒勞心思。當主乎可否之間，信口道出，必有奇字，偶然渾成，而無齟齬之患。譬人急買帽子，入市，出其若干，一一試之，必有個恰好者。能用戴帽之法，則詩眼靡不工矣。

凡作詩以「青」字爲韻，鮮有佳者。杜子美《不離西閣》云：「江雲飄素練，石壁斷空青。」下句奇特有骨。錢仲文《省試湘靈鼓瑟》云：「曲終人不見，江上數峰青。」摘出末句，平平語爾；合兩句味之，殊有含蓄。諸葛騰甫《渝城人日柬李給事》，前聯辭意並佳，天造奇景，宛如披四川圖，使人興不可遏，但神馳於夢寐耳。其詩附後：「訪舊來何晚，輕帆落驛亭。江迴劍外白，山擁漢中青。萬里逢人日，孤城感客星。知君懷諫草，翹首望明廷。」騰甫名鯨，别號問華，諸葛武侯四十二代孫。

鎮康王西巖《題宋參政瞻遠樓》：「江樓懸樹杪，山色到窗中。」精拔有骨，上句尤奇。王右丞《登辨覺寺》：「窗中三楚盡，林上九江平。」曠闊有氣，但上字聲律未妥。又西巖《陪國主謁塋途中有感》：「仗劃浮烟破，旗衝過鳥翻。」句法森嚴，何異沈、宋應制？崔湜《題唐都尉山池》：「雁翻蒲葉起，魚撥荇花遊。」聯雖全美，但晚唐纖巧之漸，若與陪駕之作並論，譬諸艷姬從命婦升階，氣象自別。韓渥《晚春旅舍》：「樹頭蜂抱花鬚落，池面魚吹柳絮行。」祖於浞而敷演七言，斯又下矣。

子美詩：「仰蜂粘落絮，行蟻上枯梨。」「芹泥隨燕觜，花蕊上蜂鬚。」「翡翠鳴衣桁，蜻蜓立釣絲。」「魚吹細浪摇歌扇，燕蹴飛花落舞筵。」諸聯綺麗，頗宗陳、隋。然句工氣渾，不失爲大家。譬如上官公服，而有黼黻絺繡，其文采照人，乃朝端之偉觀也。晚唐此類尤多。又如五色羅縠，織花盈匹，裁爲少姬之襦，宜矣。宋人亦有巧句，宛如村婦盛塗脂粉，學徐步以自媚，不免爲傍觀者一笑耳。

嘉靖乙巳歲，因訪西林禪侶，談及龐居士涅槃，代作偈子云：「來時忽墮，去時不躲。我歸太空，太空即我。」《南華經》曰：「適來，夫子時也；適去，夫子順也。安時以處順，哀樂不能入也。」李東岡謂予有悟禪旨，故與莊子默契焉。

子美《秋野》詩：「水深魚極樂，林茂鳥知歸。」此適會物情，殊有天趣。然本於子建《離思賦》：「水重深而魚悦，林修茂而鳥喜。」二家辭同工異，則老杜之苦心可見矣。

陸士衡《爲周夫人寄車騎》云：「昔者得君書，聞君在高平。今者得君書，聞君在京城。」及觀劉采春《囉嗊曲》云：「那年離别日，只道往桐廬。桐廬人不見，今得廣州書。」此二絶同意，作者粗直，述者深婉。然將種臨敵而不勝女兵，所謂小戰則怯是也。

宗約敬軒《次栗太行枉顧韻》曰：「城隅葺小軒，車馬不聞喧。丘壑元規興，蓬蒿仲蔚園。君詩清可挹，吾道拙能存。何似歲星隱，常依金馬門。」此作工於押韻，而冲澹自然，其劉長卿之亞歟？迺弟誠軒《炙背》詩曰：「昨夜清霜重，晴檐炙背初。寧言工我賦，兼得課兒書。鐘鼎形骸外，溪山夢寐餘。角巾庭際影，坐惜鬢毛疏。」儼然寫一負暄障子。老成之語，曠達之氣，此造少陵之漸也。又《詠石山子》曰：「累石壯精舍，憑虛無古今。悠然倚杖興，重以愛山心。地轉仇池穴，天移王屋岑。主人得幽趣，何處更登臨。」後聯翻用杜句，愈覺出奇。《秦州雜詩》：「萬古仇池穴，潛通小有天。」起句平直，但寫其神異爾。

《孺子歌》：「滄浪之水清兮，可以濯我纓。」孟子、屈原，兩用此語，各有所寓。李陵《與蘇武》詩：「臨河濯長纓，念子悵悠悠。」此偶然寫意爾。沈約《渡新安江貽游好》詩：「願以潺湲水，沾君纓上塵。」所謂襲故而彌新，意更婉切。柳宗元《衡陽别劉禹錫》詩：「今朝不用臨河别，垂淚千行便濯纓。」至怨至悲，太不雅矣。

庚信《詠荷》詩：「若有千年蔡，須巢但見隨。」梁簡文《納涼》詩：「遊魚吹水沫，神蔡上荷心。」「蔡」雖大龜，然字面入詩，殊欠明爽。包佶《秋日園林》詩：「鳥窺新罅栗，龜上半欹蓮。」晚唐雖下六朝，由其不用「蔡」字，乃佳。

孔文谷曰：「陳子昂之古風尚矣。其含光飛文，懷幽吐奇，廊廟而有江山之致，烟霞而兼黼黻之裁。著色成文，吹氣從律，則燕公曲江高矣美矣，擅其宗矣。杜子美稱李太白詩清新俊逸，然却太快。太白謂子美詩苦，然却沉鬱，緣其性褊躁婞直，而多憂愁憤厲之氣。其用字之法，則老將之用兵也。王摩詰、孟浩然、韋應物，典雅冲穆，入妙通玄，觀寶玉於東序，聽廣樂於鈞天，三家其選也。過此以往，不能遍觀而盡識矣。」又曰：「長篇是賦之變體，而去一『兮』字；近體則研鍊精切，隱括諧儷，如文錦之有尺幅。絶句皆樂府也。長篇當以李嶠《汾陰行》爲第一，近體當以張説《侍宴隆慶池應制》爲第一。杜甫《秋興》則『聞道長安似奕棋』一篇尤勝。絶句如王摩詰『廣武城邊逢暮春，汶陽歸客淚沾巾。落花寂寂啼山鳥，楊柳青青渡水人』與『渭城朝雨』一篇，韋應物『雨中禁火空齋冷，江上流鶯獨坐聽。把酒看花想諸弟，杜陵寒食草青青』，皆風人之絶響也。」

予夜觀李長吉、孟東野詩集，皆能造語奇古，正偏相半。豁然有得，併奪搜奇想頭，去其二偏：險怪如夜壑風生，暝巖月墮，時時山精鬼火出焉；苦澀如枯林朔吹，陰崖凍雪，見者靡不慘然。予以奇古爲骨，平和爲體，兼以初唐、盛唐諸家，合而爲一，高其格調，充其氣魄，則不失正宗矣。若蜜蜂歷采百花，自成一種佳味，與芳馨殊不相同，使人莫知所蘊。作詩有學釀蜜法者，要在想頭別爾。是夜枕上勉成數詩，以示同好，始知予言不謬也。《暮秋寄懷徐子與時宦長蘆》云：「理郡雙旌轉，皇畿亦壯遊。海鹺天下味，案牘汝南憂。風笛淒寒署，霜林照夜樓。還思濯纓處，御水正涵秋。」二「官舍披書坐，蕭然且獨醒。沙烟秋漠漠，海雨晝冥冥。妒久金增色，才孤劍養靈。夢歸何所見，天目亂峰青。」三「未滿耽詩意，南來幾日閒。一愁縈馬上，萬役走人間。署敞憐風物，城高見海山。不知謫宦久，先守汝寧被謫。猶是舊容顔。」四「鐵網拔珊瑚，驚人不可無。才今兼二陸，格古變三吴。登眺秋光迥，浮沉老氣孤。因思采菱曲，客至話西湖。」五「數卷從幽事，官閒祇自憐。阮公悲感日，蘧伯是非年。海賦知華國，鄉書問税田。更憂吴餉晚，長望浙西船。」六「宦轍有難易，憂中名獨完。山高偏氣色，河廣自波瀾。文字豹斑老，冰霜狐白寒。鳳兮不言餒，天許碧琅玕。」七「候蟲吟暗壁，秋興起徐陵。宦味澹於水，羈懷清奪冰。夜喧風裹樹，寒翳雨中燈。競謁金張第，疏慵獨未曾。」八「何處轉遊宦，河亭坐夕暉。亂帆鱗次泊，衆鳥尾銜歸。地勝閒堪賦，杯清悶可揮。風烟是京甸，寧復羨魚磯。」九「宦邸長蘆静，中懷自出塵。鑑光一秋水，瑟調幾陽春。終古盈虚月，流年感慨人。竹林餘裂素，可復寫誰真？」十「詞人非傲物，名著自堪嗟。官冷棋應進，懷高酒更賒。鶴爲閒處伴，菊是澹中花。同賦上林者，秋風天一涯。」十二「正變關騷雅，深宵誰與論。吴歌惟片月，燕俗且孤樽。舊侶青雲冷，秋懷黄葉繁。寄書故鄉使，風雨亦過門。」十二「舊社名相累，艱虞偏在君。世憎騷雅盛，天任死生分。並失龍珠影，長垂鳳藻文。社友梁公實、宗子相相繼而殁。相知論往事，南北共愁雲。」

有客問曰：「夫作詩者，立意易，措辭難，然辭意相屬而不離。若專乎意，或涉議論而失於宋體；工乎辭，或傷氣格而流於晚唐〔二〕。竊嘗病之，盍以教我？」四溟子曰：「今人作詩，忽立許大意思，束之以句則窘。辭不能達，意不能悉。譬如鑿池貯青天，則所得不多；舉杯收甘露，則被澤不廣。此乃内出者有限，所謂「辭前意」也。或造句弗就，勿令疲其神思，且閲書醒心，忽然有得，意隨筆生，而興不可遏，入乎神化，殊非思慮所及。或因字得句，句由韻成，出乎天然，句意雙美，若接竹引泉而潺湲之聲在耳，登城望海而浩蕩之色盈目。此乃外來者無窮，所謂『辭後意』也。」客曰：「適聞内外二説，能發古人未發者。願以盛唐諸家，直指内外秘藴，令人頻悟，以歸正宗，不落傍門小徑也。」四溟子曰：「予雖歷舉唐詩引證，畢竟難曉。況爾心非我心，焉知我心之有得也？以我之心，置於爾心，俾其得我之得，雖兩而一矣。請出一字爲韻，以試心思。」乃得「天」字，遂成若干句云：「兵氣截胡天，鵰號月黑天，長陰夢裏天，斜陽禾黍天，靈聚洞中天，荷影亂湖天，星摇海底天，千江各貯天，道在混茫天，帆影落江天，雲蘿隱洞天，神龍穴海天，雕横朔漠天，明河半在天，心空定裏天，氣慘戰場天，波明日本天，江清魚在天，山鐘落半天，湖清鏡裏天，鶴夢不離天，江波不定天，百越瘴浮天，帆盡五湖天，人老醉鄉天，丹氣夜薰天，微茫

〔二〕「夫作詩者」以下至此，《詩家直説》本獨爲一條：「夫作詩者，立意易，措辭難，然辭意相屬而不離。若泥乎辭，或傷於氣格；專乎意，或涉于議論：皆不得盛唐之調。」

畫裏天，登嶽上捫天，隴樹插秦天，地展日南天，此乃句由韻成也。天馬行無迹，天覆空青色，天冷饒邊氣，天陰鬼火亂，天寒鷹力健，天聚峨嵋雪，天勢海相吞，天閑收駿馬，天羈曠達才，天許百年狂，井天開地鏡，仰天心貯月，倚天雲護劍，木天通夜鼠，楚天三峽斷，海天無際色，諸天空色界，通天鳥道寒，江天月兩分，霜天紅樹老，井平天影出，虎門天風合，隱見天河影，峽開天一線，漠北天常雪，籠鳥天相隔，日高天更青，霞明天姥峰，禪林天雨花，長河截天影，風響參天樹，混沌是天胚，萬物各天機，一法通天竺，龍門海天翻，雨暗江天色，雁得楚天春，蹄涔縮天影，王氣浮天闕，此乃因字得句也。夫人妙悟有因，自能作古。然文字起於鳥迹，草書精於舞劍，爾獨不能因人之悟，以開己之悟邪？」客謝而去，顧予笑曰：「子何太泄天機也？」

作詩得之多寡遲速，統繫於心，因分内外二説，俾人易曉。此作近體之法，然古體亦有異同處，學者權宜用之。

或曰：「子謂作古體，近體概同一法，寧不有誤後學邪？」四溟子曰：「古體起語比少而賦興多，貴乎平直，不可立意涵蓄。若一句道盡，餘復何言？或兀坐冥搜，求聲於寂寥，寫真於無象，忽生一意，則句法萌於心，含毫轉思，而色愈慘澹，猶恐入於律調，則太費點撿斫削而後古。或中有主意，則辭意相稱，而發言得體，與夫工於鍊句者何異？漢魏詩純正，然未有六朝、唐、宋諸體縈心故爾。若論體製，則大異而小同；及論作手，則大同而小異也。未必篇篇從頭叙去，如寫家書然，畢竟有何警拔？或以一句發端，則隨筆意生，順流直下，渾成無迹，此出於偶然，不多得也。凡作近體，但命意措詞一苦心，則成章可逼盛唐矣。作古體不可兼律，非兩倍其工，則氣格不純。今之作者，譬諸宫女，雖善學古妝，亦不免微有時態。

詩乃模寫情景之具，情融乎内而深且長，景耀乎外而遠且大。當知神龍變化之妙，小則入乎微罅，大則騰乎太宇，此惟李、杜二老知之。古人論詩，舉其大要，未嘗喋喋以泄真機，但恐人小其道爾。詩固有定體，人各有悟性。夫有一字之悟，一篇之悟，或由小以擴乎大，因著以入乎微，雖小大不同，至於渾化則一也。或學力未全，而驟欲大之，若登高臺而摘星，則廓然無著手處。若能用小而大之之法，當如行深洞中，捫壁盡處，豁然見天，則心有所主，而奪盛唐律髓，追建安古調，殊不難矣。予著《詩説》，猶如孫武子作《兵法》，雖不自用神奇，以平列國，能使習之者戡亂策勳，不無補於世也。

詩貴乎遠而近。然思不可偏，偏則不能無弊。陸士衡《文賦》曰：「其始也收視反聽，耽思傍訊，精騖八極，心游萬仞。」此但寫冥搜之狀爾。唐劉昭禹詩云：「句向夜深得，心從天外歸。」此作祖於士衡，尤知遠近相應之法。凡静室索詩，心神渺然。西遊天竺國，仍歸上黨昭覺寺，此所謂遠而近之法也。若經天竺，又向扶桑，此遠而又遠，終何歸宿？或造語艱深奇澀，殊不可解，抑樊宗師之類歟？

「若妙識所難，其易也將至；忽之爲易，其難也方來。」此劉勰明詩至要，非老於作者不能發。凡構思當於難處用工，艱澀一通，新奇迭出，此所以難而易也；若求之容易中，雖十脱稿而無一警策，此所以易而難也。獨謫仙思無難易，而語自超絶，此朱考亭所謂「聖於詩者」是也。

上黨李之茂，工舉子業，亦能詩。元日過柏堠僧舍，因憶予有作云：「索居無歲事，騎馬入禪林。勝地堪逃俗，名香可净心。偶思靈運句，暫與惠休吟。庭樹來山鳥，當春多好音。」《雪中再過僧舍少憩》云：「俗累便幽寂，禪房喜再臨。午齋經罷熟，積雪夢回深。四野偏同色，纖塵不染心。衝寒有餘興，猶勝訪山陰。」此二作宛有劉隋州風致，而細潤過之。

遜軒子曰：「凡作詩貴識鋒犯，而最忌偏執。偏執不惟有焦勞之患，且失詩人優柔之旨。如賈島『獨行潭底影』，其詞意閒雅，必偶然得之，而難以句匹。當入五言古體，或入仄韻絶句，方見作手。而島積思三年，局於聲律，卒以『數息樹邊身』爲對，不知反爲前句之累。其所爲『一句三年得，吟成雙淚流』，雖曰自惜，實自許也。不識鋒犯，偏執不回，至於如此。唐人中識鋒犯者，莫如子美，其『落日在簾鈎』之作，亦難以句匹者也，故置之首句，俊麗可愛，使束於聯中，未必若首句之妙。學者觀其全篇起結雄健，頸頷微弱可見矣。因擬閬仙，勉成一絶，附之末簡：『雜樹已秋風，空山又斜景。杖策不逢人，獨行潭底影。』」

遜軒子博學嗜詩，志在古雅，且得論詩之法。及擬閬仙一絶，不下唐調，其頓悟也如此。〔二〕凡鍊句妙在渾然。一字不工，乃造物之不完，愚論已詳首卷。許渾《原上居》詩：「獨愁秦樹老，孤夢楚山遥。」此上一字欠工，因易爲「羈愁秦樹老，歸夢楚山遥」。釋無可《送裴明府》詩：「山春南去權，楚夜北歸鴻。」此亦上一字欠工，因易爲「江春南去櫂，關夜北歸鴻」。劉長卿《别張南史》詩：「流水朝還暮，行人東復西。」此上二字欠工，因易爲「旅思朝還暮，生涯東復西」。周朴《塞上行》詩：「巷有千家月，人無萬里心。」此中二字欠工，因易爲「巷冷幾家月，人孤千里心」。諸作完其造物，以俟後之賞鑒者。

九佳韻窄而險，雖五言造句亦難。况七言近體，押韻穩，措詞工，而兩不易得。自唐以來，罕有賦者。皮日休、陸龜蒙《館娃宫》之作，雖弔古得體，而無渾然氣格，窘於難韻故爾。容軒子《送鄒逸人歸洞庭山》得「淮」字，亦用此韻，其平妥匀净，因難以見工，致能追古人於太華萬仞之巔，翩翩然了無難色。使遇寬韻而愈加思索，則他日造詣，未見其止也。其詩云：「離筵太促愧茅柴，羨爾吴歌壯旅懷。幾賦縱横干氣象，半生飄泊老形骸。草青驅馬春辭晉，月白揚帆夜度淮。三徑已荒逢舊侣，一樽風雨共山齋。」附日休詩云：「艷骨已成蘭麝土，宫墻依舊壓層崖。

〔二〕　按，此條邢本作：「順軒子《郊居》一絶云：『田園自幽寂，誰訪野人居。碧草斜通徑，白雲低覆廬。』此作閒雅可愛。」

弩臺雨壞逢金鏃，香徑泥消露玉釵。硯沼衹留溪鳥浴，屧廊空信野花埋。姑蘇麋鹿真閒事，須爲當時一愴懷。」附龜蒙次韻：「鏤楣消落濯春雨，蒼翠無言空斷崖。草碧未能忘帝女，燕輕猶自識宫釵。江山只有愁容在，劍珮應和愧氣埋。賴有伍員騷思少，吴王纔免似荆懷。」

夫情景相觸而成詩，此作家之常也。或有時不拘形勝，面西言東，但假山川以發豪興爾。譬若倚太行而詠峨嵋，見衡漳而賦滄海，即近以徹遠，猶夫兵法之出奇也。予客晉陽，《對西山》詩云：「好山俱在目，樓上坐移時。碧樹亦佳侶，白雲非遠期。心閒聊對景，興轉别成詩。操筆有常變，兵家韓信知。」馮少洲評曰：「老子每每自負。」

凡五七言造句，以情會景，可長者工而健，可短者簡而妙。若良匠選才，長短各適其用爾。

七言近體，起自初唐應制，句法嚴整。或實字疊用，虚字單使，自無敷演之病。如沈雲卿《興慶池侍宴》：「漢家城闕疑天上，秦地山川似鏡中。」杜必簡《守歲侍宴》：「彈絃奏節梅風入，對局探鈎柏酒傳。」宋延清《奉和幸太平公主南莊》：「文移北斗成天象，酒近南山作壽杯。」觀此三聯，底藴自見。暨少陵《懷古》：「一去紫臺連朔漠，獨留青冢向黄昏。」此上二字雖虚，而措辭穩帖。《九日藍田崔氏莊》：「藍水遠從千澗落，玉山高並兩峰寒。」此中二字亦虚，工而有力。中唐詩虚字愈多，則異乎少陵氣象。劉文房七言律，《品彙》所取二十一首，中有虚字者半之，如「暮雨不知溳口處，春風只到穆陵西」之類；錢仲文七言律，《品彙》所取十九首，上四字虚者亦强半，如「不知鳳沼霖初霽，但覺堯天日轉明」、「鴛衾久别難爲夢，鳳管遥聞更起愁」之類。凡多用虚字便是講，講則宋調之根，豈獨始於元白？高棅所選，以正宗、大家爲主，兼之羽翼、接武，亦不免三二濫觴者。

雪夜過恕庵主人，諸子列坐，因評錢、劉七言近體兩聯多用虚字，聲口雖好，而格調漸下，此文隨世變故爾。敏軒子曰：「予觀錢仲文《送李評事赴潭州》一首，瘦而不健，虚病使然。子但言脉理入微，盍與之良藥，以復元氣？使予輩得窺樞機，以躋少陵階也。」予遂約爲五言云：「自適宦遊情，湖南有杜蘅。簡書催物役，心賞緩王程。山寺披雲入，江帆帶月行。應懷幕下策，談笑静蒼生。」遜軒子曰：「子嘗言鍊句之法有二忌：如冶人當造五寸之釘，而强之七寸，雖長而細，不利於用也；如圬者築七尺之墻，五尺以磚，二尺以坯，然遭久雨，磚則無恙，而坯自頹矣。此二忌錢、劉亦有之，再一隱栝，以示三昧。」予亦效邯鄲之步，則不失故態爾。遂以錢詩「不知鳳沼霖初霽，但覺堯天日轉明」，去上二字，可爲五言；又以「鴛衾久别難爲夢，鳳管遥聞更起愁」，約爲「鴛枕虚驚夢，鸞簫遠遞愁」；又以劉詩「暮雨不知涓口處，春風只到穆陵西」，亦約爲「雨昏涓口處，春到穆陵西」。遜軒子曰：「予得之矣。」因以羅隱詩「别岸客帆和雁落，晚程霜葉向人飛」，亦約爲「暮帆和雁落，霜葉向人飛」。然句無冗字，則工而健矣。附《送李評事》詩云：「湖南遠去有餘情，蘋葉初齊白芷生。謾説簡書催物役，遥知心賞緩王程。興過山寺先雲到，笑引江帆帶月行。幕下由來貴無事，佇聞談笑静黎甿。」

凡造句已就，而復改削求工，及示諸朋好，各有去取。或兼愛不能自定，可兩棄之，再加沉思，必有警句。譬泅者入海，捨蚌珠而獲驪珠，自不失重輕也。予《元日有感》詩後聯：「神會徐陳侶，心從屈宋師。」復改「神會應徐在，心通屈宋知」。因衆論不同，難爲優劣，遂别造一聯，所謂割愛之法也。附詩云：「七十尚耽詩，閒來命酒巵。隔宵增一歲，耐老慰群兒。糟粕求新味，雲霄入苦思。嗟哉世無補，花鳥日相期。」

鎮康王西巖《寄懷劉紫山侍御回自滇南》詩云：「桄榔幾度感花開，鄉國傳書不易來。曾醉離亭牽我夢，因思佐郡識君才。滇南風壤三年盡，天畔星槎萬里迴。遥望舊知秋欲杪，月明何處是行臺？」《寄贈楊二山中丞以關内巡撫移任山右》詩云：「紫宸一旦璽書催，早發秦城棨戟開。二華曾留標勝賦，三關更見折衝才。荒沙落日閒戎壘，古木飛霜凛憲臺。壯士應看射雕處，不教胡騎幕南來。」此二作最得盛唐格律，嚴而不刻，順而不直，較之獻吉則平妥，較之仲默則老健。其膾炙人口也，宜哉！

作詩亦有權宜，或先句法而後體製。譬匠氏選材，雖有巨細長短，而各致其用：可堂則堂，不可則亭矣。于濆《塞下曲》，先得「烏鳶已相賀」之句，出自《淮南子》「大厦成而燕雀相賀」，此「賀」字尤有味，如賦一絶則不孤此句，流於敷演，格斯下矣。詩云：「紫塞曉屯兵，黄沙披甲卧。

戰鼓聲未齊，烏鳶已相賀。燕然山上雲，半是離鄉魂。衛霍待富貴，豈能無乾坤？」予擬一絶云：「漢將討樓蘭，旗蕩朔雲破。戰鼓半天聲，烏鳶已相賀。」

裨諶草創，世叔討論，子羽修飾，子産潤色。鄭國凡作辭命，必經四賢之手，故見重於列國。予因之以爲詩法。每有疑字，示諸社友定正，工而後已。能受萬益而不受一損，其立心何如也？或者過於服善，不思可否，欲求完美，反致氣格不純。昔陳王稱丁敬禮服善，恐異地則不然。惟賤士人得而指擿，其虚心請教，惟言是從，或有一二不合調者，當自詳審而無偏聽之弊，求其純亦不難矣。或曰：「夫少陵之作，氣格渾雄，雖有微疵，不傷大體。譬之滄海，無所不容。適聞斯論，何其不廣也？」四溟子曰：「予詩如幽澗寒泉，湛然一鑑，自不少容查滓，務匀浄則易純。使百代之下，知予苦心若是，安敢望於少陵也？」

凡作詩要知變俗爲雅，易淺爲深，則不失正宗矣。因觀于濆《沙場》詩：「士卒浣征衣，交河水流血。」施肩吾《及第後過江》詩：「江神亦世情，爲我風色好。」二作如此。胡不云「戰士浣征衣，忽變交河色」、「尚憶布衣歸，江神亦風浪」？庶得穩帖。

詩中「火」言「寒」者罕見。庾子山詩：「絡緯無機織，流螢帶火寒。」下句甚奇，惜其對不稱爾。予得一聯：「人烟隔水静，鬼火照沙寒。」狀其沙塞荒凉，宛然銷魂矣。附《憶雁門》詩云：「昔年雁門路，霜氣逼征鞍。野望天何慘，山行老更難。人烟隔水静，鬼火照沙寒。戰伐空悲感，風凄成角殘。」

孫太初《收菊花貯枕》詩云：「呼童收落英，晨起晞清露。滿囊賸貯秋，寒香散庭户。夜來夢東籬，枕上得佳句。」好個題目，唐人未之有也。前五句清雅，惜末句殊無深意，若更爲「陶潛宛相遇」，則清而純矣。

正月晦日，集晉川園亭，因韓退之、段成式曾於是日皆作《送窮文》，予賦《留窮詩》，以述其志云：「送窮何所往？托寓豈無由？易使世情薄，難期天意周。路艱妨驥足，歲旱涸龍湫。辛苦幽人味，侵凌逆旅讎。聖賢不異轍，愚昧更深謀。志定無他夢，身安寧復憂。殘燈抱膝夜，落葉閉門秋。老矣惟孤杖，蕭然一敝裘。病餘清似鶴，懶極拙於鳩。著述因誰力，飢寒爲爾愁。相依各隱見，百事共沉浮。窮自有離合，心何偏去留。踟躕兼晦朔，寂寞且林丘。莫灑步兵淚，花時足勝遊。」予因古人送窮二作，即於切要處思得一聯：「窮自有離合，心何偏去留。」借此爲發興之端，遂以尤韻擇其當用者若干，則意隨字生，便得如許好聯。及錯綜成篇，工而能渾，氣如貫珠，此作長律之法，久而自熟，無不立成。心中本無些子意思，率皆出於偶然，此不專於立意明矣。其中一聯：「才屈驕爲蠹，名歸苦是囮。」初以爲奇，不免咬群之病，一割愛務求平順，復造一聯：「辛苦幽人味，侵凌逆旅讎。」吟誦間，忽岔出想頭，因「味」字得一絶云：「道味在無味，咀之偏到心。猶言水有迹，瞑坐萬松深。」正所謂思無定位，甫臨滄海，復造瑶池，其神遊兩間，無適不可，此亦變通之法。古人秘而不泄，無乃自重其道歟？

揚子雲《逐貧賦》曰：「人皆文繡，予褐不完；人皆稻粱，我獨藜餐。貧無寶翫，予何爲歡？」此作辭雖古老，意則鄙俗，其心急於富貴，所以終仕新莽，見笑於窮鬼多矣。韓昌黎作《送窮文》，其文勢變化，辭氣平婉，雖言送而復留。段成式所作，效韓之題，反揚之意，雖流於奇澀，而不失典雅。較之揚子，筆力不同：揚乃尺有所短，段乃寸有所長。惟韓子無得而議焉。

自然妙者爲上，精工者次之，此著力不著力之分，學之者不必專一而逼真也。專於陶者失之淺易，專於謝者失之餖飣。孰能處於陶、謝之間，易其貌，換其骨，而神存千古？子美云：「安得思如陶、謝乎？」此老猶以爲難，况其他者乎？

作詩有相因之法，出於偶然。因所見而得句，轉其思而爲文。先作而後命題，乃筆下之權衡也。一夕，讀《道德經》：「大巧若拙。」「巧」「拙」二字，觸其心思，遂成《自拙嘆》云：「出門何所營？蕭條掩柴荆。中除不灑掃，積雨莓苔生。感時倚孤杖，屋角鳩正鳴。千拙養氣根，一巧喪心萌。巢由亦偶爾，焉知身後名？不盡太古色，天末青山横。」漫書野語云：「太古之氣渾而厚，中古之風純而朴。」夫因朴生文，因拙生巧，相因相生，以至今日，其大也無垠，其深也叵測。孰能返朴復拙，以全其真，而老於一丘也邪？

余讀柳子厚《掩役夫張進骸》詩，至「但願我心安，不爲爾有知」，誠仁人之言也。夫子厚一代文宗，故其摛詞振藻，能占地步如此。鎮康王西巖每於春間，命校人於郊外舉白骨之暴露者，拾而瘗之，能不自以爲功，人見之以爲常。殊不知周文澤及枯骨，遺俗尚存，比之子厚自文其事者遠矣。余偉是舉，因賦詩頌之，今附於左云：「清明野柳摇晴烟，家家墳頭燒紙錢。歲增黄土掩宿莽，還生芳草相新鮮。復見白骨交加暴風日，但逢陰雨多凄然。欲問無言隔冥漠，不睹面貌焉知年？死也何辜，生也何愆？肉飽幾烏鳶，餘腥螻蟻纏。有靈無定處，徒爾爲飆旋。鎮康王者感念切，命人俯拾陌與阡。萬骨同埋鄰黑水，更酹椒漿達九泉。地下銜恩皆欲報，百代願爲耕福田。每葬枯骨擬周俗，未枯之骨尤可憐。俛仰自知心有天，山人賦此陰騭篇。」

予賦《唐生胗脉歌》，中四句云：「命若懸絲生死間，繫之造物寧愁顔。古今來往一朝暮，聖賢不見惟青山。」予因生死二字，偶成數語：「世不生我，莫知有天地焉。人雖知有天地，非我知也。夫有知歸無知，天地有無之間爾。生死天地之機，天地生死之舍，孰能逃其舍而奪其機乎？」此劉勰所謂「思無定位」是也。

詩家直說輯補

大梁李生，詩友也。蚤過敝廬，留酌，談及造句之法。予曰：「得句不在遲速，以工爲主。若麗而雅，清而健，奇而穩，此善造句者。務令想頭落于不可測處，信乎難矣。」嚴滄浪謂：「作詩譬諸劊子手殺人，直取心肝。」此說雖不雅，喻得極妙。凡作詩，須知道要緊下手處，便了當得快也。其法有三：曰事，曰情，曰景。若得要緊一句，則全篇立成。熟味唐詩，其樞機自見矣。

宗考功子相過旅館，曰：「子嘗謂作近體之法如孫登請客，未喻其旨，請詳示，何如？」曰：「凡作詩，先得警句以爲發興之端，全章之主。格由主定，意從客生，若主客同調，方謂之完篇。譬如蘇門山深松草堂，具以琴樽，其中綸巾野服，兀然而坐者，孫登也。如此主人，庸俗輩不得躋其階矣。惟竹林七賢相繼而來，高雅如一，則延之上坐，始足其八數爾。務匀浄，則渾成可造各家。若能騁于遠近險夷之間，存乎神氣，何往不妙？」

凡作七言絶句，起如爆竹，斬然而斷；結如撞鐘，餘響不輟。此法之正也。

坐得想頭遠，打得機關破，立得脚跟牢，占得地步闊，洗得肚腸浄，養得面皮好。此六者，詩之統要。重在想頭，庶得完美。

詩境由悟而入，愈入愈深妙。法存乎髣髴，其迹不可捉，其影不可縛。寄聲于寂，非扣而鳴；寓像于空，非寫而見。不造大乘者，語之顛末，若矢射石而弗透也〔一〕。滄海深有包含，青蓮直無枝蔓。詩法禪機，悟同而道別，專者得之。

大篇渾雄，長律精工，泥文藻失之冗長，理音節得之瀏亮。此雖正法，出乎有心矣。予以至寂至潔爲主，凡欲摛辭，腹中空洞無物，一字不萌，夐然如洗。

作詩別有想頭，能暗合古人妙處，法在其中矣。如爲將者，當熟讀兵書，又不可執泥，神奇自從裏許來。

凡作長歌，有兩説：通篇一韻，擇字成章，若蜀棧馭馬，形雖太局而神自飄逸，勿令贅言奪氣；幾韻一篇，意到爲主，若河源西來，蕩乎九曲，力在轉折而愈大。二者殊不易得。

少陵超悟之妙，若「白摧朽骨龍虎死，黑入太陰雷雨垂」，至蘊至深，此不必解。李長吉超悟之妙，若「金盤玉露自淋漓，元氣茫茫收不得」，明暢而有風刺。凡造語太奇，較之杜老，異軌同轍耳。

〔一〕「若矢射石」，原本「石」下衍一「石」字，今據句意删。

槌黄金爲片葉，不無氣薄而體輕耶？劉隨州五言長城，乃坐是病。若少陵「甲子混泥途」之句，氣自沉著，體自厚重。安得樽酒，夜與謫仙神會，可解「飯顆山」之嘲耳。

凡造句遲則愈見其工，鏗然徹耳，焕然奪目。其充盛何如也？譬諸西洋賈客，携所有張肆，其珠玉、金寶、珊瑚、琥珀、犀角、象牙之類，具羅滿前，以愜衆觀。增之弗覺其多，減之弗覺其少，不免冗句雜於中焉。有時翻然改削，調乃自調，格乃自格耳。少陵與太白論文，窮其藴奥，非出詩草互相點擿，作手自不同也。

有客問曰：「作詩與評詩孰難？」曰：「作者固難，評者尤難。能定句字，愈倍骨力，此過目盡其所見耳。步驟威其勢，變化神其機，然重邇輕遠，所思未周也。譬如邊將選兵，用其勇者、壯者，去其老者、弱者，此備之不備，可屯部伍以守關塞，豈戰伐持勝之計耶？夫動之定之，由乎權衡，何啻用兵也？秦漢之將，意不驕而成功大；近代之將，意自滿而成功小。功之全否，各在其人，亦隨時有待耳。兵也，詩也，事異機同。然法外之法，妙在增減，減一字若擲片石，增一字若加泰山。予以字多則删削之，此孫臏減竈之法；以字少則敷演之，此虞詡增竈之法。二者超悟有因，天使然也。」客笑曰：「觀子論文，能受萬篇之益，而不受一字之損爾。」

太白《夢遊天姥吟》、《蜀道難》、《大鵬賦》，造句參差，下筆豪蕩。

（以上據中國國家圖書館藏《續説郛》卷三十四補）

附録

重刻謝山人四溟詩家直説序

夫韻學難言矣。言韻先言因，言因先言至。蓋《詩》三百而下，大曆、開元綦盛。遡其由來，誰非負笈《雅》、《風》而問津《騷》、漢？故尚因。然而因者，或其情境觸而調法合，才景臨而聲藻肖，必足以至彼作者涯涘，模得其具體焉。欲抵掌乎叔敖，須逼真于優孟，是因難而至尤難也。不佞釋褐後，思一步武韻學，而未窺其徑。維時昌邑邢惟欽席皋京兆，携有謝四溟《詩家直説》。不佞受而讀之，恍然有悟，手抄一編。司李天水，不啻飲食。及浮湛中外，垂十餘年，手編逸散，夢想久之。歲庚戌，于役東海，式廬邢公，得原編，喜如探鐶。又慮其踵天水也，付鋟青氏。夫詩之有家，家之有説，各標門户，説人人殊。説高渺而穿天心、探月脅則虞深，説幽婉而曲谿黝洞、幻迷階躡則虞險，必徑捷顯簡、縷貫條剖乃稱直哉。茂秦之于詩，精于因矣，且精于至矣。以其所至，發其所因，與七子上下揚扢。會其精髓，酣講髓析，旁引遠擷，時以己意撮其勝，而特爲宣朗，頓使昧者開而憒者醒。焕乎如賈胡巨肆，珠瑶服瞀各呈其異；棼乎如青鳳吉光飄毁而羽羽皆奇；又爛乎如金谷錦障長四十里，而色燦花映，瞀眼不暇。蓋一發簡，瞭然指掌哉。王元美以醍醐擬時義，一則曰從乳得酪，從酪得酥；一則曰以瑶璉盛醍醐則醍醐，以陶瓿盛醍醐則醍醐。故善學韻者，曷常廢因也。特其天韻迥殊，苞造各判，若陶瓿、瑶璉然。而格調有昂卑，氣藻有邃易，句法有穩鑿，則所至不一而酥酪之辨耳。得《直説》而存之，採其液，啜其精，窺其一斑，究其全豹，庶幾哉！情真而語遒，意高而調協，即其才境，何所之而不入繩墨者？因格而俟感以脱卑，因藻而精思以脱易，因法而出句以脱鑿。因因而不滯于因，或間出于因之外，而妙運于因之中，誰謂《直説》非前茅邪？或謂不佞：「法上得中，人情乎？横睨曆、開，盡堪采博。彼山人耳，拾游唾，飣餖訓詁，顧何當于作者？奈何誤嗜如飴，而示人以纖隘爲？」不佞以爲不然。當今之士，腹笥笏筆，幅巾寬裾，而以山人自雄者，何可更僕？然口漢、唐而胸烏有，其生廖寥者不少也。茂秦雖游于山人乎，醴酒漳河，桐圭傾倒，儼然一小客星。而掉三寸，弄丸乞火，出盧生于垂痍，直令蒼鷹斂手，解羅織去，即古稱朱劇何遜焉？耿耿節俠，百載猶生。及狎牛耳，跨何躐李，以著書立言，大是玄亭、漆園之致。《詩説》者，特珠之英而玉之屑耳。剩馥餘芬，尚能鼓吹詞巫；司南筆苑，詎不爲初學大禆益哉？噫嘻！不佞固初學者也，知有茂秦而已矣。

萬曆辛亥春正月，賜進士第山東登州海防道右參政都門李本緯書于蓬萊閣。

（此序據邢本補）

詩家直説自序

詩本無説，古人獨妙在心，所藴深矣。漢魏有詩而無法，托之比興不淺。魏晉諸家，同一源流，各見體裁，鏗然聲律之漸。至鮑、謝輩，對偶已工，綺麗相炫，駸駸乎唐初調矣。暨李、杜二老並出，以骨爲主，以氣爲輔，其機渾涵而不露。晚唐以來，談詩者紛紜，互以雄辨相高，使人愈趨愈遠，不得捷要故爾。予梓《詩説》若干篇，譬諸築基起樓，勢必高大，所思不無益也。夫天地如籠，萬形羅於内，身與世浮，神與物游，飄然四極無不可。生也何勞，死也何寂，聖哲安在哉？吾以一技束心，終不失爲善人也歟！

萬曆甲戌仲秋念四日〔一〕，寓汾陽七十九歲山人謝榛茂秦甫識於天寧蘭若。

（此序據盛以進刻本《詩家直説》卷首録）

山人譚詩，盱衡矢口，可四筵、獨座俱驚已，即迋迋不自禁其技癢。而曳裾王門間，多捃摭溢美，政瑕瑜不相掩者。秦生位家有藏本，係山人手録。合趙刻詮訂，付諸梓，稍錯出而無删殳，庶海内覩山人全書云。

〔一〕「甲」，《詩慰》本作「丙」。

萬曆壬子夏，廣陵盛以進從先甫識。

（此跋據盛以進本卷末録）

原序

陳文燭

謝山人茂秦，有詩名在海内。往茂秦寄余書，又寄余詩，頃過鄴下，趙王遣使置酒，與茂秦會，甚歡也。出《詩説》一帙，命余以言。余讀之，爽然悟，凛然懼也，奈何提衡古之作者乎？大都山人平生，以身爲易盡而無以累之，以名爲不朽而無以奪之，窮極而思工，思工而語至，參比禪機，超然上乘，所謂「文章千古事，得失寸心知」，真自道耳。余竊謂古人不可及，無論天寶、大曆間，即明興，弘、正之際，何可易能？乃茂秦報梁中丞書，必欲追而繼之，孳孳進取，不知老之將至耳。昔鍾參軍作《詩品》，長于方人；茂秦著兹説，果于明志。異代有中郎，並引爲帳中之秘，余無庸言矣。

（此序清順治刻《詩慰》初集《四溟山人集選》卷首補）

王漁洋序

謝榛字茂秦，臨清人。眇一目，喜通輕俠。度新聲，年十六作樂府商調，臨、德間少年皆歌之。已而折節讀書，刻意爲歌詩，遂以聲律有聞於時。寓居鄴下，趙康王賓禮之。嘉靖間，挾詩卷游長安，脱黎陽盧柟於獄，諸公皆多其行誼，争與交歡。而是時濟南李于鱗、吴郡王元美結社燕市，茂秦以布衣執牛耳，諸人作《五子詩》，咸首茂秦而于鱗次之。已而于鱗名益盛，茂秦與論文，頗相鐫責，于鱗遺書絶交。元美諸人咸右于鱗，交口排茂秦，削其名於七子、五子之列。然茂秦游道日廣，秦、晉諸藩争延致之，河南北皆稱謝榛先生。諸人雖惡之，不能窮其所往也。趙康王薨，茂秦歸東海，康王之曾孫穆王復禮茂秦，爲刻其全集。當七子結社之始，尚論有唐諸家，茫無適從。茂秦曰：「選李、杜十四家之最佳者，熟讀之以奪神氣，歌咏之以求聲調，玩味之以裒精華，得此三要，則造乎渾淪，不必塑謫仙而畫少陵也。」諸人心師其言。厥後雖争擯茂秦，其稱詩之指要，實自茂秦發之。茂秦今體工力深厚，句響而字穩，七子、五子之流皆不及也。茂秦詩有兩種，其聲律圓穩、持擇矜慎者，弘、正之遺響也；其應酬牽率、排比支綴者，嘉、隆之前茅也。余録嘉、隆七子之咏，仍以茂秦爲首，使後之尚論者得以區别其薰蕕，條分其涇渭。若徐文長之論，徒以諸人倚恃紱冕，凌壓韋布，爲之呼憤不平，則又非余躋茂秦之本意也。

（此序據清乾隆十九年耘雅堂本《四溟詩話》卷首補）

序

四溟山人眇一目，稱眇君子。然其論詩，真天人具眼。弇州《藝苑卮言》所不及也。詩之工，則有目者咸識之。全集中有《詩家直説》四卷，校訂而授之梓。惜未得善本補其殘缺，又何敢嫌其繁冗，謬加删削爲哉！山人之義心俠骨，非徒以風雅見重，奕世猶將興起。而同時有擠而抑之者，交道之難，可慨也！王阮亭録詩，以山人冠嘉、隆七子。所爲序，亦極意推崇，存之以當山人小傳。若趙王爲之刻集，藩邸諸君頗多題跋，然文之可傳者少，故不具録。乾隆甲戌孟夏，繡水石齋胡曾撰。

（此序據耘雅堂本《四溟詩話》卷首補）

前明謝四溟先生，爲趙藩重客，嘗刊其全集以行世。迄今又二百餘年矣，梨板無存，日就湮没，良可惜焉。行篋中有先王父一齋公手抄《四溟詩話》，然非足本。河北觀察使胡韭溪訪求全集，幸而得之。公子石齋汲古既深，闡幽更切，披覽《詩話》，有契於心，因屬顧君稼梅繕寫發雕，而自爲校訂，不加删削，則珍惜之意也。計甫草之過鄴，請於當事，立碑墓門，是四溟生前知己。既有康王、穆王，殁世既久，又得甫草、石齋爲之表彰，四溟可以無憾。若賈姬之贈，載於《亘史》，王固愛才，姬亦守節，眇君子之榮，不遠過於七子、五子之流也哉？乾隆甲戌清和月，海昌沈維材跋。

（此序據耘雅堂本《四溟詩話》卷末補）